a noiva é TAMANHO 42

OBRAS DA AUTORA PUBLICADAS PELA GALERA RECORD

Avalon High
Avalon High – A coroação:
A profecia de Merlin
Avalon High – A coroação: A Volta
Cabeça de vento
Sendo Nikki
Como ser popular
Ela foi até o fim
A garota americana
Quase pronta
O garoto da casa ao lado
Garoto encontra garota
Todo garoto tem
Ídolo teen
Pegando fogo!
A rainha da fofoca
A rainha da fofoca em Nova York
A rainha da fofoca: fisgada
Sorte ou azar?
Tamanho 42 não é gorda
Tamanho 44 também não é gorda
Tamanho não importa
Tamanho 42 e pronta para arrasar
A noiva é tamanho 42
Liberte meu coração
Insaciável
Mordida

Série O Diário da Princesa
O diário da princesa
Princesa sob os refletores
Princesa apaixonada
Princesa à espera
Princesa de rosa-shocking

Princesa em treinamento
Princesa na balada
Princesa no limite
Princesa Mia
Princesa para sempre

Lições de princesa
O presente da princesa

Série A Mediadora
A terra das sombras
O arcano nove
Reunião
A hora mais sombria
Assombrado
Crepúsculo

Série As leis de Allie Finkle
para meninas
Dia da mudança
A garota nova
Melhores amigas para sempre?
Medo de palco
Garotas, glitter e a grande fraude

Série Desaparecidos
Quando cai o raio
Codinome Cassandra
Esconderijo perfeito
Santuário

Série Abandono
Abandono
Inferno

Meg Cabot

a noiva é TAMANHO 42

Tradução de
GLENDA D'OLIVEIRA

1ª edição

Galera
RIO DE JANEIRO

2014

CIP-BRASIL. CATALOGAÇÃO NA PUBLICAÇÃO
SINDICATO NACIONAL DOS EDITORES DE LIVROS, RJ

C116n
Cabot, Meg, 1967-
  A noiva é tamanho 42 / Meg Cabot; tradução Glenda D'Oliveira. –
1. ed. – Rio de Janeiro: Galera Record, 2014.
  (As aventuras de Heather Wells; 5)

  Tradução de: The bride wore size 12
  Sequência de: Tamanho 42 e pronta para arrasar
  ISBN 978-85-01-08955-7

  1. Wells, Heather (Personagem fictício) – Ficção. 2. Ficção americana.
I. D'Oliveira, Glenda. II. Título. III. Série.

14-15446

CDD: 813
CDU: 821.111(73)-3

Título original norte-americano:
The bride wore size 12

Copyright © 2013 by Meg Cabot, LLC.

Publicado mediante acordo com Harper Collins Publishers

Todos os direitos reservados. Proibida a reprodução, no todo ou em parte, através de quaisquer meios.

Design de capa: Izabel Barreto.

Texto revisado segundo o novo Acordo Ortográfico da Língua Portuguesa.

Direitos exclusivos de publicação em língua portuguesa somente para o Brasil adquiridos pela
EDITORA RECORD LTDA.
Rua Argentina 171 – Rio de Janeiro, RJ – 20921-380 – Tel.: 2585-2000
que se reserva a propriedade literária desta tradução

Impresso no Brasil

ISBN 978-85-01-08955-7

Seja um leitor preferencial Record
Cadastre-se e receba informações sobre
nossos lançamentos e nossas promoções.

Atendimento e venda direta ao leitor
mdireto@record.com.br ou (21) 2585-2002

EDITORA AFILIADA

Agradecimentos

Jamais teria conseguido concluir este livro sem a ajuda e o apoio de muita gente, incluindo, mas não apenas: Beth Ader, Nancy Bender, Jennifer Brown, Michele Jaffe, Ann Larson, Janey Lee e Rachel Vail. As pessoas infinitamente incríveis da HarperCollins, especialmente Carrie Feron, Pamela Spengler-Jaffee e Nicole Fischer. Minha agente, Laura J. Langlie. E por último, mas nunca menos importante, meu marido, Benjamin D. Egnatz. No entanto, meu agradecimento especial é a vocês todos. Vocês são demais! Obrigada, como sempre, por lerem meus livros.

Contamos com sua presença
na cerimônia de casamento de
Heather Marie Wells
e
Cooper Arthur Cartwright,
a realizar-se no sábado,
28 de setembro,
às 14h30,
no Grande Salão de Festas
do Hotel Plaza,
Quinta Avenida com
Central Park South,
Nova York, NY

O dia do seu casamento é: daqui a quatro semanas.
O que já deveria estar ok:

Convites para o jantar de ensaio enviados pelo correio
Última prova do vestido de noiva — sexta!!!
Papelada e documentos necessários para o casamento resolvidos
Confirmação ativa dos convidados que não responderam ao RSVP
Definição dos lugares dos convidados à mesa
~~Votos escritos~~

— Vai dar tudo certo. — É isto que venho dizendo o mês inteiro a meu noivo, Cooper. — Vai ser tudo ótimo. Pode relaxar.

A cada vez que digo isso, ele me olha daquele jeito adorável, com uma sobrancelha preta um pouquinho mais levantada que a outra. Ele sabe exatamente do que estou falando, e nada tem a ver com o dia de nosso casamento no Hotel Plaza em Nova York, que está chegando.

— Você sabe que, estatisticamente, os jovens acabam nas emergências dos hospitais mais que todos os outros grupos, de idade? — comenta. — Pelo menos por ferimentos ligados a acidentes. E acabam *morrendo* mais por causa desses ferimentos que pessoas de outra faixa etária também.

Quando você mora com um detetive particular, pode ter certeza de muitas coisas. Uma delas é que, às vezes, ele terá horários estranhos. Outra é que você vai conviver com armas de fogo dentro de casa.

Uma terceira coisa é que, ocasionalmente, ele vai sair disparando fatos aleatórios que você nunca teve interesse em procurar saber, tipo quantos agressores sexuais moram em um raio de 8 mil quilômetros de sua casa; ou que os jovens pertencem à faixa etária com mais entradas em emergências de hospitais.

Eu o encaro.

— E...?

— E faz sentido que, com a população de estudantes que a Faculdade de Nova York tem — diz Cooper —, você vá lidar com pelo menos uma ou duas mortes por ano.

— Não este ano — argumento, balançando a cabeça com veemência enquanto janto a comida chinesa que pedimos em casa. Tudo que temos comido ultimamente vem em caixinhas, porque, com o início do ano letivo e a chegada dos calouros se aproximando, meus horários no trabalho ficam cada vez mais pesados. Chego em casa cada vez mais tarde, os ossos moídos de tanto pôr chaves em ordem e supervisionar a limpeza das salas. Cooper também está cuidando de um caso, então seus horários tampouco têm sido muito regulares, ainda que, por respeito à privacidade do cliente, ele não me diga exatamente em que consistem suas tarefas. — Este ano vai ser tudo diferente. Ninguém em Fischer Hall vai morrer. Nem por acidente.

— E como é que você vai garantir isso? — pergunta Coop, roendo um pedaço de costela de porco. — Vai enrolar todos os estudantes em plástico bolha?

Fico imaginando os alunos que moram no conjunto residencial em que trabalho tentando transitar por Nova York embrulhados no material plástico para transporte de produtos. Um pensamento estranhamente agradável.

— Não é realmente factível. Acho que fariam objeções alegando algo sobre direitos humanos. Mas seria uma boa ideia.

Agora as duas sobrancelhas de Cooper se levantam, e ele parece achar um pouco de graça de tudo.

— Vai ver é melhor a gente não poder ter mesmo filhos no fim das contas, se você acha que embrulhá-los em plástico bolha é uma boa ideia.

Ignoro o sarcasmo.

— Ok, e que tal o seguinte? — proponho. — Contanto que ninguém seja assassinado, já fico feliz.

Cooper estende o braço sobre o porco *moo shu* para apertar minha mão.

— Aí está um dos vários motivos por que me apaixonei por você, Heather. Você nunca teve medo de sonhar alto.

É, este ano seria diferente, sim. Totalmente diferente do ano passado, quando comecei a trabalhar como diretora-assistente do dormitório no Conjunto Residencial Fischer e achava que Cooper não sentia nada por mim, e nós perdemos nosso primeiro aluno poucas semanas depois de o semestre começar.

Neste ano, Cooper e eu íamos nos casar, e nós perdemos nosso primeiro aluno antes mesmo de as aulas começarem.

Eu devia ter apelado para o plástico bolha, afinal.

> ## Bem-vindo à semana de orientação aos calouros no Conjunto Residencial Fischer!
>
> A Faculdade de Nova York e o Departamento de Acomodação e Convívio alegram-se em recebê-los *uma semana antes* a fim de ajudá-los a se adaptar a sua nova moradia durante o ano letivo que começa!
>
> Conheçam seus novos colegas, conselheiros, professores e diretores de curso enquanto se familiarizam com os muitos serviços e programas que esta faculdade tem a oferecer!
>
> Aproveitem as atividades exclusivas para os calouros e alunos transferidos, como excursões até os principais pontos turísticos, espetáculos e locais famosos da cidade de Nova York, incluindo:
>
> **Estátua da Liberdade — Ellis Island — Freedom Tower — Wicked, o musical da Broadway — Cake Boss Café — e muito, muito mais!**

2

Está fazendo um dia bonito, é um dos últimos do verão. O céu visto da janela do meu escritório é de um azul-claro, a temperatura, de perfeitos 24 graus.

É também a primeira semana de orientação aos calouros na Faculdade de Nova York. Até agora, muito pouco está dando certo.

— Olhe — diz a mulher atraente de calça jeans branca apertada que se sentou praticamente deslizando na cadeira

A noiva é tamanho 42

ao lado da minha mesa. — Não é que minha Kaileigh seja mimada. Durante a semana de recesso da primavera, ela foi voluntária, construindo casas no Haiti com o Habitat para Humanidade. Morou em uma tenda sem água corrente. Ela é durona.

Mantenho um sorriso educado fixamente no rosto.

— Então qual exatamente é o problema de Kaileigh com o apartamento, Sra. Harris?

— Ah, não é o apartamento. — A Sra. Harris precisa levantar a voz para ser ouvida com todo o barulho de perfuração.

Carl, o engenheiro civil, está empoleirado sobre uma escada de mão perto da fotocopiadora do escritório, fazendo o que dizemos à equipe de assistentes, formada por estudantes, que são os últimos de alguns "reparos elétricos", deixados de fora na reforma pela qual o prédio passou no verão.

Quando os alunos descobrirem o que Carl está realmente fazendo — instalando a fiação para um conjunto de monitores de segurança pelos quais minha chefe, Lisa, e eu vamos poder assistir a tudo que acontece nos corredores do décimo quinto andar —, vão provavelmente começar um protesto alegando invasão de privacidade, mesmo que esteja sendo feito para sua proteção.

— É a *colega* de quarto de Kaileigh — continua a Sra. Harris.

Faço que sim com a cabeça, compreensiva, antes de engrenar em um discurso que já fiz tantas vezes que, em algumas ocasiões, me sinto como um dos robôs-cantores do espetáculo musical da Disney, *The Country Bear Jamboree*, só que em uma versão bem menos fofinha:

— A senhora sabe, Sra. Harris, que uma parte importante da experiência na faculdade é conhecer gente nova, pessoas que podem vir de culturas diferentes da nossa...

14 Meg Cabot

Ela me corta.

— Ah, sei disso tudo. A gente leu o material de orientação que vocês mandaram nas férias. Mas há limite para o que alguém tem de engolir.

— Qual é o problema de Kaileigh com a colega?

— Ah, minha Kaileigh não é de reclamar à toa — explica a mãe, os olhos habilmente maquiados se arregalando com a ideia de a filha fazer algo remotamente errado. — Ela nem sabe que estou aqui. Um problema com Ameera, é esse o nome da colega de Kaileigh, era a última coisa que a gente estava esperando. Aquelas duas trocavam mensagens e se falavam pelo Skype o verão inteiro, desde que descobriram que iam morar juntas, e tudo parecia bem. Eu achava que elas iam ser "BFF", melhores amigas para sempre, sabe como é?

Sei bem o que a sigla "BFF" — *best friends forever* — significa, mas apenas sorrio de forma encorajadora.

— Foi só agora, quando Ameera e Kaileigh começaram a *morar* juntas pra valer, que a gente percebeu...

A Sra. Harris morde o lábio inferior, mirando as unhas muito bem-feitas e os dedos ornados com joias de bom gosto, hesitando em continuar. Um pai diretamente atrás dela — não o marido — lança olhares repetidamente para o relógio de ouro. Rolex, claro. Poucos alunos da Faculdade de Nova York pedem financiamentos universitários... E, se pedem, não são do tipo que os pais reclamam por eles.

— *O quê?* — Estou tão impaciente com a Sra. Harris quanto o homem com o Rolex, só que por razões diferentes. — O que você percebeu a respeito da colega de sua filha?

— Bom... Não sei de que outro jeito dizer isso — recomeçou a mãe. — Ameera é... Bem, ela... Ela... Ela é uma *piranha*.

Os pais na fila atrás da Sra. Harris fazem todos cara de chocados. Carl, do topo da escada, deixa cair a furadeira.

Eu mesma fico um pouco estupefata.

A mulher parece um pouco constrangida, mas não pede para conversar em um lugar mais reservado, o que é bom, uma vez que a porta para o escritório de Lisa está fechada, e a sala de reuniões no fim do corredor está sendo usada como quartel-general para o time de vigilância que monitora nosso novo RMI (Residente Muito Importante) 24 horas por dia, sete dias por semana.

— Ahn — digo, com dificuldade para lembrar qual seção do *Manual de acomodações e vida estudantil da Faculdade de Nova York* trata do tema "piranha". Ah, é. Nenhuma. — Talvez a gente devesse...

— Não estou querendo julgar ninguém. — A Sra. Harris se apressa em me garantir (e ao Carl, uma vez que fica bem claro, enquanto corre para descer a escada e pegar a furadeira, que ele está prestando atenção com avidez. Uma piranha no Conjunto Residencial Fischer? Era a melhor notícia que tinha ouvido o dia inteiro). — É a verdade pura e simples. Kaileigh vem falando disso a semana toda. Ameera só dormiu no quarto delas uma vez desde que chegaram. *Uma*. E segundo Kaileigh e as outras meninas, é um cara diferente toda noite... E teve até uma vez que foi uma garota!

Carl volta para a escada trôpego. Uma piranha *bissexual*? Sua expressão é de total e completo êxtase.

A Sra. Harris está muito absorta na narrativa para notar.

— Não é possível Ameera conhecer essas pessoas tão bem assim, né? Ela só está morando na cidade há uma semana, que nem minha Kaileigh. As duas chegaram no primeiro dia da Orientação aos Calouros. Acho que não preciso dizer como isso tudo é perturbador.

Estou abismada demais para dar qualquer resposta. Em minha mesa tem um pote grande originalmente para balas, mas que, em vez de doces, está cheio de camisinhas com invólucros brilhantes do centro médico estudantil. Durante todo o ano, alunos esperando o elevador se lançam para dentro do meu escritório para mergulhar as mãos dentro da vasilha, arrematando punhados de camisinhas gratuitas.

É assim que lido com o problema dos alunos mais fogosos. Eles vão experimentar por aí de qualquer forma, então por que deveriam ter de pagar a vida inteira por isso?

A Sra. Harris não parece se dar conta do pote de balas, porém, ou minha atitude perante sexo entre esses jovens é diferente da dela, porque a mulher continua:

— E aparentemente Ameera nem se deu o trabalho de voltar para casa hoje de manhã.

Finalmente consigo recuperar a voz.

— Bem, isso foi até atencioso da parte de Ameera. Provavelmente percebeu como os horários estranhos estavam incomodando sua filha, e quis deixar Kaileigh dormir um pouco mais. — Rezo para que seja verdade e que Ameera não esteja jogada, morta, em uma caçamba de lixo em algum beco por aí.

Provavelmente não. Deve estar confortavelmente deitada na cama suspensa do loft de algum hipster gato do Brooklyn, curtindo aquela preguicinha pós-sexo e o primeiro *latte* do dia. Queria poder trocar de lugar com ela. Com a diferença de que minha preferência de cara gato mora logo ali virando a esquina, não no Brooklyn, e as chances de ele ter uma cama suspensa são iguais a de ter um *piercing* de argola no nariz.

— Sabe, Sra. Harris — continuo —, aqui na Faculdade de Nova York, estimulamos os alunos a descobrirem quem são de maneiras diferentes das de quando viviam com os pais, e, às vezes, isso significa descobrir quem eles são... er... sexualmente falando...

— Mas todas as noites da semana, com um cara diferente a cada noite? — Ela não está engolindo nada do meu blá-blá-blá psicológico administrativo contemporizador. —

Isso é simplesmente inaceitável. Disseram-me na recepção que aqui era o lugar para conseguir uma troca de acomodações.

— É mesmo — diz o homem do Rolex de ouro. Está totalmente a par de nossa conversa, tanto quanto Carl, e quase tão empolgado também. — É por isso que estou aqui. Meu filho foi mandado para aquele alojamento do outro lado do parque, como é que se chama mesmo? Ah, é. Conjunto Residencial Wasser. Ele está detestando ficar lá. Parece que o Conjunto Fischer é o lugar mais "legal" de se morar.

O Rolex de Ouro faz aspas imaginárias com os dedos quando diz "legal", e ri do absurdo de um prédio ser "mais legal" que o outro. Alguns dos pais na fila soltam risadas com ele.

Ah, se soubessem como era realmente absurda a ideia do Conjunto Residencial Fischer ser "o lugar mais legal de se morar".

— Pelo menos sua filha está no prédio certo — observa o Relógio de Ouro para a Sra. Harris. — Preciso colocar o meu em algum tipo de Lista de Espera para Trocar de Apartamento para que ele venha morar aqui.

Começa um forte burburinho atrás do homem. Aparentemente, muitos dos pais tinham ouvido falar da lista. É por isso que estão aqui também. *Precisam* colocar os filhos no Conjunto Fischer, o "lugar legal de se morar".

Especialmente agora que ouviram falar da Ameera, tenho certeza.

Mal consigo acreditar. Se tivessem me contado no ano passado — na semana passada até —, que uma fila de pais querendo colocar os filhos em uma lista de espera para morar no alojamento se formaria do meu escritório até o corredor, eu ia dizer para a pessoa que ela estava louca.

Mas cá está ela, bem diante de meus olhos. A fila serpenteia pela porta do escritório afora, desaparece no corredor, que está tão barulhento e apinhado quanto minha sala, dando direto para os elevadores que levam aos andares superiores do Conjunto Fischer.

Não é surpresa que a maioria dos pais pareça estar, como eu, começando a sentir dores de cabeça. Todos têm expressões de impaciência estampadas no rosto — alguns, de resignação amarga —, e alguns parecem claramente irritados.

Posso entender por quê. Já é quase meio-dia. Tenho certeza de que não sou a única ansiosa pelo almoço (embora provavelmente seja a única que se sinta assim porque, segundo meu calendário de mesa, vou almoçar com meu namorado detetive extremamente atraente e nossa super-requisitada — e absurdamente cara — cerimonialista).

Pelo menos tenho a satisfação de saber que todo duro que eu e minha equipe demos durante o verão — sem falar na tremenda quantia de dinheiro que a faculdade despejou na reforma do Conjunto — valeu a pena... Talvez tenha valido até demais. Quase desejo que Lisa ou até nossa assistente da pós-graduação, Sarah, estivessem por perto para eu pedir que me beliscassem; só para ter certeza de que não estou sonhando.

Mas só tem Carl por perto, e de jeito nenhum vou pedir para ele me beliscar. Sei bem que quando for contar a história para todos os amigos lá embaixo na hora do intervalo, ele vai dar um jeito de transformar a coisa toda em algo pervertido, tipo eu mostrando a ele meus peitos.

— Certo — diz a Sra. Harris, iluminando-se à menção da Lista de Espera. — É disso mesmo que Kaileigh precisa, trocar de apartamento. Em um mundo justo, acho que seria *Ameera* a se mudar...

Para onde a Sra. Harris quer que eu a mande? Fico me perguntando. O Conjunto Fischer tem vários "andares de exploração" este ano, reservados a alunos que querem ficar imersos nos estudos, como o Andar de Língua Francesa, o

Deutsches Haus e o "Ofício Artístico", mas não tem nenhum dedicado às "Aspirantes a Piranhas".

— ... Mas eu tenho certeza de que tem algum tipo de regra parcial contra isso — continua a Sra. Harris, com amargura —, então quero que mudem Kaileigh imediatamente.

É claro, antes que Kaileigh seja infectada por algum bichinho nojento de Ameera.

Solto um suspiro, desejando fervorosamente que Lisa estivesse disponível para arbitrar essa partida, porque receio que vá falar algo grosseiro.

— Você tem algum quarto individual livre? — indaga a mulher, levantando a bolsa branca de grife e abrindo-a para tirar o talão de cheques. — Eu pago a diferença. Só quero ver minha Kaileigh feliz.

— Ahn — balbucio, mantendo a calma com algum esforço. — Temos quartos individuais, sim, mas só estão disponíveis para a equipe de assistentes, veteranos e pessoas com necessidades especiais.

E crucificar a colega "taxando-a" de piranha e se martirizar não se qualifica como uma necessidade especial, eu me seguro para não acrescentar: *A única pessoa sentindo qualquer necessidade aqui sou eu de crucificar você.*

Em vez disso, estendo a mão para pegar um inofensivo fichário preto que mantenho ao lado da mesa e digo:

— Posso colocar a sua filha na Lista de Espera para Troca de Apartamento, mas acho que isso é um pouco prematuro...

Minha voz se perde quando me dou conta de que todos na sala parecem ter prendido a respiração. Em um primeiro instante, não entendo por quê.

Aí vejo que estão todos olhando para a etiqueta na capa do fichário em minhas mãos — Lista de Espera para Troca de Apartamento — como se fosse a Arca do Tesouro ou algo do tipo.

— É aquilo. — Ouço alguém mais para o fim da fila sussurrar. — A lista.

Tudo começa a voltar a minha memória... Como é a sensação de ser popular. As pessoas costumavam formar filas assim na minha frente 15 anos atrás, mas era para pegar meu autógrafo depois de um show esgotado (quando eu ainda era a número um das paradas musicais), e não para colocar o nome dos filhos em alguma lista de espera para morar no dormitório onde eu trabalho.

— Então — digo, baixando o fichário e fazendo minha imitação de robô Country Bear Jamboree outra vez —, se Kaileigh ainda se sentir incomodada, ela pode vir até aqui e preencher um formulário pedindo uma mudança de apartamento, e assim que tivermos uma vaga na lista de espera, a contactamos. Quero dizer, a Kaileigh. Mas, no momento, o Conjunto está totalmente cheio.

Ouço um resmungo surpreendentemente alto, não só da Sra. Harris, mas de todos na fila atrás dela.

Decido não contar a eles que a lista de espera de alunos clamando para morar no Conjunto Residencial Fischer já tem mais de quinhentos nomes e que a probabilidade de Kaileigh — ou de qualquer outro aluno — conseguir mudar de quarto é zero.

— Trabalho aqui há vinte anos, e nunca pensei que ia ver uma coisa dessas. — Ouço Carl murmurar baixinho. — Gente fazendo fila para se mudar para este lixo? Onde é que este mundo vai parar?

Só trabalho no Conjunto Fischer há um ano, mas minha opinião é a mesma. Não que eu considere o lugar um lixo.

Ainda assim, tento agir profissionalmente, por isso não concordo com ele... Em voz alta, pelo menos.

— Eu não entendo — declara a mulher. — Estou aqui. Fiquei esse tempo todo esperando. Por que eu mesma não posso preencher o formulário por Kaileigh?

— Bem, mesmo sabendo que você nunca faria nada contra os desejos de sua filha — digo, com tato —, já aconteceu de familiares e colegas de quarto solicitarem a mudança de outros alunos sem que eles soubessem, quando, na verdade, eles mesmos estavam perfeitamente felizes onde moravam.

— Exatamente da mesma maneira que amantes rejeitados às vezes ligam para a companhia de eletricidade e tentam fazer a energia do ex ou da ex ser cortada, por pura dor de cotovelo. — Então é por isso que preciso que Kaileigh e todos os outros alunos que quiserem se mudar — acrescento, alto suficiente para que os demais pais ouçam — venham aqui e preencham a papelada pessoalmente.

Não surpreende que a Sra. Harris e todos os outros pais à espera por tanto tempo comecem a rugir novamente.

Vendo a expressão de revolta da mulher, me apresso em acrescentar antes que ela possa interromper:

— Kaileigh ainda nem tentou falar com Ameera sobre o problema, não é? Ou com a assistente de residentes delas?

A mulher revira os olhos.

— A assistente? Você está falando daquela tal de Jasmine, que mora no fim do corredor? Fiquei batendo na porta dela a manhã inteira, mas ela não está. Não sei nem por que você a contratou. Minha Kaileigh faria um trabalho muito melhor, seria muito mais presente.

— Kaileigh é caloura — argumento, tentando não deixar as alfinetadas em nossa equipe de estudantes, a maioria alunos novos no prédio, exatamente como Kaileigh, me irritarem, sigo em frente: — Os assistentes de residentes têm de ser veteranos do terceiro ou quarto ano. Olhe, tenho certeza de que essa situação toda entre sua filha e a colega vai ter evaporado quando as aulas começarem e as duas precisarem tirar a cabeça das nuvens e começarem a estudar. Enquanto isso, se ela, ou qualquer outro aluno, realmente achar que a situação é insustentável, eles podem vir aqui e marcar uma reunião com a diretora do alojamento, ou dar uma olhada na lista para ver se existe alguém com quem possam trocar.

Enquanto a Sra. Harris continua a soltar fogo pelas ventas — é o tipo de mãe que acha que todas as decisões da filha precisam ser tomadas por ela —, noto que alguns rostos na fila subitamente parecem bem mais alegres. Mas esses rostos todos pertencem a estudantes.

Não os típicos alunos de blusa-de-moletom-e-botas-Ugg que vejo normalmente no escritório, entretanto. As garotas estão arrasando com sombras brilhantes nos olhos, milhares de pulseiras, saltos plataforma gigantes e minissaias. Os garotos, então, se produziram com ainda mais esmero que as meninas, exibindo as camisas sociais de tecido fino, jeans skinny e lenços em tons pastéis (enrolados em pescoços mais finos que meu braço). Estão me deixando com a sensação de que vim para o trabalho vestida de forma totalmente errada, com minha simples calça jeans escura, camisa branca de botão e sapatilha.

Esses garotos querem impressionar alguém... E não sou eu. Duvido seriamente que isso tudo seja por causa desses pais, também.

Mas tenho um bom palpite de quem seja.

Uma das alunas, uma loura em saltos extremamente altos, se inclina e chama:

— Ei. Ei! —, buscando a atenção da Sra. Harris.

Quando a Sra. Harris olha para ela, a menina diz:

— Oi, meu nome é Isabel. Fui alocada no Conjunto Wasser, o prédio do outro lado do parque, onde o filho do moço ali mora. — Aponta para o Rolex de Ouro, que fica vermelho com a atenção recebida. — De qualquer forma, *super* troco com sua filha. Não me importo de morar com uma piranha... Ainda mais se for uma que nunca fica em casa.

Na verdade, eu ia *adorar* isso. Fico no quarto com qualquer um contando que seja no Conjunto Fischer... E perto *dele*.

Os garotos e garotas dão risadinhas empolgadas. Sabem exatamente quem é o tal *ele* a quem a menina se refere, mesmo que a expressão da Sra. Harris seja vazia como uma folha em branco.

Sabia. Não é a reforma que o Conjunto sofreu, nem o reality show que foi filmado aqui no verão com duas celebridades bem conhecidas — meu ex-namorado e futuro cunhado, Jordan Cartwright, e a esposa, Tania Trace (embora o programa esteja em fase de pós-produção e não vá ao ar antes do Natal) —, tampouco foi nosso trabalho árduo que catapultou a popularidade do prédio a níveis tão altos.

É nosso Residente Muito Importante (para quem Carl está instalando os monitores de segurança e para quem a equipe de vigilância foi postada no fim do corredor). As fofocas a respeito dele se espalharam mais rápido do que jamais imaginei... Nenhuma surpresa nisso, uma vez que ele não foi muito discreto, apesar da insistência em ser chamado pelo nome "americano" que escolheu, em vez de usar o que os pais lhe deram.

Fico me perguntando qual foi a maior pista dada para os coleguinhas: as câmeras de segurança recém-instaladas no saguão e no nosso escritório, e também no corredor do décimo quinto andar e no parapeito das janelas? Ou o fato de que ele é o único estudante na história da Faculdade de Nova York que já teve direito a um apartamento só para ele, com dois quartos e um banheiro exclusivo?

Ou foi o Cadillac Escalade branco com motorista que fica na porta do prédio 24 horas por dia, disponível a qualquer hora do dia ou da noite?

Quem sabe não foi o *feed* de sua página na rede social sendo constantemente atualizado (mais de um milhão de seguidores e aumentando), fotos dele jogando tênis, montando a cavalo no deserto, pulando de paraquedas e aterrissando em seu iate particular, até dançando nas boates com os locais, para a frustração dos diligentes, porém exaustos, guarda-costas, e agora também toda a equipe de acomodações da Faculdade de Nova York?

Não poderia ter sido a doação de 500 milhões de dólares para a faculdade, uma doação tão alta — só depois de o filho ter sido aceito — que foi matéria de primeira página de todos os jornais da cidade?

Claramente nada disso tinha ajudado a desviar a atenção de nosso RMI.

Mas ajudara *muito* a elevar a reputação do Conjunto Fischer para o status de o lugar para se morar.

A Sra. Harris, entretanto, não tem o menor conhecimento de nada disso.

— Ah, não — diz, um pouco confusa, em resposta à oferta de Isabel. — Aí é que está. Nunca que Kaileigh mudaria do Conjunto. Ela adora todo mundo que conheceu desde que veio para cá, principalmente as outras colegas de apartamento, Chantelle e Nishi. E ela jamais *pediria* para se mudar. — A mãe lança um olhar nervoso em minha direção. — É por isso que estou aqui para fazer isso por ela. Minha filha não magoaria os sentimentos de Ameera. Kaileigh tem um coração tão bom, sabe?

Ouço alguém bufar atrás da mulher, mas o som não vem da direção em que estão os estudantes. Vejo que uma jovem de cabelos revoltos e macacão entrou no escritório, com xícara e pires equilibrados cuidadosamente nas mãos.

— Desculpe — pede Sarah, parecendo genuinamente arrependida ao perceber que sua risadinha de deboche em reação às palavras "coração tão bom" fora ouvida. É a residente da pós-graduação designada como assistente da diretoria do Conjunto Residencial Fischer, e ela sabe que não deve rir dos pais. — Eu estava... Eu só estava... — Está é sem saber o que dizer.

— Levando o chá para a Srta. Wu? — pergunto, salvando sua pele. — Vá em frente. — Balanço a cabeça em direção à porta fechada da diretora. — Ela está esperando.

— Desculpe a demora. — Sarah abre a porta do escritório rapidamente, permitindo-me vislumbrar por alguns segundos minha chefe, descansando a cabeça sobre a mesa e parecendo muito mal, enquanto Sarah entra. — A fila no refeitório estava inacreditável. Aqui, Lise. Isto vai fazê-la sentir-se melhor...

Um gemido leve escapa da boca de Lisa antes que a porta se feche atrás de Sarah.

A Sra. Harris encara a moça mais jovem, sem ter percebido a ridicularização que sofreu, ao que tudo indica.

— Se a diretora do Conjunto está aí — diz a mãe, com uma expressão bem calculada no rosto —, talvez fosse melhor falar com ela sobre a mudança de Kaileigh, já que é ela quem resolve as coisas mesmo. Meu marido e eu vamos voltar para Ohio no domingo, e, se Kaileigh for mudar de apartamento, tem de ser rápido. Ela não pode carregar todas as suas coisas sozinha, vai precisar de nossa ajuda. Como eu disse, estou realmente bem preocupada com o estilo de vida de Ameera. Minha Kaileigh estava animada com a ideia de ter uma colega de verdade este ano, não alguém que...

— Desculpe-me. — Eu a corto, mesmo usando meu tom de voz mais doce. — A diretora realmente não está se sentindo bem. Você não ia querer acabar com o resto de sua viagem a Nova York pegando algum tipo de virose.

A expressão da mulher agora é de alarme.

— Ah, não. Com certeza não.

No corredor, soa a campainha das portas do elevador, e o barulho aumenta notavelmente quando os residentes se apressam em sair, enquanto outros correm para entrar, apertando-se junto a todos os seus pertences enfiados em caixas de plástico. O Conjunto Residencial Fischer foi construído em meados de 1800, por isso o saguão é feito de mármore, o pé-direito nos aposentos têm quase mais de 3 metros (e 6 metros no refeitório), e lustres que brilham com os mesmos cristais dos dias de Henry James (embora agora já tenham sido modernizados para usarem lâmpadas fluorescentes em vez de velas).

Por isso, o barulho durante qualquer período de muita movimentação (como nos horários de almoço e jantar) fica excessivamente alto, graças às vozes de tantos jovens animados se encontrando, sem falar no apito agudo do escâner eletrônico quando as carteirinhas de identificação são passadas para permitir acesso ao prédio, e nos latidos do Pete atrás do balcão da segurança dizendo para todo mundo: "Devagar, não é uma corrida" e "carteirinha na mão ou vocês não vão a lugar nenhum, de jeito nenhum, em hora nenhuma", tudo por cima da campainha constante da porta do elevador se abrindo e fechando.

Mas a barulheira no corredor se eleva a um nível que raramente presenciei em outros momentos, e não demoro muito a sacar o motivo quando vejo Isabel e as amigas sussurrarem cheias de animação:

— Ai, meu Deus, ele está vindo para cá! É o...

Um segundo depois, um cara alto, de cabelos escuros, com jeans skinny e blazer de estampa camuflada — as costuras nos ombros quase se rompiam forçadas pelos músculos bem consideráveis do dono, e as mangas estavam puxadas casualmente até os cotovelos para revelar um relógio de diamante e platina estonteante — entra em meu escritório, seguido por uma comitiva de meninas e leões de chácara.

— *Príncipe Rashid* — suspiram Isabel e as amigas, deslumbradas.

— Por favor — diz Sua Majestade, o príncipe herdeiro Rashid Ashraf bin Zayed Faisal, com uma piscadela e um toque leve e modesto no chapéu fedora, seguido de um sorriso lento que revela todos os dentes perfeitamente brancos e simétricos —, neste país, gosto de ser chamado pelo meu nome americano, Shiraz. Porque, como o vinho, proporciono momentos de relax.

Falcões, Ferraris e uma gorda herança: apenas mais um dia na vida do Boêmio Rashid de Qalif

O que o príncipe herdeiro Rashid Ashraf bin Zayed Faisal tem que você não tem? Tudo!

Jogador de tênis profissional, cujo pai ostenta a maior fortuna do Oriente Médio, o príncipe Rashid jamais anda a pé. Por que andaria, quando pode usar um de seus Cadillacs Escalade com calotas de ouro?

Vinte e um anos e Rashid já ganhou a única medalha de ouro de seu país nas Olimpíadas, mas isso não é bastante para "Shiraz". Não, agora ele quer obter um diploma de bacharel na boa e velha América, bem aqui na Faculdade de Nova York.

Não temam, porém, amigos camponeses, o *Expresso* está trabalhando no caso. Vamos deixá-los a par de todos os seus passos e informaremos se o virmos no salão de jantar comendo espaguete com almôndegas como o restante de nós, proletários.

Expresso da Faculdade de Nova York
Seu blog diário de notícias feito por estudantes

3

A porta para o escritório da diretora é aberta com violência. Sarah lança um olhar para "Shiraz", cujos bíceps estão quase explodindo para fora do blazer, e dá a impressão de que vai seguir o exemplo de nossa chefe e colocar o café da manhã todo para fora.

— Você só pode estar de sacanagem — diz.

— Ah, oi, moça bonita. — O príncipe semicerra os cílios escuros e cheios, e dispara um sorriso ainda mais brilhante, o que levou a imprensa a chamá-lo de o "Boêmio Rashid".

O sorriso não surte efeito em Sarah.

— O que *você* quer?

— Eu? — Parece surpreso pela hostilidade. — Não quero nada.

— Então por que está aqui?

— Sarah — digo, em tom de advertência, preocupada com os olhares suspeitos que os guarda-costas lançam em sua direção.

Embora seja verdade que a maior parte da comunidade da Faculdade de Nova York tenha acolhido Rashid de braços abertos, uma pequena minoria não ficou particularmente entusiasmada com a entrada do príncipe na instituição, apesar da generosa doação feita por seu pai — Sua Alteza, o general-xeique Mohammed bin Zayed Faisal, príncipe herdeiro e supremo comandante das Forças Armadas de Qalif — à Escola de Artes e Ciências da Faculdade.

Essa antipatia pode ter alguma coisa a ver com o fato de que correm boatos de que o príncipe Rashid teve um resultado bastante fraco no SAT, muito abaixo da média já bem pouco exigente pedida para a admissão na Faculdade.

Mas provavelmente tem mais a ver com o fato de que Qalif, embora famosa pelas belas praias e pela arquitetura — e pela prodigiosa produção de petróleo —, não permita liberdade de imprensa ou de religião, e o governo (comandado pelo pai do príncipe) tenha a fama de reprimir mulheres, homossexuais e pessoas sem recursos.

Em uma reunião administrativa supersecreta da equipe — da qual Sarah não participara, por ser apenas uma aluna da pós, não uma funcionária efetivada —, tínhamos sido avisados de que o jovem príncipe havia recebido ameaças de morte, algumas das quais poderiam ter vindo de membros da Faculdade, que estão chamando a doação feita pelo xeique de "dinheiro sujo", e o presidente da faculdade, Phillip Allington, "um traidor do país" por tê-la aceito.

Felizmente, a proteção de visitantes membros da realeza é de responsabilidade do Departamento de Estado dos Estados Unidos (graças a Deus; a última coisa que a gente precisa é de Pete, da segurança do campus, pensando que é dever dele manter o herdeiro do trono de Qalif são e salvo, além de forçar todos os nossos setecentos residentes a cadastrar seus visitantes ao entrarem no prédio), então eles montaram um escritório na sala de reuniões.

Mas tudo isso significa que, se Sarah não se policiar, vai acabar conseguindo ser presa pelo Serviço de Segurança Diplomática... Se um dos guarda-costas do príncipe não acabar com ela primeiro.

— Eu entrei aqui com ela. — Ele aponta para uma jovem que saiu do elevador em sua companhia.

— É óbvio que sim — observa Sarah, com uma risada antipática. — Sabe, Sua Alteza, aqui neste país, diferentemente do seu, as mulheres não são legalmente obrigadas a andar atrás dos homens.

O príncipe Rashid faz uma expressão ainda mais espantada e também parecendo um pouco magoada.

— Senhorita. — O maior dos dois leões de chácara estreita os olhos negros como carvão para Sarah. — A senhorita tem algum problema com o príncipe?

— Não — diz ela. — Tenho um problema com todo o *país* de onde ele vem, começando pelo jeito como o povo dele trata meu povo, e, quando falo "povo", estou querendo dizer o povo de Israel...

Quando o homem dá um passo em direção a Sarah, saio de trás da mesa, certa de que um incidente internacional está prestes a ocorrer bem aqui no escritório da diretoria do Conjunto Residencial Fischer.

Mas Rashid levanta a mão para acalmar o segurança, falando algo em um árabe rápido, que termina com um "Então relaxe, ok, Hamad?".

Hamad não parece muito relaxado. Os ombros largos sob o terno preto de corte impecável estão tensos. Não posso deixar de notar uma sutil saliência na lateral do traje, embaixo do braço esquerdo, que sei, por morar com um detetive particular, indicar a presença de uma arma de fogo.

Antes de ter tempo de ficar nervosa, entretanto, ouço alguém engasgar sobressaltada.

— *Mãe?* — grita a menina que entrou logo depois de Rashid.

A Sra. Harris se levanta de um pulo da cadeira.

— Kaileigh? — exclama de volta. — Ah, minha nossa, é você! Querida, você não me disse que ia sair.

Kaileigh, a tal do coração tão bom, responde com rispidez:

— Eu, Shiraz, Nishi e Chantelle vamos almoçar. Por que você está aqui no escritório da diretora do alojamento?

— Ah, eu estava só, ah, er... — O rosto da mãe fica da cor de meu esmalte pink "That's Hot!".

— Sua mãe passou aqui para me perguntar sobre a... Despedida dos Pais. — Apresso-me em salvar a mulher, pegando uma filipeta de uma pilha em minha mesa. — A cerimônia de despedida é no domingo às 15 horas no Complexo Esportivo Winer, Sra. Harris. Gostaríamos muito que você e seu marido comparecessem. Será uma linda maneira de se despedirem da sua filha até poderem revê-la, no Fim de Semana dos Pais, em outubro.

Essa é uma citação direta da filipeta. Na opinião de muitos de meus colegas de trabalho, e na minha também, a Despedida dos Pais é uma piada... Mas, considerando a forma como alguns deles, inclusive a Sra. Harris, pensam que seus queridinhos de corações meigos e frágeis não conseguem se virar sem eles, provavelmente não é má ideia. Segundo os administradores de outras instituições, alguns pais começaram a alugar apartamentos perto dos alojamentos dos filhos para poderem "ajudar" na transição durante o primeiro período.

Essa "ajuda" inclui aparecer de surpresa nos horários de atendimento dos professores, exigindo que eles aumentem as notas dos filhos.

Sendo assim, celebrar uma cerimônia à luz de velas ao fim da semana de orientação não é simplesmente algo simpático ou uma cortesia. Está virando uma necessidade em vários *campi*.

É o fato de a presença ser obrigatória para a equipe administrativa que acho um pouco exasperante. Tenho minha própria programação no fim de semana, que inclui uma série de tarefas, sem falar no planejamento de um casamento. E mais: *eu* não vou fazer nenhuma objeção em me despedir de parente algum. Não consigo me identificar com esses pais dos dias de hoje, superenvolvidos com a vida dos filhos e que querem fazer tudo por eles, no lugar deles. Vai ver é porque meus pais eram o exato oposto... Não estavam nem aí para o que acontecia comigo.

Bem, exceto na época em que estavam ganhando rios de dinheiro a minha custa, é claro. Mas, pelo menos no que dizia respeito à mamãe, era só o dinheiro que importava. Foi por isso que ela se mandou com tudo.

Ah, se naquela época eu soubesse o que sei hoje. Teria feito um tipo de cerimônia de Despedida dos Pais bem diferente com ela.

— Ah — responde a Sra. Harris, pegando a filipeta de minha mão. — Obrigada. Pois é, era, ahn, exatamente isso que eu queria saber.

Atrás dela, o Rolex de Ouro olha com expressão perplexa.

A noiva é tamanho 42

— Eu pensei que você tinha vindo aqui pelo mesmo motivo que todo mundo, para colocar sua filha na...

— Que legal que você vai almoçar com seus novos amigos, Kaileigh — interrompe ela, com rapidez. — Mas papai e eu estávamos planejando levá-la para almoçar hoje em Chinatown. Lembra?

A irritação perpassa o belo rosto de Kaileigh, mas ela rapidamente a reprime.

— Não tem problema, mãe — responde. — Vocês só vão embora no sábado. A gente pode almoçar em Chinatown outro dia.

A Sra. Harris faz uma expressão tão magoada que parecia ter levado uma punhalada da própria filha no coração.

— Ah! — exclama. — Bem, deixe eu ligar para seu pai. Ele e eu podemos acompanhar você e seus amigos. Não vai demorar nem um minuto, ele está ali na Best Buy comprando aquela impressora nova que você disse que queria, então não está muito longe.

A mulher está ocupada cavando o interior da bolsa à procura do celular e não nota o revirar de olhos que a filha troca com as amigas.

— Não precisa, mãe. — Volta a dizer. — Mesmo. Você, o papai e eu comemos juntos *a semana inteirinha*. Acho que dá para deixar essa passar para eu poder ficar com meus amigos.

— Não, não, está beleza — intervém Rashid, procurando no bolso do blazer o próprio telefone. — Eu ia adorar que o Sr. e a Sra. H. viessem com a gente...

Kaileigh o encara.

— Isso não vai ser necessário, Shiraz. A reserva que você fez era só para *quatro*.

— Cinco — corrige ele, o polegar movendo-se pela tela do celular. — Não se esqueça de Ameera. Vou ligar para Drew. Ele consegue uma mesa maior para a gente.

— Que fofo. — Ouço um dos meninos na fila murmurar, com um suspiro. — Até com gente velha ele é simpático!

Sarah parece furiosa. Não quer descobrir qualquer traço bom no príncipe.

Kaileigh também não aparenta estar muito feliz, mas por outros motivos. Está vestida exatamente igual às amigas e garotas da fila dos que querem entrar na Lista de Espera para Troca de Quarto do Conjunto Fischer — como alguém que está pronta para sair, mas definitivamente *não* com os pais. Os cabelos longos tinham sido escovados à perfeição, dezenas de pulseiras douradas brilhantes balançam-se em cada pulso, e a minissaia bate no ponto mais favorecedor das coxas esbeltas.

Rashid está similarmente bem penteado. Se está ciente dos olhares empolgados que recebe dos estudantes, não o demonstra. É provável que esteja acostumado, sendo o "príncipe Harry" da realeza do Oriente Médio.

— Vocês têm uma reserva? — A Sra. Harris parece espantada. — Não vão almoçar no refeitório?

— Não, mãe — responde Kaileigh, exasperada. — Shiraz conseguiu uma mesa no Nobu para a gente. Dizem que lá tem, tipo, só o melhor sushi do *mundo inteiro*.

Carl, de cima da escada, faz que sim com a cabeça.

— Tem mesmo. Experimente o robalo com temperos na chapa. Vocês não vão se arrepender.

— Mas... — A Sra. Harris passa os olhos de Rashid para os seguranças e depois se volta para a filha. — Pagamos o plano de 19 refeições por semana para que Kaileigh pudesse comer no campus. Tenho certeza de que os pais de vocês fizeram a mesma coisa. — Ela lança um olhar de desaprovação às amigas da filha. — A gente não é reembolsado por nenhuma dessas refeições não feitas. É, Srta. Wells?

De repente no centro das atenções, balanço a cabeça em negativa... Embora duvide seriamente que o filho do regente de um dos países mais ricos do mundo (de acordo com a revista *Forbes*) se importe em ser reembolsado por uma refeição que ele não comeu.

— Mãe, ninguém vai morrer se a gente não comer no refeitório de vez em quando. — Kaileigh dá um sorrisinho amarelo para os amigos, como se dissesse *"minha mãe só me faz pagar mico, né?"* — Na verdade, só vim aqui porque não consigo achar nossa assistente de residentes, e tem alguma coisa estranha com minha colega de quarto.

— Ameera voltou? — A mãe parecia surpresa.

— Aham — confirmou a filha. — Depois que desligamos hoje de manhã, fui tomar banho, e, quando saí, Ameera estava na cama. Só que...

A porta do escritório de Lisa abre em um rompante.

— O que tem de errado com ela? — pergunta a diretora abruptamente.

Os olhos da menina se esbugalham. Não a culpo. Não bastasse estar um caco em seu estado atual, lembrando uma versão asiática de Fantine durante a cena de sua morte em *Os miseráveis*, tirando a cabeça raspada, Lisa também parece ter surgido do nada, possuída por poderes de predição.

— Com minha colega? — indaga a aluna. — Ela... Ela... não está acordando.

Pedido de Troca de Apartamento

Nome: ―――――――――――
N. ID: ―――――――
Sexo: ―― M ―― F ―― Gênero Neutro
E-mail: ―――――――――――
Celular: ―――――――――
Onde mora tualmente? ――――――
―――――――――――――――――
Que tipo de troca está interessado em fazer? ―――――――――――
―――――――――――――――――

Razão para o pedido de troca de apartamento.
Por favor, marque todas as que se aplicarem:
―― Não se entendeu com o colega.
―― Deseja opção de acomodação mais barata.
―― Deseja morar mais perto do campus.
―― Outras (explique no espaço abaixo):
―――――――――――――――――
―――――――――――――――――

Ao assinar, concordo que desejo que o Departamento de Acomodação da Faculdade de Nova York me ofereça uma opção de troca de apartamento.

―――――――――――――――――
Assinatura do estudante

— Em que apartamento você está? — O rosto pálido de minha chefe espia pela fresta entre a porta e a soleira, mas sua voz tem a força de um chicote.

A noiva é tamanho 42

Parecendo um pouco chocada, Kaileigh responde mecanicamente:

— Número 1412.

— Heather! — ladra Lisa. — Ligue para a AR do...

— Décimo quarto andar. Pode deixar.

Pego a lista que digitei com os números de emergência do prédio, inclusive de todos os novos assistentes de residentes. Cheguei a pensar que imprimir a lista num corpo minúsculo até transformá-la em um cartãozinho que cabia na carteira (e que eu tinha plastificado) era algo bem high-tech, até o momento em que uma das ARs — justamente a AR do décimo quarto andar, a própria Jasmine — perguntou em tom sarcástico: "Tudo bem se eu jogar isso fora depois de salvar tudo em meu smartphone?"

Imagina a audácia, inferindo que a lista a qual me dei o trabalho de fazer (porque, claro, eu tinha distribuído cópias plastificadas para todo mundo) era descartável!

Quando Jasmine deixar o smartphone cair numa poça de chuva ao levar algum aluno para o hospital (e, não importa o que digam, às vezes isso acontece, *sim*), como ela vai saber para quem ligar do telefone da emergência para irem rendê-la?

Boa sorte com essa, Jasmine.

Lisa abre a porta do escritório um pouco mais, e um pequeno vulto marrom e branco irrompe de trás de suas pernas, correndo animadamente pelo cômodo e cheirando os sapatos de todos. Os dois seguranças do príncipe levam as mãos à cintura para pegar os revólveres.

— É um cachorro! — grito, enquanto disco os números.

— Tricky, venha cá. Gente, é um Jack Russell terrier, não uma ameaça.

O cãozinho corre em minha direção para ganhar a comidinha que guardo comigo para emergências assim — embora nunca tivessem envolvido armas antes — enquanto Hamad e o parceiro se acalmam, mas não sem olhares de reprovação para minha chefe.

Lisa sequer percebe.

— Ameera está respirando? — indaga ela a Kaileigh, que ainda tem os olhos redondos de estupefação pelo fato de Lisa estar a par da situação da colega de quarto.

Na verdade, existe uma boa explicação: uma extensa grade de metal a poucos centímetros do teto que separa a sala de Lisa da minha. A grade supostamente garante "luz e ventilação aos funcionários no escritório exterior", pois ele não tem janelas.

Mas o que ela faz de verdade é permitir que todo mundo ouça a conversa de todo mundo.

Não é de todo ruim, no entanto, deixar os alunos pensarem que somos médiuns (eles nunca notam a grade), então não nos damos o trabalho de desfazer o mal-entendido.

— Acho que ela estava respirando. — Kaileigh, diferentemente dos demais, está olhando para Lisa em vez de para o cachorro, cujas costas tremem de êxtase enquanto lhe ofereço gostosuras com uma das mãos apenas, a outra ainda segurando o telefone. — Como eu vou saber?

— Ela vomitou na cama? — exige saber Lisa. — Os lábios estavam arroxeados?

— É claro que ela estava respirando — intervém a vizinha de Kaileigh, Chantelle. — Quero dizer, por que não estaria? Ela só está, tipo, de ressaca.

— Mas a gente não olhou a cor da boca de Ameera. Ela estava com o lençol cobrindo a cabeça. A gente só a sacudiu, e nada de ela acordar. — Nishi está agachada na frente do cachorro, coçando-lhe as orelhas, para delírio do animal. — Ai, meu Deus, é *tão* fofo. Qual é o nome dele?

— Tricky. — Desligo. Para Lisa, falo: — Caixa postal. Jasmine não atende.

A expressão dela passa a ser de preocupação, e não somente por causa de Ameera. Jasmine não é a assistente plantonista, mas todos os alunos contratados deveriam estar "à disposição" durante a semana de orientação. O fato de que Jasmine não atende o telefone (especialmente considerando-se que é um telefonema do escritório da diretora do alojamento) é inquietante.

Mas... é só a primeira semana da vida na faculdade. Jasmine vai aprender... Especialmente depois que Lisa Wu tiver deixado tudo bem claro na próxima reunião da equipe.

— Eu falei — recomeçou a Sra. Harris, triunfante. — Ela não está no quarto.

— Vou telefonar para a recepção e mandar o assistente encarregado checar Ameera — digo, ignorando a outra enquanto disco — e Jasmine também.

— Não precisa — intervém Sarah, com rapidez. — Eu vou. — Ela se vira para encarar Kaileigh, que parece ser a única preocupada com a colega... Ou talvez ainda esteja assustada com a aparente habilidade que Lisa possui de ler mentes. — Sou a assistente de pós-graduação do prédio. É meu trabalho, junto à Srta. Wu e à Srta. Wells, ajudar nessas questões.

Alguém poderia supor que a arrogância da Sarah vem de uma espécie de ansiedade para se redimir do *faux pas* anterior com a mãe de Kaileigh — e possivelmente da atitude ruim que teve perante o príncipe Rashid —, mas a verdade é que ela basicamente vive para momentos assim, uma vez que está estudando para obter o grau de mestre em psicologia.

A caminho da porta, Sarah diz por sobre o ombro:

— Lisa, por que não vai lá para cima e volta para a cama? Eu e Heather temos tudo sob controle.

Como Sarah, a diretora mora no alojamento. Lisa recebe moradia e refeições gratuitas — tem direito a um apartamento de um quarto no décimo sexto andar, que divide com o marido Cory e, é claro, com Tricky — como benefício, além de um salário que não é muito maior que o meu, mas, em compensação, preciso pagar meu próprio aluguel.

Ou teria, se não morasse de graça em um dos andares do prédio de meu senhorio em troca de cuidar da contabilidade... Ou pelo menos era esse o trato até a gente começar uma relação romântica. Ainda presto serviços de contabilidade para ele, mas agora moro de graça no prédio inteiro.

— Senhorita Wu. — A Sra. Harris vê a oportunidade para uma reunião de improviso com alguém da diretoria, ainda que essa pessoa esteja com a aparência da própria morte requentada, e pula na frente de Lisa antes que ela possa dar o fora. — Talvez eu e você devêssemos conversar a sós...

A diretora balança a cabeça em negativa como se as vozes de todos soassem como moscas irritantes zumbindo em suas orelhas.

— Agora, não — responde.

A Sra. Harris parece pasma.

— Mas...

— Eu disse *agora, não*.

O Rolex de Ouro tinha dado um passo à frente para falar comigo, porém, ouvindo o tom de minha chefe, dá outro para trás bem rápido.

— Gavin, sou eu — digo, quando o estudante na recepção atende. — Você pode, por favor, pegar a chave mestra do décimo quarto andar? Sarah vai subir daqui a pouco para buscar. E você viu Jasmine por aí?

— Quem é Jasmine?

Gavin é um dos meus alunos-funcionários mais confiáveis, mas apenas para comparecer aos compromissos marcados — e às vezes até aos não marcados, quando sua presença não é esperada, mas muito necessária.

Infelizmente, não é exatamente o mais eficiente na hora de prestar atenção quando está desempenhando sua função, que é trabalhar no coração do Conjunto Fischer, a recepção aonde os residentes vão para receber a correspondência e encomendas, registrar problemas e pegar chaves emprestadas caso tenham ficado trancados fora dos apartamentos. Gavin aspira a uma carreira na área de cinema, e não em hotelaria, e isso é bem evidente.

Solto um suspiro.

— Jasmine é uma das novas assistentes, Gavin. Lembra? Ela trabalha no décimo quarto andar. Você a conheceu na social da equipe de alunos no fim de semana passado.

— Sei lá. — É o termo preferido de Gavin. — Tinha tipo umas cinco garotas chamadas Jasmine naquela parada. Essa é a Jasmine asiática gata que quer ser médica? Ou a Jasmine indiana gata que quer ser advogada? Ou é a Jasmine branquinha gata que faz Comunicação? Ou...

— Você não tem namorada, Gavin? — interrompo.

— Claro que tenho — responde ele. — Jamie é a garota mais gata de todas no alojamento, quero dizer, de todo o conjunto. Depois de você, Heather, óbvio. Mas isso não quer dizer que todas as Jasmines que moram aqui não sejam também. Olhe só, eu sou um cara que aprecia as mulheres. Mulheres de todas as etnias, tipos... — Ele abaixa a voz sugestivamente — ... e idades também, se é que você me entende, Heather.

Engulo em seco.

— Sabe de uma coisa, Gavin?. Entendo, sim. É só dar a chave do décimo quarto andar para Sarah quando ela chegar aí, por favor.

— Ah, ela chegou — diz ele, com a voz normal. Ouço o tilintar do armário de metal em que deixamos todas as chaves mestras (exceto pela chave do prédio, que fica em uma caixa na última gaveta da mesa de Lisa), e depois a voz de Sarah ao fundo dizendo "Valeu, Gavin".

— Ótimo — digo, quando ele volta ao telefone. — Agora me faça um favor e acione o assistente de residentes de plantão? — Estou olhando para o planejamento preso no mural ao lado de minha mesa. — É Howard Chen. Diga para ele ir até o décimo quarto andar e encontrar Sarah para resolverem a questão de uma aluna possivelmente doente.

— Ok, farei isso — promete Gavin, soando cético —, mas ele não vai gostar.

— Como assim, ele não vai gostar? Não me importa se ele gosta ou não, é o trabalho dele, não tem escolha.

— Eu sei — concorda Gavin. — Só estou dizendo isso porque tive de ligar para nosso amigo Howard há bem pouco tempo por causa de uns alunos que ficaram trancados fora do apartamento, e ele ficou bem irritadinho. Disse que não está se sentindo bem.

Dou uma olhadela para Lisa e abaixo minha voz para um murmúrio:

— Bem, diga a Howard, em meu nome, que ele pode engolir a irritação. Ele recebe casa e comida de graça o ano inteiro, mas só precisa estar em serviço alguns dias por mês. Lisa está passando mal com uma virose fortíssima e tem de ficar aqui das nove da manhã às cinco da tarde todos os dias, além de ficar de plantão à noite, e ainda assim *ela* veio trabalhar.

— Parece que essa virose está pegando um monte dos assistentes hoje — comenta o garoto de forma obscura, e desliga.

— Com licença.

No segundo em que o fone toca a base, o Rolex está em cima de mim como se fosse o cream cheese do meu bagel.

— Desculpe, percebi que você tem várias questões para resolver e realmente detesto ter de lhe aborrecer, mas e a tal Lista de Espera para Troca de Apartamento que você mencionou?

De saco cheio, abro a última gaveta de minha escrivaninha e pego uma pilha de formulários de um tom bem vivo de laranja.

— Aqui, tome — digo. — Dê isto a seu filho.

Um pequeno tumulto se forma enquanto a fila se move para a frente, mãos vorazmente estendidas a fim de arrematar um dos papéis.

Eu me dou conta de que provavelmente deveria tê-los entregue antes, mas o fato de um prédio ter mantido a reputação de Alojamento da Morte por tanto tempo quanto o Conjunto Residencial Fischer faz com que demore um pouco para você se adaptar à ideia de que de repente este ficou sendo um lugar onde as pessoas realmente querem morar.

— Aqui, senhorita — diz o Rolex de Ouro poucos minutos depois, entregando o formulário completo de volta para mim, parecendo não sentir remorso algum, mesmo que eu tenha explicado poucos minutos antes que apenas os residentes podiam preenchê-los. — E posso te fazer só mais uma pergunta...

Topo qualquer coisa para me livrar dele.

— Vá em frente.

O homem abaixa o tom.

— Com certeza você deve escutar isto o tempo todo, mas já te disseram que você é igualzinha a Heather Wells, a cantora pop?

Ele parece tão sincero, o rosto gorducho radiante, que percebo que não está me sacaneando. Genuinamente não tem ideia. Não deixo uma placa com meu nome sobre a mesa.

— Não — respondo, com um sorriso, tomando o formulário das mãos dele. — Ninguém nunca me disse isto antes. Mas obrigada. Vou considerar um elogio.

— Ah, e é mesmo — garante. — Uma garota tão bonita. Minha filha adorava a Heather Wells. Ela tem todos os CDs.

Às vezes até coloca para ouvir. Tinha aquela música... — Ele parece não se lembrar do nome.

— "Sugar Rush"?

— Essa mesma! Gruda na cabeça. Ih, droga. Agora vou ficar cantarolando isso o dia inteiro.

Concordo com a cabeça.

— É difícil de parar mesmo.

— Fazer o quê, né? — conclui ele, com um sorriso acanhado. — Obrigado. Quando me disseram que os nova-iorquinos eram antipáticos, sabia que estavam mentindo. Não encontrei nenhum que fosse mau ainda.

Sorrio para ele.

— Não somos de todo ruins.

Em pouco tempo, meu escritório tinha esvaziado — à exceção da Sra. Harris, a filha, as vizinhas e, é claro, o príncipe e os seguranças.

— Tem alguma coisa que eu possa fazer para ajudar? — pergunta o príncipe, aparentando estar regiamente preocupado.

— Você pode ir para seu almoço — responde Lisa, severa. — Isso não é assunto seu.

— Receio que seja — replica ele. — Conheço a moça em questão. Ela é muito... amável.

Noto Chantelle e Nishi trocando olhares ao se ajoelharem ao lado de Tricky, que está se refestelando com a atenção delas. *Amável!*, elas dizem sem produzir sons uma para outra, maravilhadas. Não se cansam da beleza e da nobreza do príncipe.

Sou provavelmente a única no cômodo que pensa no mesmo instante: *Conhece a moça em questão?* Ela não dormiu no próprio quarto uma noite sequer a semana inteira. Qual será o nível de intimidade que o príncipe tem com Ameera?

— Meu carro pode ter alguma serventia? — indaga ele. — Tem bastante espaço. — Vai ver pode ajudar no transporte da moça até o hospital.

— É para isso que existem as ambulâncias — retruca Lisa, com frieza. Está tão impressionada com as boas maneiras régias do menino quanto Sarah. — Vamos chamar uma se precisarmos. — Ela parece se dar conta de como está sendo grosseira e acrescenta em tom mais gentil: — Agradeço a oferta, mas faz parte de nosso trabalho cuidar desse tipo de situação. Você não precisa se envolver... Shiraz.

— Não posso dizer que nada disso me surpreende. — Pode não ter sido surpresa para a Sra. Harris, mas ela parece se regozijar com todo o drama. — Quando você disse que Ameera não tinha voltado para casa ontem, Kaileigh, eu sabia que uma coisa assim ia acontecer...

— Mas não sabemos ainda se alguma coisa realmente aconteceu, não é? — interrompe a diretora, em tom grosseiro outra vez. Está um pouco sem equilíbrio nos pés, como se o carpete ondulasse diante de seus olhos, mas consegue manter-se ereta. — Então vamos reservar nossos julgamentos para nós mesmos até sabermos, certo?

— É, mãe — endossa Kaileigh, espremendo os olhos em reprovação para a mãe.

— Mas eu não acho mesmo que Kaileigh precise passar por esse tipo de estresse, especialmente quando as aulas começarem. — A Sra. Harris é igual a Tricky quando consegue o que quer. Não vai largar o osso de jeito nenhum. — Imagina o que toda essa preocupação não vai fazer com suas notas?

— Mãe — diz Kaileigh, rascante. — Eu estou bem. Qual é o problema? Ameera abusou um pouco ontem à noite, e agora ela está... Espere aí. — A menina volta a estreitar os olhos para a mãe. — É *por isso* que está aqui? Veio reclamar de Ameera? Ai, meu Deus, não dá para acreditar em você.

Acontece que eu gosto do meu apartamento, mãe, *e* das minhas colegas. Estou na faculdade agora. Por que você não me deixa viver minha vida?

— Com licença — pede Lisa, tendo sido subitamente tomada por uma leve cor esverdeada. Volta para sua sala como uma flecha, batendo a porta com força ao entrar. Graças à grade de metal, podemos ouvir com bastante clareza por que ela precisava se retirar.

— Coitadinha — comenta Carl do alto da escada, fazendo um som de "tsc, tsc" com a língua. — Muita gente está caindo de cama com essa virose aí. Meu pessoal teve de desentupir dois banheiros só esta manhã. Aconselho a todo mundo: lavem as mãos. — Com ares de vovô, ele sacode a broca da furadeira enfaticamente. — É o único jeito de não deixar se espalhar.

Todos olham para as mãos, inclusive os seguranças reais. Até Shiraz parece ter perdido um pouco daquele seu temperamento descontraído.

— Bem — diz o garoto, começando a caminhar para a porta —, se não posso ser útil aqui, melhor ir embora. Sem ofensa, mas não posso me dar o luxo de ficar doente agora. Tenho ingressos para o Aberto dos Estados Unidos no fim de semana. Não vou jogar, vou só como espectador... — Vendo os olhares trocados pelos guarda-costas, acrescenta, em tom profundo, meio sério e meio gozador: — Além disso, com todos os créditos que peguei no semestre, sei que papai vai querer que eu fique saudável para estudar direito...

— A gente vai com você — diz Nishi, liberando Tricky com relutância e pondo-se de pé. — Não tem razão para a gente ficar, né? Vocês vão cuidar de Ameera se houver algum problema com ela?

— Não há problema algum com Ameera — asseguro —, mas é claro que a gente vai cuidar dela se houver.

É minha imaginação (hiperativa), ou o príncipe fica tão aliviado ao ouvir isso quanto as meninas?

— Valeu — agradece Kaileigh, sorrindo com graça para mim. O jeito como encara a mãe, porém, é o oposto disso. — Ligo para você e papai mais tarde, mãe — acrescenta, gélida.

— Tchau, Sra. Harris, Srta. Wells, senhor — despede-se o príncipe, com cumprimentos de cabeça educados para a mãe de Kaileigh, eu e até Carl, que responde com a furadeira. — Espero que a senhora melhore — grita para Lisa pela grade de metal. A única reação dela é um gemido.

O que quer que possam dizer a respeito do herdeiro ao trono de Qalif, ele é inabalavelmente educado. Ele, Kaileigh e o resto da *entourage* começam a esvaziar meu escritório, bem na hora em que um homem alto, devastadoramente bonito com cheios cabelos escuros e penetrantes olhos azuis chega.

Sempre que Cooper Cartwright entra em algum lugar fico admirada que as demais mulheres nos arredores não fiquem tontas com a visão, que é a forma como sempre acho que vou reagir. Vai ver elas só são melhores na hora de esconder o efeito arrasador que a crua masculinidade daquele homem produz nelas. A Sra. Harris mal olha na direção dele, o que me deixa completamente perplexa, uma vez que meu noivo parece emanar testosterona vestido em sua calça jeans de corte normal, não skinny, e um blazer solto no corpo de um jeito que o príncipe Rashid jamais conseguiria.

Mas, também, todos nós sabemos o que a Sra. Harris acha de sexo, então não deve ser nenhuma surpresa.

Cooper observa o príncipe e seu comboio sem fazer comentários até que, depois de terem saído, pergunta:

— Sua Alteza Real, o RMI, presumo?

— Ele prefere ser chamado de Shiraz — corrijo. — Porque proporciona momentos de relax.

— Bom saber que ele está absorvendo a cultura — comenta Cooper, com secura, sentando-se no sofá para visitantes.

Apenas Tricky recebe Cooper da maneira como acho que ele deveria ser recebido... E como eu mesma o receberia se não estivéssemos cercados por observadores. O cãozinho se joga para cima do sofá, coloca as patas no peito de Cooper e começa a lamber entusiasticamente o início de barba crescida dele (ainda que seja apenas hora do almoço, e ele a tenha raspado de manhã).

— Opa — exclama, tentando deter os ataques do cão. — Também estou feliz em te ver, Trix, mas dá para perceber que um de nós dois não escovou os dentes de manhã, e não fui eu.

A Sra. Harris, ainda sem notar meu noivo, me informa:

— O pai de Kaileigh está vindo para cá. Ele disse que, pelo dinheiro que estamos gastando, que é mais de 50 mil dólares por ano, Kaileigh devia morar com uma colega que leve os estudos a sério.

Ergo as sobrancelhas.

— Sra. Harris, já disse que não tenho outros apartamentos...

— É por isso que queremos falar com alguém que esteja na direção. — Ela aponta para o escritório fechado de Lisa com a cabeça. — Não a Srta. Wu. O supervisor dela. O diretor de acomodações.

— Sra. Harris — digo, em um tom que não consigo evitar que se torne ligeiramente rude. — Ficarei feliz em dirigir a senhora para o Departamento de Acomodação, onde poderá marcar uma reunião com o Dr. Stanley Jessup, o diretor, mas, antes disso, fique ciente de que vou ligar pessoalmente para o escritório dele para informar que sua filha disse, na minha frente, há apenas cinco minutos, que ela gosta do apartamento e das colegas atuais, e que pediu para a senhora deixá-la viver a vida dela.

A noiva é tamanho 42

O rosto da mulher fica cor-de-rosa. Desmascarei seu joguinho, e ela sabe. Cooper, enquanto isso, está rindo escondido com a cara enfiada no pelo de Tricky. Ele adora quando dou uma prensa nos pais. Diz que deixa ele com tesão. Espero que consiga se controlar até sairmos do prédio e pegarmos um táxi para o Plaza, onde vamos nos encontrar com nossa cerimonialista de agenda-extremamente-lotada.

— Kaileigh foi aceita na Faculdade de Nova York — continuo —, uma das melhores do país — "uma das melhores" é um exagero; mas certamente é uma das mais caras — porque ela é claramente muito inteligente. Como mãe, você precisa começar a acreditar que ela vai conseguir dar conta dos problemas que encontrar e deixá-la tomar as próprias decisões. Pessoalmente, acho que serão ótimas decisões, porque ela não só está estudando em uma instituição de renome, e com 18 anos já é legalmente adulta, mas também porque foi criada por uma mãe fantástica. *Você*, Sra. Harris. Kaileigh vai se dar muito bem aqui porque teve um ótimo exemplo. Você deu a ela as asas de que ela precisa para voar. Agora, por que não deixa que ela as use?

Ao fim do longo discurso — que, preciso admitir, tirei de um cartão e já tinha repetido umas quatro vezes só naquela semana —, dou à mulher meu sorriso mais encantador, o que Cooper diz que tira ele do chão. Descobri que acaba tirando suas calças com frequência também.

Infelizmente — ou felizmente, uma vez que estamos em um escritório —, desta vez, nenhuma das duas coisas acontece. A Sra. Harris mantém ambos os pés e as calças no lugar.

Mas parece de fato tocada.

— Ah! — exclama, colocando a mão dentro da bolsa e tirando um lencinho com o qual dá batidinhas nos cantos dos olhos. — Isso é tão gentil de sua parte. Eu e o pai dela demos nosso melhor. Ela tem um irmão mais novo, sabe?, e basta dizer que a gente não vai deixar *ele* ir ao Haiti para construir casas com o Habitat para Humanidade, mesmo que seja uma causa tão válida, porque ele simplesmente não mostrou o mesmo tipo de responsabilidade que Kaileigh tem. Mas todo mundo não fala que os garotos demoram mais para amadurecer que as...

Providencialmente, o telefone do escritório toca antes que ela possa continuar. Vejo no identificador de chamadas que é Sarah.

— Sinto muito — desculpo-me. — Preciso atender. Quem sabe a gente não continua a conversa uma outra hora?

A Sra. Harris assente mostrando que compreende e diz, apenas movimentando os lábios: "*Muito obrigada por tudo*", enquanto pego o fone e atendo:

— Alô, escritório da diretora do Conjunto Residencial Fischer, como posso ajudar?

— Sei que você sabe que sou eu — diz Sarah. A voz dela soa estranhamente congestionada. — A mãe de Kaileigh ainda está plantada aí?

— Sim, é Heather Wells quem está falando — respondo, dando um sorriso largo para a mulher enquanto ela acena da porta, já de saída.

— Ai, droga. Não dá para acreditar que ela ainda está aí. A coisa é feia, Heather. Muito, muito feia.

Mantenho o sorriso congelado no rosto, mas movo meus olhos em direção a Cooper agora que a Sra. Harris finalmente partiu. Ele está coçando as orelhas de Tricky, mas, quando nota minha expressão, seus dedos param e o olhar se conecta com o meu.

— Mesmo? — indago. Ainda que a mãe de Kaileigh tenha ido embora, mantenho meu tom profissional. As pessoas continuam perambulando lá fora. — Feio como?

— Não é justo — diz Sarah. Está chorando agora. — As aulas ainda nem começaram, Heather. As aulas ainda nem começaram.

Atrás de mim, ouço a porta da sala de Lisa se abrir. Desta vez não acho que seja por causa de nada que tenha ouvido, pois tudo o que falei ao telefone foi perfeitamente neutro.

Acho que minha nova chefe pode realmente ter algum tipo de percepção extrassensorial.

— Heather? — chama ela, com voz suave. — O que foi? É Sarah?

Faço que sim, pegando uma caneta e baixando os olhos para o calendário na mesa. Lentamente, começo a riscar *Almoço c/ Coop e Perry*. O encontro com a cerimonialista super-requisitada e absurdamente cara está definitivamente cancelado.

— Sarah — digo. — Respire fundo. Seja o que for, a gente vai resolver...

— Eu não entendo. — Sarah está balbuciando no fone. — Ontem mesmo no jantar eu vi essa menina. Ela estava bem. A gente até comeu falafel. Nós comemos falafel juntas à noite no refeitório, droga. Como ela pode estar morta?

Franzo as sobrancelhas. O que Sarah diz não está fazendo nenhum sentido.

— Você jantou com Ameera, a colega de Kaileigh, ontem no refeitório?

— Não! — grita ela, com um soluço. — Não é Ameera! Ameera está bem, fomos lá no apartamento, ela está ótima, só de ressaca ou coisa do tipo. Estou falando da Jasmine, a AR do décimo quarto andar. Você me disse para vir checar, aí, quando batemos e ela não atendeu, abrimos a porta com a chave mestra para ter certeza de que estava tudo bem, porque dava para ouvir música tocando. Por que ela ia deixar a música ligada se não estava em casa? Bem, ela está aqui, mas não está bem. Ela está morta, Heather. Morta!

> É política da Faculdade de Nova York não deixar nenhum aluno matriculado que precise de assistência médica emergencial desacompanhado. Nenhum aluno deve ser deixado sozinho na emergência hospitalar.
>
> Um representante da faculdade *sempre* deve estar com o aluno doente ou ferido até que o referido estudante seja levado aos cuidados de um médico em um hospital licenciado.
>
> Em caso de morte de um aluno, um administrador deve permanecer com o falecido *até* que o corpo seja liberado para o IML (Instituto Médico Legal).
>
> —fragmento retirado da edição recentemente *revisada do Manual de acomodações e vida no Conjunto Residencial*

Lisa insistiu em subir comigo e ficar postada ao lado do corpo de Jasmine, mas eu tinha minhas dúvidas sobre se esse era o melhor plano de ação.

— Você está doente, Lisa — argumento, quando ligo para lá para relatar o que descobrimos. Sarah está um caco quando chego, e o assistente de residentes de plantão, Howard Chen, não está por perto. Isso porque, como logo descubro, ele está na lixeira ao fim do corredor, colocando os bofes para fora.

Não foi a visão que Howard e Sarah tiveram no apartamento 1416 que o fez vomitar. Jasmine aparenta estar totalmente tranquila, vestida com regata branca e shortinho verde, os cabelos castanhos espalhados de um jeito atraente no travesseiro sob sua cabeça, de olhos fechados. Poderia estar dormindo... A não ser pelo fato de que não está respirando e de que sua pele está fria como gelo.

Aparentemente, Howard está vomitando pelo mesmo motivo que Lisa: a virose, que parece fazer uma vítima atrás da outra.

Mando o aluno voltar ao quarto e se recobrar, depois mando Sarah descer até a recepção e esperar a polícia antes de ligar para Lisa.

— Não acho que você vai ajudar muito por aqui — continuo, tentando ser cuidadosa ao máximo com as palavras.

— Na verdade, pode ser até que atrapalhe. Não acho que Jasmine tenha sido assassinada, mas nunca se sabe.

— Fale logo de uma vez, Heather — diz, com amargura.

— Você não quer que eu saia vomitando a cena do crime toda.

— Bem, foi você quem disse, não eu. Acho que você devia voltar para casa e ir para a cama. Vou ligar para o Departamento de Acomodação e contar o que aconteceu ao Dr. Jessup. Mas ele provavelmente vai querer que você telefone para os pais de Jasmine.

A voz de Lisa falha.

— Ai, meu Deus, Heather.

— Eu sei. Mas você conhecia Jasmine melhor que todo mundo, você a treinou como assistente de residentes. Vai ser melhor eles receberem a notícia de você. Sei que vai ser uma droga, mas...

Jasmine tem alguns porta-retratos na mesinha de cabeceira. Em uma das fotografias, está abraçada com um casal mais velho de expressão alegre — sem dúvida a mãe e o pai — e um golden retriever com a língua para fora. Parecem estar acampando.

Preciso desviar o olhar. Não tenho esse tipo de foto com meus pais. Nunca tivemos animais de estimação quando era mais jovem. Minha mãe dizia que dava muito trabalho levá-los para a estrada quando eu estava em turnê.

Depois ela se mandou. Então...

— Entendo. É só que... — A voz dela volta a falhar. — Ela era tão novinha!

— Eu sei — digo outra vez, olhando ao redor do quarto, para qualquer lugar que não fosse a foto de família e o rosto bonito de Jasmine.

Ela *havia sido* novinha... E cheia de esperança no futuro.

A menina pintara as paredes de um azul-claro alegre — pintar o apartamento é uma violação das regras do alojamento, a menos que você pinte as paredes de branco outra vez antes de se mudar — e as cobrira com recortes de nuvens brancas e fotografias de mulheres que admirava... A maioria de jornalistas da TV, como Diane Sawyer e Katie Couric.

É aí que me lembro do que Gavin perguntou no telefone há pouco:

Ou é a Jasmine branquinha gata que faz Comunicação?

Era essa.

Só que agora o sonho de se tornar a próxima Diane Sawyer jamais se tornará realidade. Algo no canto dos meus olhos começa a me incomodar — lágrimas, logo percebo. Dou as costas para o corpo e o quarto, e abro as persianas. Não devemos tocar em nada no cômodo de um falecido, uma vez que pode ser a cena de um crime, mas preciso olhar para *alguma coisa* que não me faça chorar.

Não posso crer que o único contato real que tive com Jasmine foi o comentário debochado dela a respeito de minha lista de telefones de emergência. Meio que antipatizei com ela por causa disso.

Agora nunca terei a chance de interagir outra vez com a menina, porque ela está morta. O mínimo que posso fazer é tentar descobrir o porquê disso tudo, mesmo que não faça parte da descrição de cargo e funções de meu trabalho.

Também *não deixa* de fazer parte da descrição, entretanto, que é assistir a diretora do alojamento em todas as questões pertinentes ao bom funcionamento do prédio. Com certeza, descobrir como Jasmine morreu se enquadra nessa categoria.

Mantenho a atenção na vista do quarto — que é espetacular —, de ruas cheias e telhados do West Village. Entre as copas das árvores, vislumbro ocasionalmente o rio Hudson.

Tantos jovens que vêm para Nova York chegam aqui com o sonho de se tornarem importantes e grandes em Manhattan, tendo passado a adolescência assistindo a reprises de *Sex and the City* ou lendo as HQs do Homem-Aranha. Algo tinha acontecido para arrancar a vida de Jasmine antes de ela ter tido a chance de viver seu sonho, entretanto.

O quê?

Lisa se faz a mesma pergunta.

— Como uma coisa destas foi acontecer, Heather? Na primeira semana, antes mesmo de as aulas começarem?

— Não sei — respondo, aliviada por minhas lágrimas não estarem afetando minha voz. — Se ajuda, seja o que for que tenha acontecido com ela — Aneurisma cerebral? Drogas? Maçã envenenada? —, não estou vendo nenhum sinal de que tenha sofrido.

— Não ajuda — responde a diretora, devastada.

— É — concordo. Nunca ajuda. — Olhe, Lisa, a coisa é ruim, mas não é tão ruim quanto poderia ser. Você pode dizer aos pais de Jasmine algo do tipo: ela morreu durante a parte mais feliz e emocionante de sua vida. Ela conseguiu um trabalho como assistente de residentes... Era um exemplo para muita gente...

Lisa solta um som de engasgo, e percebo que a fiz vomitar. Literalmente.

— É. — Volto a dizer. — Eu sei. Piegas. Olhe, está parecendo que você piorou. Vá para a cama. Vou ligar para o Dr. Jessup.

— Não — insiste Lisa, fraca. — Eu faço isso. Depois vou subir aí. A polícia vai querer falar comigo...

— Lisa, não seja ridícula. A polícia nem chegou ainda. É sério. Vá para casa. Vá para cama. Isso é uma tragédia horrível, mas vai ficar tudo bem. — Lanço um olhar furtivo a Jasmine, depois volto a encarar a vista para o rio e baixo o tom de voz, o que é ridículo, já que a menina não pode me ouvir. — Jasmine era assistente de residentes, mas era nova no prédio e não trabalhava aqui há muito tempo. Ninguém a conhecia muito bem.

— Heather! — grita minha chefe. — Como você pode...?

— É a verdade. Ela também não conhecia a gente, nem a maioria dos residentes, especialmente porque a maioria dos alunos no andar são veteranos, então ainda nem voltaram de férias. Só chegam no fim de semana que vem. E as aulas só começam depois do feriado do Dia do Trabalho.

O andar de Jasmine é um dos mais altos do prédio, o que significa ser um dos mais desejados (é por isso que o príncipe recebeu um apartamento logo acima).

— A maioria dos apartamentos dos andares mais altos foi escolhida ao acaso, no ano passado, na seleção de acomodações pelos veteranos antes de você ou de Jasmine chegarem aqui — prossigo —, o que quer dizer que sobraram só uns poucos quartos no andar para os calouros e os alunos transferidos. Como a semana de orientação é só para os novatos, os alunos do primeiro ano e os de transferência externa, a maioria dos estudantes antigos prefere não chegar até o início das aulas.

— Verdade — admite Lisa, hesitante.

— Então, isso tudo é muito triste, mas não tão triste quanto se tivesse acontecido no meio do ano. As únicas pessoas no andar dela agora são, na verdade, Kaileigh, Ameera e aquelas outras duas garotas. Você vai pegar alguém da lista de espera para assistente de residentes para substituir Jasmine, e a maioria dos alunos não vai nem saber que alguém morreu aqui no prédio, porque aconteceu antes de eles chegarem.

— Heather! — exclama ela, a respiração pesada.

— Eu disse que era triste. Não disse que era justo. A gente precisa ser pragmática.

— Esse trabalho te deixou com uma couraça — conclui Lisa, não de forma cruel. — E se a Jasmine morreu disso que *eu* tenho? E se eu passei para ela? E se for algum tipo de vírus mortal...

— Não foi isso — digo, sem emoção. — Já fui verificar a lixeira e o vaso sanitário. Nenhum sinal de vômito. E Howard Chen está com a mesma virose que você, e ele não está morto.

— Ah, ótimo. — É a primeira morte de aluno de Lisa, embora já tenhamos chegado perto disso antes, e a tensão em sua voz é quase palpável. — Espere. Acabei de pensar em uma coisa. O príncipe. Você não acha que pode ter uma conexão entre a morte de Jasmine e o príncipe, acha?

— Não consigo ver como poderia — respondo.

— Ele claramente conhece as residentes do setor dela.

— Eu sei, mas ninguém comentou sobre Jasmine não estar atendendo à porta para ir ao Nobu, só Ameera mesmo.

Mas a coincidência — um RMI cuja vida havia sofrido ameaças, e depois uma morte num apartamento do andar imediatamente abaixo do dele? Seria algo grande demais para algumas pessoas (particularmente para a mídia) ignorarem, e Lisa sabe disso.

— Ok — diz Lisa, com firmeza. — Chega. Estou indo até aí agora.

É quando ouço uma voz profunda — familiar e ressoante — vindo pela linha.

— Você não vai a lugar algum, a não ser aonde Heather já disse: para casa e para a cama.

— Cooper? — Lisa parece tomada de surpresa. — Ai, meu Deus, você ainda está aqui?

Exatamente o que pensei.

— É claro que ainda estou aqui — responde. — O plano era almoçar com minha futura esposa, lembra?

— Ah, Cooper! — exclama a diretora. — Claro. Sinto muito...

— Você vai sentir bem mais — ouço meu noivo dizer — se não se cuidar direito agora e ficar pior depois.

— Mas... — Escuto Lisa protestar debilmente.

— Sem "mas" — corta Cooper. — Você vai para casa mesmo que eu tenha de te carregar até lá.

— Você não consegue me levantar! — Ouço a voz de minha chefe, mas há incerteza nela.

— Do que você está falando? — Cooper parece ofendido. — Carrego Heather para a cama todas as noites. Como você acha que cultivo este físico de touro?

Lisa teria provavelmente rido se a situação não fosse tão deprimente.

Eu, por outro lado, franzo o cenho. Cooper até tem físico forte, mas não me carrega para a cama *todas* as noites. Teve aquela noite em que tomei algumas vodcas de toranja além da conta e nós começamos a fazer brincadeiras bestas...

— Ok, ok. — Escuto Lisa concordar. — Eu vou. Mas primeiro me deixe...

— Ai, meu Deus, vá para casa antes que meu noivo tenha de te pendurar no ombro como o King Kong! — praticamente grito ao telefone.

Lisa cede, se despede e desliga. Faço o mesmo, mas apenas para me sentar na cama em frente à de Jasmine a fim de fazer outra ligação, com cuidado para não tocar em nada ou deixar meu DNA em alguma coisa, nem olhar na direção da menina morta deitada logo ali.

Todos os assistentes têm direito a um apartamento individual, mas eles são sempre mobiliados para duas pessoas, uma vez que o Conjunto Fischer não tem uma área de armazenamento grande o suficiente para os móveis sobressalentes. O uso que os estudantes dão para eles não é de nossa conta, contanto que estejam de volta a seus lugares quando o aluno for embora.

Jasmine tinha decidido usar ambas as camas, uma como sofá para os visitantes se acomodarem, e a outra para dormir. Estou sentada na reservada aos visitantes. A outra é o leito onde Jasmine jaz, muito, muito morta.

— Gavin? — chamo, quando a pessoa no outro lado da linha atende.

— Oi, Heather — responde ele. Soa bem mais contido que quando nos falamos anteriormente. — Sarah me contou. Que saco.

Só Gavin diria que a morte de uma garota no auge da vida é "um saco".

— É — concordo. — É, realmente, um saco. A polícia já apareceu?

— Não. Ouvi que teve um incêndio no metrô, lá na estação da Christopher Street. Você sabe que eles nunca aparecem por causa de um morto se tem gente viva que ainda podem salvar. Você devia ter dito que ela estava morrendo. Aí eles viriam mais rápido.

Suspiro ao reconhecer a verdade que há naquilo.

— Sarah está aí?

— Está, sim — responde, sem soar muito animado com o fato. — Tipo, chorando por cima de todas as revistas que eu estava guardando para ler depois.

— Gavin — repreendo. — Não é para você ler as revistas dos outros. Você tem é de colocá-las nas caixas de correio das pessoas que pagam a assinatura.

— Eu sei — admite. — Mas houve mais uma morte no prédio, e o número mais novo da *Entertainment Weekly* acabou de chegar. Preciso de alguma coisa para acalmar os nervos.

Olho para as nuvens brancas e fofas de Jasmine pintadas no teto.

— Está bem. Escute só, Gavin. Você pode me fazer um favor?

— Para você? Qualquer coisa.

— Ótimo. Preciso que você pegue a lista de números de emergência...

É a vez dele de suspirar.

— ... E mande mensagem para todos os assistentes dizendo que vai haver uma reunião de emergência hoje às seis na biblioteca do segundo andar. Ah, e depois você pode colocar um recado na porta lá da biblioteca do segundo andar avisando que ela vai ficar fechada por causa de uma reunião às seis? Vamos precisar contar a eles sobre Jasmine.

— Tenso. Eu faço isso, mas, se me deixasse criar um grupo de mensagem, você mesma ia poder fazer isso da próxima vez.

— Eu sinceramente espero que não tenha uma próxima vez, Gavin. E não acho que meu celular saiba fazer esse tipo de coisa.

— Seu celular sabe, sim — retruca Gavin, divertindo-se. — *Você* é que não sabe. Olhe, tenho uma pausa daqui a uma hora. Por que você não me deixa te levar para almoçar no refeitório, aí eu arrumo isso no seu celular para você?

— Gavin — digo, com paciência adquirida à base de muita repetição. — Estou noiva. Você foi convidado para o casamento, lembra? Até confirmou sua presença e tudo... e a da sua namorada.

— É, mas você não casou ainda. Tenho uma chance. Sei que consigo te ganhar com meu *know-how* superavançado e tecnológico, que é muito superior ao do seu noivo, ou ele já teria te mostrado como mandar uma mensagem de texto de grupo, ou só mostrar como mandar mensagem mesmo e pronto, porque eu notei que você tem um pouco de dificuldade com isso. Não que isso me irrite. Só te deixa ainda mais adorável.

— Gavin — digo, olhando rápido para Jasmine. — Agora é um momento extremamente inoportuno para isto. Não que exista um momento mais oportuno para dar em cima da sua chefe. Além do mais, e Jamie? Ela é uma menina linda, que, aliás, tem *sua idade.*

— Eu sei — concorda ele. — Mas eu te conheci antes. De qualquer forma, Jamie sabe o que sinto por você. A gente tem um acordo. Para você, eu tenho passe livre.

— Você tem o quê?

— Passe livre de celebridade. Se um dia eu tiver uma chance contigo, Jamie disse que tudo bem eu aproveitar. O passe livre para ela é Robert Downey Jr., mas ela diz que só vai querer ele se estiver com a armadura de *Iron Man*, então não acho que vá acontecer.

— Que legal — digo. — Por favor, mande a mensagem para o grupo?

— Ok, mas não sei quantos dos assistentes vão aparecer por causa da *virose.*

— Gavin, por que você continua falando deste jeito?

— De que jeito?

— Como se eles não estivessem com virose alguma.

— Não falei assim — nega ele. — Não sou nenhum dedo-duro.

— Gavin. Você foi criado no subúrbio e agora estuda em uma das maiores faculdades particulares americanas seculares da cidade de Nova York. Soa esquisito quando você usa tantas negativas assim.

— Difícil, você.

Ouço batidas à porta.

— Preciso desligar — aviso, levantando para atender. — Mande a mensagem. E diga para todo mundo que se eu ficar sabendo que algum assistente ficou doente de mentirinha, a coisa vai ficar feia.

— Ah, pode acreditar — diz Gavin —, não é mentira. — Ele desliga.

Desligo e, em seguida, abro a porta do quarto de Jasmine. Minha expectativa é ver homens e mulheres de azul da 6ª Delegacia de Polícia no corredor.

Mas não são eles.

Cinco dicas para escrever Seus Votos de Casamento

Esperou até o último minuto para escrever aqueles votos? Não entre em pânico! Responda a estas perguntas e encontre as palavras perfeitas para dizer àquela pessoa especial, no dia especial de vocês:

Como vocês se conheceram?

Que hobbies vocês têm em comum?

Como ele reage em momentos de crise?

O que fez você se apaixonar por ele?

Que nomes vocês pretendem dar a seus filhos?

Eu era a noiva do irmão dele.

Solucionar assassinatos.

Atira em alguém.

Ele é gostoso e me faz rir.

Quem foi que escreveu este questionário idiota?

6

— Levei sua chefe para o apartamento dela — diz Cooper rispidamente, em vez de um "olá". Imediatamente a presença de sua forte energia masculina se espalha pelo quarto. — E aquele cachorro dela também. Deixei-a no sofá, com o telefone e umas garrafas de Ginger Ale. Você devia ligar para o marido dela e avisar que ela está bem doente. Duvido que ela tenha contado.

Ele vai direto para a cama de Jasmine para observar a falecida.

— Meu Deus, Heather. Eles estão ficando mais novos, ou é a gente que está ficando mais velho? Esta daqui mal parece ter 12 anos. Você tem certeza de que ela não está dormindo?

— Tenho — afirmo. — Cooper, obrigada por vir ver se está tudo bem comigo, mas a polícia vai chegar a qualquer minuto. Você está provavelmente deixando seu DNA por todo canto. E sabe que não é todo mundo no campus que gosta de você que nem eu, especialmente desde que atirou naquele cara nas férias.

Ele parece magoado.

— Fui chamado de "o Garanhão Gostoso da Semana" pelo blog dos estudantes, aquele *Expresso da Faculdade de Nova York*, por causa disso.

— Eu sei — digo, compreensiva. — E mesmo que, por um lado, eles e *eu* agradeçamos muito, especialmente porque você salvou minha vida, ainda acho que é melhor que vá embora. Tem aquele grupo antiviolência-e-armas-de-fogo no campus. Eles reclamam sempre que se usa uma arma, mesmo que seja contra alguém que mereça.

Ele me ignora, olhando ao redor do quarto.

— Algum sinal de que alguém esteve aqui quando ela morreu?

Balanço a cabeça em negativa.

— Sarah disse que tudo estava exatamente desta maneira quando ela chegou. E quero deixar assim, então não toque em nada.

Ele lança um olhar feio em minha direção.

— Com quem acha que está falando? Isso é meu ganha-pão.

— Pensei que seu ganha-pão fosse entrar de fininho em quartos de hotel e plantar câmeras ocultas para tirar fotos de pessoas que traem os cônjuges.

— Bem, isso também — admite ele, balançando os ombros largos com indiferença.

— Tudo estava exatamente assim, só que com o computador ligado... — indico o laptop sobre a escrivaninha de Jasmine. — Estava tocando uma *playlist* que ela colocou no *repeat*. Sarah desligou para conseguir me ouvir no telefone do escritório. Só isso.

Cooper vai até a mesa, debruçando-se para olhar o computador.

— Estranho alguém colocar música quando está tentando dormir.

— Estranho para você — discordo. — Você mora sozinho em seu prédio de vários milhões de dólares. Tente viver em um dormitório barulhento, especialmente em um andar com um bando de alunos novos do outro lado do corredor, longe de casa pela primeira vez. Muita gente nessa situação não consegue dormir *sem* música tocando. Ela abafa o barulho do ambiente. Estas paredes são grossas, mas nem tanto. Cooper, o que você está fazendo?

Ele tirou um de seus onipresentes lencinhos do bolso e apertou a tecla de religar do laptop. Cooper sempre leva consigo um lenço cuidadosamente dobrado (preferivelmente na cor azul) em alguma parte do corpo, um truque que aprendeu com um dos amigos que já esteve preso. Evita que você deixe impressões digitais, diz.

— Só estou vendo qual foi a última coisa que ela estava fazendo no computador antes de ir para a cama, além de ouvir música no iTunes. — Observa o teclado com olhos espremidos, depois a tela. — Twitter — conclui, com algum desprezo.

Cooper se recusa a fazer parte de qualquer rede social. Não tem site pessoal nem para fazer propaganda de seu negócio de investigação particular. Os clientes chegam por meio dos advogados que ele conhece, do boca a boca e de uma lista discreta nas — entre todas as opções possíveis — páginas amarelas. Parece ter todo o trabalho que consegue administrar, entretanto, uma prova de que nem todos se voltam para a internet para dar conta das suas necessidades profissionais.

— Mas que chocante, uma universitária usando o Twitter — digo sarcasticamente. — Agora venha, você sabe que se os policiais te acharem aqui, vão me culpar por arruinar a cena do crime... Se ficar provado que a morte dela foi mesmo um assassinato.

Continua a bisbilhotar um pouco mais o computador.

— Ela não estava logada — diz. — No Twitter. É só a... como é o nome mesmo? Homepage! Qual era o perfil dela?

— Como vou saber?

Cooper olha em volta.

— Onde está o celular dela?

Sigo o olhar dele.

— Não sei.

— Você tem o número? A gente podia ligar.

— É claro que tenho o número — digo, pegando meu próprio celular e, com um pouco de orgulho, a minilista de telefones de emergência feita por mim. — Mas por que é tão importante assim a gente achar o celular dela?

— Porque aí nós descobrimos quem foi a última pessoa com quem ela falou. Pode ser uma pista do motivo da morte desta menina.

— Ou a gente pode esperar os médicos-legistas responderem isso para a gente. — Já estou discando. — E você já não tem um caso para cuidar?

— É um caso de fraude nos contratos de seguro, um pouco menos urgente que isso — afirma. — Não há nenhum cadáver envolvido.

— Ah. — Mantenho o celular distante da minha orelha. — Estranho. O telefone de Jasmine está tocando aqui na linha, mas não no quarto. E agora entrou na caixa postal.

— Então não está aqui — conclui Cooper, olhando em volta.

— É claro que está aqui — retruco, fazendo o mesmo. — Ela deve ter colocado para vibrar.

As roupas que Jasmine vestira no dia anterior estão em uma pilha no chão ao lado da porta do banheiro. Caminho até elas e começo a apalpar os bolsos do jeans.

— Que garota da idade dela não leva o celular junto quando vai dormir? — Cooper aponta para a mesa de cabeceira, que fica sob a ampla janela, entre as duas camas. — Devia estar bem ali. Mas sumiu.

— Não sumiu — insisto. — Olhe, a carteira dela está aqui. — Seguro-a no alto. — Dinheiro, cartões de crédito, identidade, tudo aqui dentro. Até as chaves. — Balanço o molho. — Então ela não foi roubada. Quem ia roubar o celular e não levar o dinheiro? Tem uns cem dólares na carteira. E esse laptop aí é top de linha. Não é um caso de invasão... Não tem qualquer sinal de que tentaram forçar a porta. Quem ia pegar o celular e deixar o computador e o dinheiro?

Cooper balança a cabeça, sem estar convencido.

— Então *onde* está o telefone?

Fito o corpo de Jasmine.

— Provavelmente ali. — Aponto para ela.

O olhar de Cooper segue a direção do meu dedo, que indica os lençóis, enrolados entre as pernas de Jasmine. Ele dá um passo rápido para trás.

— Não mesmo.

— Bem, é você quem acha que todas as garotas da idade dela levam o celular para a cama — digo. — Onde mais vai estar? A não ser, quem sabe, embaixo dela.

— Bem, *eu* é que não vou procurar — declara ele. — Vai você.

— *Eu* não vou fazer isso — respondo. — Isso é perturbação dos mortos. É meu trabalho garantir que ninguém faça nada com ela... Inclusive eu.

— Mas de que outro jeito a gente vai descobrir se está ali?

— Não é *a gente* que vai descobrir — digo, com firmeza, começando a empurrá-lo em direção à porta. — Os médicos-legistas é que vão, se estiver com ela. A única coisa que um de nós *tem* de fazer é ir embora, e isso quer dizer você, antes que a polícia chegue e te prenda por adulterar uma possível cena de crime. Vá fazer seu trabalho enquanto faço o meu.

— Certo — concorda ele, alisando a camisa que acabei amassando com todos os empurrões. — Eu vou. Não precisa ficar toda irritada por causa disso. Só porque seu caso é mais interessante que o meu...

— Esse não é um *caso*, Cooper. É uma residente do prédio onde eu trabalho que morreu, e é uma tragédia, mas você mesmo me lembrou no outro dia que os jovens são o grupo que mais dá entrada na emergência dos hospitais... E que também são eles que *morrem* com mais frequência, dentre todas as outras faixas etárias. Então acho que é natural que a gente acabe sofrendo uma baixa, mesmo tão no começo do ano. Mas não dá para você pular para a conclusão de que teve um crime envolvido, porque a gente ainda não sabe...

Cooper se volta para mim em algum momento no meio desse longo discurso para pousar as mãos em meus ombros. Quando termino de falar, ele diz:

— Heather. Heather, eu sei, ok? Sinto muito. Sinto muito que isso tenha acontecido, e sinto muito que chateei você. É a última coisa que quero no mundo. Só queria ajudar. Prometo que vou ficar fora disso a partir de agora, se é o que você quer. Vou para casa ligar para Perry e cancelar o almoço. Ok?

Solto um ruído de queixa. Tinha me esquecido do encontro com a cerimonialista.

— Ai, Deus. A gente nunca mais vai conseguir marcar outra reunião depois de cancelar essa assim. Você sabe como ela é.

Foi só por causa de um cancelamento (a noiva deixou o noivo para ficar com o irmão dele) e de alguns pauzinhos que o pai de Cooper teve de mexer para nos colocar no topo da lista de espera (parece que você tem esse tipo de poder se é CEO de uma grande gravadora) que conseguimos marcar nosso casamento no Plaza, para começo de conversa. Perry, nossa cerimonialista, não para de nos lembrar como somos sortudos, porque é raro que um casamento de qualquer porte — que dirá um tão grande quanto o nosso — seja "organizado assim de última hora" em Nova York da maneira como está sendo. Aparentemente, "organizado assim de última hora" significa uma injeção de dezenas de milhares de dólares de nosso dinheirinho — uma boa parte dos quais vai para os bolsos dela — aplicada com semanas de antecedência.

Às vezes quero voar na jugular de Perry.

— Acho que a gente tem uma desculpa bem decente para o cancelamento — argumenta Cooper, tranquilizador. — Então pode deixar que dou conta de Perry. Você cuida da situação aqui.

O peso das mãos fortes em meus ombros, sem mencionar a voz ressoante, tem mesmo efeito calmante, e, pela primeira vez desde que entrei no cômodo e encontrei Jasmine deitada ali — talvez pela primeira vez desde que a Sra. Harris, mãe da residente dela, se sentou na cadeira ao lado da minha mesa —, começo a me sentir tranquila.

Levo meus próprios braços à cintura de Cooper para envolvê-lo, reconfortada, como sempre, por seu calor e o cheiro do amaciante que usamos, misturado ao cheiro natural dele.

— Desculpa eu ter pirado — digo. — É horrível falar isso nessas circunstâncias, mas eu estava mesmo bem ansiosa para discutir o planejamento das mesas com você.

— Não é horrível — discorda ele. — É humano. E outra das várias razões por que eu te amo.

Ele me beija e, quase tão subitamente quanto tinha aparecido, sai de fininho pela porta do apartamento 1416, desaparecendo na escada dos fundos, bem antes de as portas do elevador se abrirem e vários oficiais uniformizados da 6ª Delegacia de Polícia aparecerem, olhando ao redor em dúvida.

— Aqui — chamo, levantando a mão.

É ótimo que Cooper já tenha ido embora, penso, ou ele ia comentar que os policiais têm tanta cara de criança quanto Jasmine.

Naquele exato instante, a porta do apartamento 1412 se abre e um rosto moreno-claro questionador, emoldurado por escuros cabelos encaracolados, espia para fora do quarto, primeiro me encarando, depois aos policiais que se aproximam.

— O que está acontecendo? — pergunta a menina, sonolenta.

— Nada — respondo, notando que a placa feita à mão em sua porta, de cartolina como a das nuvens recortadas no teto de Jasmine, traz os nomes Chantelle, Nishi, Kaileigh e Ameera escritos em letra cursiva e tinta prateada brilhante. — Volte a dormir.

Ela não obedece. Mesmo com a cara lavada, sem maquiagem, seus olhos são enormes, escuros e lindos.

— O que esses policiais estão fazendo aqui? — indaga, a voz áspera de sono. Tem sotaque britânico. — Aconteceu alguma coisa?

— Nada com que precise se preocupar, senhorita. — O primeiro policial é um rapaz desengonçado, o couro do cinturão chiando alto enquanto caminha em nossa direção. — Temos tudo sob controle. Pode voltar para o quarto agora.

Tarde demais. Nesse momento, a garota já está no meio do corredor, vestida com a camisola creme e o robe de seda florido, pés morenos descalços, os cabelos revoltos como uma auréola de ébano ao redor dos ombros magros. Não usa joias, a não ser por uma única corrente de ouro no pescoço, na qual balança um par de alianças de prata enganchadas que tilintam levemente quando ela anda.

Sei que todas as demais residentes do apartamento 1412 — Chantelle, Nishi e Kaileigh — saíram para almoçar no Nobu com o príncipe Rashid. Essa garota, portanto, só pode ser Ameera, a que a mãe de Kaileigh descreveu como "uma piranha".

Não tenho certeza de qual é a aparência padrão das piranhas, mas, a meu ver, Ameera mais parece um anjo. Lembro-me do que o príncipe disse a respeito de Ameera ser "amável". Ela parece o tipo de garota que um príncipe — ou qualquer cara — acharia amável, de fato.

O olhar dela viaja para além de mim, para dentro do quarto de Jasmine.

— É aí que a assistente de residentes, Jasmine, mora — diz, já totalmente desperta. — Ela está aí? Jasmine? — Ameera se precipita para a porta que eu tolamente deixara aberta. — Jasmine?

Consigo agarrá-la pela cintura — é magra como uma criança e não pesa muito mais. Uma das policiais vem em meu auxílio, mas a menina é muito mais forte do que aparenta. Arrasta nós duas alguns passos quarto adentro... O suficiente para ver o corpo da menina morta na cama.

É aí que Ameera começa a gritar.

E se passa um bom tempo até que pare.

Uma Noite no Cassino
Conjunto Residencial Fischer

Você gosta de APOSTAR?
$ Blackjack $ Roleta $
Texas Hold'Em $

Pronto para uma noite
fantástica em um passeio de barco
romântico pela ilha de Manhattan?

Então venha para a Noite no
Cassino da Semana de Orientação
aos Calouros do Conjunto
Residencial Fischer!
Ganhe fichas que você pode
trocar por prêmios na Faculdade!
$$$$
Os ônibus saem do prédio às **17
horas em ponto**
Esteja lá ou fique
DE FORA PARA SEMPRE

Uma coisa que não esperava quando aceitei o emprego de diretora-assistente do Conjunto Residencial Fischer era conhecer tantos investigadores do Instituto Médico-Legal da cidade de Nova York pelo nome.

Mas, graças ao fato de terem ocorrido tantas mortes súbitas no prédio no ano passado, é exatamente assim que é.

— Oi, Heather! — Me cumprimenta Eva, a médica-legista que vem examinar Jasmine. — Como andam as coisas? Ah,

A noiva é tamanho 42   73

e obrigada pelo convite de casamento. Tudo bem eu levar minha mãe? Ela está tão louca com a ideia de ir ao casamento de uma celebridade de verdade, além de que ela *nunca* foi a um evento desses no Plaza antes. Além disso, a probabilidade de *eu* casar a essa altura vai de muito pequena a nenhuma. Minha mãe diz que espanto os caras com todas essas tatuagens, então você vai estar me fazendo um favorzão.

— Ah! — exclamo, surpresa em ouvir aquilo... Não que Eva queira levar a mãe ao casamento, mas porque aquelas não são exatamente as primeiras palavras que espero ouvir alguém dizer ao entrar no quarto de uma jovem de 20 anos que acaba de falecer. — É claro.

Além disso, não me recordo de tê-la convidado para a cerimônia.

Nada disso, porém, é a preocupação mais urgente que tenho na cabeça no momento.

O Departamento de Acomodação entrou em alerta de crise, mandando todo o pessoal mais competente para o Conjunto Fischer para "tratar" da situação, inclusive o psicólogo da equipe, o Dr. Flynn, e o psicoterapeuta que lida especialmente com momentos difíceis e de trauma como este, o Dr. Gillian Kilgore.

É Gillian quem, junto a uma enfermeira do Serviço de Saúde Estudantil, acalma Ameera. Estou longe de poder ajudá-la. Todas as vezes que olhava para mim e para a policial depois que a tiramos do quarto da Jasmine, tudo que ela parecia conseguir ver era o rosto da assistente de residentes morta.

Isso fazia com que voltasse a chorar, enterrando a cabeça nas mãos de tal maneira que os longos cabelos escuros caíam sobre seu rosto.

Foram necessários dois jovens oficiais para arrastar Ameera para fora do apartamento 1416 e levá-la de volta ao seu próprio. Depois disso, fizeram com que se sentasse e explicaram que tínhamos encontrado Jasmine daquela maneira, que não foi nenhum de nós que havia *feito* aquilo com ela.

Não acho que ela tenha acreditado, porém.

— Mas ela estava *bem* na festa ontem à noite — Ameera continuava insistindo entre lágrimas. Com o sotaque britânico, pronunciava a palavra "festa" de um modo diferente. — Ela estava bem!

— Que festa? — perguntei, aturdida.

Isso apenas serviu de estopim para um novo ataque histérico da menina, por algum motivo.

Então voltei ao quarto de Jasmine, refletindo que tinha feito uma nova descoberta:

Às vezes é preferível ficar em paz junto ao cadáver de um aluno a estar na companhia de um aluno vivo.

Talvez Lisa esteja com razão: esse trabalho me deixou com uma couraça. Que pensamento deprimente para uma garota que está prestes a se casar dentro de um mês.

Tento não ficar remoendo isso, no entanto.

Certificados de óbito não podem ser expedidos para qualquer um que morre subitamente (e sem acompanhamento médico) no estado de Nova York, a menos que o corpo tenha passado primeiro pelos cuidados de um médico-legista (e depois levado ao Instituto Médico-Legal — IML).

Devido à redução de custos, contudo, há apenas uns poucos legistas designados a cada segmento da cidade, então, dependendo de quantas mortes ocorram na cidade em um determinado dia, pode levar de 45 minutos a 8 horas (às vezes mais) até um investigador aparecer depois de a morte ter sido comunicada.

Passaram-se 4 horas até um legista chegar para examinar Jasmine.

Normalmente, isso significaria uma tarde de tédio entre um bando de policiais bocejantes e de administradores estressados.

A noiva é tamanho 42 **75**

Mas não foi assim que as coisas aconteceram desta vez. Porque, desta vez, o Conjunto Fischer está hospedando um RMI, e a falecida morava no andar diretamente abaixo do dele. E uma das primeiras ligações que o Dr. Jessup faz depois de ser notificado da morte de Jasmine parece ter sido para a equipe de proteção especial do príncipe, e eles, por sua vez, tomaram a investigação em suas mãos.

— Documento, por favor. — O agente especial Richard Lancaster, arrasadoramente gato vestido de terno escuro e gravata (não que eu tenha notado, uma vez que sou muito bem comprometida e feliz), fica parado na frente da porta de Jasmine e impede o caminho mantendo a mão intimidadoramente grande estendida.

Pelo menos a mim ela intimida. Já à investigadora e médica-legal Eva Kovalenko, nem tanto. Ela parece ofendida, como se o agente tivesse pedido para ver algo bem mais íntimo que uma mera identidade.

— Quem você pensa que é para estar aqui? — exige saber. — E o que está fazendo na minha cena de crime?

— *Possível* cena de crime — corrige o agente especial Lancaster.

— Quem é que te perguntou? — Eva parece ainda mais ofendida.

Não culpo o agente por não se dar conta de quem Eva é. Com o espetado cabelo louro oxigenado, piercings na sobrancelha e pescoço tatuado com uma rosa amarela do Texas (a única que dá para ver, pois ela está vestindo uma jaqueta de mangas compridas de perito legista. Já a vi de mangas curtas e sei que tem muitas outras tattoos), a aparência de Eva está mais para a de uma estudante do que para a de funcionária do IML.

De qualquer maneira, sua postura não está ajudando muito.

— Ahn, Eva — digo. — Esse é o agente especial Lancaster. Ele trabalha para o Departamento de Estado...

— Serviço de Segurança Diplomática — explica o agente, friamente. — É o braço do Departamento de Estado responsável pela segurança e aplicação da lei.

— E quem foi que morreu? — indaga Eva. — O xá do Irã?

— Ahn, não — digo. — Foi uma aluna.

— Filha do xá do Irã?

— Senhora — diz o agente especial em tom lento e impassível —, vou precisar do seu nome completo e também o de seu supervisor...

— Meu supervisor é o perito legista-chefe — responde Eva, tirando com irritação um cartão profissional do bolso antes de empurrar o homem para o lado (e quase passando por cima dos pés tamanho 46 com sua mala de rodízio de trabalho). — Agora dê o fora daqui e me deixe fazer meu trabalho.

O agente especial Lancaster parece pasmo. Não tinha tido problema algum para espantar os policiais da 6ª DP (embora continuassem no prédio. Tinham meramente recuado para o refeitório a fim de tomar um café, que Magda, a caixa extremamente popular e uma de minhas melhores amigas, tinha ficado satisfeitíssima em oferecer a eles de graça), sem mencionar todos que surgiram do Departamento de Acomodação, agora reunidos lá na biblioteca do segundo andar, tendo sua reunião para solucionar a crise, à qual, tenho de admitir, estava um pouco aliviada por não precisar comparecer.

Mas o agente ia ter trabalho com Eva, e eu podia notar que ele sabia disso. Vi quando tocou o ponto eletrônico em seu ouvido e começou a falar baixo com alguém, muito provavelmente no quartel-general improvisado do departamento, na sala de reuniões do primeiro andar. Devia estar pedindo reforços.

— Então, hum, essa é a falecida — conto a Eva, dando um passo à frente para passar pelo homem e entrar no quarto

1416, depois direcionando a legista para o corpo, embora fosse difícil ela não enxergá-lo. Era o único cadáver nas imediações.

— O nome é Jasmine Albright — informo. — Vinte anos, estava no terceiro ano. Sarah, nossa assistente de pós-graduação, disse que jantou com ela ontem, as duas comeram falafel... E que Jasmine estava ótima. Aí a gente tentou falar com ela hoje de manhã, e ela não atendeu. Isso é tudo que sei.

Não menciono o que Ameera disse, sobre Jasmine ter ido a uma "festa" à noite. Nenhum de nós — pelo menos os que estivemos lá na hora — conseguiu arrancar dela outra palavra sobre o assunto. Com sorte, os doutores Flynn ou Kilgore tinham tido mais sucesso, mas até agora eu não estava sabendo de nada.

Eva xinga baixo examinando Jasmine enquanto simultaneamente pega um par de luvas de látex do kit que traz consigo — literalmente uma mala recheada de ferramentas para coleta de evidências *post-mortem*.

— Sinto muito, Heather — diz ela, compadecida. — Não acreditei quando vi o endereço. Fiquei, tipo, *Nããããão. O Alojamento da Morte de novo, não!*

— Obrigada — falo. Estou tão acostumada às peculiaridades de Eva quanto aos cabelos espetados e tatuagens. Ao contrário do que acredita o senso comum, os peritos-legistas são normalmente bem alegres, embora, não de forma surpreendente, possuam uma tendência para o humor negro, uma vez que passam a maior parte do tempo cercados de pessoas mortas.

— Mas qual é o problema do cara de terno preto ali, hein? — indaga ela, lançando um olhar de irritação ao agente especial Lancaster. — Essa menina tem pais ricos ou algo do tipo?

— Não que eu saiba. Ele está aqui porque estamos com um Residente Muito Importante morando...

— Srta. Wells — chama o homem, dando uma pausa na conversa de telefone. — O motivo de minha presença aqui só diz respeito a quem precisa saber dele, e a Srta. Kovalenko *não* precisa. Não tem nada a ver com a morte lamentável dessa moça.

Eva me encara interrogativa. Dou de ombros.

— Pelo que me consta — respondo —, não tem mesmo.

— Bem — diz a médica, os lábios formando uma linha severa. — Ramon e eu vamos decidir isso, não é?... Se ele conseguir achar um lugar para estacionar a van. O que está acontecendo lá na frente do prédio, aliás?

— Do que você está falando?

— Tem um monte de ônibus parados lá fora, e adolescentes entrando neles.

De repente me lembro.

— Meu Deus. — Levo a mão à boca. — A Noite no Cassino. — Tinha esquecido totalmente.

— Noite *no quê*?

— Noite no Cassino. — Balanço a cabeça. — Faz parte da semana de orientação para os calouros. Todos os alunos estão sendo levados para um cruzeiro pelo porto para tomarem drinques sem álcool e jogarem. Eles não vão apostar de verdade, óbvio, não haverá dinheiro envolvido; só ganham prêmios tipo moletons da Faculdade e outras besteiras assim.

Eva balança a cabeça.

— As coisas mudaram mesmo desde minha época de faculdade. A gente achava legal quando eles davam de graça os ingredientes para a gente mesmo preparar cachorro-quente em uns braseiros portáteis na quadra. Agora vocês os levam para fazer cruzeiros por Manhattan.

— Bem — argumento —, esses braseiros não são mais permitidos porque representam risco de incêndio.

Eva revira os olhos.

— Claro. Não queremos que nenhum deles aprenda algo que realmente possa ter alguma utilidade no futuro, como fazer churrasco, queremos? — Ela lança um olhar furtivo para o agente. — Quando meu parceiro Ramon chegar, você o deixa passar, certo, 007? Ou vai atirar nele?

Lancaster fita Eva. É minha imaginação, ou ele está sorrindo um pouco? Se estiver, é novidade.

— Depende — argumenta, com secura. — Seu parceiro Ramon tem identificação?

— Não — responde Eva, sarcástica. — Ele gosta de andar por aí pela cidade com sacos para coleta de cadáver e maca por pura diversão.

Afundei-me na cama extra do quarto de Jasmine me sentindo um pouco enjoada, e rezo para que seja por causa da situação — ou do sanduíche de salada de atum que peguei rapidamente no refeitório para me servir de almoço —, e não porque peguei a virose de Lisa. São quase 17 horas, e tudo que quero é ir para casa, rastejar para dentro das cobertas e ficar lá, preferivelmente com meu cachorro, com Cooper, pipoca, o controle remoto e um copão de alguma bebida alcoólica. Talvez não nessa ordem.

— Parece que você deu sorte hoje. — O tom de conversa da médica me tira da fantasia de assistir a uma maratona de *O Vestido Ideal* regada a vodca-e-pipoca-com-queijo. — Não tem espirro de sangue nem fluidos corporais para a equipe de faxina limpar. Meu Deus, não dá para acreditar em quantas lambanças vocês tiveram por aqui no ano passado. Aquelas garotas nos poços do elevador? Ah, e a cabeça na panela do refeitório? Cara, aquela ganhou de lavada.

— Preferiria não participar desse concurso, especialmente este ano — digo, fraca. — Ainda estamos na semana de orientação aos calouros.

— Eu entendo. — Eva está levantando as pálpebras da menina morta a fim de examinar as pupilas. — Ainda é meio cedo para dizer a causa da morte sem os exames toxicológicos, mas não estou vendo nenhum sinal de trauma. Você viu algum vidro de remédio controlado por aí?

Não me surpreendo com a pergunta. Overdose de remédio, como nos informaram em uma sessão de treinamento sobre conscientização contra drogas e álcool incrivelmente tediosa durante as férias de verão, é uma das principais causas de morte entre os jovens (depois dos acidentes). Uma pessoa morre por overdose de remédio a cada 19 minutos nos Estados Unidos.

— Não. — Espantosamente, é o agente especial Lancaster quem responde. — Tem um frasco de Tylenol no armário de remédios. — Indica com a cabeça o banheiro do apartamento 1416. Diferentemente de muitos conjuntos residenciais, todas as acomodações de nosso prédio têm banheiro individual. Ele foi um dia o lar de alguns dos mais ricos socialites de Manhattan, cujos apartamentos ocupavam os andares inteiros. Poucos dos detalhes arquiteturais desses dias sobrevivem hoje (à exceção do saguão e do refeitório, que antigamente era um salão de festas), mas os residentes não precisam ir até o fim do corredor para tomar banho. — Mas está lacrado.

Eva assente como se fosse o que esperava ouvir. Está apalpando a mandíbula da vítima.

— Está morta há pelo menos 12 horas. Provavelmente faleceu ontem à noite por volta de... Vou dizer umas três da manhã. Você sabe se ela possuía algum histórico de doença?

— Asma, segundo sua ficha de estudante. — Eu a tinha buscado no caminho do décimo quarto andar e dado uma olhada por alto durante a viagem de elevador.

Lancaster complementa:

— O inalador está ali na cômoda. Parece perto bastante para ela alcançar.

— E praticamente cheio — digo, e em seguida coro, sem ter sido minha intenção deixar o comentário escapar. Não era para a gente ter tocado em nada, mas tinha encontrado o inalador após a saída de Cooper e, como a paranoia do celular perdido de Jasmine criada por ele me fez ficar desconfiada, eu o peguei — usando a camisa usada do dia anterior de Jasmine — e dei uma sacudida nele.

Eva não percebe. Pega o inalador e o sacode, depois o guarda em um saco plástico para provas.

— Vamos dar uma olhada — diz, anotando algo na prancheta. — Sabe, as pessoas não levam a asma tão a sério quanto deveriam. Cerca de nove pessoas morrem por dia por causa dela. É uma das doenças mais comuns e caras do país. Ela pode ter tido uma crise de asma causada por uma reação alérgica. Falando nisso — acrescenta —, minha mãe acha que tem alergia a glúten. Não é nada, óbvio. Mas estou dando trela, para ficar em paz. Então, se vocês puderem servir umas coisas sem glúten no casamento ia ser ótimo. Não precisa ser um bolo inteiro separado, mas umas frutas frescas ou coisa do tipo, sei lá.

— Hum — digo. — Ok. Vou falar com a cerimonialista para garantir que o pessoal do bufê cuide disso.

Não que eu me importe que Eva e a mãe vão ao casamento, mas me pergunto outra vez como foi que receberam o convite. Sei que não as coloquei na lista. Com certeza, pois minha lista é muito pequena — tem menos de cinquenta pessoas, e a maioria trabalha na Faculdade de Nova York ou no Departamento de Polícia de Nova York. Da minha família, tem só meu pai e a irmã dele. Não falo com minha mãe há mais de uma década. Mesmo que tivesse o endereço dela, não é o caso, nunca a teria convidado. Casamentos devem ser momentos de alegria, não parte de um drama.

Portanto, considerando que a adição de uma médica-legista punk e moderna, acompanhada pela mãe, ao meu casamento é definitivamente um "plus", ainda assim gostaria de saber como aconteceu. Será que foi Cooper quem convidou Eva e um acompanhante porque ficou com pena de mim, pelo fato de ele ter muito mais gente (pelo menos trezentas pessoas) na própria lista de convidados?

É tudo muito intrigante, mas não é um assunto para o qual eu tenha tempo de criar hipóteses no momento.

— E não tem sinal de, hum, vômito no vaso sanitário, nem no lixo — ofereço a informação. — Então não acho que ela estivesse com a virose que está fazendo tanta gente passar mal.

Eva olha para mim como se eu fosse maluca.

— Que virose?

— Você sabe — digo. Ainda estou sentada na cama extra de Jasmine, olhando para os pôsteres colados por ela nas paredes. — A tal virose que está circulando. — Então engasgo. — Meu Deus! A Noite no Cassino... Se tem um vírus ou sei lá o que por aí, então *todo mundo* pode acabar se contaminando se os alunos ficarem confinados em um espaço pequeno tipo um barco? Vi em *Viagem para a morte* que foi isso que aconteceu com o *Queen Mary 2*. Todos os passageiros do navio pegaram um norovírus, mil pessoas ou coisa do tipo, até a tripulação. As privadas ficaram entupidas com a quantidade de vômito.

Eva me fita, achando graça.

— Se estou entendendo direito, esse cruzeiro que seus alunos estão fazendo é só ao redor da ilha de Manhattan, não do Caribe. Eles voltam para cá daqui a algumas horas, então acho que vão ficar bem. E, de qualquer maneira, não fiquei sabendo de nenhuma virose por aí, não. — Ela olha para o agente especial Lancaster. — Você ouviu falar nessa virose?

Ele balança a cabeça em negativa.

— Nenhum de meus agentes pegou nada. — Toca na peça do ouvido. — Meu pessoal está perguntando, aliás, quanto tempo mais você vai levar aqui.

— O tempo que eu precisar, 007 — responde ela. — Por que, você precisa pegar um trem e fazê-lo descarrilar para Sua Majestade?

— Não sou do MI6 — retruca o agente, corando um pouco. — Pensei que tinha explicado. Sou do Serviço de Segurança Diplomática, com...

— O Departamento de Estado, é, eu sei — interrompe Eva, impaciente. — É o que você diz. Isso aí no seu bolso é um passaporte, ou você só está feliz em me ver?

Lancaster franze o cenho e vira as costas, mas vejo que o pescoço dele fica vermelho.

— Ninguém mais tem senso de humor — murmura Eva. Não sei bem se ela nota que o agente enrubesceu.

Um alto barulho metálico é ouvido no corredor quando as portas do elevador de serviço se abrem.

— Finalmente! — exclama Eva. — Ramon.

É o parceiro de Eva do IML, que finalmente chega com o saco para transporte do corpo e a maca.

— Ei, Ramon! — chama Eva, quando o agente Lancaster o detém para pedir a documentação. — Olhe só para o cara no corredor. É um James Bond da vida real.

Ramon parece perplexo, mas mostra a identificação.

— Como vai, senhor? — Ele encara Lancaster.

— Maravilha — responde o agente, e deixa o rapaz entrar com acenos de mão.

— Você ouviu falar de alguma virose circulando por aí? — indaga Eva.

— Estamos muito no começo do outono para ter uma virose agora — responde ele, com segurança. Leva um saco branco equilibrado sobre a maca. Um odor extremamente

84   *Meg Cabot*

agradável — e familiar — invade o apartamento com ele.
— Ei, Heather — dirige-se a mim —, lamento. — Para Eva,
diz: — Ei, chefe, adivinha o que peguei no caminho? Como
eu tive mesmo que ficar dirigindo por aí um tempão procurando uma vaga, e nós ficamos presos naquele fogaréu da
West Side Highway e não pudemos ir almoçar...

A expressão de Eva se ilumina quando reconhece a logo-
marca na sacola.

— Você passou no Murray's? Ai, Ramon, você é bom
demais para mim!

— Sabe que é proibido vir a este bairro sem comer o
sanduíche do Murray's.

Eva fica de pé em um pulo para olhar dentro da sacola
enquanto o parceiro leva a maca até a lateral da cama de
Jasmine e depois vai olhar o corpo. Levanto para me juntar
a ele.

— Tão novinha — comenta ele, com tristeza, fazendo o
sinal da cruz. — Eu e minha esposa temos uma menina da
idade dela. Parece um desperdício tão grande.

— É. — Não há muito mais a ser dito.

— Pelo menos não tem sangue desta vez. Foi duro para
vocês no ano passado. Lembra a garota na panela?

— Tento não lembrar — respondo.

— Desculpe. Quem é o cara de terno? — sussurra Ramon,
indicando Lancaster com a cabeça.

— RMI — digo, olhando de volta para Jasmine. — Residente Muito Importante.

— Ela? — indaga, com surpresa.

— Não. Lá em cima. Filho de alguém importante. Rola-
ram umas ameaças de morte.

— Parece que ela morreu dormindo — conclui Ramon.
— Não que foi assassinada.

— Eu sei. Acho que é protocolo ou coisa do tipo.

— Ah. Bem, eu queria te dizer, obrigado pelo convite do casamento. Minha esposa e eu vamos ficar muito honrados em ir.

Olho de volta para ele. Não mandei convite algum para Ramon.

— Maravilha — digo. — Vejo vocês lá.

Ele assente sutilmente.

— Bem. Acho que é melhor botar a mão na massa. Ei, chefe — chama Eva. — Hora de etiquetar e ensacar.

A médica, que tinha sido incapaz de resistir a uma mordida no Smokey Joe — reconheço o cheiro do sanduíche que eu mesma já comi muitas vezes: queijo muçarela defumado, tomates secos marinados e vinagrete de balsâmico com manjericão em uma focaccia bem crocante —, olha para cima com expressão culpada.

— Desculpe — balbucia de boca cheia. Em seguida, limpa os lábios com habilidade nascida de muito treino e prática, de forma que as migalhas caiam diretamente na sacola do Murray's, e não no chão do apartamento. — Só um segundo.

No corredor, o agente especial Lancaster revira os olhos, mas prefere fingir que não notou nada de inadequado.

Saio do caminho para que Eva e Ramon possam trabalhar, admirando como de praxe os movimentos gentis com que preparam os mortos para o transporte.

É só depois que já colocaram Jasmine dentro do saco, fecharam o zíper e a puseram deitada na maca que vou até a cama para ajeitar lençóis e cobertas — mesmo que não devamos fazê-lo, mas já não vai mais fazer diferença; quero que o quarto dela fique direito para os pais quando eles chegarem —, é só então que percebo que Cooper estava certo o tempo inteiro, afinal.

O smartphone de Jasmine não está aqui.

Só dor e nada de ganhos para o presidente dos Pansies

Correm boatos de que o corpo docente e a equipe da Faculdade de Nova York estão decididos a dar um voto de não confiança a Phillip Allington, o décimo sexto presidente da instituição. Se isso ocorrer, será outro contratempo vergonhoso para um homem que já acumulou uma boa quantidade deles em um curto período de tempo.

"A ênfase dele no atletismo, junto aos aumentos salariais e bonificações para alguns empregados privilegiados, é mais apropriada a uma universidade estadual do que a uma particular", disse um integrante da equipe.

Funcionários e corpo docente também criticaram o estilo administrativo de Allington, alegando que sua motivação vem de um desejo de conseguir elevar a equipe de basquete da faculdade novamente à primeira divisão (o time foi rebaixado depois de um escândalo de fraude de décadas), e não de motivos acadêmicos.

"Por que mais ele estaria aceitando dinheiro de um notório misógino homofóbico antissemita como o líder de Qalif, o general xeique Mohammed bin Zayed Faisal?", questionou o funcionário.

Telefonemas ao escritório do presidente pedindo uma resposta a esta pergunta continuam sem retorno.

O Expresso da Faculdade de Nova York
Seu blog diário de notícias feito por estudantes

A noiva é tamanho 42

— Vai ver ela emprestou para alguém — sugere Patty.

— É, Patty — retruco, tomando um gole da taça de vinho branco. — Porque as adolescentes realmente costumam emprestar o celular umas para as outras.

— Espere aí. — Patty, uma de minhas mais antigas e queridas amigas, franze a testa. — Você está sendo sarcástica?

— É claro que está. — Cooper abaixa seu copo. É por isso que são chamados de telefones *pessoais*. A menos que Jasmine o tenha perdido, o que me parece uma coincidência estranha, alguém tem de ter pegado. A questão é: quem? E por quê?

Estamos reunidos ao redor de uma mesa de madeira já bem gasta no centro da varanda dos fundos do prédio de Cooper — e em breve meu também —, aproveitando o restante de um jantar tardio que meu noivo havia preparado (frango com limão e ervas, batatinhas assadas e salada de alface com vinagrete de mostarda). Nossos amigos Patty e Frank trouxeram o vinho e o sorvete para sobremesa.

Ainda que o jantar surpresa tenha o propósito de tirar meus pensamentos do dia sombrio que tive no trabalho, é difícil me concentrar em qualquer outra coisa, especialmente porque ninguém parece capaz de falar a respeito de outro assunto.

Ou talvez seja porque o prédio deixado de herança para Cooper pelo avô excêntrico, Arthur Cartwright, fique a apenas um quarteirão ou dois do Conjunto Residencial Fischer. Posso até ver os fundos da construção daqui da cadeira de ferro forjado onde estou sentada.

Estou tentando não olhar para cima. Tentando aproveitar a companhia de meus amigos, deixando o vinho e a conversa levarem embora tudo de desagradável desse dia, me banhando na luz das chamas bruxuleantes das velas de citronela e do brilho das luzinhas que Cooper pendurou por toda a parte superior da pérgula.

Mas não posso evitar. Olho para cima.

— Todo mundo aqui sabe o que aconteceu com o celular dela — diz o marido de Patty, Frank. Então baixa a voz para um tom de deboche dramático: — O *assassino* levou. Porque a vítima tirou uma foto dele enquanto estava sendo sufocada, registrando o momento da própria morte, e, por isso, ele precisava se livrar das provas.

— Ok — falo. — Primeiro, nunca mais faça essa voz. Você está assustando seu filho. — Aponto para o filhinho de Frank e Patty, Indiana, sentado no chão da varanda, batendo ruidosamente seus caminhões de metal de brinquedo uns nos outros. — E segundo, não tem nenhuma prova de que ela foi morta. Eva, a médica-legista, acha que provavelmente foi asma.

Patty bufa.

— Aquele menino não se assusta com nada. E quem é que morre de *asma*?

— Nove pessoas por dia — digo, como se fosse uma grande conhecedora, bebericando mais vinho e tentando não notar que consigo ver o marido de Lisa Wu, Cory — identificável por mim pela mancha branca da camisa e listra fina da gravata —, movimentando-se rapidamente da cozinha para atravessar a sala de estar e chegar ao quarto, no alto do décimo sexto andar do Conjunto Residencial Fischer, onde fica o apartamento deles. Provavelmente está levando um chá para acalmar o estômago de Lisa. — É uma das doenças mais comuns e caras do país.

Patty me encara espantada.

— Uau. E pensar que quando eu te conheci, você não tinha nem o certificado de equivalência do ensino médio. E agora olhe só para você, "uma das doenças mais comuns e caras do país".

— Vou cursar Pensamento Crítico este semestre — informo. — São quatro créditos obrigatórios para todo mundo que quer o grau de bacharel na Faculdade de Nova York de Educação Continuada.

— Pensei que a faculdade te daria a droga do diploma de uma vez — diz minha amiga —, considerando-se que você já prendeu tipo uns dez assassinos no campus desde que começou a trabalhar lá.

— Dez é exagero — declara, com modéstia, baixando meu olhar do apartamento de Lisa. Lá está Gavin em sua mesa à janela, poucos andares abaixo. Dá para ver, pela luminescência azulada, que ele está no computador, provavelmente trabalhando em seu roteiro. Esse último é sobre zumbis. — E eu tive um pouco de ajuda.

Sorrio com doçura para Cooper, mas ele nem nota, pois está ocupado fazendo uma careta de desaprovação para Indy, que tenta bater com um dos caminhõezinhos na pata da minha cadela Lucy. A bichinha, parecendo assustada, se levanta e vai para a segurança oferecida pelas pernas da cadeira de Cooper. Nem Frank, nem Patty se dão conta do comportamento do filho.

O menino, Indiana, pode ser um doce quando quer, mas está naquela idade em que também dá um belo trabalho. Como agora, no momento em que a campainha da porta soa, estridente. Indy fica de pé em um pulo, gritando "eu abro!", e arranca para dentro da casa.

— Frank — diz Patty calmamente. Está em uma fase avançada demais da gravidez do segundo filho para correr atrás do primeiro, embora, mesmo não estando grávida, Patty nunca tenha sido uma grande corredora. Dançarina profissional (que foi o motivo pelo qual nos conhecemos, quando ela participava dos meus shows durante minha tour do Sugar Rush), ela tem sua graça, mas sempre foi mais sinuosa que enérgica. — Pegue-o antes que destrua alguma coisa.

— Eu vou — avisa Cooper, empurrando a cadeira para trás com cuidado para não machucar Lucy. — Tenho de ver quem é mesmo.

— Meu filho. — Frank deixa o guardanapo sobre a mesa com um suspiro e segue Cooper. — Minha responsabilidade. — Embora eu saiba a verdade: que Frank é fascinado pela carreira de Cooper e que, na realidade, o está seguindo para ver se consegue aprender algum truque novo do ofício de detetive particular.

Não pergunto nada estúpido como *Quem pode ser a esta hora?*, porque estou acostumada a Cooper receber visitantes na madrugada, a maioria dos quais ele descreve como "colegas" de trabalho. Todos têm apelidos tipo "Sammy, o Nareba", ou "Hal Virgem". Parei de perguntar o que aqueles nomes significavam (no caso de Sammy, o Nareba, é bem óbvio. O nariz é extremamente grande e foi quebrado e colocado no lugar muitas vezes. No caso de Hal Virgem, não sei se quero saber).

Vi que muitos estão na lista de convidados de Cooper. "Devo muito a eles", é tudo que meu noivo resmunga de má vontade quando pergunto, e tenho certeza de que não está se referindo às noites de pôquer que ele combina aqui em casa às vezes. Mencionei que estou realmente ansiosa para vê-lo apresentar o cara apelidado de "O Verdadeiro Bum Farto" à mãe dele, e Cooper apenas sorriu misteriosamente.

— Então — digo a Patty, quando os rapazes saem, na esperança de tirar o foco da conversa da morte de Jasmine, embora vá ser difícil, uma vez que minha amiga está sentada diretamente em frente à janela do apartamento 1416. A janela está às escuras.

Assim que os pais da menina vierem pegar seus pertences — que ajudarei a encaixotar, provavelmente com o auxílio de Sarah —, um novo assistente de residentes, escolhido dentre os nomes da lista de espera, vai se mudar para o apartamento. Só então voltarei a ver a janela do quarto iluminada quando olhar para lá.

— Vocês já sabem se o bebê é menino ou menina?

— De jeito nenhum — responde ela, quebrando um pedaço da barra de chocolate amargo que ela e Frank trouxeram para acompanhar o sorvete. — Se eu descobrir que é outro menino, não vou fazer força para ele sair no parto, juro por Deus.

— Ah, pare com isso, Patty — repreendo-a. — Você não está falando sério.

Patty arregala os olhos como se fosse uma coruja.

— Ah, estou, sim. Espere só até ter um filho, aí vai saber como é. Precisa de toda sua energia para tirar o danado de dentro de você. E por que eu ia fazer força se sei que, no fim das contas, o que vou conseguir é outro diabinho que nem Indy, cujo maior objetivo de vida é jogar minhas joias na privada e dar descarga? Não me entenda mal, amo meu filho, e não há nada no mundo que eu não fizesse por ele, mas é bom que esse próximo bebê seja uma garotinha.

— Aqui, Patty. — Passo a travessa com as sobras dos petiscos de entrada. — Coma um pouquinho de queijo para combinar com esse clima francês de vinho e toda essa reclamação aí.

Patty ri, depois para abruptamente e me fita com olhos arregalados e tomados de culpa.

— Ai, Deus, Heather — diz, mordendo o lábio inferior. — Desculpe. Eu não queria... Quando eu disse o que eu disse, sobre esperar até ter um filho, tinha completamente esquecido de sua, hum...

— Impossibilidade de engravidar por causa das sérias cicatrizes no útero provocadas pela endometriose? — Baixo o prato de queijos que ainda estou segurando. — Está tudo bem, Patty. Acho que eu e Cooper vamos experimentar as maravilhas da paternidade através de seus filhos. E, é claro, de todas as crianças do alojamento onde trabalho.

Ela não parece consolada.

— Ai, Heather, você está levando numa boa, mas sei que isso te deixou muito chateada quando você descobriu. Não tem nada que os médicos possam fazer?

— É claro que tem — respondo —, e, se a gente quisesse um filho tão desesperadamente assim, íamos explorar essas opções, e outras, como adoção. Mas nem eu nem ele sentimos uma urgência avassaladora de reproduzir *ou* de ser pais agora. Estamos felizes com as coisas do jeito que estão. Por quê? Você acha que parecemos tristes?

Patty nega com a cabeça até os longos brincos de cristal balançarem.

— Não. — Usa o guardanapo para limpar os cantos dos olhos, que tinham ficado brilhantes à luz das velas. — Não, de jeito nenhum. Você parece mais feliz que nunca, e a gente se conhece desde criança, ou bem perto disso. E Cooper está obviamente nas nuvens... Bem, ele sempre foi louco por você. Sabia que ele estava apaixonado por você desde o primeiro minuto que se viram...

— Ah, fala sério — interrompo, em êxtase com as palavras, mas certa de que ela só está falando aquilo para me agradar.

— É sério! Ele não conseguia olhar para mais ninguém se você estivesse no ambiente, e isso não mudou. Eu e as meninas, a gente ria disso. Quero dizer, você saía com o irmão mais novo de Cooper, então não era exatamente uma situação em que ele fosse tentar alguma coisa, né? Mas no minuto em que você e Jordan terminaram, ninguém ficou chocado que Cooper estivesse lá, pronto para o resgate, te oferecendo um lugar para morar...

— ... Em troca de cuidar da contabilidade dele — eu lembro a ela.

— Ah, conta outra — fala Patty. — Como se o cara não pudesse pagar um contador. Você nem é *tão* boa assim com os números. Ele tinha segundas intenções o tempo inteiro. Estou tão feliz por você, Heather, de verdade. — Ela estende o braço por cima da mesa para agarrar minha mão e apertá-la. — Tão feliz que *quase* consigo te perdoar por ter deixado aquelas diabas das gêmeas dele serem suas madrinhas.

— Ah, fala sério — digo outra vez. — Você é minha madrinha de casamento número um. Por que não pode deixar Jessica e Nicole terem o momento delas também?

— Porque são duas pentelhas mimadas — responde minha amiga, liberando minha mão para dar batidinhas nos olhos outra vez. Não está mais chorando, está indignada. — Você sabia que uma delas, nunca sei quem é quem, mas foi a gordinha que acha que sabe escrever letra de música...

Ouço passos e vozes na cozinha atrás de mim. Patty também escuta, e o olhar dela passa correndo para além de mim — está sentada de frente para a cozinha fechada de vidro, enquanto eu encaro o quintal —, e vejo que a expressão dela muda da irritação para o alarme, com direito a olhos esbugalhados.

Viro-me no assento para ver quem Cooper deixou entrar, mas só depois de já ter reconhecido a voz. Meu sangue corre frio nas veias, apesar do calor do ar noturno.

— Do que você está falando? — Uma mulher magra de meia-idade, vestida em um terninho cor de creme, está perguntando a Cooper, enquanto anda atrás dele fazendo barulho com os saltos altos. — Ela vai ficar felicíssima em me ver.

— Não ficaria tão certo — retruca meu noivo. A voz dele é fria como o vinho em minha taça. Está passando pela mesa da cozinha, conduzindo a mulher em direção à porta aberta da varanda com expressão sombria enquanto Frank segue a ambos, o filho se contorcendo nos braços.

— Ah, não seja ridículo — diz a mulher. Seus cabelos são ruivos, e ela usa um corte chanel impecável, maquiagem de bom gosto e um lenço creme jogado no pescoço, provavelmente mais para efeito dramático do que para esconder os estragos que o tempo fez a sua pele, pois sempre foi fã de cirurgias plásticas. — Ela quer me ver. Estou aqui porque ela me convidou.

A mão de Patty se fecha ao redor do meu pulso. Os dedos estão gelados como meu sangue.

— Era isso que eu queria te dizer — sussurrou ela. Como os meus, os olhos de minha amiga estão colados na mulher na cozinha. — Sua futura cunhada, a boa samaritana...

— Nicole — digo, através de lábios anestesiados com o choque.

— É. Ela me falou, na última prova de roupa, aquela na qual você não pôde ir por causa do treino de conscientização contra drogas e álcool de emergência, que ela se sentia mal porque tinha tanta gente a mais no lado do noivo do que no da noiva. Então ela pegou alguém de seu trabalho para fuçar sua lista de telefones, arrancou do seu pai um caderninho de endereços e saiu procurando nos dois um monte de gente para colocar na sua lista.

Tenho uma sensação de arrebatamento no fundo do estômago, e não é do tipo bom, como o que sinto quando Cooper chega no quarto e eu percebo uma vez mais como ele é bonito e como sou sortuda por ele ter me escolhido (e, claro, ele também é um sortudo por eu o ter escolhido). É o tipo ruim de arrebatamento, o tipo que significa *Perigo, perigo, saia daí agora.*

É isso que ganho, penso comigo mesma. É isso que ganho ficando preocupada demais com o trabalho para prestar atenção ao meu casamento e deixando tudo com Perry — que, aliás, Cooper tinha me informado mais cedo, não ficou muito satisfeita com o fato de termos cancelado o almoço. Ela enfatizou como era ocupada e importante, e insinuou que a agenda dela é tão atribulada que pode ser que não consigamos combinar outra reunião antes do dia do casamento.

Um dia que agora posso prever que vai ser um desastre.

— Jessica, Magda e eu falamos para Nicole que ela não devia ter feito isso — continua Patty, apressada. — Que você já tinha convidado todo mundo que queria que fosse, mas ela disse que ia ser uma ótima surpresa, e que seu pai e Cooper aprovaram, mas agora estou achando que...

— Ela não contou para ninguém — completo. Minha garganta ficou seca como areia, mas não consigo mover um músculo para pegar a taça de vinho. — Com exceção de meu pai, aposto, que estava torcendo por uma reconciliação há muito tempo.

A mulher na cozinha nos vê sentadas sob a cortina de luzinhas e bate palmas com dramaticidade.

— Ah, aí está ela! — exclama. — Aí está minha menina!

Então se apressa para passar pela porta de tela aberta e entrar na varanda para me abraçar, quase me sufocando em uma nuvem espessa de perfume Chanel, uma fragrância que sempre associei apenas a ela e a mais ninguém, e não de um jeito bom.

— Oi, mãe — digo.

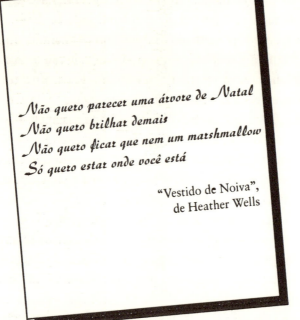

Não quero parecer uma árvore de Natal
Não quero brilhar demais
Não quero ficar que nem um marshmallow
Só quero estar onde você está

"Vestido de Noiva",
de Heather Wells

— Ahn, amor — chama Frank, parado na porta. — A gente precisa ir andando.

— Daqui a pouco.

Os olhos de Patty estão cravados em minha mãe, que se sentou na cadeira que Cooper tinha liberado para atender à porta.

Lucy, geralmente amigável a estranhos (ela é uma companheira maravilhosa, mas o pior cão de guarda do mundo), se arrasta de onde estava, embaixo da cadeira, e vai lá para dentro. Talvez ela, como Patty, suspeite que os fogos de artifício estejam prestes a ser disparados. Diferentemente de minha amiga, porém, Lucy tem o bom senso de sair da zona de alcance da explosão.

— Não era minha intenção interromper sua festinha — diz minha mãe, olhando para os restos de nossa refeição. — Fico tão satisfeita que você tenha aprendido a cozinhar, Heather. É uma habilidade que toda esposa deve ter.

— Não aprendi — respondo, com frieza. — Foi Cooper quem fez tudo. O que você veio fazer aqui, mãe?

— Patty, a gente precisa mesmo ir — repete Frank, com tom mais urgente que anteriormente. — Já passou da hora de Indy dormir.

O menino está se contorcendo nos braços dele, chorando para ser colocado no chão, apontando na direção em que Lucy tinha ido. Quer atropelar um pouco mais as patas da minha cadela com os caminhões de brinquedo.

— Como assim, o que eu vim fazer aqui? — pergunta minha mãe. — É você quem vai se casar. Você me mandou um convite!

Abriu os braços, e as pulseiras de prata tilintaram nos dois pulsos finos. Está usando uma quantidade considerável de joias. Anéis em quase todos os dedos, longas correntinhas prateadas com pendentes no pescoço e um solitário em cada orelha espiando sob os cabelos vermelhos — cabelos que eram de um louro platinado gélido da última vez que a vi.

— E, se me permite dizer, eu aprovo — continua, abaixando os braços com um sorriso. — Sempre gostei de Cooper. Ele é tão mais estável que Jordan. Nunca disse isso quando vocês estavam namorando, claro, mas sempre achei que Jordan era um pouco babaca.

Minha mãe pisca cheia de intimidade para Cooper, que assumiu uma postura defensiva, encostado na balaustrada da varanda com os braços cruzados. Ele a observa como se fosse a suspeita de algum de seus casos e a qualquer momento fosse jogá-la contra o chão.

— Sem querer ofender seu irmão, claro, Cooper — acrescenta ela.

— Não tomei como ofensa alguma, Janet — garante ele.

— Ah, por favor — reclama minha mãe, com um aceno de mão que faz as pulseiras de prata tilintarem outra vez. — Somos praticamente da mesma família. Me chame de mãe.

— Prefiro não chamar — recusa ele, com educação.

Seu tom é tão perigosamente vazio de emoção que o fito e descubro que os olhos azuis estão fixos em mim. Posso quase sentir as ondas de proteção irradiando dele.

Sei que, se as coisas pudessem ser do jeito de Cooper, ele nunca teria deixado minha mãe entrar. Tem de haver uma boa razão para que o permitisse.

— Não mandei nenhum convite de casamento, mãe — esclareço. — Foi um mal-entendido. E mesmo que eu *tivesse* enviado, isso não explica por que você apareceu aqui, agora, do nada, às 9 horas da noite, um mês inteiro antes da cerimônia.

— Mal-entendido? — Minha mãe parece chocada. Ela faz o tipo chocada muito bem, porque o rosto já passou por tantas intervenções, que as sobrancelhas parecem congeladas em arcos semissurpresos. — Mas quando liguei para seu pai, ele disse...

— Não me importa o que o papai disse — interrompo. — Você sabe muito bem que ele está nessa onda de redenção desde que saiu da cadeia. Só fala em fazer as pazes. Além do mais, ele ainda é doido por você. Diria qualquer coisa que você quisesse ouvir.

— Ai, Heather. — Ela olha para baixo com modéstia, depois arruma o lenço para deixar mais do colar à mostra. — Você sabe que isso não é verdade. Seu pai e eu nos separamos há muito tempo. Já deve fazer vinte anos. Você precisa parar de ter esperança que a gente volte...

— Pode acreditar — digo —, não tenho nenhuma esperança do tipo. Onde é que está o Ricardo?

— Ricardo? — O olhar dela se desvia e viaja pelo espaço, como se meu antigo agente (com quem ela fugiu dos Estados Unidos, com todo o dinheiro de nossa conta conjunta) pudesse estar escondido em algum lugar nas sombras do quintal. — Ah, ele está lá em Buenos Aires, acho. Eu e ele tivemos uma briguinha.

As coisas começam a ficar mais claras.

— Você quer dizer que ele te deu um pé na bunda — concluo. — E levou o que sobrou do meu dinheiro com ele?

— Ai, Heather — diz ela outra vez, dessa vez em tom irritado, os olhos fazendo sua viagem de volta para mim. — Por que você tem sempre de pensar o pior das pessoas?

— Nossa, mãe, não sei. Olhe só os exemplos que tive na vida.

Ela balança a cabeça, o chanel ruivo brilhando sob as lâmpadas.

— Te ensinei boas maneiras para você saber que não deve falar assim, especialmente à mesa de jantar. Não te criei para ser uma má anfitriã. O mínimo que podia fazer era me oferecer uma taça de vinho. Acabei de enfrentar um voo longo e estou morrendo de sede.

— Você acabou de sair de um avião? — exclamo, espantada. — Vindo da *Argentina*?

— As malas dela estão na sala — avisa Cooper. — Todas as dez. Louis Vuitton.

Agora sei por que ele a deixou entrar. Minha mãe jamais viajou com pouca bagagem. Até meu noivo — que sabe melhor que ninguém como desprezo Janet Wells — não deixaria uma mulher da idade dela que acabou de enfrentar um voo vindo da Argentina parada à porta com dez malas Louis Vuitton, ainda mais à noite, em um quarteirão do

Washington Square Park, onde o tráfico de drogas na madrugada rola solto (mesmo que na maioria das vezes não seja violento).

— Não tinha me dado conta de que Nova York tinha se tornado um destino turístico tão popular no outono — comenta minha mãe, dando um sorriso encantador para Patty em agradecimento à taça de vinho que ela lhe oferece (a sua própria, na qual Patty nem tinha tomado, já que estava grávida. Ela diz que apenas "gosta de olhar para ela"). — Mas não há vaga em nenhum hotel, literalmente. Nem no Washington Square Hotel, que eu não me lembro de ser particularmente luxuoso dos dias em que nós duas costumávamos ficar lá, Heather, está tudo lotadíssimo. E a diária são trezentos dólares!

— Esses hotéis não estão cheios com turistas — explico, ácida. — Estão lotados de pais preocupados, que estão aqui para deixar os filhos na Faculdade de Nova York, onde trabalho e onde estudo hoje com bolsa, porque *você* roubou todo meu dinheiro...

— Ah, querida — diz ela, parecendo vagamente achar graça enquanto deixa a taça de vinho na mesa para pousar sua mão na minha. — Você não continua brava por causa disso, né? Porque você precisa saber que não é saudável guardar rancor assim. Com o tempo, esses sentimentos vão te comer por dentro e causar um ataque do coração, se não se livrar deles. Não estou dizendo que fui a mãe perfeita. Claro, posso ter feito algumas coisas de que não me orgulho. Mas eu estava sob toneladas de pressão, criando você completamente sozinha enquanto seu pai estava na cadeia por não declarar direito nosso imposto de renda. Fiz o melhor que pude sob circunstâncias bem ruins, vou te falar. E não esqueça que você amava estar naquele palco. Parecia um pinto no lixo quando fazia shows.

Eu a encaro.

— E você e Ricardo roubaram todo dinheiro que ganhei como dois gaviões.

— Mas agora você está bem de vida, não é? — indaga. — Mora em uma casa bonita, tem ótimos amigos e esse homem maravilhoso que te ama e quer se casar com você. Isso é mais do que muita gente por aí tem. Devia aprender a ver o lado bom das coisas, Heather.

Ela vira minha mão e a segura na direção da chama da vela de citronela mais próxima, fazendo com que a safira envolta por diamantes do anel de noivado que Cooper me deu brilhe com a mesma intensidade azul dos olhos dele.

— Oh, oh! — exclama Janet. — É uma pedra e tanto. Acho que você está muito bem de vida mesmo. Do que você está reclamando? É só dinheiro, Heather. Você está começando sua nova vida de casada, então por que não usar a oportunidade para esquecer o passado e vê-lo como algo morto e enterrado? Você não acha que é mais saudável que guardar rancor?

Estou tão perplexa que não consigo elaborar uma resposta — pelo menos não a ser dita em voz alta. Muitas correm pela minha cabeça. *Só dinheiro? Você acha que isso é só por causa do dinheiro?*, quero perguntar.

E todo resto que ela me tirou? Porque quando ela levou meu dinheiro — meu dinheiro, o dinheiro que eu podia ter usado para fazer uma faculdade, ou ajudar a pagar a faculdade de meus próprios filhos se um dia eu os tiver —, ela também levou meu futuro, minha carreira e meu orgulho e, em muito pouco tempo depois disso, meu namorado, Jordan, minha casa, minha vida e... hum... minha esperança. Esperança de que havia justiça no mundo. Minha própria mãe tomou isso de mim.

É, tudo acabou bem — muito melhor que "bem" —, mas não graças a ela. Porque tem uma coisa que ela levou embora que nunca vou recuperar, e isso é o direito a ter uma mãe em que eu pudesse confiar, uma que me amasse. Janet Wells com certeza não era essa mãe. Porque ela não me roubou, simplesmente: ela me abandonou. Papai foi embora porque precisou. Ela foi porque *quis*.

Como podia não ver a diferença?

Mas não consigo dizer nada disso a ela. Parece que não consigo sequer me mover. Estou congelada, tão fria e imóvel quanto a pobre Jasmine Albright, a cujo corpo fiz companhia durante a tarde inteira.

Cooper, por outro lado, está se movendo com muita rapidez, dando um impulso para se descolar da balaustrada como se estivesse pronto para ir para cima dela. Frank se põe a sua frente, ainda segurando o filho, dizendo com premência:

— Não faça isso, cara. Não vale a pena.

Minha mãe está piscando estupefata para todos nós.

— O quê? — indaga. — O que foi que eu disse? Ah, pelo amor de Deus. Vocês não podem continuar chateados por causa do dinheiro. Isso já faz tanto tempo! E o dinheiro não era só de Heather. Eu era agente de Heather também, e Ricardo era o empresário. Nós tínhamos *direito* sobre ele...

— Dez por cento — digo, finalmente encontrando minha voz. — Era essa sua parte. Dez por cento, não *tudo*.

— Ah, francamente, Heather. — Ela toma um gole do vinho. — Não estou dizendo que o que fiz foi certo, porque é claro que não foi. Fiz más escolhas. Mas você ainda era uma criança. Ricardo e eu éramos adultos, com dificuldades de adultos. Você sabe que ele tinha um problema com jogo. Havia bandidos, bandidos *de verdade*, com armas, que usavam umas correntes de ouro enormes e grossas, atrás dele. O que eu devia ter feito? Deixado ele morrer?

— Não, mas você não precisava ter ido com ele.

— Mas eu o amava! Você deixaria Cooper se houvessem bandidos cheios de correntes de ouro na cola dele?

— É óbvio que não — respondo. — Eu ficaria e o ajudaria a enfrentar a situação.

— Homens com *armas*?

— Heather já foi treinar comigo algumas vezes esse verão — diz Cooper, como quem faz pouco-caso. Parece mais calmo. — Ela é boa de tiro.

— Quando é para acertar os alvos de papel — declaro, com modéstia.

— O que acho interessante, Janet — comenta Cooper —, é que para alguém que tem tanta certeza de que não fez nada de tão errado assim, você foi extremamente cuidadosa em esperar até seu crime prescrever antes de voltar aos Estados Unidos... Cinco anos, com outros cinco adicionais enquanto o promotor tentava, sem sucesso, localizar você para extradição. É isso aí mesmo, não é, para um crime de classe B, considerado grave, como o furto qualificado no estado de Nova York?

Minha mãe se engasga com o vinho que acabara de engolir.

— Não... Não seja ridículo. Já disse, voltei para ficar com Heather nesse momento significativo da vida dela. E não sei por que o dinheiro ainda tem tanta importância para ela; podia ter ganhado muito mais se tivesse deixado os sundaes de chocolate de lado e não tivesse insistido tanto em cantar aquelas musiquinhas bobas que ela mesma escrevia...

Agora é Patty quem a interrompe, o que me surpreende, uma vez que ela é, normalmente, a criatura mais avessa a brigas do mundo, precisando de muito para que se ofenda.

Mas aí é que está um detalhe interessante da personalidade de pessoas como Patty... E talvez como eu. Quando formamos mágoas e criamos rancor, guardamos por anos e, como uma chaleira esquecida no fogo antes de você notar, queimamos a casa inteira.

— Frank está certo — diz ela, levantando-se da cadeira. — Temos de ir agora. Janet, onde é que a gente deixa você? Estamos de carro. Está estacionado aqui na frente. Podemos te levar a qualquer lugar.

— Me levar? — repete ela, parecendo chocada, como se tivessem substituído seu *pinot grigio* por um *merlot*. — Mas eu já disse para vocês, não tenho para onde ir...

— Você foi esperta o bastante para vir de Buenos Aires até minha porta — digo, com doçura. — Tenho certeza de que consegue se virar.

— Frank, querido — chama Patty —, por que você não vai ajeitando Indy na cadeirinha enquanto Cooper coloca a bagagem de Janet na mala? É um Range Rover — explica para minha mãe —, então, com certeza, tem *mais* do que espaço suficiente para você e suas coisas.

— Ótima ideia — apoia Cooper, antes que minha mãe possa proferir outra palavra. Sai da varanda, com Frank logo atrás dele ainda com expressão confusa e o filho pendurado no ombro.

Frank não é o único que está confuso.

— Mas pensei que tivesse dito — minha mãe está falando —, não consegui reserva em hotel nenhum. Com certeza Heather e Cooper não se importam de eu ficar aqui. Parece ter espaço de sobra, e eu sou da família. Não estou esperando tratamento especial. Eles mal vão notar minha presença.

— Esse não é o... — começo, com irritação, mas Patty me corta.

— Ah, não acho que seria boa ideia, Janet. — Ela vai até minha mãe e se debruça para pegar a taça de vinho da mão dela. — Você conhece o velho ditado sobre os sogros: se quiser ter uma boa relação, largue-os em um hotel quando vierem de visita.

— Mas eu acabei de dizer! — grita ela, ficando de pé em um pulo. — Não *consegui* um hotel para ficar.

— Ah, Cooper vai dar um jeito nisso — garante Patty, envolvendo os ombros de minha mãe com o braço. — Ele é detetive particular, sabe. Um monte de gente na cidade deve favores a ele. Não deve, Heather?

— Um montão — confirmo. — Aliás, alguns clientes dele *são* hotéis. Vamos te arranjar um quarto em algum lugar. Não posso te garantir o St. Regis, claro, mas também não vai ser necessariamente um albergue.

Minha mãe faz bico. Patty a vinha empurrando em direção à cozinha fazia um tempo, e, na luz menos favorecedora do cômodo, o rosto de Janet já não parecia mais tão pouco marcado por rugas e linhas de expressão quanto dava a impressão na iluminação suave das velas e lâmpadas lá de fora.

— Nada de hotel — diz com a voz de pedra que parece mais com a das minhas recordações de infância e adolescência do que a pseudossofisticada que está usando na frente dos meus amigos.

Ergo minhas sobrancelhas. *Minha* mãe recusando um quarto de hotel? Sempre adorou aquela boa vida quando saíamos para fazer turnês, o serviço de quarto e de limpeza, as luzes brilhantes no saguão, o bar...

Especialmente o bar, uma vez que era o lugar onde podia ter seus encontros amorosos com Ricardo.

As coisas mudaram mesmo se ela está recusando uma oferta dessas.

— Se não posso ficar com Heather, prefiro ficar com meu ex-marido — diz, com uma fungadela. — Alan me convidou, mas eu preferia... Bem, não importa agora.

As circunstâncias podem ter mudado para minha mãe, mas isso não significa que ela mudou.

— Está bem — digo. — Fique com papai. Ele vai ficar felicíssimo em vê-la. Até mais, mãe.

Vou até a porta de tela e a mantenho aberta para que ela entre na casa, primeiro na cozinha, seguindo para o corredor e em direção à porta da frente, para depois descer os degraus até a calçada e alcançar o carro de Frank e Patty, longe de mim, com sorte por outros dez anos ou mais.

Antes de ir, minha mãe olha para mim com uma expressão que não reconheço, pois jamais a vira em seu rosto antes. Decepção, talvez. Não poderia ser culpa ou remorso. Minha mãe não é capaz de sentimentos como esses, ou nunca teria feito coisas tão terríveis como as que me fez, para começo de conversa.

— Tchau, Heather — despede-se, ainda demonstrando a expressão inusitada.

Depois vai embora.

Bem-vindo ao refeitório do Conjunto Fischer!

A Faculdade de New York orgulhosamente apresenta sua nova iniciativa de alimentação sustentável e saudável no Conjunto Residencial Fischer. O refeitório apoia os produtores locais ao servir uma seleção de frutas e vegetais sazonais e cultivados em nossa região (sempre que possível). Os peixes que servimos são provenientes de métodos de pesca sustentável, e usamos apenas ovos caipiras em nossa cozinha (a menos que avisado o contrário).

Segundas a sextas-feiras: 7h30 — 20h

Sábados: 11h — 20h

Domingos: Fechado

O Refeitório do Conjunto Residencial Fischer apresenta em seu salão Magda Diego, eleita a "Funcionária Mais Popular" pelo *Expresso da Faculdade de Nova York*, seu blog de notícias diárias feito por estudantes.

Na manhã seguinte, estou eu no refeitório do Conjunto Residencial Fischer, preparando meu tradicional chocolate quente misturado com café e uma generosa colherada de creme de chantilly estimulante, quando Magda se aproxima.

— Heather! Amiga! — chama ela, com o sotaque hispânico. — Fiquei sabendo. A menina morta. Sua mãe. A semana não está sendo das melhores, não é?

— Podia ser pior — digo. — Pelo menos ainda sou esta beldade de parar o trânsito.

Magda solta um sorrisinho e me dá um soco de leve no braço.

— Isso você sempre vai ser.

Magda está vestindo o novo uniforme mandatório da cafeteria, um jaleco verde-claro, com as palavras "Tudo fresquinho diariamente!" bordadas acima do seio esquerdo. Os uniformes antes eram cor-de-rosa, o que favorecia os cabelos louros descoloridos e as sobrancelhas escuras de Magda. O verde não está ajudando em nada ao pessoal do refeitório, mas combina com o programa de saúde e bem-estar que a fornecedora de alimentos jura para os estudantes que está fazendo — embora, para ser sincera, a comida não tenha realmente mudado, apenas a apresentação.

Felizmente, o chefe de Magda, Gerald, não pode ditar o que ela deve fazer quanto ao resto de sua aparência, então minha amiga prendeu uma montanha cascateante de cachos louros artificiais no topo da cabeça, pintou as longas unhas de esmalte metálico dourado (com glitter) e enfiou os pés em um par de sapatos de salto médio metálicos para combinar.

— Venha — diz ela, abrindo os braços. — É hora de um abraço.

Ponho de lado meu chocolate estimulante da manhã e deixo que Magda me envolva, mesmo que eu não seja muito fã de abraços, a menos, claro, que venham de Cooper.

Porém os de Magda são bem especiais. Ela é suave como manteiga, e seu cheiro lembra alguma fruta exótica. Um dia eu estava lendo uma revista na pedicure e passei pela propaganda do perfume de alguma celebridade que vinha com uma daquelas amostrinhas, e me dei conta de que era o cheiro da Magda. Ela tem exatamente o mesmo cheiro que a Beyoncé.

— Obrigada, Magda — agradeço, enquanto ela me aperta forte. — Mas vai ficar tudo bem.

— Sei que vai — diz ela, me liberando. — Queria ter certeza de que você também sabia. Jimmy! — grita para um dos rapazes designados para servir as comidas quentes, o que o faz se sobressaltar. O refeitório está virtualmente vazio antes das 10 horas durante a semana de orientação. — Heather está aqui. Onde está aquele bagel que pedi para guardar para ela?

— Ai, Magda — falo, envergonhada. — Eu posso pagar o meu.

— Não, não pode — nega ela, me dando tapinhas no ombro. — Teve uma guerra pelos bagels mais cedo, está vendo? — Aponta para a cesta dos pãezinhos lá no bufê do café da manhã, perto da tábua onde manteiga, geleias e cream cheese são mantidos resfriados. — Algum grupinho de calouros indo para a Clausura. Mas garanti que Jimmy guardasse um para você. Está ali com ele. *Jimmy!*

Jimmy, que estava no meio de uma troca de mensagens pelo celular, coloca o telefone de lado e corre para providenciar o solicitado, cortando o bagel que estivera escondendo para mim ao meio e colocando-o na torradeira. Magda é responsável apenas pelo escâner de carteirinhas na porta, mas já vem governando o refeitório como uma rainha havia anos.

— Obrigada, Mags — digo, verdadeiramente agradecida ao olhar o que anteriormente tinha sido a ilha dos waffles, mas agora era a "ilha de águas aromatizadas" do Conjunto Fischer (as opções de hoje são melancia e laranja). — Mas nada de bacon, ok, Jimmy? A prova final do vestido é na sexta — explico, como se me desculpasse. — Estou tentando me manter relativamente dentro do mesmo peso que estava quando tiraram minhas medidas. Se o vestido abrir todo por causa da minha comilança ansiosa dos últimos dias, eles vão ter de começar tudo de novo e nunca vão conseguir terminar até o mês que vem.

— Nada de bacon, Jimmy — grita Magda para o rapaz, que lança um olhar irritado para ela por já ter me ouvido da primeira vez e voltado às mensagens.

— Obrigada, Jimmy — agradeço, enquanto observo meu pão ser torrado pelas faixas vermelhas. — Talvez eu coma algo saudável com meu carboidrato — digo a Magda. — Umas uvas ou algo assim.

Magda ergue uma sobrancelha cética.

— Uva é uma boa escolha, acho.

Caminhamos até a mesa de saladas, que, no refeitório remodelado, fica em destaque na frente, bem no meio. O cardápio agora oferece mais opções veganas e sem glúten, o que é ótimo para aqueles alunos que gostam de comer natureba, mas horrível para pessoas como eu, que adoram carne e glúten, preferivelmente juntos na forma de sanduíche com maionese.

— Ouvi dizer que a menina morreu de asma — comenta Magda.

— É a opção dada como possível pela legista — respondo. — Ela não vai saber com certeza até ver os resultados dos exames toxicológicos.

— Tadinha da estrelinha de cinema — lamenta Mags, balançando a cabeça.

Magda se refere a todos os residentes no Conjunto Fischer como estrelas ou astros de cinema, pois, uma vez, muito antes de eu começar a trabalhar aqui, uma cena de algum filme dos *Tartarugas Ninja* foi gravada na cobertura do prédio, e muitos alunos foram escalados como figurantes, para olharem para cima do Washington Square Park em assombro enquanto Donatello ou Raphael davam incríveis demonstrações de suas habilidades de malabaristas muito acima das cabeças deles.

A própria Magda ainda era uma adolescente naquela época, recém-chegada da República Dominicana, mas aquilo deixou uma impressão indelével nela... De que nos Estados Unidos da América, tudo é possível. Até a cena de um filme podia ser filmada em seu local de trabalho, e você podia se tornar estrela de cinema... Ou pelo menos uma diminuta manchinha numa tomada com uma multidão em um filme sobre tartarugas mutantes adolescentes que também são ninjas.

Talvez seja por isso que todos os dias, desde então, ela tenha se vestido para ir ao trabalho como se um diretor pudesse entrar e a escalar para seu próximo longa-metragem. Nunca se sabe.

— Como você ficou sabendo da minha mãe? — pergunto, enquanto roubo umas duas uvas dos cachos artisticamente arrumados sobre a "Frutopia".

— Patty me mandou uma mensagem ontem à noite — esclarece ela, pescando o smartphone do bolso do uniforme e o balançando em minha direção. O celular, como ela toda, está coberto de brilhos metálicos dourados. — Ela mandou para todas as madrinhas. Estava tão brava com aquela irmãzinha do Cooper, Nicole, por ter feito isso, convidar sua mãe assim! Falei com ela quando descobri que a garota estava fazendo isso, mandando convites extras. Disse para ela não fazer isso, que você não ia gostar. Mas ela ficou dizendo: "Ah, não, ela vai gostar, sim. Heather convidou tão pouca gente para o casamento, e meu irmão tem tantas pessoas na lista. Vai ser uma surpresa legal. Papai vai pagar tudo." Então pensei, "Bem, quem sabe ela não *gosta* mesmo?". Mas convidar sua mãe assim? Não imaginei que isso pudesse ser uma boa surpresa.

— Não — confirmo, mastigando uma uva. — Não foi mesmo.

— Sabe, Nicole tem sorte de a gente morar aqui nos Estados Unidos, porque de onde eu venho, se uma mulher

112   *Meg Cabot*

faz uma coisa assim com a outra, especialmente com a noiva do irmão...

Magda faz um gesto cortante abaixo do queixo, acompanhado de um som como o oxigênio sendo sugado de uma traqueia. Uma aluna próxima, servindo-se de uma saudável salada de frutas, parece um pouco assustada.

— Fim da linha — prossegue Magda. — A mulher está morta. Porque alguém vai ter dado um jeito nela. Posso achar alguém para fazer isso para você se quiser. Não conte ao Pete — Pete é o namorado dela, ex-policial que agora é um dos melhores seguranças do Conjunto Fischer —, mas tenho vários amigos que fazem esse tipo de coisa. Por Heather Wells, eles fariam de graça. Você sabe como seus CDs eram populares no meu país. Ainda são — acrescenta, leal.

— Bem — digo, depois de bebericar rapidamente meu chocolate, o que sinto ser necessário depois da performance e da oferta um tanto dramáticas de Magda. — Fico lisonjeada. Obrigada, mas não acho que seja necessário. Cooper vai cuidar de tudo sozinho.

Eu tinha saído do banheiro na noite anterior depois de ter usado minha escova facial rotatória para limpar impurezas — haviam me dito que, se usasse todas as noites até o dia de meu casamento, minha pele estaria com um brilho saudável — e encontrado meu noivo no celular com a irmã mais nova.

— Foi a gota d'água, Nicole! — dizia, parecendo estar para terminar uma conversa explosiva. — Tudo isso é culpa sua. Você não tinha o direito. Não, não me importa por que você fez isso. Não, pedir desculpas não vai ajudar. Você não ouviu o que eu disse? *Você fez Heather chorar.* Então você morreu para mim. Pare de ligar. Cadáver não usa telefone.

Ele desligou.

Ergui as sobrancelhas.

— Eu não chorei — disse.

Cooper virou-se, sobressaltado em me ver com o robe rosa felpudo e chinelos, o rosto brilhando pelo uso da escova facial rotatória.

— Meu Deus! — exclamou. — Não sabia que você estava aí.

— Deu para notar — respondi. — Mas eu não chorei. E você não precisa ser tão mau com Nicole. Ela pensou que estava fazendo uma coisa boa. Uma reconciliação entre mãe e filha, que nem na música de Paul Simon.

— É, bem, só acabei de dar uma música nova para ela — rosnou Cooper. — Aproveitando que ela gosta tanto de escrever as dela, agora pode compor sobre um irmão mais velho que vai enterrar a irmã se ela não consertar o erro absurdo que cometeu.

Não consegui deixar de sorrir. A família dele podia não ter nenhum criminoso como a minha, mas tinha seus próprios dramas, como as gêmeas, cujo nascimento foi uma surpresa tardia na vida da mãe dele. Jessica e Nicole foram mandadas para um internato muito novas, para não dar trabalho para os pais, mas, agora, recém-formadas da faculdade, estavam de volta à casa deles e tão incorrigíveis quanto pré-adolescentes.

Eu ainda as preferia a minha mãe.

— Você não pode enterrar a menina — disse, afundando em meu lado da cama. — Ela não está morta. É uma coisa horrível de dizer agora que estamos passando por um momento em que uma garota realmente morreu. Pense em como os pais de Jasmine devem estar se sentindo. Eles realmente vão ter de enterrar a filha.

— Tudo que me importa é como *você* se sente — retruca Cooper, sentando-se a meu lado e envolvendo meus ombros com um braço forte. — O que aconteceu hoje não devia ter acontecido nunca. Não consigo nem dizer como fico mal por tudo isso. Quero te compensar.

— Ok. Pare de tratar mal sua irmã. — Eu me apoio nele. Seu calor fazia eu me sentir segura, assim como os batimentos estáveis do coração dele contra meu braço.

— Não era bem isso o que eu queria dizer com "quero te compensar".

— Por quê? É o que quero. E por que você disse para Nicole que eu chorei? Eu não chorei.

— Chorou, sim — afirmou ele. — Você deixou a torneira ligada e pensou que eu não ia te ouvir, mas ouvi.

— Ah. — Fiquei olhando para meus dedos dos pés fixamente, envergonhada. Tinha feito as unhas do pé há pouco, a cor do esmalte era aquele pink "That's Hot!". Estava bonito.

Jasmine também tinha ido à pedicure. Escolhera um azul-clarinho, como o de suas paredes.

— Entendi que você queria um tempo sozinha — continuou Cooper —, ou você não teria ficado na banheira chorando, teria saído e chorado suas lágrimas delicadas no meu peito forte e másculo.

— Não estava esperando começar a chorar assim — digo. — Minha mãe me deixa com tanta raiva...

O que ela me fez sentir mesmo foi tristeza — tristeza por não ter uma mãe que me amasse da mesma forma que a de Kaileigh Harris, com tanta intensidade que não podia deixá-la partir, nem mesmo para almoçar sem ela, o que não era exatamente saudável, mas ao menos mostrava que ela se importava com a filha.

Mas eu tinha medo de recomeçar a chorar se admitisse isso em voz alta, e não queria recomeçar a chorar, especialmente depois de enfim ter conseguido me controlar.

— Sei que deixa. Ela me deixa com raiva também — confessou ele. — E minha irmã faz a mesma coisa. Não quero ninguém interferindo no dia que é para ser só nosso, e não quero ninguém te fazendo se sentir mal. — Respirou fundo e acrescentou, rápido: — É por isso que vou seguir sua mãe enquanto ela estiver aqui na cidade.

— O quê? — Olho perplexa para ele. — Cooper, *você ficou maluco?*

— Provavelmente. Mas é o único jeito de ter certeza de que ela está aqui pelo motivo que alegou, ver você, e não por causa de algum esquema que pode acabar te afetando...

— Cooper, não. — Nego com a cabeça. — Você já está cuidando de um caso. Um para o qual você é *pago*. A melhor forma de lidar com pessoas do tipo de minha mãe é as ignorando.

— Não disse que ia *falar* com ela. Só vou ficar na cola dela. Um pouquinho. — Afastou o dedo indicador e o polegar alguns centímetros um do outro para ilustrar. — Heather, vamos, você precisa admitir que é um pouco estranho. Por que ela apareceu aqui agora, um mês antes do casamento? E que negócio é esse de não querer ficar em um hotel?

Solto um suspiro. Tenho mesmo de admitir que ele está certo. Eram duas perguntas que eu mesma havia me feito.

— E, sinceramente, olhe para isso da minha perspectiva — prosseguiu. — Sou detetive. Que tipo de namorado eu seria se não pegasse no flagra a pessoa que está fazendo a mulher que mais amo na vida tão infeliz?

Isso acertou em cheio meu coração.

— Minha mãe não tem mais o poder de me fazer infeliz — confessei. — Só se eu deixar. E não vou deixar, Cooper. *Não* vou.

Mas, no momento em que dizia isso, lágrimas enchiam meus olhos outra vez.

O braço de Cooper apertou meu ombro um pouco mais, e ele pousou o outro ao meu redor também.

— Eu sei que não — disse. — Mas, nesse meio-tempo, você gostando ou não, vou fazer o que posso para garantir que ela não tenha outra chance de te magoar. A noite de hoje foi uma infelicidade, eu não devia ter deixado ela entrar, mas...

— Eu sei — falei, levantando a mão para acariciar o rosto dele. — Ela te pegou de surpresa. Estava com todas aquelas malas e já tinha mandado o táxi embora, toda se fazendo de coitadinha. Nisso ela sempre foi boa, sabe: manipular os outros. É por isso que eu não conseguia me virar sozinha no mundo da música sem ela. Nunca fui muito boa nesse negócio de manipulação.

Cooper ergueu uma de minhas mãos e a beijou amorosamente.

— Mas você é muito boa em uma coisa mais útil: ser capaz de notar quando alguém quer te manipular. E, claro, ser incrivelmente, irresistivelmente linda.

Ele me beijou depois disso, e, por um bom tempo, não dissemos mais nada. Estávamos ocupados demais fazendo outras coisas, nossos corpos afundados na cama. Owen, o gato que adotamos de um ex-chefe, assistiu a tudo da cômoda, com olhos semicerrados. Era difícil dizer se ele aprovava. Em geral, acho que sim.

Não contei essa parte a Magda, no entanto. Nem a parte a respeito de Cooper seguir minha mãe. Só a da declaração da irmã estar morta para ele.

— Ele quer enxotar Nicole do nosso casamento — digo, voltando ao balcão de Jimmy, onde ele colocou meu bagel, levemente tostado, em um prato. — Valeu, Jimmy.

— Ah, então ele pode muito bem me deixar mandar matá-la — conclui Magda. — Porque ela vai querer morrer. Ser sua madrinha foi a melhor coisa que já aconteceu com aquela menina. Ela me disse. Ela falou: "É a melhor coisa que já me aconteceu." E eu acredito nela, sabe? Não acho que ela tem amigos. Nicole me disse que nunca namorou. Na última prova, ela me confessou que é virgem.

— *É?* — Estou surpresa e, de alguma forma, ao mesmo tempo não estou.

— Foi o que ela disse. — Magda me guia até a ilha de pastinhas e queijos, onde fica o cream cheese. — Mas ela está querendo dar um jeito nisso no casamento. Ela acha que lá vai ter um monte de... Como foi que ela chamou mesmo? Ah, sim, solteiros dignos.

— Uau. — Não consigo deixar de pensar no amigo de Cooper, Hal Virgem. Será que de fato ele é virgem? Fico imaginando. Será que ele e Nicole se dariam bem? É meio bobalhão. Mas, pensando assim, Nicole, que escreveu músicas sobre provar o sangue da própria menstruação, também não é nenhuma maravilha, não.

— Heather.

Viro e vejo Julio Juarez, o zelador-chefe do Conjunto Fischer, aproximando-se de mim, parecendo envergonhado por me atrapalhar enquanto preparo meu café da manhã, que obviamente deveria ter tomado antes de sair de casa. Mas estou um pouco atrasada devido à emoção — parte dela bem-vinda — da noite passada.

— Bom dia, Julio. Você quer um bagel? Conheço alguém que pode te arranjar um. — Pisco para Jimmy, que nem nota, tão entretido está com as mensagens.

— Ah, não, obrigado, Heather — agradece ele, ainda mais constrangido. Julio leva o trabalho muito a sério, passando a ferro o uniforme marrom com muito cuidado todas as manhãs antes do trabalho e jamais permitindo que uma manchinha de sujeira permaneça no chão de mármore do saguão por mais que uma hora. Ele é ligeiro quando se trata de me buscar porque os residentes riscaram com chave os acessórios de bronze do elevador ou mancharam o feltro da mesa de bilhar da sala de jogos com latinhas de refrigerante, na esperança de que, fazendo isso, eu seja capaz de pegar os patifes e multá-los por seus crimes. Seu orgulho e amor pelo Conjunto Fischer são imensos.

— Fiquei sabendo da garota que morreu — disse, os olhos castanhos tristes. — Estava querendo saber se os pais dela vão precisar de algumas caixas para as coisas que ficaram. Lá no porão tenho muitas, da chegada dos calouros. A gente ia jogar fora, mas, se você quiser, guardo algumas que ainda estão boas para os pais da menina.

— Ah, Julio — digo, de repente sem mais apetite para meu bagel. — Essa é uma lembrança muito gentil. Não sei quando os pais de Jasmine vão vir para pegar as coisas dela, mas deve ser logo. Então, por favor, guarde, sim, umas caixas boas e deixe-as separadas para a família.

Os olhos dele parecem mais alegres. Todo mundo gosta de fazer algo para ajudar quando acontece uma morte no prédio.

— Ok — diz. — Vou guardar umas caixas. Agora, o que eu faço com o lixo no 15?

— Lixo no 15? — repito.

— É. Todos os dias de manhã, a lixeira no décimo quinto andar está cheia de lixo. Cheia demais. Ninguém o joga pelo buraco próprio para isso.

Cada andar no conjunto, como a maior parte dos prédios de Manhattan anteriores à guerra, tem um espaço onde os residentes depositam seu lixo. Eles devem separar as latas para reciclagem e jogar o que não é reciclável por um buraco para ser levado embora. Antigamente, aquilo ia dar em um incinerador, mas eles foram há muito eliminados por conta das questões de qualidade do ar. Agora, vai parar em um grande compactador lá no porão.

— Você sabe quem é o responsável? — indago, adivinhando a resposta antes mesmo de as palavras saírem de minha boca.

— O príncipe — afirmam Julio e Magda ao mesmo tempo.

— Um príncipe não vai se livrar do próprio lixo — diz Magda. Os olhos dela se acenderam. Ela adora a ideia de que há um príncipe morando no Conjunto Fischer. Para ela é tão empolgante quanto o fato de um dia um filme ter sido rodado aqui, e de que, durante essas férias de verão, também filmaram um reality show de TV, estrelando sua pop star favorita, Tania Trace (ela é sempre educada o bastante para acrescentar: "favorita depois de você, Heather"). — Como um príncipe ia saber o que fazer com o lixo? Ele sempre teve mordomos para fazer essas coisas por ele no palácio!

— Bem, ele está tirando o lixo do quarto — digo. — Só não o está separando e jogando pelo buraco na parede. Não é isso, Julio?

Julio balança a cabeça, sem acreditar.

— É. E tem *muito* lixo. Todos os dias, desde que ele veio para cá. Muito. Nunca vi tanto. Os sacos são muito bem amarrados, mas é tanto, e sou eu quem precisa ficar separando. É trabalho extra demais.

— O que tem neles? — pergunto, a curiosidade mais forte que eu. Nunca tive a oportunidade de ver o lixo de um príncipe.

— Copos — responde Julio de pronto. — Muitos, muitos copos de plástico. E garrafas. A maioria de tequila. Tequila da boa. Algumas de vodca. Muitas de champanhe. E umas tantas de vinho.

— Shiraz — digo, balançando a cabeça. — Um alcoólatra real.

— Mas ele *tem* 21 anos — lembra Magda.

Quando a encaro incrédula, ela diz:

— O quê? Li no *Us Weekly*. Ele deu a festa de arromba real em Londres. Foi Usher quem fez o show.

Tento não parecer impressionada.

— Ele está obviamente dando festas no apartamento dele, Magda — digo. — Ele não está bebendo tudo aquilo sozinho. E, se ele está dando festas, isso é um problema. Estamos na semana de orientação aos calouros. Ele não pode sair distribuindo álcool para menores de idade.

Magda faz expressão afetada.

— Você não *tem certeza* de que ele está fazendo isso.

Lembro-me do que Cooper disse sobre minha habilidade de saber quando querem me manipular.

— Não — confirmo. — Mas tenho bons motivos para desconfiar. — Olho para Julio e sorrio. — Não se preocupe. Vou investigar essa história.

Ele sorri em resposta.

— Obrigado, Heather. Ah, e obrigado pelo convite para o casamento. Minha esposa, Anna, está muito animada.

— Ah — digo, mantendo o sorriso fixo. — Ótimo! A gente se vê.

Enquanto Julio se apressa para dar continuidade à batalha contra a sujeira, Magda olha para mim.

— Você convidou Julio para o casamento? — pergunta, espantada. — Chamou Jimmy também?

— Não, não chamei Jimmy — digo, o sorriso desaparecendo. — Nem Julio. Foi Nicole quem chamou. Eu não queria a presença de *tantas* pessoas do trabalho assim. Eu convidei você, Pete, Lisa e Cory, o marido dela, Tom Snelling e o namorado Steven — Tom era ex-diretor do Conjunto Residencial Fischer e agora diretor do Conjunto Waverly —, Sarah e Gavin, e Muffy Fowler, claro. — Muffy é a chefe da assessoria de imprensa da Faculdade de Nova York. — Estava tentando manter os números administráveis, pelo menos do meu lado. Mas sabe do que mais? — acrescento, com repentina emoção. — Talvez isso que Nicole fez não tenha sido algo tão ruim, no fim das contas. *Quero* essas pessoas que eu vejo todos os dias comigo em meu casamento.

— Me diz se você ainda estará se sentindo assim — diz Magda, com secura — quando Carl aparecer com aquela boneca inflável que ele deixa no armário lá embaixo como a convidada dele.

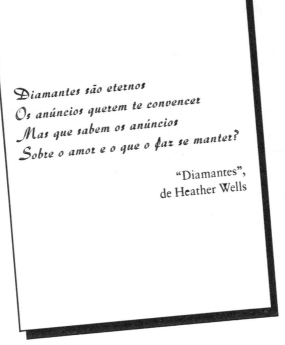

Diamantes são eternos
Os anúncios querem te convencer
Mas que sabem os anúncios
Sobre o amor e o que o faz se manter?

"Diamantes",
de Heather Wells

Fico admirada ao encontrar a diretoria do Conjunto Residencial Fischer aberta e Lisa Wu em sua mesa.

Fico ainda mais admirada ao vê-la comendo um "burrito supremo" como café da manhã, com aparência surpreendentemente vivaz em comparação à de ontem.

— Meu Deus — diz ela, com a boca cheia ao me ver. — Estava com medo de que você não viesse hoje.

— Meu Deus — rebato. — Eu estava com medo de que *você* não viesse hoje.

— Acho que foi só uma ziquizira de 24 horas — afirma, depois de acabar de engolir. O burrito é quase do tamanho da cabeça dela. — Estou me sentindo ótima hoje. Mas alguns dos assistentes na reunião de ontem, viu?... Deus do Céu. Estavam para matar o primeiro que passasse, até filhotinho. Você não vai querer pegar essa coisa, seja lá o que for.

— Vou tomar cuidado e lavar as mãos — garanto solenemente.

Lisa Wu é uma mulher do tipo *petite*, seis anos mais nova que eu, apesar de ser minha chefe, de longos cabelos negros que às vezes prende em um rabo de cavalo com um elástico (sob meus protestos) por estar ocupada demais para se preocupar com ele.

Naquele dia ela cuidou de arrumá-los melhor, sem dúvidas por conta da morte da estudante no prédio. Está vestida de uma maneira mais profissional do que jamais a vi fazer, de calças de alfaiataria azul-marinho e um suéter branco de tricô com mangas curtas. Em vez dos chinelos de dedo que usa normalmente, escolheu mocassins pretos. Nem sinal de Tricky, seu cachorro. Presumo que ela o tenha deixado lá em cima porque alguns manda-chuvas da faculdade vão ficar perambulando por aí e não seria considerado profissional deixar o Jack Russel terrier dela à solta para ficar pulando neles, balançando o rabo.

— Ei, Magda me contou de sua mãe — diz. — Que chato que isso tenha acontecido.

A fofoca corre rápido quando uma de suas madrinhas é a responsável pelo local onde todos tomam café da manhã.

— Não foi nada. Como *você* está, além da virose? Como foi no telefone com os pais de Jasmine? E a reunião com os ARs, fora eles estarem doentes?

— Argh — solta ela, se jogando outra vez contra o encosto da cadeira. — Horrível, naturalmente. Os pais dela estão em choque. Vão vir de Nova Jersey hoje à tarde para se encontrarem com a gente e com os médicos-legistas. Acho que estão esperando respostas. Com sorte, até lá, alguém já vai ter alguma. Quanto à equipe... Bem, Jasmine era nova, mas já era bem popular. A reação das pessoas foi em geral a mesma dos pais dela: incredulidade. Acho que quando o legista voltar com os resultados, dizendo *como* ela morreu, a gente vai ter um pouco daquela sensação de "fechamento" da história, e a equipe vai conseguir superar.

Assinto e murmuro:

— Claro. — Porque sei que é o que Lisa precisa ouvir, não porque acredito. A palavra "fechamento" é usada a torto e a direito por pessoas nessas profissões de apoio e nesses programas de TV tipo *CSI* e *Law & Order*, mas raramente existe essa sensação de fato quando alguém jovem morre, mesmo se for por causas naturais. A morte parece tão errada, desnecessária e sem sentido... Nunca vai haver "fechamento", algo sempre vai estar "em aberto". A família e os amigos de Jasmine vão seguir em frente, mas nunca vão "superar". Não é natural que seja assim. É por isso que se diz que há uma "perda".

Deixei meu bagel e a mistura de chocolate e café na mesa e sentei, mais ou menos me juntando a Lisa para comer, embora estejamos em salas separadas. Viro a cadeira para olhar para ela pela porta do escritório.

— Nem sei como você pode ter feito isso tantas vezes — diz Lisa, com pesar. — Não sei mesmo. Me sinto como se tivesse levado coices no corpo todo. Especialmente nos peitos. — Ela leva as mãos a eles para ilustrar, massageando-os.

— Essa é uma reação interessante à morte de uma estudante — comento. — Não posso dizer que já tive uma dessas antes.

Lisa dá de ombros.

— Bem, dormi que nem pedra ontem. Cory disse que até ronquei.

— É todo o estresse, provavelmente — arrisco. — E a virose saindo do seu organismo. Isso aí no burrito é molho de pimenta ou ketchup?

— Os dois — esclarece, enfiando mais do lanche na boca. — Mas, enfim, a gente tem um longo dia pela frente. Aquela tal de Fowler...

— Muffy — digo. — Chefe da assessoria de imprensa.

— Tanto faz. Ela acha que o melhor é manter a morte de Jasmine fora das manchetes dos jornais por causa do príncipe Rashid e da animosidade que parte da comunidade da faculdade sente contra ele.

— Nossa — digo sarcasticamente. — Você acha mesmo?

— Então não dá para mandar uma mensagem de texto geral para os residentes avisando que uma das assistentes morreu, mesmo que, até onde sei, seja isso que a faculdade faça em circunstâncias normais. Não podemos nem avisar que vai ter uma equipe de apoio disponível para se alguém sentir necessidade de desabafar ou procurar ajuda, ainda que o Dr. Flynn e o Dr. Kilgore estejam aqui todo dia, para qualquer residente ou membro da equipe e funcionário que queira conversar sobre o que aconteceu. E isso inclui você, aliás.

Viro o rosto, minha boca cheia com o bagel, para encará-la.

— *Eu*? Por que *eu* ia querer falar com alguém?

— Heather, você ficou com o cadáver da garota *o dia inteiro* ontem — lembra ela. — Aí você foi para casa, e sua mãe, que te abandonou há uma década, apareceu sem avisar. Acho que existe a possibilidade de você querer falar com um especialista em saúde mental. Não há nada do que se envergonhar nisso, sabe? Cory e eu fomos a um terapeuta antes de nos casarmos. Ainda vamos às vezes. É divertido.

— Divertido? — Não consigo parar de olhar para ela com espanto. — Como é que contar seus segredos mais sombrios a um terapeuta pode ser *divertido*?

— Não é essa a parte divertida — esclarece Lisa. — É que o terapeuta às vezes mostra que coisas que você não pensou que fossem tão importantes assim provavelmente *são* importantes, e, depois que ele mostra isso, você se dá conta de todas as maneiras com que vai sabotando a própria vida. Como talvez você ter problemas com sua mãe ter te abandonado no fim de sua adolescência, mesmo que pense que superou, te faz ser tão superprotetora com esses garotos que moram aqui, que estão nessa mesma fase da vida.

— É claro que tenho problemas com minha mãe — digo, talvez um pouco mais defensiva do que pretendia. — Não preciso de nenhum terapeuta para me dizer isso. Tenho inveja total de quem tem uma relação saudável e amorosa com a mãe. Nunca vou ter isso. Mas não significa que sou *superprotetora* com os garotos que moram aqui. Só faço meu trabalho. Não é minha culpa se eles ficarem sendo assassinados o tempo todo.

— Ok, ok — diz Lisa, amassando o papel-alumínio onde o burrito estivera embrulhado (era assustador, mas ela havia acabado com ele. Devia estar com muita fome depois de ter vomitado tanto no dia anterior) e acertando um arremesso de três pontos na cesta de lixo. — Esqueça que toquei no assunto. Enfim, a gente tem uma reunião marcada à tarde com um candidato à posição de Jasmine que o Dr. Jessup jurou que é perfeito.

— Uau. Essa foi rápida.

— Bem, a gente precisa se coçar para achar um substituto. Quanto mais cedo encontrarmos um bom, mais cedo a equipe vai começar a fechar a ferida. E o Dr. Jessup disse que esse candidato é campeão. O único motivo para ele não ter ganhado a vaga da primeira vez foi ter se inscrito tarde demais. É um pouco mais velho, aluno de transferência do Novo México, Dave alguma coisa.

— Ok — digo. — Bem, ótimo, estou ansiosa para conhecer Dave alguma coisa.

— Ha — exclama Lisa. — Engraçadinha. Ele vem às duas. Os pais de Jasmine vão encontrar com a gente e com o Dr. Jessup e o Dr. Flynn um pouco depois. Quem sabe até essa hora os legistas já não vão estar sabendo do que foi que a menina morreu.

O telefone sobre sua escrivaninha começou a tocar.

— E então tudo começa — declara, e pega o fone. — Alô, escritório da diretoria do Conjunto Residencial Fischer, Lisa Wu falando.

Termino o bagel enquanto a escuto dizer "uhum" e "sim, eu entendo" para quem quer que seja do outro lado da linha, provavelmente não estando sequer consciente de que o tempo todo mexe no sutiã como se ele não estivesse adequadamente ajustado.

Será que preciso de terapia? Fico me perguntando. Talvez precise é de umas férias. Não para a lua de mel, isso já vou ter mesmo. Cooper e eu vamos viajar para a Itália. Refiro-me a agora, agorinha mesmo, para conseguir lidar com todo esse estresse de casamento e talvez com minha mãe (não que Lisa tenha razão. Minhas questões com ela não são psicológicas. São de ordem puramente prática).

Suspeito que Cooper esteja certo e que, seja lá o que for que tenha trazido Janet aos Estados Unidos, nada tenha a ver comigo, apesar da declaração de que estaria aqui para me ajudar com a cerimônia. É provavelmente uma boa ideia deixá-lo descobrir por que ela está de fato aqui, antes que essa razão exploda em minha cara, como tende a acontecer com as coisas que se referem a minha mãe.

Patty também tem razão. Este lugar devia me dar um título de doutora *honoris causa*. Já domino a arte do pensamento crítico. E o que dizer a respeito de todos os criminosos que capturei no campus?

Isso me lembra das atividades extracurriculares do príncipe Rashid, então depois que termino meu bagel e levo o prato de volta ao refeitório, paro na mesa da segurança no caminho de volta ao escritório.

— Oi, Pete — digo casualmente. — Quero te ver no casamento sem esse uniforme, de terno e com uma Magda bem gata pendurada no braço, hein?

Pete não cai em meu papinho.

— O que você quer, Heather? — pergunta. Ele ficara mais corpulento do que gostaria desde que começara a namorar Magda, e a filha dele, Nancy, que é tipo um prodígio em matemática e ciências embora ainda esteja no ensino médio, lhe explicou que, se o colesterol LDL dele ficasse um pouquinho mais "tosco", ele provavelmente sofreria um ataque cardíaco. Precisava aumentar os níveis de HDL, o "bom" colesterol, esclareceu, e parar de comer todos os donuts grátis que Magda ficava roubando do refeitório para ele.

Então ultimamente Magda vinha lhe trazendo talinhos de cenoura. Isso não o deixava de bom humor.

— Quero ver os registros de entrada das últimas semanas — digo.

Todos os residentes são obrigados a registrar cada um de seus convidados, que devem mostrar as carteirinhas antes de entrar no prédio, carteirinhas que aliás deixam com o segurança durante o tempo de visitação.

— Particularmente os registros do príncipe Rashid — prossigo. — Além disso, será que você pode me mostrar alguma gravação que tiver do corredor do andar dele à noite?

— Se eu posso te mostrar alguma gravação do corredor do andar dele à noite? — repete Pete, em uma imitação rude da minha voz. Ele a faz parecer muito mais aguda e patricinha do que acredito que eu fale. — Por que eu faria isso? Você sabe como é difícil operar essas porcarias?

Ele gesticula para a pilha de monitores em frente, que cresceu muito em número desde a chegada do príncipe.

— Mal sei usar o Xbox de minha filha — reclama ele —, e vem você me pedir para te mostrar alguma coisa...

— Vale um almoço — ofereço. — Não do refeitório. De onde você quiser. Um sanduíche do Murray's. Ou *dumplings* da Suzie's. Pizza do Joe's...

O olhar dele voa em direção à porta do refeitório. De manhã tão cedo, na semana anterior ao começo das aulas, não há ninguém exceto nós dois no saguão, além do estudante-funcionário na recepção, que por acaso era Gavin, de pijamas e tirando uma soneca. Está desesperado para ganhar a maior quantia de dinheiro possível antes de as aulas começarem para poder comprar, me explicou ele com detalhes dolorosamente tediosos, algum tipo de câmera com a qual pretende filmar a maior história de terror americana já vista.

Foi nesse instante em que parei de escutar e lhe dei todas as horas que quisesse na recepção. Ninguém mais tinha se voluntariado, então era um bom acordo para ambos os lados.

— Choza Taqueria? — sugere Pete. — E você não conta nada para Magda? Porque ela está me dedurando para minha filha toda vez que como qualquer coisa com mais de quatrocentas calorias.

— Claro que eu não conto para ela — prometo. — Choza Taqueria, combinado.

Pete me entrega os registros e começa a mexer nos monitores.

— Não sei se vou conseguir achar alguma coisa útil — diz. — Acho que essas porcarias gravam em cima das gravações antigas depois de 24 horas.

— Só me dê seu melhor — peço.

Não sei o que esperava encontrar nos livros de registro, mas certamente não o que acabo encontrando: um grande e redondo zero. A assinatura do príncipe não está em lugar algum. Pergunto-me até se exigem que ele faça qualquer tipo de anotação, ou se há algum tipo de privilégio especial de que eu não tenha conhecimento, dado a ele pelo presidente da faculdade. Não ficaria surpresa.

Kaileigh Harris, por outro lado, parece ter tido numerosos convidados: anotou o nome da mãe e do pai de três a quatro vezes ao dia, coitada. Outros residentes fizeram o mesmo múltiplas vezes.

Nunca fiz faculdade, claro — até agora —, mas não consigo ver nenhum de meus progenitores expressando o menor interesse em ir me visitar durante minha ausência, a menos que eu estivesse de alguma forma ganhando dinheiro para eles no campus. Aí eles teriam ido me ver à beça, quem sabe até com tanta frequência quanto os pais de Kaileigh.

Passando os olhos pela página da noite em que Jasmine morreu, vejo que ela não registrou ninguém. Nenhum visitante — ao menos de fora do prédio.

— Pete — chamo, tirando os olhos do livro —, nosso RMI tem privilégios especiais quanto aos registros? Não há nem sinal da assinatura dele aqui, mas Julio me disse que ele tem dado festas todas as noites.

— Comigo ele não tem essa de privilégio especial nenhum, não — responde o segurança, com os olhos ainda colados no monitor. — Não posso falar pelos outros guardas. Por outro lado...

Ele me chama com o dedo. Circulo a mesa para chegar até lá. Encontrou a gravação que me interessava, e tudo pelo preço de alguns tacos.

Lá, no preto e branco granulado da fita de vídeo da segurança, está um grupo de adolescentes passando pelo corredor do décimo quinto andar em direção ao apartamento 1512 — o apartamento do príncipe Rashid. Parecem felizes e sorridentes.

E muitos deles são extremamente familiares.

— Espere um minuto aí — peço, estupefata pelo que vejo. — Que noite é essa?

Pete espreme os olhos para ver os números no canto inferior da tela.

— Segunda. Não, espere. Terça. É, terça-feira. Anteontem à noite.

A noite em que Jasmine morreu.

Política Antiálcool da Faculdade de Nova York

Os residentes dos Conjuntos Residenciais da Faculdade de Nova York devem respeitar e seguir todos os regulamentos do estado e da Faculdade de Nova York em relação a bebidas alcoólicas. Essas regras especificam que os menores de 21 anos de idade estão proibidos de ter consigo e/ou consumir qualquer bebida alcoólica dentro da propriedade da Faculdade de Nova York.

Nos Conjuntos Residenciais, menores de idades estarão violando a política antiálcool se forem encontrados em ambientes onde houver bebida alcoólica sendo servida.

Qualquer residente maior de idade que tiver sido flagrado por dar ou comprar bebida para residentes com menos de 21 anos também terá violado o código e estará sujeito às sanções ou ações punitivas apropriadas.

— Não — diz Lisa. Sua face ficou levemente esverdeada, como se o burrito que tinha comido estivesse fazendo todo o percurso de volta. — Não é possível.

— Está gravado na fita — afirmo. — Você pode ir lá embaixo na mesa de Pete e ver você mesma.

— Ah — Lisa engole em seco —, eu acredito em você. É só que...

— Ou o próprio Gavin pode te contar tudo. Não pode, Gavin?

Viro-me para o garoto, a quem arranquei de seu posto para levar até o escritório, pendurando uma placa de "Fechada — Volto em 5 minutos" no balcão da recepção e outra dizendo "Favor bater" em nossa porta — que fechei e tranquei para não sermos perturbados, embora seja difícil que qualquer aluno passe por aqui de manhã tão cedo.

Os pais, no entanto, já são outra história.

Gavin está sentado na cadeira em frente à de Lisa, com uma expressão de infelicidade. E não apenas por ter sido arrastado para dentro do escritório da chefe antes das 10 horas apenas de pantufas do Pateta dadas pela mãe nos pés, uma camiseta da Faculdade de Nova York carcomida por traças e um par de calças de pijama em flanela xadrez, mas porque foi pego mentindo e não pode fugir.

Só que ele não considera mentira.

— Já disse para você antes, não sou dedo-duro — declara, cruzando os braços. O protesto, entretanto, soa fraco.

— Gavin — digo —, estou muito, mas muito perto de ligar para o Detetive Canavan lá da 6ª DP, e você sabe como ele ficou decepcionado com você da última vez que ele veio aqui no escritório. Quer mesmo encarar tudo aquilo de novo?

Gavin olha rabugento para os chinelos orelhudos.

— Não, senhora.

— Então conte para Lisa o que você sabe sobre a história dos assistentes estarem doentes.

— Não eram *todos* eles — defende o menino, levantando a cabeça de cabelos desgrenhados. — Só os novatos, na maioria. Olhe, tenho mesmo de...

— Por que eles estavam doentes, Gavin? — A voz de Lisa tinha ficado fria como gelo. — Você está me dizendo que não era a mesma virose que eu tinha?

— Ahn, não, senhora. — Gavin torna a olhar para as pantufas. — Eles estavam só de ressaca.

— De ressaca? — Os olhos da diretora se acendem como fogos de artifício. — Como assim, de ressaca?

— Porque eles tinham ficado na farra a noite toda no apartamento 1512 com o xeique sexy — explica o aluno. — Quero dizer, com o príncipe Rashid.

O rosto de Lisa empalidece. Está balançando a cabeça da mesma maneira que Tricky faz quando está com pulgas. *Não. Não, não, não.*

— Tem de ser a mesma festa de que Ameera estava falando — digo a ela. — Lembra, eu te contei. Ela disse que Jasmine estava bem na festa. Tem de ter sido uma festa no apartamento do príncipe. Jasmine aparece na gravação, andando no corredor, indo para o quarto dele com os outros, eu vi.

Lisa continua balançando a cabeça, não porque não acredita em mim, mas por estar com muita raiva. Posso ver as pontinhas de suas orelhas ficando vermelhas, um sinal certeiro de que está aborrecida.

O silêncio ocupa o pequeno escritório. Do lado de fora das duas janelas largas que dão vista para a rua, ouço os passos rápidos na calçada de pessoas atrasadas para o trabalho e o som de um carro estacionando em um dos bens mais raros em toda Manhattan — uma vaga.

— Quais... — Lisa se dirige ao aluno depois que teve a chance de controlar a respiração. — Quais assistentes estiveram nas festas do príncipe Rashid? Quero nomes. Todos eles.

Levantou uma caneta. Agora a mantém planando acima de um bloquinho de notas da Faculdade sobre a mesa.

— Ah, cara — protesta Gavin, levantando o olhar para o teto. — Fala *sério*. Não faça isto comigo! Isto não é *nada* legal.

— Quer saber o que não é nada legal, Gavin? — exige Lisa, a voz denunciando mais ira do que jamais vi nela. — Uma menina da minha equipe foi encontrada morta ontem de manhã; e ontem à noite, quando perguntei aos colegas se tinham visto a tal menina na noite anterior, nenhum deles se dignou a dizer que estiveram em uma festa juntos, uma festa no *meu* prédio, uma informação que podia ter ajudado o legista a determinar a causa da morte. Eles ficaram lá sentados e mentiram na minha cara. Então, se você sabe alguma coisa sobre essa história, vai falando agora, ou, juro por Deus, Gavin, você já pode começar a procurar outro lugar para morar.

Os olhos do estudante se esbugalham perceptivelmente. Sem deixar passar um segundo mais, começa a cuspir nomes:

— Howard Chen. E as duas outras Jasmines.

Lisa anota *Howard Chen, Jasmine Singh, Jasmine Tsai* no bloco.

— Christopher Mintz — continua o menino. — E aquele tal carinha Josh, o que está sempre com um boné dos Yankees.

Joshua Dungarden, a diretora escreve. Percebo sua mão tremendo, mas ela mantém a pressão firme na caneta.

— Stephanie, do quarto andar.

Stephanie Moody, registra.

— O tal do Ryan. Ah, e aquela outra com o nariz comprido e óculos.

Lisa para de escrever e encara Gavin.

— Como é?

— Você sabe. — Gavin aponta para o próprio nariz. — A garota de óculos.

— Megan Malarty?

— É, essa daí. Ah, e o cara com cabelo de Justin Bieber.

— Vi esse no vídeo também — confirmo. — Kyle.

Lisa anota *Megan Malarty* e *Kyle Cheeseman* no papel.

— É isso?

Ele assente, depois hesita.

— Ah, bem, exceto por Jasmine. Jasmine... Bem, a Jasmine Morta. Ela estava lá também. — Olha de Lisa para mim e depois de volta para a diretora, como quem pede desculpas.

— Desculpe chamá-la de Jasmine Morta, mas é que não lembro o sobrenome. Tem tanta Jasmine. Acho que foi um nome popular no ano que elas nasceram ou coisa do tipo.

— Está tudo bem, Gavin — diz Lisa, distraída. — Albright. O sobrenome era Albright.

Lisa passa a caneta rápido pela lista de cima a baixo sem chegar a encostá-la no papel. Sei o que está fazendo.

Contando.

— Gavin — chamo, enquanto Lisa está ocupada. — Como você sabe que todos esses ARs estavam na festa na noite que Jasmine morreu? Não reconheci tantos assim pelo monitor. Você estava lá?

Ele hesita, olhando pela janela como se contemplasse a ideia de se jogar por ela.

Infelizmente para ele, as janelas são protegidas por barras de ferro forjado. Não se trata de manter as pessoas presas aqui dentro, mas, uma vez que estamos no primeiro andar e esta é a cidade de Nova York, é para manter os bandidos do lado de fora.

— Gavin, está tudo bem, você não vai ficar encrencado — explico. — Já tem mais de 21 anos, o príncipe também. Ele não fez nada de ilegal servindo álcool a *você*, nem aos assistentes que são maiores de idade.

Se bem que para aqueles que estavam bebendo durante o horário de serviço, a história é outra. E como Ameera — que é caloura e só tem 18 anos — aparentemente estava na festa, a presença de qualquer assistente de residentes por lá é problemática. Nos conjuntos residenciais da Faculdade de Nova York, é uma violação do código de conduta do estudante se qualquer menor de idade for encontrado com bebidas alcoólicas; e também é violação da política antiálcool da instituição que qualquer adulto facilite o acesso à bebida aos residentes abaixo da idade mínima legalmente estabelecida para o consumo de álcool.

Não é surpresa que nenhum dos assistentes tenha admitido a verdade para Lisa. Só o fato de estarem no apartamento 1512 na noite anterior à da morte de Jasmine significava violação de seu contrato de trabalho com a Faculdade.

— É claro que eu não estava lá — nega Gavin, de braços ainda cruzados, embora agora mais de repugnância que por defesa. — Ele me convidou, mas como é que eu ia? Alguém precisa operar a recepção, não é?, e garantir que todo mundo está recebendo papel higiênico, saco de lixo e tacos de bilhar? Eu e Jamie estamos dividindo os turnos da noite para conseguirmos um dinheiro extra. Além do mais, a gente não é muito ligado nesse tipo de coisa. Álcool não é minha praia. *Você,* mais que todo mundo, devia saber, Heather.

E sei, na verdade. Para comemorar o aniversário de 21 anos, Gavin tinha metido na cabeça que ia tomar 21 doses de alguma bebida alcoólica. Essa decisão o tinha mandado direto — e a mim, junto a ele, como a segura-mão administrativa de escolha — ao pronto-socorro.

— Não tomei uma gota depois disso — disse, com um toque de beatice. — Bem, exceto pela cervejinha ocasional aqui e ali — acrescenta, quando levanto uma sobrancelha. — Você sabe que eu adoro minha PBR. — Pabst Blue Ribbon, a cerveja oficial do roteirista hipster. — No geral, só fumo maconha.

Quando Lisa lança um olhar cerceador por cima do bloco de notas, ele exclama, levantando as mãos:

— É medicinal, juro, é para o meu TDAH! Da Califórnia. É totalmente legal lá.

— Então como você conhece a lista de convidados do príncipe tão intimamente? — indago, considerando que é um bom momento para mudar de assunto. — Se você nunca foi a nenhuma das sociaizinhas dele...

— Porque as pessoas só falam e se gabam de como elas são iradas — explica ele. — O que você acha que fico fazendo quando estou sentado lá na recepção?

— Você devia separar e distribuir a correspondência — digo. — Sem falar em distribuir o papel higiênico, os sacos de lixo e os tacos de bilhar.

— Eu fico *ouvindo* — responde Gavin. — Só ouvindo o padrão de fala das pessoas é que um escritor pode almejar construir diálogos verdadeiramente convincentes. É assim que o Tarantino faz. Então é isso que eu faço enquanto arrumo a correspondência. *Ouço*. Você sabe como aqueles assistentes estão sempre atrás da minha mesa, mesmo quando não devem. Bem, aquele xeique idiota e as festinhas dele são o único assunto que eles têm para falar. É "Midnight at the Oasis" lá no quarto dele a noite inteira, cara. "Todo mundo sabe que o papai é um sultão... Um nômade conhecido... Cinquenta garotas para servi-lo"...

— "Elas estão sempre à disposição" — murmuro o resto da letra da música, sem conseguir me conter.

— *Exatamente* — concorda Gavin, inclinando-se para a frente na cadeira a fim de apontar para mim com animação. — Meu Deus, eu te *amo*! *Ninguém* da minha idade entenderia essa referência. Por que não é *comigo* que você vai se casar?

Lisa dá batidinhas com a caneta na lista de nomes que fez, chamando nossa atenção.

— Do que vocês dois estão falando aí?

— Nada. — Sou rápida em responder. — Gavin, ninguém da *minha* idade entende essa referência. E eu já te falei, é tarde demais. Estou apaixonada por Cooper Cartwright.

— Não é tarde demais — insiste o garoto. — Você ainda pode cancelar tudo. Quando Apocalipse Zumbi Adolescente for um sucesso, vou poder te sustentar.

— Valeu pela oferta, mas gosto do meu emprego e também da minha atual escolha de marido.

Gavin encara as pantufas com a cara amarrada.

— Pior para você — murmura.

— Isso aqui é mais do que metade da equipe de ARs — conclui a diretora, observando a lista a sua frente. — E não são só os novatos *na maioria*. São *todos* os novatos. Os únicos que não estão aqui, se o Gavin estiver certo, são Davinia, Ravij, Tina e Jean, os assistentes que trabalharam durante o verão.

— É — confirma o aluno, com um aceno de cabeça. — Eles são legais. Não vão cair no feitiço de um principezinho estrangeiro campeão de tênis de fala mansa qualquer que sabe preparar caipirinha e usa jeans *skinny*.

— Gavin. — A diretora olha para ele, piscando com espanto. — Obrigada pela ajuda. Você devia voltar para a recepção agora.

— Ah, graças a Deus — exclama, pulando da cadeira e saindo rapidamente do escritório. Depois de ter aberto a porta, ele para, incerto, o pé do Pateta no calço que a segura. — É para deixar aberta ou fechada?

A porta da sala da diretora — que dá para o escritório principal, onde ficam minha mesa e a de Sarah, as caixas de correio da equipe de assistentes de residentes e a fotocopiadora — nunca fica fechada, exceto a partir das 17 horas.

Não podemos, porém, correr o risco de qualquer um ouvir indevidamente nossas conversas, especialmente alguém da equipe de vigilância do príncipe, que está postada logo ao fim do corredor.

— Fechada — respondemos Lisa e eu em uníssono.

Gavin assente e libera o calço para tirá-lo do caminho, deixando a porta fechar-se atrás de si.

Olho para Lisa, que tinha perdido a aparência saudável. Parece tão doente quanto ontem.

— Queria poder mandar todos eles embora — diz, com os dentes cerrados como se rosnasse, fitando a lista de nomes no bloco.

— Ah, Lisa. — Não consigo pensar em nada mais a dizer.

— Não posso, óbvio — continua, com amargura. — Há certos procedimentos que você precisa respeitar, até para rescindir o contrato de emprego de um estudante-funcionário. Mas eu bem que queria poder. Não fui eu quem contratou qualquer um deles.

É verdade. Os novos assistentes foram selecionados durante as férias por Simon Hague, o diretor interino designado para supervisionar o Conjunto Residencial Fischer no meio-tempo antes de Lisa ser contratada. Simon tomou uma série de decisões questionáveis durante aquele período, então não estou particularmente surpresa pelo fato de que os estudantes chamados por ele tenham se provado pouco ou nada confiáveis.

— Heather, eles mentiram para mim — prossegue a diretora, chateada. — Eles ficaram lá sentados naquela reunião ontem à noite, que dizia respeito a Jasmine, que *morreu*, e mentiram na minha cara, dizendo que se "solidarizavam" comigo pela virose, fingindo que pegaram a mesma coisa que eu. Ninguém tinha a mesma coisa que eu. Eles estavam com uma bela de uma ressaca porque ficaram na farra no apartamento de um residente a noite toda, *no meu conjunto. Meu conjunto.*

— Lisa — começo, mas ela não terminou.

— Depois que um deles morreu, *morreu*!, aqueles merdinhas idiotas ainda preferiram salvar a própria pele a me falar a verdade. Não ia punir ninguém se tivessem sido francos. Todo mundo comete erros. Mas ninguém ter a decência de me contar a verdade sobre algo tão importante assim? Heather, temos um ano letivo inteiro pela frente. Como eu vou confiar neles? Mentiram sobre uma *garota morta*, uma menina que deveria ser amiga deles. Todos mentiram, bem na minha cara.

Quando olha para cima, não apenas as pontas das orelhas dela estão vermelhas, mas seus olhos estão cheios d'água. Instantaneamente reconheço a expressão de mágoa e traição em seu rosto.

É exatamente como venho me sentindo há dez anos a respeito de minha mãe.

— Ai, Lisa — digo. Levanto da cadeira e me debruço sobre a escrivaninha dela para abraçá-la. — Sinto muito. Sinto muito, muito mesmo.

Ela me abraça de volta, reprimindo um soluço.

— Sei que devia estar tentando ver isso como uma defensora dos direitos dos estudantes de crescer e se desenvolver individual e coletivamente — diz, a voz engasgada —, mas não dá, porque meio que odeio muito meu trabalho agora.

— Está tudo bem — tento acalmá-la, dando palmadinhas nas costas dela —, meio que odeio meu trabalho agora também.

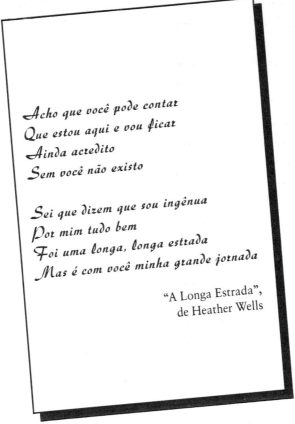

Acho que você pode contar
Que estou aqui e vou ficar
Ainda acredito
Sem você não existo

Sei que dizem que sou ingênua
Por mim tudo bem
Foi uma longa, longa estrada
Mas é com você minha grande jornada

"A Longa Estrada",
de Heather Wells

— Então — diz Lisa, depois de ter-se recomposto. — O que você acha que devo fazer?

— Bem — falo, voltando à escrivaninha. — Meu palpite é que aquela coisa toda ontem com o agente especial Lancaster teve a ver com o fato de que o pessoal do príncipe Rashid já sabia que Jasmine Albright tinha ido à festa dele. É por isso que estavam sendo tão cuidadosos para não deixar os policias chegarem perto.

Lisa parece chocada enquanto assoa o nariz ruidosamente.

— Ai, meu Deus. É claro. Olha só... aposto que aquele príncipe esquisitão colocou Boa Noite Cinderela em todas as bebidas.

Surpresa por alguém ter sugerido algo ainda mais assustador que o que imaginei, digo:

— Ok, não vamos apressar as coisas. — Já estou pegando o telefone. — Mas vou ligar para Eva, lá do IML e avisar que andaram acontecendo umas festas ilícitas por aqui...

— Se eles acham que não vou mandar uma carta de advertência para aquela maçã podre real — Lisa está resmungando por detrás da tela do computador — só porque o papai é rico e doou uma montanha de dinheiro para a faculdade, eles estão loucos. Vou pegar cada pena aplicável naquele regulamento e jogar em cima da cabeça dele. E vou colocar todos aqueles ARs que estavam na festinha em observação. Mais um deslize e estão fora.

— Você pode fazer isso? — indago, com curiosidade. — Pensei que fossem sempre três *strikes* e rua.

— Por que não poderia? Já tenho mesmo que contratar um novo para substituir a Jasmine. Que diferença mais nove vão fazer?

— Hum — digo. — Imagino que muita... — Os assistentes de residentes contam com o emprego na faculdade para acomodação e alimentação gratuitas o ano inteiro. Sem isso... Bem, sem isso, de repente teriam de encontrar um lugar que coubesse no orçamento deles para morar pelos próximos semestres. E, no centro da cidade de Nova York, isso não é tarefa fácil.

E encontrar e treinar nove novos assistentes, com toda a bravata de Lisa, tampouco seria simples.

— Bem — diz a diretora, já recomposta. — Eles deviam ter refletido sobre isso antes de decidirem beber com calouros no *meu prédio*. Queria era poder despedir todo mundo sem

A noiva é tamanho 42 143

precisar de período de observação nenhum, mas isso seria quebra de contrato. Então é observação que eles vão ter.

Lisa está fervendo nesta manhã, penso comigo mesma enquanto procuro o telefone de Eva. Ela devia pegar mais viroses de 24 horas de duração.

— Oi, Eva? — pergunto, ao ouvir uma voz mal-humorada do outro lado da linha, dizendo algo muito muito rapidamente, que pode ou não ser "IML".

— Um momento, por favor. Vou ver se consigo descobrir onde ela está. — Ouço passos se afastando do telefone e a voz irritadiça gritar: — *Eva! Você deixou o telefone no armário de novo!*

Enquanto espero, uma chave faz barulho metálico na fechadura do escritório, e Sarah entra segurando a mochila, uma lata de Coca-Cola, uma sacola de papel com manchas oleosas de comida nas laterais e o laptop.

— Por que a porta está fechada? — Quer saber.

Como de praxe, Sarah parece ter caído da cama e descido direto para o trabalho sem tomar banho, embora tenha claramente parado no refeitório para pegar o café da manhã. O aroma saindo da sacola indica que ela também optou pelas opções menos saudáveis, mais provavelmente um sanduíche de bacon e queijo cheddar. Arrumou os cabelos selvagens e cheios de frizz em um rabo de cavalo, ajeitando-os com um único prendedor, e está vestida com a velha jardineira que quase anda sozinha, ainda que pelo menos pareça ter trocado de camiseta.

— O que vocês estão fazendo? — indaga, lançando um olhar preocupado para mim e Lisa enquanto caminha até sua mesa, onde joga comida, bebida, mochila e computador.

— Por que o escritório não está aberto? Já são quase nove e meia. Qual é o problema com vocês duas? Meu Deus, deixe para lá, vocês viram o *Expresso da Faculdade de Nova York* de hoje, o blog de notícias?

— Estou na linha esperando a legista — explico, apontando para o telefone.

— Eu estou colocando todos os ARs em observação! — grita Lisa da sala dela. — Não, espere, não todos. Só os novatos que ainda não morreram.

Sarah nos ignora. Não acredita que estejamos falando sério.

— Veja só. — Abre o laptop e, sentando-se, vai rolando a cadeira de rodinhas na minha direção. — É outra do Boêmio Rashid.

— Deixe eu adivinhar — digo. — É sobre as festinhas de arromba que ele tem dado em seu apartamento desde que se mudou?

Sarah para no meio do movimento.

— O quê? Não. Como ele poderia estar fazendo isso? A gente ia ter ouvido falar. Ele teria levado uma advertência.

— Não se todos os assistentes estivessem na lista de convidados! — volta a gritar Lisa. — E eles estavam.

— Os *ARs* estavam indo a festas no apartamento do príncipe Rashid? — Sarah está boquiaberta.

— Howard Chen não estava com virose coisa nenhuma — diz Lisa. — Era só ressaca.

Sarah fecha a boca, e os olhos chamejam.

— Eu fiz companhia a Howard enquanto ele vomitava, e era só ressaca? Aquele merdinha.

Ouço o barulho de alguém pegando no fone do outro lado da linha, e, então, escuto a voz de Eva soando um pouco sem ar e bem pouco feliz.

— Alô? Quem é?

— Eva — digo rápido. — Desculpe te atrapalhar, é Heather Wells, do Conjunto Residencial Fischer.

— Ah. — Ela não parece muito satisfeita em me atender. — Ei, Heather. A gente nem chegou em sua morta ainda, as coisas estão bem loucas e puxadas por aqui...

A noiva é tamanho 42 **145**

— Não, não. Tudo bem. Só queria te avisar que ficamos sabendo de uns detalhes novos sobre as atividades de Jasmine na noite em que ela morreu.

Rapidamente deixo Eva a par de tudo a respeito da festa no apartamento do príncipe.

— Então eles estavam passando mal por causa da ressaca? — pergunta ela, com tom muito mais interessado quando termino o relato. — Ou porque ingeriram alguma coisa na festa que pode ter sido tóxico? E, sendo nossa vítima asmática, com sistema imunológico enfraquecido, será que isso pode ter sido a causa da morte?

Não tinha pensado nisso.

— Não sei.

— É claro que você não sabe. Essa informação da festa teria sido útil ontem. — Agora Eva soa irritada. — Assim a gente poderia ter feito as coisas de um jeito um pouco diferente.

— Pode acreditar — digo —, eu sei.

— Pegue os sacos de lixo que o zelador disse ter encontrado do lado de fora do apartamento do garoto — pede Eva. — Os que têm os copos. Aliás, qualquer outro saco que você encontrar que tenha vômito das outras vítimas que supostamente estavam com a tal virose pode ser superútil.

Torço o nariz.

— Vou ver o que consigo fazer, mas isso tudo foi lixo de ontem. Já foi descartado. Os dias de retirada são quintas e...

— Jesus Cristo! — exclama Eva. — Então a gente vai ter de fazer exames para todas as toxinas que existem na bendita face da Terra, e vai levar um mês inteirinho. Enquanto isso, os pais da garota vão ficar gritando com a gente, querendo saber o que está fazendo demorar tanto, porque, na TV, os médicos-legistas têm os resultados dos exames em três horas.

— Se isso serve de consolo — digo, baixando meu tom de voz e lançando um olhar para Lisa, que ainda mexe e remexe nas alças do sutiã enquanto fala com quem quer que seja ao telefone —, minha chefe estava realmente mal com a virose. Era aquele tipo que dura 24 horas, e agora ela já está bem, mas ainda meio dolorida, especialmente nos seios. Bem mal-humorada também.

Uma pausa antes de Eva dizer:

— Sua chefe é a que casou agora, não é?

— Ahn, é.

— Pois é. Não existe isso de virose que dura 24 horas e deixa os seios doloridos. Incômodo nos seios, mau-humor, náusea e vômito são os primeiros sinais de gravidez. Diga para sua chefe fazer um teste. E me ligue se ficar sabendo de qualquer novidade sobre Jasmine.

Ouço um "clique", e a linha emudece.

Fico olhando fixamente para o fone em silêncio, estupefata, por um momento. Lisa? Grávida? Isso é impossível. Lisa não quer filhos. Foi uma das primeiras coisas que me disse. Ela e o marido, Cory, vêm de famílias enormes e têm sobrinhos e sobrinhas de sobra. Estão cansados de crianças. Tricky, o cão deles, já basta.

— Bem, está feito. — A diretora, em sua sala, desliga o telefone. — Deixei uma mensagem para o Dr. Jessup dizendo que estou colocando todos os assistentes de residentes em observação.

— Espere. — Sarah levanta-se da cadeira e se posta em frente à porta do escritório da chefe. — Você estava falando sério *mesmo*?

— Não todos — Lisa se corrige. — Só os que estavam bebendo na presença de residentes menores de idade. Mais um deslize e estão na rua.

— Lisa — diz Sarah, abismada. — Você não pode fazer isso. A equipe *inteira*?

— É o meu prédio — responde a mulher. — Posso fazer o que bem entender.

Talvez Eva estivesse certa. Talvez Lisa *esteja* grávida e nem saiba. Mas como é possível? Como alguém engravida e não fica sabendo?

— Não — protesta Sarah. — Você não pode. Se eles pisarem na bola, como vamos substituí-los? Vamos precisar treinar... Espere, eles são quantos no total mesmo?

— Nove — responde Lisa. — Dez, contando com Jasmine Albright.

— *Dez* ARs? — Sarah balança a cabeça, o volumoso rabo de cabelo voando de um lado para o outro. — Como vamos substituir e treinar *dez* pessoas?

— Pare de ser tão negativa — digo. — Vai ver eles nem saiam da linha no período de observação.

Sarah me fita como se eu fosse doida.

— Você chegou a *conhecer* algum deles?

Lisa dá de ombros.

— Vai ser um desafio. Mas é melhor do que ter ratos mentirosos trabalhando em nossa equipe sob o feitiço de algum principezinho.

Tem um programa de TV chamado *Eu não sabia que estava grávida* a respeito de mulheres que de repente deram à luz no supermercado ou em um acampamento. É um de meus programas favoritos. Gosto de assisti-lo tarde da noite, depois que Cooper caiu no sono, para ele não ficar sabendo que assisto a coisas tão idiotas assim.

Mas como minha própria chefe poderia não saber que engravidou? Ela tem mestrado. É impossível.

— Escute, concordo plenamente que o que aqueles garotos fizeram é horrível, mas acho que você devia dar só uma advertência a eles — opina a assistente. — Não acho que a gente deva sair chutando o pau da barraca assim por aqui. É isso que estou tentando dizer a vocês. Não só uma menina morreu, mas hoje de manhã, no *Expresso da Faculdade de Nova York...*

— É *meu* prédio — interrompe a diretora, cruzando os braços contra o peito, mas tomando cuidado, noto, para evitar contato com a área dos mamilos. — Acho que eu devia poder disciplinar minha equipe da maneira como bem entender. E, se eu sentir que preciso de uma equipe de ARs completamente nova, ou majoritariamente nova, pelo bem do conjunto, então você tem de me apoiar, Sarah.

— Eu apoio — afirma Sarah. — Você sabe que apoio. Mas acho, quase com certeza, que você vai querer mostrar solidariedade à equipe, especialmente depois de ler isto aqui.

Ela se lança de volta à mesa, pega o laptop, abre-o e o entrega à chefe. Levanto para dar uma lida no texto por cima dos ombros dela. Enquanto o faço, meu coração vai se apertando.

Um Príncipe em Nova York, diz o título da entrada do blog. *Boêmio Rashid tem apartamento de dois quartos só para ele no Conjunto Residencial Fischer.*

Uh-oh.

Um Príncipe em Nova York:
Boêmio Rashid tem apartamento de dois quartos só para ele no Conjunto Residencial Fischer

Você tentou uma vaga para morar no Conjunto Residencial Fischer, o alojamento mais popular no campus (onde foi filmado *Jordan Ama Tania*, o reality show que está prestes a estrear), mas, em vez disso, foi mandado para o derrotado Conjunto Residencial Wasser?

Bem, talvez se o príncipe herdeiro Rashid de Qalif não tivesse sido agraciado com *quatro* vagas de uma vez, quem sabe não teria sobrado alguma para você? Mas nosso palpite é de que *seu* pai não doou uma quantia estimada em quinhentos milhões de dólares para a faculdade como o do príncipe fez.

Dizem por aí que o Boêmio Rashid está tendo uma vida boa, no maior estilo sangue azul-real, no 1512, um apartamento de dois quartos que normalmente alojaria quatro estudantes, mas que, este ano, foi remodelado para acomodar apenas um rei, equipado com uma jacuzzi particular, um bar, colchão d'água e home theater.

Nosso informante no Conjunto Fischer diz que o príncipe, no entanto, é generoso e não se importa em dividir os luxos, deixando as portas de seu(s) quartos(s) sempre abertas. Os interessados em uma audiência com a realeza precisam apenas entrar em contato com o escritório da diretora do Conjunto Residencial, onde alguém ficará feliz em colocá-lo em contato com o serviço de segurança não-tão-secreto de Rashid, localizado em uma sala de reuniões no fim do corredor.

*Expresso da Faculdade de Nova York
Seu blog diário de notícias feito por estudantes*

— Isso não é nada bom. — O chefe do Departamento de Acomodação, Dr. Jessup, está sentado em uma cadeira de couro luxuosa no escritório do presidente Allington, balançando a perna direita. — Não é nada, nada bom.

— Sabemos que a matéria no *Expresso* foi ruim, Stan — digo. Estou ao lado dele, sentada à grande e lustrosa mesa de reuniões, que posso sentir tremer devido à força do movimento da perna dele. — Mas sabe o que é pior?

— Não diga que uma garota morreu em seu prédio ontem.

O Dr. Jessup mantém um sorriso falso estampado no rosto bronzeado — dá para notar que jogou muito golfe durante o verão — e fala com o canto da boca enquanto a assistente do presidente circunda a mesa de mogno e vidro brilhante, assegurando-se de que temos creme de chantilly e minisanduíches suficientes.

— Mas *é* o que vou dizer. Uma garota morreu em nosso prédio ontem. — Nem me incomodo em baixar o tom de voz. — E estamos sendo arrastadas até o escritório do presidente por causa de alguma coisa que postaram on-line sobre nosso RMI. Isso não é só pior, não, é uma perda de tempo.

Não importa se baixo minha voz. Ninguém vai me escutar, menos ainda o presidente Allington. A sala dele é tão grande quanto a cobertura do Conjunto Residencial Fischer e está localizada em um andar ainda mais alto de um prédio no lado sul do Washington Square Park. Parece ter sido decorada por alguém com certa predileção por mobília estofada com couro preto e lambris de madeira escura. Janelas do chão ao teto dos dois lados dão vista para o SoHo e a Quinta Avenida, enquanto duas pinturas dos retratos do presidente e de sua esposa, Eleanor, olham-nos carrancudos de seu canto perto de dois vasos de palmeiras.

A escrivaninha do presidente — onde no momento ele conferencia com a chefe da assessoria de imprensa Muffy

Fowler e parte da equipe de experts em assuntos legais — é do tamanho aproximado do balcão de pagamento da Gap e parece estar a quilômetros de distância.

É intimidante bastante para fazer uma pessoa querer vomitar...

... Coisa que uma pessoa, a saber minha chefe, Lisa, já está fazendo ao fim do corredor, no banheiro feminino.

— Não — diz o Dr. Jessup para mim, ainda de canto de boca. — A morte daquela menina, ainda que trágica, sem a menor dúvida, não tem impacto financeiro sobre nosso departamento de maneira alguma. Aquele Twitter ou Tweet ou Twat ou o que quer que seja que o tal do *Expresso* faça. É por *isso* que é pior. Não é porque essas pessoas são todas lorpas burocratas, com a bunda gorda, que ficam sentados chupando o dedo. — Ele sorri beatificamente para a assistente de Allington, que está arrumando o aparelho de chá de prata para servir as bebidas quentes. — Esses sanduíches estão com uma cara ótima, Gloria.

Ela responde com um sorriso.

— Ora, obrigada, Stan — agradece, com uma piscadela cheia de charme.

— Foi uma postagem de blog — digo ao Dr. Jessup, embora nem saiba por que me dou o trabalho, uma vez que sua atenção está nas pernas em movimento de Gloria. — E como isso vai ter impacto financeiro sobre nosso departamento?

— Era para mantermos as acomodações do príncipe em *segredo* — sibila o homem. — O fato de que ele tem segurança 24 horas, e onde esse pessoal fica instalado, também deveria ser *segredo*. Cacete, como foi que o *Expresso* descobriu? O presidente vai cortar nossa verba por conta disso. E ele tem sido bem generoso com a verba ultimamente. De onde você acha que tiramos o dinheiro para a reforma do seu prédio no verão? Deste escritório aqui. Eu tinha esperança de reformar o prédio do seu amigo Tom, o Conjunto Waverly, em seguida. Você sabia que os meninos da fraternidade estão com apenas um elevador funcionando? E ele não é modernizado desde 1995. Mas aposto que posso dar adeus para esse dinheiro agora.

Ele sorri para um dos responsáveis pelo setor Jurídico que se aproxima para pegar um sanduíche.

— Como vai você, Bill? — pergunta o Dr. Jessup, todo amável.

— Ah, você sabe — responde Bill, mastigando. — Não dá para reclamar. Ei, joguei em Maidstone no fim de semana. Fiz um *birdie* no buraco seis.

— Fez mesmo, é, seu filho da mãe? — indaga o psicólogo.
— Acho que baixaram o nível de exigência.

Os dois gargalham com a piada enquanto fico ali sentada me sentido culpada, apesar do fato de que nada tenho a ver com o vazamento de informação sobre o príncipe para o blog dos estudantes da faculdade. Sei o quanto Tom ama o Conjunto Waverly e teria apreciado um elevador novo.

— Sabe, o próprio príncipe Rashid pode ter deixado vazar a informação — sugiro ao Dr. Jessup depois de Bill se afastar.
— Ele não tem exatamente sido o Sr. Sutileza. Contabilizei mais de cinquenta pessoas indo para aquela festa na noite que Jasmine morreu. Qualquer uma pode ter aberto a boca para o *Expresso*.

— Mas só alguém de sua equipe podia saber da localização do pessoal da segurança dele — observa ele. — O cara não pode ser tão burro a ponto de sair se gabando disso para os convidados.

Ele tem razão nesse ponto. Rashid é seguido por dois guarda-costas armados não importa aonde vá. Tem de estar ciente das ameaças de morte que recebeu. Pode ter escolhido um pseudônimo por causa de um vinho de mesa tinto seco, mas isso não significa que seja tolo.

— Ai, meu Deus. — Lisa retorna do toalete e desmonta sobre a cadeira de couro preto luxuosa ao lado da minha. — Desculpem eu ter demorado tanto. Perdi alguma coisa? Oooh, são de pepino? É meu favorito.

Inclina-se sobre a mesa e pega um sanduíche diminuto de uma das bandejas que a assistente de Allington deixara a nossa frente, depois o mete na boca e começa a mastigar com deleite. Quando seu olhar encontra o meu, ela me pergunta:

— O que foi? — Com a boca cheia. — Tem alguma coisa no meu rosto?

— Não. Você deve estar se sentindo melhor — digo, em tom neutro.

— Ah, estou, sim — confirma ela, enquanto se serve de uma xícara de chá. — Estou faminta. Acho que isso era um resquício da virose de antes. Ou enjoo da viagem de elevador. Aquela coisa anda tão rápido. Trinta andares é muita coisa.

— Certo — digo, mantendo a neutralidade.

É assim mesmo que as coisas vão ser? Fico me perguntando. A garota que não pode ter filhos vai ter de avisar à garota que não quer tê-los que, talvez — vai ver até provavelmente —, ela esteja grávida?

— Bem, oi, pessoal.

Muffy Fowler juntou-se a nós na mesa de reuniões. Exibe um largo sorriso e saia, jaqueta *peplum* e sapatos, todos no mesmo tom combinado de creme. Ao lado está o presidente da faculdade, um homem grisalho vestido em terno sóbrio (que — por acaso sei disso porque mora com a esposa na cobertura do Conjunto Fischer, que é a vista do meu prédio — se sente bem mais confortável trajando moletons, preferivelmente nas cores da escola: azul e dourado).

Atrás do presidente estão alguns homens que não sei quem são, com um que sei... O agente especial Lancaster. Sua indumentária é a habitual carranca, terno e gravata escuros e o ponto eletrônico no ouvido.

— Muito obrigada por vir, Stan — agradece Muff, estendendo a mão para alcançar a do Dr. Jessup quando ele se levanta para cumprimentá-la. O sorriso que me dá é distante e polido, ainda que nos conheçamos bem. Esse sorriso diz: *Aqui em cima na presidência, agimos como se não nos conhecêssemos, ok? Depois do expediente, com bebidas em mãos, a gente se livra do salto alto e acaba com a raça dessas pessoas pelas costas.*

Só que estou calçando sapatilhas e vestindo calça de stretch, além de uma túnica preta com tecido igualmente confortável. Não sabia que seria convocada para uma reunião no escritório do presidente hoje.

Muffy apresenta Lisa e a mim aos novatos, cujos nomes e títulos não tenho sucesso em captar. Não importa, pois não me lembraria deles de qualquer forma. São todos homens de terno com a mesma cara, os mesmos títulos sem sentido — vice-reitor do Conselho Geral; executivo sênior do conselho de administração; presidente de assuntos globais — e, se o *Expresso de Nova York* for fonte confiável, recebem a mesma bonificação exorbitante.

Estão aqui, explica Muffy, para "solucionar esse probleminha de nada". Em tempos de crise, a fala sulista arrastada de Muffy se torna mais pronunciada.

— Por que todos não se sentam agora e vamos ao trabalho? — diz a mulher, enquanto ajeita a saia creme, sentando-se de maneira muito elegante. Fazemos todos como sugerido, à exceção do agente Lancaster, que declara que prefere permanecer de pé. Suponho que, se ousasse sentar, a vara enfiada em sua bunda ia se alojar tão fundo no cérebro que ele instantaneamente expiraria, e aí teríamos outro cadáver em nossas mãos; então ele que fique como bem entender.

— Bem — começa a chefe da assessoria de imprensa. Seu batom é de um vermelho muito intenso, assim como as unhas. — Tenho certeza de que vocês todos sabem por que estão aqui...

— Sabemos — digo. — Uma garota em nosso prédio morreu ontem.

— Outra? — exclama o presidente Allington, surpreso. Parte do sanduíche de salada de ovo que ele acabara de morder cai de sua boca e rola pela gravata azul e dourada. — Jesus Cristo!

Gloria vem correndo com um guardanapo a fim de tirar as manchas de maionese da gravata enquanto o restante de nós educadamente desvia os olhares.

— Er, é, Phillip — diz Muffy. — Lembra, eu lhe falei? Ela morreu ontem, de asma?

— Quem diabos morre de asma? — quer saber o presidente.

— Nove pessoas por dia — respondo. — É uma das doenças mais comuns e caras do país.

— Jesus Cristo — repete ele, desta vez menos alto. — Quem diria?

— Pois é — fala Muffy, tentando retomar o controle da reunião. — Bem, por mais triste que seja, não é sobre isso que viemos falar aqui. É sobre a matéria publicada no *Expresso da Faculdade de Nova York* de hoje de manhã. Como vocês sabem, fizemos um grande esforço para manter essa informação fora dos jornais...

— Eu sei, Muffy — interrompe o Dr. Jessup apologeticamente —, e só quero garantir a você que vários dos particulares naquela notícia são pura mentira.

— É — confirma Lisa. — Aquele garoto *não* tem colchão d'água. O pessoal dele bem que perguntou se podia, mas dissemos que não, né, Heather? Heather?

— Verdade — digo, sobressaltada. Estava distraída com a comida. — Temos restrições para colchões d'água nos conjuntos.

— É? — indaga Bill. — Por quê?

— Porque o peso da água faria a cama cair, e a água vazaria pelo chão, pondo em risco os residentes no andar de baixo.

Não posso deixar de notar que Lisa, o presidente Allington e eu somos os únicos a tocar nos sanduíches. Considero devolver o que peguei, mas Lisa tem razão: estão realmente ótimos. Além do mais, o que arrematei é de salmão. Todos sabem que salmão faz bem para a saúde. É cheio de ácidos graxos ômega-3, excelentes para o bom funcionamento do cérebro.

— O príncipe também não tem *jacuzzi* alguma — acrescento rapidamente, só para não pensarem que não estou prestando atenção. — O encanamento no prédio é tão antigo que não é possível instalar uma. Então essas duas afirmações são falsas. Não sei do bar nem do home theater.

— Ele tem os dois — confirma o agente especial Lancaster.

— Caramba! — exclama Bill. — Aquele garoto tem uma vida boa mesmo.

— Ok. — A voz de Muffy soa um pouco frustrada. — Essa não é a questão de verdade. O que precisamos discutir aqui é quem deu a informação sobre a localização do serviço de segurança para o *Expresso*. Temos bons motivos para acreditar que foi alguém de sua equipe, Lisa.

O rosto da diretora fica mais pálido que a saia de Muffy. "Quem" é a única palavra que sai de sua boca. Tenho a sensação de que ela não arrisca dizer nada além. E também de que está começando a se arrepender do sanduíche de pepino.

— Bem, é essa a droga do problema — explica Muffy. — Não sabemos ao certo. Achamos que o *Expresso* sabe, mas é claro que estão alegando o direito à liberdade de imprensa e todo aquele discurso água com açúcar.

Não acredito que Muffy acabou de chamar a Primeira Emenda de discurso água com açúcar. Açucarado é algum cereal matinal desses pouco saudáveis e deliciosos. Nada tem a ver com a Declaração dos Direitos.

— Mas como estamos em uma instituição privada, e o *Expresso* é financiado por doadores — continua ela em tom mais animado —, colocamos o departamento de TI da faculdade para recuperar todos os registros de comunicação disponíveis, não é, Charlie?

Charlie, um homem de óculos, rumo à calvície, que está sentado do outro lado da mesa, ri diabolicamente.

— Com certeza!

O Dr. Jessup começou a transpirar visivelmente.

— E o que exatamente o departamento de TI descobriu?

Charlie abre uma cara maleta de couro que estava ao lado de seus pés, tira de lá uma pasta e começa a ler:

— Alguém com um IP do campus da Faculdade de Nova York tem mandado e-mails para o *Expresso* faz um tempinho já. Os técnicos não conseguiram rastrear exatamente quem é, mas conseguiram precisar que vem do lado esquerdo do Washington Square Park. Só tem um prédio da faculdade nessa área, e esse prédio — conclui Charlie dramaticamente — é o Conjunto Residencial Fischer.

Citando o Presidente Allington, *Jesus Cristo*.

— Com licença — pede Lisa, lançando a mão à boca enquanto se joga para fora do cômodo.

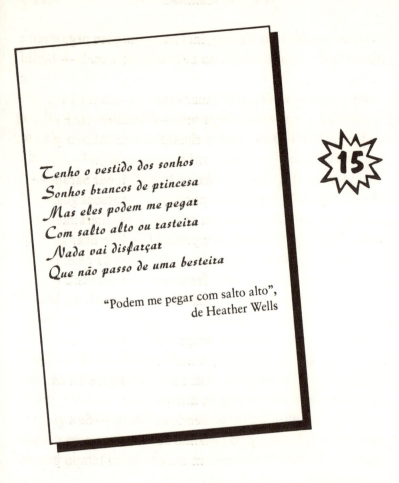

Tenho o vestido dos sonhos
Sonhos brancos de princesa
Mas eles podem me pegar
Com salto alto ou rasteira
Nada vai disfarçar
Que não passo de uma besteira

"Podem me pegar com salto alto",
de Heather Wells

Os olhos de todos seguem a diretora do conjunto enquanto se precipita para o banheiro feminino.

— Ela está bem? — pergunta Gloria, a assistente do presidente, preocupada. — Devo ir atrás dela?

— Não, ela está bem — respondo. — Está se recuperando da virose.

Agora os olhos de todos voam em direção à pilha de sanduíches, a qual Lisa vinha destruindo energeticamente.

— Não acho que ela esteja mais na fase contagiosa — acrescento rápido.

— Bem, que bom — diz Bill, inclinando-se para pegar um croissant de rosbife com molho de mostarda e mel. — Isto aqui está gostoso à beça.

— Acho que podemos continuar sem ela — retoma Muffy, a voz soando impaciente outra vez. — Heather, você sabe de alguém em sua equipe que tivesse algum motivo para desgostar do príncipe ou de Qalif ou da faculdade?

— Não — nego, determinada a não mencionar Sarah. — O Príncipe Rashid parece bem popular, e as pessoas gostam dele. Os alunos fizeram fila em minha porta, literalmente, para ter a chance de se mudar para o prédio e ficar perto dele. E não é para poder matá-lo, é para ir à festa dele. Para ser totalmente honesta, essas festas estão se tornando um pouco problemáticas. Lisa ia mandar uma advertência hoje mesmo, aliás, porque...

— Se me permite — interrompe o Dr. Jessup, com rapidez. — Ela não tinha me falado nada a respeito. Só porque o menino gosta de uma reuniãozinha social aqui e ali não é razão para aplicar uma medida disciplinar.

— Ora — exclama Bill, lambendo os dedos. — Se a gente gastar todo nosso tempo mandando advertências para cada garoto farrista deste lugar, quem nunca vai ter tempo para se divertir somos nós!

Todos os homens, com exceção do agente especial Lancaster, riem da piada hilariante de Bill.

— Na verdade, temos o filme de calouros entrando no apartamento do príncipe, onde havia consumo de álcool — digo, quando param de rir, com uma olhadela para Lancaster. — Imagino que estivesse a par disso, não é?

O agente balança a cabeça, mas não em negativa.

— O departamento não faz comentários a respeito do comportamento das pessoas que deve proteger. Só nos ocupamos da segurança delas.

Fito-o com olhos espremidos por me dar uma resposta tão vazia, e continuo:

— Bem, é uma violação do código de conduta do estudante os residentes maiores de idade facilitarem o acesso à bebida aos outros estudantes que não atingiram a idade legalmente estabelecida para o consumo de álcool, e é exatamente isso o que o príncipe está fazendo. Entendo que no país dele as leis podem ser mais relaxadas, mas aqui nos Estados Unidos...

Pela primeira vez, ouço o agente rir. É uma risada sarcástica, mais para um único "*Ha!*" de zombaria. Ainda assim, porém, uma risada, e chama a atenção de todos, inclusive a minha.

— Perdão — pede ele, colocando a máscara estoica do profissionalismo de volta ao lugar. — Só queria fazer a observação de que, no país do príncipe, o consumo de bebidas alcoólicas, de qualquer tipo, é ilegal, e a penalidade por ser encontrado bebendo é o encarceramento e cinquenta chicotadas.

— Cacete! — solta Bill, se engasgando um pouco com o oitavo sanduíche. Não que eu esteja contando, mas é que ele está pegando todos os sanduíches de salada de ovo e salmão com sua manzorra, e esses são meus favoritos. — As pessoas ainda usam chicote?

— A penalidade para sexo pré-marital em Qalif — observa ele em tom casual — é a decapitação, então o chicote é bem leve em comparação.

— Nossa — ronrona Muffy, olhando para o homem com os longos cílios semicerrados. — Que atrocidade!

Conheço Muffy bem o bastante para saber que ela gosta do que está vendo. Saiu recentemente de uma longa — bem, longa para ela — relação com um professor e ex-namorado meu, Tad, que se provou um tanto vegano demais para seu gosto.

A noiva é tamanho 42 **161**

Parece que um agente especial do Departamento de Estado dos EUA que tem conhecimento íntimo das violações dos direitos humanos do país de Qalif pode ser um pouco... mais carnívoro para Muffy.

— Não era no Conjunto Fischer que a menina morava? — pergunta um dos homens de cujo nome não me lembro.

— A que estava namorando o cara que era chefe do CAPG?

A graça que estava achando na tentativa de Muffy de paquerar o agente especial Lancaster rapidamente se esvai quando percebo que estão falando a respeito de Sarah.

— CAPG? — O Presidente Allington parece estupefato.

— Coletivo dos Alunos de Pós-Graduação — esclarece Charlie, o homem com a pasta. Pega um laptop da maleta e o abre. — O senhor lembra, eram eles que estavam choramingando por um aumento de salário e benefícios, ou outra bobagem assim, no ano passado.

Nunca estive em uma reunião na presidência antes, mas, agora que estou aqui, não posso acreditar que é assim que as coisas acontecem. Estou constantemente ouvindo como não existe verba para as coisas de que precisamos — câmeras de segurança na biblioteca do segundo andar, ou canetas, por exemplo —, mas parece haver dinheiro de sobra para sanduichinhos.

Aí as pessoas ficam sentadas falando mal de funcionários excelentes como Sarah, que dá tudo de si pela faculdade. Ela não estava "choramingando" quando entrou em greve no ano passado. Tinha esperanças de melhorar as condições de trabalho de muitos outros empregados que dão duro como ela.

— Acho que sei de quem vocês estão falando — interfiro. — E...

— O CAPG está planejando se juntar ao corpo docente no voto de não confiança ao presidente — revela Charlie, como se eu não tivesse falado nada.

— Ei — diz o Presidente Allington, ofendido. — Por que o corpo docente não tem confiança em mim?

— Já explicamos, Phil — diz Muffy, com voz cansada. — Estão um pouco zangados com o dinheiro que aceitamos do pai do Príncipe Rashid... E talvez também de uns outros doadores cujas reputações não são tão exemplares assim.

— Quem se importa com a procedência do dinheiro se fazemos coisas boas com ele? — exige o presidente. — O que eu devia fazer? Esta faculdade não tem financiamento certo, como a Ivy League. Temos de aceitar o dinheiro que conseguirmos. Se isso significa deixar garotos ricos bestinhas que têm pais que podem pagar as mensalidades entrarem, e ainda alguns que podem doar um dinheiro extra, bem, por Deus, é isso mesmo que vou fazer. Estou tentando dar educação e cultura para os jovens aqui!

— Entendemos isso, Phil — afirma Muffy em tom conciliador. — Mas você não pode culpar os professores, muito menos os alunos, por protestarem quando descobrem que as salas de aula novinhas em folha foram compradas com dinheiro doado por assassinos, misóginos e antissemitas.

— Ora, vamos com calma aí — brada um executivo de gravata amarela chamativa, por pouco não derrubando o café na pressa de colocá-lo sobre a mesa. — Não é isso que estamos fazendo aqui.

— Não é? — indaga Muffy, com voz suave. — Lembra o que todos aqueles universitários fizeram nos anos 1980 quando descobriram que suas faculdades e universidades tinham investimentos financeiros na África do Sul?

O Dr. Jessup ergue a mão para acabar com a discussão como se estivéssemos todos em aula, mas a mulher não dá sinais de tê-lo notado.

— Armaram pequenos acampamentos na frente dos prédios da administração, exigindo que retirassem os investimentos e que dessem um fim ao apartheid — prossegue. — Eu era só uma menininha na época, mas até eu me lembro de que não foi uma cena bonita.

— Mas nós não estamos fazendo investimento nenhum em Qalif — retruca o Gravata Amarela, exasperado.

— Ah, não? — pergunto. — O herdeiro do trono mora em um de nossos conjuntos residenciais. Aceitamos meio bilhão de dólares do pai dele. Posso ver como isso já seria bastante para deixar algumas pessoas zangadas.

— Como a garota do CAPG — relembra Charlie. — Como é mesmo o nome dela?

— Não era disso que eu estava falando — respondo apressada. — Sarah é nossa assistente de pós-graduação, e, mesmo não sendo fã de Qalif, posso garantir pessoalmente que não foi ela quem vazou a informação. — Pelo menos espero poder. — Sarah adora a faculdade, da mesma forma como adora o Conjunto Fischer e os residentes. Faria qualquer coisa para proteger a instituição e as pessoas aqui. Foi ela quem chamou nossa atenção para a matéria do *Expresso* sobre o Príncipe Rashid.

— Isso não quer dizer que não tenha sido escrito por ela — rebate o Gravata Amarela, com uma risada amarga. — Se o mostrou a você, é porque provavelmente ela *é* a informante. Nunca seguram a vontade de exibir o serviço.

Olho estupefata para ele. Esse é um exemplo clássico de como se começam as guerras, acho, porque algum galinho de briga dono da verdade em uma torre de marfim, bem acima dos plebeus, começa a abrir o bico para falar de algo sobre o que desconhece.

— Não — diz Muffy, vindo em minha defesa (e de Sarah). — Heather está certa. Conheço Sarah. Ela pode até não concordar com a política da faculdade, mas não faria nada que colocasse os residentes em perigo.

— Mas sabemos que o informante está vindo de algum lugar em seu prédio! — clama Charlie. — Quem mais pode ser? Pensei que só os calouros e alunos transferidos tivessem chegado nesta semana. Por que se importariam com o lugar de onde vêm nossas doações? Eles ainda estão se sentindo os sortudos porque conseguiram ser aceitos na faculdade.

Nisso ele tem razão.

— É possível que seja outra pessoa na equipe — admito. — Alguém que não seja Sarah. Há vários residentes novos este ano, e alguns deles não vêm mostrando ter o melhor julgamento. Estavam todos na festa do príncipe, por exemplo. Uma morreu logo depois, e o resto deles nem admitiu que esteve lá, ou que tinha visto a menina na festa. Pegamos todos no vídeo. Lisa está querendo colocar toda a equipe em observação para ensinar uma lição.

Passam-se alguns segundos de silêncio enquanto os homens — e Muffy e Gloria, que acaba de chegar com um prato de cookies com gotas de chocolate recém-saídos do forno — digerem minha fala. Então Bill dispara:

— Ora, essa. Deixe essa história de observação para lá. Por que não manda todo mundo embora logo?

Charlie fecha a pasta com um estalo.

— Por mim, tudo bem.

— O mal já está feito — conclui Muffy, pensativa —, mas, se um deles for o informante, demissão eliminaria o problema. Eles já violaram o contrato de trabalho uma vez e provaram que não são confiáveis.

— Concordo. — O Gravata Amarela volta a pegar a xícara de café, claramente em celebração. — Mas, antes de eles se mudarem, precisamos fazer cada um assinar acordos de confidencialidade garantindo que não vão discutir nada do que viram dentro do prédio com ninguém, sob pena de expulsão.

Um homem de gravata azul começa a digitar uma anotação em seu smartphone.

— Vou mandar o Jurídico redigir um documento. Deve estar pronto para ser colocado na caixa de correio deles até as cinco da tarde. Assim — acrescenta, com um sorriso diabólico —, quando os pais começarem a ligar para o escritório para reclamar e chorar a respeito de terem de começar a pagar por quarto e refeição, já vamos ter ido para casa.

— Gostei — diz o presidente, esfregando as palmas das mãos com satisfação. — E que tal um desses cookies aí, hein, Gloria? Eles estão com um cheiro ótimo.

A assistente, radiante, caminha em direção ao chefe.

— Recém-saídos do forno, do jeitinho que você gosta, Phil.

— Esperem — protesto. Meu coração martela no peito. — Eu disse que é possível que *um* deles seja o informante. Vocês não podem expulsar *todos* eles do prédio assim... Ainda mais sem nenhum aviso prévio!

— Acabamos de expulsar — afirma Charlie, com um dar de ombros.

Sinto um turbilhão de emoções... Sobretudo inquietação e preocupação pelo futuro do Conjunto Fischer. O que vai acontecer com o prédio se demitirmos todos os nove membros da equipe de alunos e tivermos de substituir todos — e treinar os novos — uma semana antes de as aulas começarem?

Vai ser um pesadelo... Quase tão ruim quanto o pesadelo de perder uma assistente por causas naturais.

Sabia que haveria repercussões pelo que assisti da fita de segurança, mas que essa seria uma delas jamais me ocorrera.

— Agora, vamos nos acalmar um pouco. — O Dr. Jessup aparenta estar um pouco desconfortável. — Não quero ser o cara malvado da história e concordo que esses ARs pisaram na bola e precisam ser punidos. Mas eles ainda são alunos.

Não podemos jogá-los na rua assim. Prometemos a eles acomodação e refeições gratuitas por todo o ano letivo.

— Eles erraram feio, Stan — diz Bill, mastigando um cookie. — Quando você erra feio assim, dá merda.

— Nós não temos nem certeza se algum deles é mesmo o informante — alego, me apegando a qualquer coisa. — Não podemos punir todos pelo que um deles *talvez* tenha feito.

— É mesmo? — O homem de gravata azul aperta a tecla "Enviar" no celular e sorri para mim. — Me parece que todos deram uma bela mordida no fruto proibido quando foram à festa do príncipe. Agora vão pagar o preço, como Adão e Eva.

Lisa volta correndo para o escritório, o rosto ruborizado, mas muito melhor do que estava antes, e retoma seu lugar.

— Me perdoem — diz, vivaz. — O que eu perdi?

A preocupação da Faculdade de Nova York é Allington

Para os alunos da Faculdade de Nova York, os custos do ensino continuam a subir, o que significa continuar a contrair mais dívidas para pagar as contas. Ainda assim, nosso presidente, Phillip Allington, que tem uma casa de US$ 4,5 milhões nos Hamptons, não precisa pagar aluguel em uma cobertura de luxo no prédio do Conjunto Residencial Fischer. E o filho dele dirige uma Mercedes conversível por aí e é um dos donos da boate Epiphany (experimente o mojito de lá, aliás, é uma delícia).

Algo cheira mal em Greenwich Village, e nós aqui do *Expresso* dizemos que seu nome é Allington.

Durante toda a semana, este blog vai fazer relatórios detalhando como os dólares de suas mensalidades podem estar financiando o estilo de vida extravagante de Allington. O primeiro se chama "Quem paga os pássaros da Sra. Allington?", uma matéria contundente a respeito dos pássaros exóticos pertencentes à esposa de nosso presidente e uma estimativa de quanto ela gasta com eles.

Expresso da Faculdade de Nova York
Seu blog diário de notícias feito por estudantes

Lisa chora durante todo o percurso até nosso escritório.

— Me desculpe — diz, entre soluços, enquanto cruzamos o Washington Square Park, desviando de esquilos pretos, turistas e jovens babás empurrando carrinhos de bebê. — Não sei o que há de errado comigo. Não é nem que eu necessariamente discorde deles. Aqueles ARs são uns belos de uns merdinhas podres. Merecem ser expulsos. Eu só n-não consigo parar de chorar. E nem de vomitar.

— É — concordo. — Então, a propósito...

Estou com a mão em seu braço, guiando-a por entre a multidão — é outro dia belo e quente de outono, e o parque está apinhado —, pois não tenho certeza de que ela consegue ver com todas as lágrimas. Ninguém presta atenção à asiática maluca chorando, não com tantas outras distrações, como guitarristas descalços, bateristas de latinhas de plástico viradas de cabeça para baixo, vendedores de incenso, pregadores de religiões diversas e cachorros fofinhos.

— Há alguma possibilidade de você estar grávida? — pergunto.

Lisa para no meio do parque, ou tão próximo do meio quanto podemos chegar sem cair diretamente dentro da fonte enorme, cujos jatos d'água são lançados a 6 metros no ar.

— *O que você disse?* — indaga. Não está mais chorando.

— Desculpe-me. Não queria jogar isso assim em você. Devia ter esperado para conversar quando a gente estivesse no escritório, é só que eu não vou voltar agora. Vou te levar até lá, depois preciso correr e resolver...

— *Heather!* — As orelhas dela começam a ficar vermelhas.

— É uma coisa relacionada ao trabalho que tenho de resolver — explico. — Não se preocupe. Mas, mesmo se eu fosse voltar com você, a gente quase não teria privacidade, você sabe. Acabei de falar com Sarah — balanço o telefone a sua frente —, e ela me disse que tem outra fila de pais saindo pela porta, inclusive a mãe de Kaileigh, que ficou sabendo da morte de Jasmine. Não está muito satisfeita com o fato de a filha não só estar em um andar com uma AR morta, mas também que agora Ameera, a colega da menina, só chora o tempo todo, em vez de sair com um cara diferente a cada noite. Além disso, você tem a entrevista com o candidato a assistente que chega às duas, e os pais de Jasmine programados para chegar às três, e ainda outros nove ARs para colocar na rua. Quando vamos conseguir conversar sobre isso de novo? Meu palpite é que agora é minha única chance.

— De me perguntar se estou *grávida*? — As sobrancelhas de Lisa foram parar no limite de sua testa.

— Você está exibindo vários dos primeiros sinais — explico, elevando minha voz para que ela possa me escutar quando um homem passa por nós tocando gaita de foles. — Incômodo nos seios, mau-humor, náusea, vômito. Posso estar totalmente errada, mas Eva acha...

— *Eva?* — Lisa também levanta a voz. O tocador de gaita, que veste um kilt, decidiu se fixar perto de nós. Angariou um pequeno bando de admiradores. — Você contou à *médica-legista* que tenho estado mal-humorada esses dias? E que *meus peitos doem*? Pelo amor de Deus, Heather!

— Bem, você claramente não está com virose alguma, porque está ótima agora — observo. — A não ser pelo choro. Quando foi a última vez que sua menstruação veio?

— Quando foi a última vez que a sua veio? — rebate ela, revoltada.

— Três anos atrás — respondo. — Tomo pílula anticoncepcional de uso contínuo como tratamento para endometriose. Lisa, mesmo que eu não tomasse pílula, não poderia engravidar. Não faço a menor ideia de como é estar grávida, e duvido que um dia faça. Sei que não é da minha conta se você estiver, mas fico em minha sala que é logo do lado da sua o dia inteiro, cinco dias por semana, então te conheço muito bem. E, se você estiver *grávida*, só quero que saiba disso e que se cuide.

Lisa cai em si e se acalma.

— Ai, Heather — diz, estendendo a mão para apertar meu braço. — Claro. Me desculpe. As coisas estão tão malucas ultimamente. Sinceramente, não consigo nem lembrar quando foi a data da minha última menstruação.

O músico termina sua toada fúnebre bem nas últimas palavras de Liza, de maneira que todo mundo nas proximidades a escutam gritar "não consigo nem lembrar quando foi a data da minha última menstruação" e olham para nós com intensidades variadas de pena, confusão ou, ainda, simplesmente expressão de quem acha graça.

Lisa leva a mão livre ao rosto, agora pálido.

— Ai, meu Deus — diz, e intensifica o aperto em meu braço, começando a me arrastar para o lado oposto da fonte, para longe do tocador da gaita de foles e seu público. — Ai, meu Deus. Não acredito que fiz isso.

— Tudo bem. — Tento acalmá-la. — Não acho que alguém ouviu.

— Você está me sacaneando? *Todo mundo* me ouviu. Ai, *droga*.

Seu rosto empalidece mais ainda. Não tenho certeza do porquê até virar na direção em que ela está olhando. Um grande grupo de pessoas move-se rapidamente em nossa direção, alguns deles parecendo conhecidos...

E não é de se admirar, uma vez que são residentes do Conjunto Fischer.

— Oi, Lisa! — chama Jasmine Tsai, acenando entusiasmadamente enquanto empurra um grupo de seus residentes para a frente, para fazê-lo cruzar o parque. — Oi, Heather! Ei, gente! — Ela se vira para os residentes, todos claramente calouros. — Aqui estão a diretora do Conjunto Residencial Fischer, Lisa, e a diretora-assistente, Heather Wells. Digam oi.

A noiva é tamanho 42

Os alunos, cuja maioria é formada por garotas superanimadas claramente vestidas com a intenção de conhecer meninos nas circunstâncias favoráveis de um *walking tour* no campus, dão gritinhos e nos cumprimentam com acenos.

— Oi, Lisa! Oi, Heather!

Respondemos ao gesto abobadas, notando que alguns meninos andam um pouco atrás do grupo, mas não os do tipo que as garotas no tour estariam interessadas.

— Oi, Lisa. Oi, Heather — cumprimentam Howard Chen e Christopher Mintz, com timidez.

— Oi, gente — digo, fazendo sinal de positivo com o polegar. — Muito bom, hein? Boa iniciativa para mostrar o espírito universitário.

Nenhum dos dois responde. Não posso culpá-los.

— Ai, Deus! — exclama Lisa, quando já estão longe. — Eles me ouviram. Agora o alojamento inteiro já sabe que posso estar grávida.

— Não. Eles não te ouviram. — Provavelmente ouviram. — De qualquer maneira, o que você quis dizer com nem lembrar a data da sua última menstruação?

— Não sei. — Ela se vira para se encaminhar a passos largos ao Conjunto Fischer, se avultando diante de nós no lado esquerdo do parque como a elegante, ainda que levemente desgastada, lady de tijolos que é.

— A verdade é que estou tão ocupada esses últimos tempos, com o casamento, esse trabalho novo e a mudança, depois todas as coisas que aconteceram quando estavam filmando aquele reality show lá no prédio, e aí o treinamento dos ARs e a chegada dos calouros... Mal tive um minuto só para mim. Deve ter sido em junho. Tenho quase certeza que foi em junho...

— Lisa — interrompo, tendo de dar uma corrida para acompanhar o ritmo rápido de seus passos. — A gente já está quase em setembro.

— Ai, meu Deus. — Parece que alguém a socou na boca do estômago. — Ai, meu Deus. Como isto foi acontecer comigo? Sou a diretora do conjunto. Devia ser um exemplo. Como fui deixar isto me acontecer?

— Você não sabe se aconteceu alguma coisa ainda — relembro. Só que bastante coisa aconteceu. Um membro da equipe dela morreu, e a maior parte do restante está para ser despedida. Não sinto necessidade de elaborar esse ponto, entretanto. — Você provavelmente só está atrasada por causa do estresse da semana dos calouros. Mas é melhor saber, né? Por que você não vai à farmácia agora e compra um teste de gravidez, volta para seu apartamento e espera o resultado antes de retornar ao trabalho?

Giro o corpo de Lisa a fim de desviar seu foco do conjunto e colocá-la de frente para o cercado dos cachorros, atrás do qual (a um quarteirão de distância, na Bleecker Street) a farmácia mais próxima está localizada.

— Se você quiser que eu vá com você — digo, percebendo que seus joelhos travaram e que ela não se move de jeito algum —, eu vou.

— O quê? — pergunta, surpresa. Recomeçou a andar, por sorte em direção à farmácia. — Não. Sou adulta, posso muito bem ir à farmácia sozinha, obrigada. Além do mais, pensei que você havia dito que tinha alguma coisa para resolver.

— Tenho mesmo, uma coisinha rápida. Volto em dez minutos.

— Certo — concorda Lisa. Pisa no chão como se os pés estivessem envoltos em blocos de concreto. — Te vejo depois.

Viro e sigo para uma construção horrível que foi um dia descrita como um "milagre da arquitetura moderna", mas que, na verdade, é apenas uma torre espigada de janelas e triângulos de metal pretos, denominada Centro Estudantil

Gottlieb. Enquanto caminho até ele, pego meu celular e respondo a uma das muitas mensagens que Cooper mandou.

— Oi — digo. — Sou eu.

— Meu Deus — responde ele. — Pensei que tivesse morrido. Onde você estava?

— Comendo sanduíche com o presidente da faculdade de Nova York e seus coleguinhas milionários. Um deles até fez um *birdie* no sexto buraco em Maidstone no fim de semana passado.

— Imobilizei um cara com um golpe de luta livre em um bar em Jersey City no fim de semana passado — diz Cooper. — Cadê meu sanduíche?

— Você ganha um quando eu chegar em casa, garotão — respondo, baixando a voz para um rosnado sexy.

Cooper soa surpreso, mas de uma forma deliciada.

— Uau. É uma promessa?

— Ahn... — Eu estava brincando, na verdade. Nem sei bem o que seria um sanduíche em termos sexuais. Seria algo em termos sexuais? Dou-me conta de que deve ser e de que prometi fazer algo na cama com meu futuro marido que nem tenho ideia do que seja. Vou precisar do Google. É o que consigo ficando animadinha demais no telefone com meu noivo durante o serviço. — Claro. Mas, e aí, novidades?

— Ah, nada de mais — diz ele. — Nicole só me ligou umas sete vezes implorando para eu perdoar ela. Sua mãe deixou três mensagens lá em casa para você, seu pai deixou uma, e a cerimonialista, Perry, se recusa a retornar a ligação para remarcar o almoço de ontem. Acho que está tentando dar uma liçãozinha na gente por cancelarmos. Porque ela é incrivelmente importante e requisitada, você sabe, né?

— Droga! — xingo, esquecendo o sanduíche. — Precisamos resolver logo aquele planejamento de mesas, especialmente depois dessa história de sua irmã ter convidado um adicional de... Quantas pessoas? Você sabe, por acaso?

— Nicole disse que não foram mais que vinte, mas acho que ela está é com medo de confessar o número de verdade.

Meu celular apita. Olho para a tela e vejo que Eva, do IML, está tentando me contactar.

— Cooper, deixe eu te retornar daqui a pouco — peço. — A legista está ligando.

— Não se esqueça daquela promessa — diz, com a voz sexy antes de desligar.

Talvez não tivesse sido propositalmente um tom sexy, penso comigo enquanto aperto a tecla para aceitar a ligação de Eva. Ele meio que tem aquele tom sempre.

— Eva, oi — cumprimento, atravessando a rua com uma multidão de calouros animados, alguns pais e uns poucos orientadores em camisetas azuis e douradas, estampadas com a mensagem "Bem-vindos à FNY". — E aí?

— Oi, Heather. — Sua voz soa um pouco mais amigável que anteriormente, embora não menos apressada. Ainda é toda trabalho, trabalho, trabalho. — Então, queria te dar uma adiantada. Sua menina morta deve ser alguém bem importante, ou ter alguma conexão com alguém bem importante. Eles acabaram de terminar a autópsia.

— Não acredito. Achei que você tinha dito que...

— A gente estava atolado? É, e a gente está. Tem corpo aqui esperando desde semana retrasada. Mas o chefe recebeu um telefonema. Alguns telefonemas, na verdade.

— Vou dar um palpite e dizer que não foram só dos pais da vítima.

— Não mesmo — responde Eva, bufando com ironia. — Do Departamento de Estado.

É minha vez de bufar.

— Que engraçado. O agente especial Lancaster acabou de me dizer que o trabalho deles é só garantir a segurança das pessoas que estão sob sua proteção.

— Ah, é? — A voz de Eva toma um tom casual. — Você viu o agente Lancaster hoje? Como ele está?

Subi correndo os degraus do prédio e estou mostrando minha carteirinha de identificação para o guarda na entrada. Ele assente e permite minha passagem pelo portão.

— O agente especial Lancaster me pareceu ótimo, Eva. Por que, está com saudades?

— Daquele babaca? — Parece indignada. — Não! Ele não faz meu tipo mesmo. Deve ser desses que vai para casa e coloca *podcasts* sobre a ascensão da Nação Ariana enquanto fica polindo a arma.

— Acho que você está sendo um pouco dura com ele — digo, lutando para abrir caminho em meio à turba de alunos para chegar ao elevador —, mas para mim tanto faz. E a autópsia, o que deu?

— Ah, é. Contei ao chefe o que você disse hoje cedo sobre a festa na noite que a vítima morreu. Mesmo apressando os resultados dos exames, ainda assim vai demorar uns dias antes de ficarem prontos... Mas já é melhor que algumas semanas. Ei, no que foi que deu aquilo tudo com o lixo da festa? Conseguiu alguma coisa?

— Ainda não sei, estive fora do escritório o dia todo. Assim que souber, te falo.

— Ok. De qualquer forma, deram uma olhada mais atenta em sua aluna, por causa das informações que você deu e, também, vou ser sincera, por causa de toda a pressão que estavam fazendo lá em cima. E adivinha só o que encontraram?

Apertei o botão de subir.

— Não faço ideia.

— Nada. Nenhum sinal de abuso sexual, overdose, trauma explícito. A vítima estava com a saúde perfeita... Exceto por uma coisa, que o chefe não teria nem notado se você não tivesse dito nada.

— Verdade? O quê?

— Marcas de dentes. E você nunca vai adivinhar onde. *Na parte de dentro do lábio superior.*

Fico parada em frente ao elevador, pressionando o celular contra a orelha o mais forte que consigo, uma vez que está difícil escutar com todo o barulho dos alunos. O prédio, além de ser uma mácula arquitetônica no lado sul da Washington Square, abriga muitos clubes estudantis da Faculdade de Nova York, o grêmio estudantil e uma praça de alimentação que oferece seleções de pérolas culinárias tais como o Pizza Hut e o Burger King, tornando-o um dos pontos gastronômicos mais populares do campus. É por isso que o centro estudantil está sempre apinhado e a espera para pegar o elevador pode ser tão longa quanto no Conjunto Fischer.

Posso notar que Eva espera algum tipo de reação, mas não tenho ideia de qual, pois não entendo do que ela está falando. Marcas de dente dentro do lábio superior da vítima? Como é que alguém poderia morrer disso?

— Não entendi — admito, enfim.

— Heather — diz ela, em tom que sugere que acredita que sou um pouco devagar. — Jasmine não morreu de um ataque de asma. Bem, a asma certamente ajudou a acelerar as coisas, mas estamos categorizando a causa da morte como homicídio.

— Espere — peço. Um grupo de estudantes de teatro próximo de mim explodiu em um coro de "Magic to Do", do musical da Broadway *Pippin*, o que eles devem considerar encantador, tenho certeza, mas estou achando extremamente irritante, porque mal consigo escutar Eva. Enfio um dedo no ouvido sem celular. — *O quê?*

— A gente vê muito esse tipo de coisa, quase exclusivamente em mulheres e crianças. Alguém mais forte mantém a mão sobre a boca e o nariz da vítima até ela parar de respirar. Se o fizerem com força suficiente, isso pode causar lacerações dentro da boca da pessoa. As marcas eram dos dentes da própria Jasmine, enquanto ela se debatia para abrir a boca, tentando respirar.

As portas do elevador se abrem a minha frente, e uma enxurrada de alunos sai em cascata. Levo trombadas da maré, mas não consigo sair do caminho, por estar tão aturdida pelo que acabo de ouvir. Atrás de mim, os veteranos do curso de teatro ainda insistem em cantar que há "magia a ser feita".

— Você quer dizer que...

— Isso aí — Eva se antecipa. — Jasmine foi sufocada até a morte.

> **Bem-vindo ao Expresso da Faculdade de Nova York, seu blog diário de notícias feito por estudantes!**
>
> Somos a única fonte diária de notícias gerenciada por estudantes na Faculdade de Nova York. Nosso objetivo é manter VOCÊ informado de todos os assuntos rolando neste campus que chamamos de lar e que valem a pena ser discutidos, seja por meio de notícias, comentários ou a boa e velha fofoca (pode confessar, a gente sabe que você adora!).
> Tem uma dica? Mande para cá!
> Desculpe, não há recompensas. Somos uma organização estudantil pobre.

Bato à porta aberta ao lado da placa que diz "Expresso da Faculdade de Nova York". É um escritório de uma única sala em um corredor no quarto andar do Centro Estudantil Gottlieb. Diferentemente do saguão do prédio, o andar, que é acarpetado nas cores azul e dourada da faculdade, não está nem perto de lotado.

Costumava fazer muitas turnês para divulgação em meus dias de "Sugar Rush". Até onde entendo de salas de imprensa, a do *Expresso* não é das mais impressionantes, comportando apenas quatro mesas com uns poucos computadores e um único telefone.

Mas, como indica a placa, são uma organização estudantil pobre.

Há apenas uma pessoa no escritório, um menino de calça jeans e moletom de capuz azul da faculdade. Está digitando algo no laptop de frente para uma das enormes janelas que vão do chão ao teto, cobertas com venezianas meio tortas que já viram dias melhores.

Ele não responde quando bato. Logo percebo que é porque está com fones de ouvido. Entro na sala — que está livre de atividade humana, em grande parte, mas cheia de caixas de pizza e latas de refrigerantes vazias — e cutuco seu ombro.

O menino dá um salto na cadeira, surpreso, e tira os fones de ouvido, que ficam balançando ao fim do fio branco caído em seu peito.

— Ai, droga, você me assustou — diz, saindo do assento num pulo. O sorriso dele é torto e charmoso. É um menino claro, de cabelos escuros adoravelmente despenteados. Obviamente pertence à escola de pensamento por-que-se-dar-o-trabalho-de-tomar-banho-antes-de-ir-trabalhar?, cujo mestre espiritual é Gavin McGoren. — Posso te ajudar com alguma coisa?

— Pode, acho que pode — confirmo, procurando em volta um lugar onde possa sentar. É impossível encontrar um que não esteja coberto de caixas de comida. — Você sabe que, se não tirar o lixo de vez em quando, vocês vão acabar com uma infestação de ratos, né?

— Ah, a gente já até tem um — responde ele, rapidamente liberando uma cadeira para mim. — Bem, pode ser só um ratinho bebê. Não sei dizer o que ele é com certeza. De qualquer forma, eu o batizei de Algernon. Ele é bem fofo. Não tenho coragem de deixar colocarem armadilhas para ele. É o único outro ser vivo que vejo por aqui na maioria dos dias, porque quase todo mundo da minha equipe não voltou das férias ainda. O Al é meu único amigo DVR até as aulas começarem.

— "DVR"? — Uso um guardanapo limpo para espanar cuidadosamente as migalhas do assento que me foi oferecido. Ratos, ou ratinhos, significam fezes, e não importa o nível de fofice do Algernon, fezes significam doenças, que significam hospitalizações, que significa que pode haver ainda mais desastres envolvendo meu casamento do que já há.

— "Da vida real." — O garoto volta a se sentar e me observa como se me estudasse. — Me desculpe, a gente se conhece? Você parece familiar.

— Não sei — digo vagamente. Da vida real? A "vida real" desse garoto parece consistir em ficar sozinho em um escritório bagunçado, produzindo, mecanicamente e em larga escala, matérias para um blog de notícias voltado para os estudantes, tendo apenas um rato, talvez um ratinho bebê, como companhia. Sinto pena, mas ele parece completamente satisfeito com isso. — Você come em algum dos refeitórios de vez em quando?

Ele aponta para mim e estala os dedos.

— É isso! Você é Heather Wells! Você é totalmente famosa. Sabia que já tinha te visto antes. — Abre o laptop e começa a digitar. — Está a fim de fazer uma entrevista? Os leitores iam amar, com certeza. Eu podia marcar uma hora para você falar com um de nossos blogueiros de entretenimento quando eles voltarem. Já sei a pessoa certa, ela é *fãzona* de pop porcaria das antigas...

— Ahn... Quem sabe? — interrompo, tentando não me sentir ofendida. Pop porcaria das antigas? A música pop que eu fazia não era tão porcaria. E ter 30 anos não me torna tão velha assim... Se bem que para os olhos de um cara de 20, talvez eu seja. — Na verdade, estou aqui para falar com você de uma coisa relacionada à faculdade. Qual é seu nome?

— Ah, desculpe. Cam. Cameron Ripley. Sou o editor-chefe. — Ele me encara com os olhos castanho-esverdeados espremidos. — Ei, você trabalha no Alojamento da Morte... Quero dizer, no Conjunto Residencial Fischer agora, né? Não está aqui por causa da matéria de hoje cedo não, né? Aquela do príncipe? Me desculpe, mas eu sei que aquela história é verdadeira. Tenho provas de que ele mora em seu prédio. Os chefões ficaram em cima de mim querendo saber quem era minha fonte, o que não é *nada* legal. A gente pode até ser uma organização de estudantes e exclusivamente on-line, mas, ainda assim, a gente é jornalista e não tem de falar porcaria nenhuma sobre a...

— Não tem a ver com isso — corto o discurso. — Bem, tem tangencialmente a ver com isso. Eu queria saber se você está interessado em uma troca.

Ele me fita com suspeita.

— Que tipo de troca?

— De informação. — Cruzo as pernas (o que não é tão sexy quanto parece, uma vez que estou vestindo calças largas, mas uma garota tem de fazer o que pode). — Tenho informações que podem te interessar. E você tem informações que podem me interessar. Vai ver a gente pode arranjar alguma coisa.

— Não sei — diz Cam. Continua a me encarar como se eu fosse o inimigo. As calças estão definitivamente contra mim. Além disso, talvez seja um pouco velha demais para ele, apesar de toda a coisa "papa-anjo" que parece funcionar com Gavin. — A gente não costuma trabalhar assim. E, por mais que uma matéria sobre você pudesse ser interessante, não seria *tão* interessante assim. Sem ofensa, mas a maioria dos meus leitores provavelmente nunca nem ouviu falar de você. Britney Spears, claro, mas você? Você não lança um CD há um sé...

— A informação não é sobre mim — interrompo, começando a ficar irritada com o garoto. Embora seja legal com os ratos, ele é bem pé no saco.

Nem sei bem por que estou fazendo o que estou prestes a fazer. Sei que posso me ferrar — posso até perder o emprego.

Mas tem algo me aborrecendo desde que ouvi Charlie dizer que o "informante" tinha sido rastreado até um endereço de IP no Conjunto Residencial Fischer. Não é só uma questão de querer provar que o informante *não* é Sarah.

Preciso descobrir quem *é*. Mesmo que, depois da ligação de Eva, eu tenha ficado com a irritante suspeita de já saber a resposta.

— É a respeito do Conjunto Fischer — explico. — Você sabe que uma estudante morreu lá ontem.

Ele quase deixa cair o computador.

— O *quê?*

Dou de ombros e descruzo as pernas, começando a me levantar.

— Mas como você não está interessado em fazer acordo algum...

— Não, espere. — Cam se inclina para a frente a fim de bloquear minha saída do escritório. — Estou interessado! Totalmente interessado! Quem morreu?

Afundo de volta na cadeira, voltando a cruzar as pernas.

— Estou arriscando meu trabalho só em estar aqui. Por que eu ia sair te contando tudo que sei sem ganhar nada em troca?

— Entendo totalmente — afirma Cam. Ele fica de pé em um pulo e fecha a porta. No minuto em que o faz, o cheiro de pizza passada e outros odores ainda menos agradáveis começam a ficar muito mais perceptíveis. — Olhe, não posso prometer nada, mas...

— Também não posso prometer nada — ecoo. — Exceto outra informação exclusiva sobre o príncipe.

Ele agarra o laptop, o olhar aceso e voraz.

— Você está de sacanagem. Tem mais, além da informação sobre a garota que se deu mal?

A vergonha se apossa de mim. Tenho uma vontade súbita de abrir a porta com força e fugir, correr para mais longe possível de Cameron Ripley, seu escritório fedido e seu ratinho bebê de estimação.

Mas, então, me recordo que ele é um jornalista. É sua responsabilidade transmitir as notícias, não importa se vão magoar as pessoas, de forma tão detalhada quanto possível (e mantendo, tomara, a diginidade da vítima), de forma que o público possa ser alertado do perigo e que o criminoso possa ser levado à justiça.

Ele só está fazendo seu trabalho, exatamente como faço o meu. Talvez tenhamos ficado um pouco impassíveis pelos acontecimentos DVR.

— Sim, são as duas coisas — digo, depois de engolir em seco. — Uma garota foi encontrada morta no próprio quarto no Conjunto Fischer ontem de manhã. Na noite anterior, foi vista em uma festa no andar de cima, no apartamento do Príncipe Rashid.

Cam está digitando tão rápido que os dedos parecem voar sobre o teclado.

— Caramba! — exclama, sorrindo, os olhos colados na tela. — Isso aqui é incrível. É o melhor furo que tive em anos. Mas e os nomes? Preciso dos nomes!

— Só depois que você *me* der um nome.

Ele levanta o olhar da tela, confuso.

— O quê? Como posso te dar um nome? É a primeira vez que ouço essa história. Você é que está *me* contando.

— Quero o nome da sua fonte para as matérias que tem publicado sobre o Príncipe Rashid — digo. — Aí te falo o nome da menina que morreu e o que mais você quiser, inclusive uma história tão explosiva que vai balançar todas as estruturas desse campus. Mas as pessoas implicadas mais diretamente não vão saber a respeito disso até as cinco da tarde. Por isso você vai precisar segurar a publicação até depois desse horário.

O rosto de Cam fica bobo de estupefação, como se estivesse com a cara caída, mas depois se retesa com empolgação.

— Cinco horas de hoje? O que é? Tem a ver com o voto de não confiança ao presidente pela faculdade? É isso, não é?

Balanço um dedo para ele, em negativa.

— Nuh-uh. Não vou te contar nada até você abrir a boca. E, lembre-se, você não vai usar meu nome em lugar algum. Sou uma "fonte interna".

— Claro! — confirma Cam. Está tão ansioso para ter a história nas mãos que abandonou toda a integridade jornalística, correndo para a escrivaninha a fim de apertar algo no teclado do computador de mesa. — Tenho tudo bem aqui... Ahn... Em algum lugar. Mas deixe eu te avisar logo. Tudo isso foi mandado por mensagem de uma conta no Twitter, acho. É. Aqui, ó. — Lê da tela. — GarotaVidaRes. Desculpe, sem nome. Isso aqui já ajuda? Só isso dá?

— Já — digo, sombria. — Só isso dá.

Exatamente o que tinha suspeitado. Não preciso de nome algum. Tenho toda a informação de que preciso.

Twitter, Cooper dissera com desprezo quando abriu o laptop de Jasmine no dia em que a encontramos morta, porque ele não suporta as redes sociais.

Mas parece que elas têm sua utilidade. Como mandar mensagens anônimas com "dicas" para blogs de notícias.

VidaRes é provavelmente uma abreviação para "vida residencial", que é a faceta de programação e aconselhamento do Departamento de Acomodação em que Lisa, Sarah e os assistentes de residente se especializam e fazem treinamento (em oposição ao lado mais administrativo e ligado às instalações físicas, que é mais minha linha de trabalho: supervisão das salas e solução de problemas, tais como banheiros inundados).

Muitas vezes as pessoas não sabem, mas, quando olham para trás e pensam nas experiências que tiveram em seus alojamentos durante os anos de universidade, aquilo que estão contemplando são suas experiências de "vida res".

Apenas uma AR (ou alguém que trabalhasse no escritório da diretora do conjunto) escolheria "GarotaVidaRes" como nickname.

— Quando foi a última vez que a tal GarotaVidaRes entrou em contato? — pergunto.

Cam estuda a tela.

— Ah... Humm... Estranho.

— O quê?

— Todos os dias da última semana ela veio dizer alguma coisa, mas desde anteontem... Nada.

Faz todo o sentido, na verdade. Na semana passada, pedimos que todos os ARs voltassem a fim de ajudar com as preparações para a mudança dos calouros. Tínhamos obviamente inteirado a equipe sobre nosso RMI ainda por chegar. E a GarotaVidaRes não teria tempo de entrar em sua conta na noite da festa do Príncipe Rashid, porque estaria muito ocupada.

Ocupada sendo assassinada.

Foi então que o celular da estudante de comunicação — que admirava jornalistas como Katie Couric e Diane Sawyer, e por isso teria sentido alguma espécie de barato por vazar informações secretas para o blog de notícias feito por estudantes da faculdade — foi roubado, e a voz da menina fisicamente sufocada pela mão que acabou lhe roubando também todo o ar.

Apesar do fato de a porta fechada da sala fazer com que o lugar ficasse quente e abafado, sinto um arrepio.

Jasmine era a GarotaVidaRes, a informante do *Expresso da Faculdade de Nova York*. Era razoável acreditar que fora morta por isso.

Mas por quem? E por quê? Teria visto algo na festa de Rashid? Teria sido algo que estivera pronta para dividir com o mundo via Twitter, alguma coisa que alguém não queria que fosse explanada e, por isso, a silenciaram... para sempre?

A penalidade para sexo pré-marital em Qalif é a decapitação, eu me recordo do que disse o agente especial Lancaster. *Então o chicote é bem leve, em comparação.*

Ah, espere aí. Não estamos em Qalif. Estamos em Greenwich Village, pelo amor de Deus!

— A GarotaVidaRes já escreveu algum artigo para vocês? — indago.

— Não — diz o jornalista, rolando a cadeira para longe da mesa. — De jeito nenhum. E não vou responder mais nada. Te dei o que você queria; minha vez agora. Quem foi que morreu? E como? E o que vai acontecer às cinco?

— Ok — concordo. — A menina que morreu se chama Jasmine Albright. Tinha 20 anos, veterana do terceiro ano e assistente de residentes do Conjunto Fischer, décimo quarto andar.

Ele já está de volta ao laptop e não para de digitar durante todo o tempo em que falo. Está claro que não conhece Jasmine. Não tenho certeza se é um alívio, ou se acho ainda pior.

— Uma AR? Décimo quarto andar... Isso é um andar abaixo do Boêmio Rashid!

Cameron não deixa passar uma.

— É. Eu te falei que, na noite que ela morreu, tinha ido a uma festa no apartamento dele.

Agora ele para de bater nas teclas e me encara.

— Você está me dizendo que uma *AR* morreu depois da festa no apartamento do príncipe? Qual foi a causa da morte da garota?

— Só vou poder te dizer a causa da morte depois das cinco da tarde — respondo —, mas só se você segurar a segunda parte dessa história até lá. — É mentira. Não tenho qualquer intenção de contar a causa, ou as circunstâncias, da morte de Jasmine. — Posso dizer que não foram detectados sinais de overdose, intoxicação por álcool ou qualquer coisa assim. Mas a vítima tinha asma.

Cam faz uma expressão decepcionada.

— Ela morreu de *asma*?

— Não foi isso que eu disse. Disse que Jasmine *tinha* asma.

Cameron não parece tão chateado, mas alguém que topou com um mistério empolgante por mero acaso. É claro, ele não conhecia a vítima, então não importa para ele como ela morreu. Só está à caça da história que vai aumentar o número de acessos de seu blog.

— Ok, então Jasmine tinha asma, mas não morreu disso. — Continua a digitar. — Qual é a dessa história das cinco horas?

— Bem — começo. — Ela não era a única AR na festa do príncipe.

Cameron dá um sorrisinho de canto de boca.

— Que puxa-saco. Você sabe que o melhor jeito de não ser pego na farra é convidar os ARs para a farra. Então, quais são os nomes deles?

— É essa a parte da história que você não pode publicar até as cinco.

O garoto balança a cabeça, confuso.

— Por quê? O que vai acontecer nesse horário?

Tiro minha bolsa do chão e a coloco no ombro.

— Às cinco horas de hoje, todos os assistentes de residentes do Conjunto Fischer que estavam na festa do Príncipe

Rashid vão receber uma notificação de que o contrato deles com o Departamento de Acomodação da Faculdade de Nova York foi rescindido.

— *O quê?* — Cameron tira os dedos do teclado depressa como se os tivesse queimado.

Faço que sim com a cabeça.

— Você me ouviu. E não se preocupe. Tenho certeza de que você vai ouvir muita coisa de todos esses ARs a respeito da injustiça do que está acontecendo com eles assim que receberem as cartas. Vai saber todos os nomes em bem pouco tempo. Só tente lembrar que a empregadora deles, minha chefe, perguntou se tinham visto Jasmine na noite em que ela morreu, e todos disseram que não. Mentiram para salvar a própria pele, ainda que, se tivessem dito a verdade, pudessem ter ajudado na investigação do caso da morte de uma colega. É tarde demais agora. Mas você *não* ficou sabendo de nada disso por mim.

— Não se preocupe. — Cameron balança a cabeça, incrédulo, enquanto volta às teclas. — Heather, você consegue perceber o quão absurdo isto aqui é, de importante? Não é só que uma garota morreu e um bando de ARs estão prestes a ser demitidos, a questão é que tudo isso aconteceu por causa de uma festa que o herdeiro do trono de Qalif resolveu dar, um garoto cujo pai doou *quinhentos milhões de dólares* para a Faculdade de Nova York. Essa história pode chegar a ser impressa de verdade. — O tom dele tornou-se reverencial. — Pode chegar à CNN.

— Não vamos apressar as coisas — aconselho, com secura. — Sabe o que eu faria se fosse você? Não que esteja querendo te dizer como fazer seu trabalho.

Ele volta a balançar a cabeça, desta vez em resposta a minha pergunta.

— Não, o quê?

— Tentaria entrar em contanto com a GarotaVidaRes. Talvez ela pudesse te falar mais do que aconteceu naquela festa.

— Ei — diz, assentindo. — Boa ideia.

Então ele ainda não sacou que a tal GarotaVidaRes era, na verdade, Jasmine.

— Além disso, você devia pedir para a manutenção uma armadilha não letal para ratos — aconselho, enquanto abro a porta. — Assim dá para pegar Algernon e libertá-lo no parque. Sei que é legal ter um amigo da vida real e tal — acrescento —, mas ele vai ficar mais feliz lá, e você vai ter menos chances de pegar um hantavírus, que é transmitido pelas fezes dos ratos. Pode deixar as pessoas bem doentes. Pode até matar.

Cam levanta os olhos do teclado.

— Foi isso que matou Jasmine Albright? — pergunta, animado. — Um hantavírus? Sei que o Alojamento da Morte, quero dizer o Conjunto Fischer, é um prédio antigo. Você está confirmando uma infestação, causando a morte de pessoas? Porque isso daria uma história insana de boa

Reviro os olhos.

— Não, Cam — digo. — E, se estivesse dizendo isso, *eu* não estaria confirmando nada, lembra? Porque tudo isso está saindo de uma "fonte interna".

— Certo, certo — concorda ele, recolocando os fones de ouvido no lugar. — Não se preocupe. Está de boa. Sem nomes. — E ele começa a digitar ferozmente, perdido em sua vida cibernética.

Fecho a porta depois de sair, chegando à conclusão de que é melhor que Cameron fique com Algernon por perto, afinal. Parece precisar de companhia, mesmo que seja apenas a de um ratinho bebê.

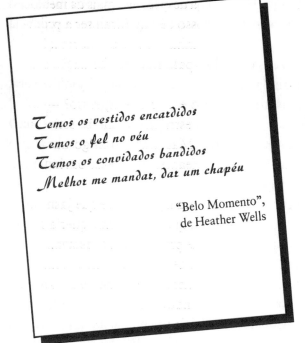

Temos os vestidos encardidos
Temos o fel no véu
Temos os convidados bandidos
Melhor me mandar, dar um chapéu

"Belo Momento",
de Heather Wells

— Você fez o *quê?* — A voz de Cooper fica estridente ao pronunciar a palavra "quê".

— Bem, *eu* sabia que a informante não era Sarah, mas como ia provar para todo mundo na presidência?

Estou andando depressa, atravessando o parque em direção ao Conjunto Fischer, ansiosa para voltar ao trabalho, com o telefone espremido contra a orelha. Atrasada para a reunião de Lisa com o candidato a AR. Não que ela precise de ajuda, necessariamente, mas não estava nas melhores das condições quando a deixei.

— Não é seu trabalho provar que Sarah não é a informante. Ela já é grandinha. Pode tomar conta de si mesma.

— Claro que pode. Mas eles já despediram mais da metade da equipe — rebato. — Não posso deixar Sarah ser a próxima. Precisava descobrir quem tinha vazado as informações. Pensei que, se fizesse um acordo para trocar informação com o editor do *Expresso*...

— Trocar informação com o editor do *Expresso*? — interrompe Cooper, com um eco estranho, como se estivesse em um túnel ou algo do tipo. Mas ainda consigo ouvir a incredulidade em sua voz. — Heather, você está ouvindo o que está dizendo?

— Dane-se, funcionou. E agora a gente sabe que Jasmine foi morta porque sabia de coisas que alguém não queria que ela saísse por aí espalhando e que provavelmente estavam no celular dela, o qual você cismou de dizer que tinha sumido.

— *A gente* não sabe de nada disso — argumenta meu noivo. — E não fique aí se vangloriando, porque, *se* for verdade, você acabou de se colocar, sem falar na equipe do *Expresso*, realmente em perigo.

— Ah — digo, com o rabo de cavalo balançando enquanto passo apressada pelo parque tumultuado. — Você está preocupado comigo? Que meigo. Sei que devia ficar ofendida, porque sou feminista e toda essa coisa de namorado superprotetor é meio *Crepúsculo* demais, mas que se dane, adoro, pode continuar.

— Heather, não estou brincando. — Ele parece irritado. — Seja o que for que Jasmine descobriu, gravou no telefone e aparentemente estava pronta para tuitar para o mundo, e foi o suficiente para tirar a vida dela. E isso significa que vai ser o bastante para tirar a de qualquer um que descobrir a verdade sobre isso.

— Mas eu não contei ao *Expresso* sobre isso. Como eu ia contar? Nem sei o que Jasmine descobriu. Quem a matou fez isso antes de ela ter a chance de abrir a boca. Eles não têm ideia de que ela é a informante, ou de que ainda tinha *alguma coisa* para informar. Então por que eu ou qualquer um que trabalha no *Expresso* estaríamos em perigo?

— Porque a gente não está falando de uma garota que foi morta em uma briguinha com o namorado. A gente está falando de uma adolescente que foi assassinada por alguma coisa que tem a ver com o herdeiro do trono de um dos países mais ricos do mundo. Você tem certeza de que ninguém te viu saindo do centro estudantil? Não tem ninguém te seguindo?

— Não tem ninguém seguindo nem aquela versão drag queen minha no Twitter. — Tranquilizo-o, porém, dou uma olhada em volta. O dia continua lindo. O sol brilha forte, e tive de colocar meus óculos escuros para proteger os olhos da claridade. — Por que alguém ia se dar o trabalho de me seguir na vida real?

Minha voz fica seca na garganta quando percebo um dos seguranças do Príncipe Rashid — aquele que o menino chama de Hamad — me acompanhando enquanto come um pretzel que evidentemente comprou de um vendedor de rua, a menos de 5 metros de mim. Como eu, está de óculos escuros, mas é ele, sem dúvidas. Ninguém mais no parque está vestido de terno escuro e camisa e gravata combinando, além de um ponto eletrônico no ouvido.

— Heather? — chama Cooper. — Está me ouvindo?

A voz dele me sobressalta. Dou um pulo e me viro rápido, esperando que Hamad não tenha notado que o vi.

— Estou — respondo. — Desculpe. O sinal está ruim. — De jeito nenhum vou dizer a ele que estava certo, que estou sendo seguida... Se é que isso está acontecendo de fato. Talvez Hamad simplesmente aprecie os pretzels de rua e tenha dado uma escapadinha durante uma pausa em suas obrigações de guarda-costas. Pretzels são deliciosos, afinal. — Onde é que você está, aliás? Você não está seguindo minha mãe, está?

A noiva é tamanho 42 193

— É claro que não — responde ele. — Você me pediu para não fazer isso. E eu nunca faria algo que você me pediu para não fazer.

Solto um som sarcástico para o comentário.

— Está certo. — O Conjunto Fischer está logo adiante. Posso ver a grande bandeira azul e dourada da Faculdade de Nova York sobre a porta da frente, ondulando e batendo na brisa fresca. Meu lar será sempre onde Cooper está, mas o Conjunto vem em segundo lugar, logo atrás. Apresso o passo. — Só estava curiosa, você parece um pouco distante.

— Só fisicamente, amor. Meu coração está sempre com você. Vou estar em casa para o jantar... Que estou presumindo que será sanduíche.

Tento arrancar lá de dentro uma risada, mas me sinto um pouco desanimada porque Hamad realmente parece estar atrás de mim.

É claro que está. Também trabalha no prédio. Estou sendo paranoica.

— Ha — digo. — Ok, ótimo. Te vejo mais tarde.

— Heather — chama Cooper. — Ligue para Canavan na 6ª DP. Fale para ele tudo que acabou de me contar. Ele pode estar com as mãos atadas por causa do Departamento de Estado, mas acho que você devia colocá-lo na roda.

— Certo — concordo. Comecei a andar tão rápido, ávida para escapar até da minha própria sombra, que alcancei Washington Square West. Neste exato instante, noto Hamad. Ainda não terminou o pretzel e levantou os óculos escuros para me encarar, de uma maneira muito similar à maneira como encarara Sarah no escritório naquele outro dia... Como se quisesse muito sacar o revólver e atirar.

Ambos ficamos parados no limite do parque. Há uma fila de táxis e ônibus que precisamos deixar que passem rugindo antes que possamos atravessar a rua até o Conjunto

Fischer. Enquanto esperamos, Hamad me olha fixamente de uma forma que posso apenas descrever como extremamente hostil, os olhos escuros como negros buracos de bala duplos.

— Então a gente se vê quando você chegar em casa — digo ao telefone para Cooper, os olhos ainda em Hamad.

— Espere — pede ele. — Você vai ligar para Canavan agora, né?

— Com certeza. Que nem você não está atrás da minha mãe. Agora tchau. — Desligo o celular antes que ele possa dizer outra palavra. Não preciso ser distraída pela voz sexy do meu namorado no momento em que estou prestes a ser morta na rua pelo segurança do filho de um ditador estrangeiro.

— Oi — cumprimento, com afabilidade, Hamad, deixando o telefone deslizar de volta para dentro da bolsa. — Almoçou bem?

Ele não esboça qualquer reação, a não ser continuar me fitando.

— Vi que você estava comendo um pretzel — continuo. — São uma especialidade de Nova York. Somos bem conhecidos pelos pretzels. Você colocou mostarda no seu? Acho que a mostarda realmente faz o sabor do sal se destacar de um jeito picante bem gostoso.

Hamad não diz coisa alguma. Simplesmente amassa o guardanapo de papel que o vendedor lhe dera com a comida e o joga sem dizer uma palavra em minha cara. Minha *cara*.

Depois vai para o meio da Washington Square West, embora o tráfego ainda esteja intenso. Um táxi freia fazendo um chiado a poucos centímetros de atingi-lo, e o motorista, que por acaso é panjabi, se inclina para fora da janela a fim de gritar para o segurança:

— Ei! Qual é seu problema? Quer morrer? Espere o sinal, idiota!

A noiva é tamanho 42   **195**

Hamad continua a atravessar a rua com ar superior, sem parecer se importar com o fato de ter se tornado o centro das atenções de tantas pessoas, incluindo um número de guias da semana de orientação, em camisetas azuis e douradas, do lado de fora do Conjunto Fischer, tentando reunir seus bandos de calouros para levá-los às várias visitações fora do campus.

Abaixo para pegar o guardanapo amassado que ele jogou no meu rosto.

— Ei! — grito, sacudindo o papel entre meus dedos indicador e polegar. — Jogar lixo na rua é proibido em Nova York. É punível com multa de até 250 dólares! Então por favor use uma lata de lixo da próxima vez. — Ando uns poucos passos até uma lixeira de metal e lanço a bolinha lá dentro. — Viu? Não é tão difícil assim.

Antes de entrar no prédio, Hamad me metralha com um olhar do mais puro e completo desprezo e, por um momento, é como se o sol tivesse se escondido atrás das nuvens.

Um arrepio percorre minha espinha, não muito diferente daquele que senti no escritório de Cam Ripley. Talvez eu *tenha* cometido um erro ao ir ao centro estudantil, no fim das contas.

— Heather? — Uma das guias me chama, preocupada, quando o trânsito desacelera o suficiente para eu poder atravessar a rua. — Está tudo bem? Tinha alguma coisa acontecendo entre você e aquele cara?

— Ah, não — respondo, em tom jovial. Embora, a bem da verdade, não me sinta particularmente jovial por dentro. — A gente estava só de brincadeira.

— Não achei que ele parecia muito de brincadeira — diz ela.

Sorrio de forma — espero — tranquilizadora e entro, onde não há nem sinal do leão de chácara. Provavelmente já pegou um elevador para o décimo quinto andar.

Hamad vem de outro país, que tem costumes muito diferente dos nossos, digo a mim mesma. Talvez em Qalif seja um insulto uma mulher comentar a respeito das preferências culinárias de um homem.

Ou talvez ele seja um assassino de sangue frio e quisesse que eu ficasse sabendo sem sombra de dúvidas que sou sua próxima vítima.

De qualquer forma, provavelmente não é má ideia fazer aquela ligação para o Detetive Canavan, como Cooper sugeriu, e mencionar o incidente.

O saguão está tumultuado como sempre depois do horário de almoço. Os alunos que dormiram até tarde finalmente se levantaram e estão perambulando por aí, e seus colegas mais ambiciosos estão nas atividades da tarde, assim como (infelizmente) seus pais.

— Tudo bem? — pergunto a Pete ao me aproximar da mesa da segurança.

— Depende, sobre quem você está perguntando? — responde, com um dar de ombros.

— Como assim?

— Você vai ver. — Dá um sorrisinho e morde os tacos que comprei para ele (bem, eu paguei, mas foi ele quem fez o pedido por telefone) da Choza Taqueria na MacDougal.

Meu coração fica pequenininho.

— Vou encontrar alguma coisa me esperando no escritório e não vou gostar nada, não é?

Ele para de sorrir e me olha surpreso.

— Não, você vai gostar. Quase tanto quanto gosto destes tacos, que é muito.

Não tenho certeza de que acredito nele. Pete poderia supor que eu fosse gostar de encontrar minha mãe em minha sala, mas estaria muito enganado.

— Ótimo — digo.

Quando entro em meu local de trabalho, entretanto, o que vejo ali *é* uma surpresa agradável. Enfeitando minha mesa, há um buquê de flores enorme em um vaso de cristal, e não é um daqueles arranjos bregas de florista de cemitério, todo de cravos e mosquitinhos, mas belas hortênsias, jacintos, rosas e algumas flores que nem consigo identificar, de tão exóticas e raras. Todas são de um branco puro, o buquê arrumado perfeitamente para caber no caro vaso quadrado em que foi entregue. As flores enchem o escritório com seu cheiro agradável.

Sarah está sentada a sua mesa, sem flores. A porta de Lisa está fechada.

— Bonito, né? — comenta Sarah, quando nota meu rosto se iluminar à visão do vaso transbordante. — Acho que você tem um fã.

Cooper! Penso imediatamente. É a única pessoa que conheço que faria algo tão atencioso — e elegante. Sabe como fiquei magoada em ver minha mãe aparecer do nada ontem à noite. Isso e passar pela morte de uma aluna no prédio — quando jurei a mim mesma que este ano seria diferente — tinham realmente me deixado para baixo.

Era exatamente o tipo de coisa que ele faria para me animar... Especialmente depois de dizer toda aquela besteirada sobre ficar na cola dela.

— Ah — digo baixinho, estendendo a mão para tocar de leve uma das pétalas delicadas cor de marfim. — Ele não precisava ter se dado todo esse trabalho.

— Ele não precisava mesmo — concorda Sarah, dando uma grande mordida no hambúrguer que pegara no refeitório e agora come à escrivaninha. — Mas, pensando bem — acrescenta, de boca cheia —, ele é bem esse tipo de cara, não é?

Inclino-me para cheirar uma rosa. O paraíso, especialmente depois de ter passado por tanta coisa sombriamente desagradável lá fora do conjunto agora há pouco com o guarda-costas do Príncipe Rashid.

— Sou tão sortuda.

— Você é — concorda a assistente outra vez. — Todos somos, na verdade. Muito, muito sortudos por ele estar em nossa vida.

Há algo de levemente estranho no tom dela.

— Espere — digo, levantando o nariz do presente e me endireitando. — Isto aqui é de Cooper, não é?

— Ha. — Sarah não se aguenta. — Em seus sonhos. Abra o cartão.

Há um cartãozinho no meio das folhas verde-escuras. Aproximo os dedos para pegá-lo.

> **De Sua Alteza Real,
> o Príncipe Rashid Ashraf bin
> Zayed Sultan Faisal**
>
> À SRTA. WELLS, COM MINHAS PROFUNDAS CONDO-
> LÊNCIAS POR SUA PERDA. FIQUEI MUITO TRISTE AO
> SABER DE TUDO PELO QUE TEVE DE PASSAR ONTEM.
> POR FAVOR, ME AVISE SE HOUVER QUALQUER COISA
> QUE EU OU MINHA EQUIPE POSSAMOS FAZER PELA
> SRTA. NESTE MOMENTO TERRÍVEL.
>
> ATENCIOSAMENTE,
> *Rashid*

19

Viro para fitar Sarah com estupefação.

— Estas flores são do *Príncipe Rashid*?

— Ou Shiraz. — Sarah revira os olhos. — Seja lá qual for o nome que ele esteja usando esta semana.

— Mas... — Encaro de olhos esbugalhados o arranjo. — Elas são tão... lindas.

— Bem, o pai dele tem bilhões de dólares — lembra Sarah, com mais que uma pitada de sarcasmo em seu tom. — Com certeza pode bancar um bom florista.

Claro que ela tem razão.

— Não é isso que eu quis dizer. Fiquei surpresa com o gesto. É até maduro. E o que está escrito aqui no cartão é bem simpático.

200   *Meg Cabot*

Sarah bufa enquanto limpa ketchup do canto da boca com um guardanapo.

— Provavelmente nem foi ele quem escreveu. Aposto que tem um publicitário ou secretário do palácio que faz todas as notas de imprensa.

Encaro o cartão. À exceção do título de príncipe e do nome, que são gravados, o restante está escrito com um estilo de letra meio grande e apertado, em tinta preta, por alguém claramente bastante acostumado às mensagens de texto — ou talvez à arte da falcoaria.

— Como você sabia que são do Príncipe Rashid? — pergunto à Sarah.

— Porque ele já veio duas vezes aqui embaixo para ver se você recebeu o presente — explica. — O florista só veio entregar há uns dez minutos. Tem um buquê para Lisa também, mas ela está trancada naquele escritório com o candidato a AR desde antes de eu voltar lá da Contabilidade, então ela não viu. Pedi para deixarem na recepção, porque não tem lugar aqui para dois vasos de flor gigantes... Acho que já estou tendo um ataque alérgico só com o seu.

Olho para a letra manuscrita no cartão. Quero acreditar que foi o próprio Rashid quem escreveu, mas parece improvável. Mas está no papel timbrado do reino de Qalif, assinado com um floreio e tudo. Esquecendo-me de que Sarah está sentada bem à frente, faço o inimaginável e dou uma lambida na assinatura.

— Ai, meu Deus — grita ela, me assistindo. — O que é que você está fazendo?

— Olhe. — Mostro a carta. — A tinta está borrada.

— E...?

— E é assim que dá para saber se foi a própria pessoa que assinou alguma coisa ou se foi simplesmente digitada ou carimbada. Se borra, foi ela quem assinou do próprio punho. É um velho truque na carreira musical usar um carimbo na hora de autografar fotos, porque eles te obrigam a fazer a mesma coisa muitas e muitas vezes. Ou então eles já fazem cópias das fotos com o autógrafo impresso, e não personalizado. — Olho o cartão mais de perto. — Alguém realmente escreveu isto.

— É, claro que alguém escreveu — rebate Sarah, a voz ainda denunciando seu nojo. — Já te falei, foi o secretário ou o publicitário.

— Você não ia contratar alguém com uma caligrafia menos porcaria para ser seu publicitário se fosse pedir para ele se passar por você?

— O que importa se foi ele ou não quem escreveu? — indaga Sarah. — Não muda nada. Jasmine continua morta, Rashid continua sendo um babaca, e a mãe de Kaileigh continua atrás de você. Ela veio aqui um milhão de vezes enquanto você e Lisa estavam fora. Aqui suas mensagens, ó. — Levanta-se para bater com um punhado de tiras de papel sobre minha mesa. — Onde vocês duas estavam, aliás? Tentei ligar, mas nenhuma das duas me atendeu.

Sento e começo a passar os olhos pelas mensagens de "Enquanto Você Esteve Fora", cuidando para manter meu tom neutro. Está claro que Sarah não sabe nada a respeito da tragédia prestes a se abater sobre os ARs.

— Lisa não falou nada?

— Já te disse, ela está trancada lá dentro desde antes de eu voltar da Contabilidade. — Sarah baixa o tom de voz para um sussurro, indicando a porta da chefe com um aceno de cabeça. — Na agenda dela está programada uma entrevista com aquele candidato a assistente bem agora.

— É — digo. — A gente teve uma reunião no escritório do presidente sobre Jasmine.

Sarah revira os olhos.

— Que perda de tempo *isso* deve ter sido.

— É — concordo. — Foi mesmo.

Não conto a verdade sobre o acontecido na reunião. Quando ela descobrir que todos os nove dos nossos novos ARs estão para ser demitidos, vai explodir com indignação justificada. É jovem o bastante — e, apesar de seus modos ásperos, compassiva o bastante — para se colocar do lado dos alunos funcionários e provavelmente até tentar ajudá-los a organizar um protesto formal.

Também não ouso ligar para o Detetive Canavan, como prometi a Cooper que faria, uma vez que Sarah ficaria ouvindo nossa conversa e acabaria entendendo que a morte de Jasmine não foi natural, algo que prefiro manter em segredo pelo máximo de tempo possível. Poderia dar uma escapada para fazer a ligação, mas ainda me sinto um pouco abalada pelo encontro com o guarda-costas do príncipe. Ao menos com minhas costas firmemente apertadas contra o encosto da minha cadeira, sei que Hamad não pode chegar de fininho por trás de mim para me pegar de surpresa.

Em vez disso, me debruço sobre as mensagens. Uma delas é de Julio. Escreveu apenas três palavras — "Nada de lixo" —, mas entendo perfeitamente o que quer dizer. Como eu já esperava, o pedido de Eva para a análise de DNA chegou tarde demais. Todo o lixo da festa de Rashid já havia sido retirado e recolhido pela companhia de limpeza urbana, o Departamento de Saneamento de Nova York. Julio e sua equipe são extremamente eficientes.

— A Sra. Harris falou o que queria? — pergunto à Sarah.

Tem três mensagens da recepção dizendo que a mãe de Kaileigh precisa que eu ligue para ela. Tanto o quadradinho do "Urgente" quanto o de "Tão Logo Seja Possível" estão marcados.

Uma mãe preocupada é a última pessoa com quem desejo falar no momento. Hesito até em pegar o telefone. Posso ver a luz vermelha piscando intermitentemente. Provavelmente me deixou mensagens de voz também.

— O que mais? — indaga Sarah. — Ela está contrariada porque a assistente de residentes da filha está morta e quer que ela mude de apartamento.

Sarah está rapidamente dando cabo do cheeseburguer, que parece — e tem um cheiro — particularmente bom. Meu estômago reclama. Tenho a impressão de que faz um bom tempo desde que comi aqueles sanduíches no escritório do presidente.

— Falei ontem para a Sra. Harris que só Kaileigh pode preencher o formulário para pedir uma mudança de apartamento — digo.

— É, bem, segundo a Sra. Harris, a colega de Kaileigh, Ameera, contou que viu o cadáver da assistente delas, e agora Kaileigh está muito envolvida emocionalmente no trauma da menina por causa dessa experiência horrível para poder fazer uma coisa tão mundana como preencher um formulário — explica Sarah.

— Você está falando sério? — pergunto. — E ela quer se mudar, por acaso? Ou é a mãe dela quem ainda está tentando fazer com que se mude?

— Quem vai saber? Aparentemente, a Sra. Harris vai contactar um advogado para desobrigá-la do contrato de acomodações porque somos incompetentes a ponto de ter deixado alguém morrer no andar de Kaileigh, então podemos esperar uma ligação dele em breve.

— Ai, Deus — digo, e deito a cabeça na escrivaninha. — Eu é que queria ter morrido, não queria que tivesse sido Jasmine.

— Bem, essa é uma afirmação psicologicamente pouco saudável a se fazer — alega Sarah, cheia de formalidade. Posso ouvi-la lambendo o ketchup dos dedos. — Especialmente

204   *Meg Cabot*

vindo de alguém que está prestes a se casar. Não era para ser um dos momentos mais felizes de sua vida?

— É o que me dizem — respondo.

Com a cabeça ainda na mesa, pego uma das mensagens da pilha. Foi anotada por Gavin e é da minha mãe. *Favor ligar,* diz. *Urgente.*

Ai, Deus.

— De qualquer jeito — continua Sarah —, os Harris não estão errados a respeito de Ameera. Vi quando ela entrou para falar com o Dr. Flynn de manhã. Estava chorando tanto quanto ontem. É difícil de acreditar que um corpinho magro daqueles pode conter tanta lágrima. Vai ver foi por isso que o príncipe mandou flores para ela também.

Levanto a cabeça para fitá-la.

— O que você quer dizer?

— O que você quer dizer com o que quero dizer? Quero dizer que o príncipe mandou flores para Ameera também. Vi um buquê na recepção quando disse para o florista deixar as de Lisa lá. — Sarah parece um pouco constrangida. — Preciso admitir que estava sendo um pouco abelhuda vendo para quem eram. Pensei que podiam ser para mim, porque, afinal, fui eu quem descobriu o corpo. Se tinha alguém que devia ganhar flores, era eu. Mas *não,* ninguém nunca ia pensar em mandar buquê de flor nenhum para a assistente da pós-graduação, só para a garota bonita, a diretora do conjunto e a...

— Por que Rashid ia mandar um buquê para *Ameera?* — interrompo-a, fazendo a pergunta mais a mim mesma que a Sarah.

— Como vou saber? — responde ela. — Achei que ele só estivesse mandando para você e Lisa para puxar o saco das duas porque sabe que foi pego por ter dado aquela festa.

— Mas Lisa não iria mandar uma advertência para ele — digo. — A faculdade nunca vai permitir, considerando a quantidade de dinheiro que o pai doou. Então ele não *tinha* de mandar flores para a gente. E certamente não tinha de mandar para Ameera.

— Não mesmo — admite Sarah, com relutância. — Mas Ameera é linda. E está triste. Ele está provavelmente dando em cima dela enquanto está emocionalmente fragilizada porque quer levá-la para a cama mais facilmente.

Encaro-a.

Está certa, é claro. É provável que Rashid tenha mandado o presente para mim e Lisa por culpa, porque ele — ou um de seus empregados — tem alguma responsabilidade sobre a morte de Jasmine, e para Ameera porque ela é uma gata.

Ainda assim, não posso tirar da memória a expressão de Rashid no dia anterior, quando ouviu que Ameera estava doente, como suas sobrancelhas tinham se unido com preocupação. Aquela preocupação não pareceu nada falsa. Tinha se esquecido de todo de sua reserva de almoço glamouroso no Nobu, e até oferecido o Cadillac Escalade com motorista para levá-la ao hospital.

Talvez eu seja uma tola romântica, mas qualquer um disposto a fazer isso não pode ser *tão* mau assim... Ou estar pensando apenas em ir para a cama com a garota.

— Você não acha que há alguma possibilidade de ele ter feito isso por ser genuinamente um cara decente?... — pergunto.

Sarah revira os olhos.

— Mesmo, Heather? Depois de tudo o que a gente passou, você *ainda* acha que tem caras decentes por aí? E que o *Príncipe Rashid* pode ser um deles? O Príncipe *Rashid*?

— Bem... Ok, foi uma má jogada ele ter dado aquela festa, mas ele não é aqui do país, e só estava tentando fazer amigos...

— Ai, meu Deus, como você é ingênua! Mas isso não é totalmente culpa sua. Você não teve uma infância muito normal... — Agora Sarah assumiu seu tom de psicóloga. — E você conseguiu agarrar o último cara decente no mercado. Cooper é uma total exceção à regra. — Ela morde uma batata frita, pensativa. — Bem, Tom Snelling também é, mas ele é gay, então não conta. Definitivamente, não tem mais *heterossexuais* decentes por aí.

Mesmo que eu saiba que isso se origina do fato de ela ter se decepcionado no amor, acho a insistência no tema um pouco irritante.

— E Cory, marido de Lisa?

— Ele trabalha em um *banco de investimentos*. — Sarah dá de ombros, zombeteira. — E, de qualquer forma, a gente mal o vê. O júri ainda está decidindo o veredicto.

— E Gavin?

Sarah lança um olhar sarcástico a mim.

— Ok, ele ainda precisa amadurecer um pouco — admito — mas, sob nossa tutela...

— Aceite, Heather: os homens são a escória.

É um pouco irônico que, no instante em que diz isso, Kyle Cheeseman, um dos novos ARs — o que tem o cabelo de Justin Bieber e veste calça jeans tão abaixo da cintura que consigo ler as palavras no elástico de sua cueca, especialmente porque também usa a camisa completamente desabotoada, revelando o peito sem pelos e abdome tanquinho —, sai do elevador e entra em meu escritório para olhar a caixa do correio (todos os assistentes devem fazê-lo ao menos duas vezes ao dia).

— Oi, gatinhas — cumprimenta ele. — Uau, Heather, flores maneiras.

— Acho que já falei para você parar de chamar a gente de gatinha, Kyle — atira Sarah da escrivaninha. — Somos suas supervisoras.

— Opa — diz o menino. — Deixa quieto. Vocês não são gatas. São duas cafetonas.

Atrás de Kyle estão Rajiv — que trabalhou no ano passado e também no verão — e Howard Chen, parecendo consideravelmente mais saudável do que quando o vi pela última vez, vomitando na lixeira do décimo quarto andar na véspera.

— É, cafetinas. E é fisicamente impossível para nós sermos cafetinas — responde Sarah. — Cafetinas controlam prostitutas, ficando com uma boa porção dos ganhos dessas mulheres porque arranjaram os clientes para elas. Eu ou Heather parecemos do tipo que procuram cliente para prostituta, por acaso?

— Não. — Howard Chen parece furioso por mim e Sarah.

— Qual é seu problema, Kyle? — Está vestido com um moletom de capuz de Harvard, a universidade onde seus pais queriam que estivesse estudando. Tiveram de se contentar com a segunda opção, a Faculdade de Nova York, em vez disso.

— Cale a boca, Howard! — rebate Kyle. — Meu Deus, só estava querendo fazer um elogio a elas!

— Kyle — diz Rajiv, com calma. — Alguém já te disse que você é um imbecil? Por que sua camisa está desabotoada? Você está querendo ser atacado por *beliebers* depois de sair daqui?

Kyle faz bico. Tateou dentro da caixa de correio, que eu sabia, sem olhar, que estaria vazia. As cartas de rescisão só seriam entregues pouco antes das cinco horas, para permitir que o presidente e colegas estejam bem longe quando os ARs as receberem, e assim não precisem ouvir as queixas dos meninos — ou melhor, dos pais dos meninos.

— Que tal simplesmente perguntar como nós vamos? — sugere Sarah. — É o jeito costumeiro de cumprimentar os colegas de trabalho.

Kyle parece um pouco desnorteado, mas pergunta, na esportiva:

— Como vão vocês? — Engole com tanto esforço que consigo ver seu pomo de adão se mover.

Começo a me perguntar se talvez minha assistente da pós não esteja com razão: será que não existem mais caras decentes nesse mundo?

Como se fosse a deixa, a porta da sala de Lisa se abre, e ela fica parada à soleira com uma prancheta na mão, mais pálida que de costume, uma mecha de cabelo negro tendo escapado do prendedor com o qual tentou arrumá-lo, mas, fora isso, parecendo a mesma de sempre.

— Oi, gente — diz, dando um passo para o lado para deixar alguém que está lá dentro com ela passar pela porta. — Queria que vocês conhecessem o mais novo membro de nossa equipe, Dave Fernandez.

No segundo em que Sarah pousa o olhar em Dave Fernandez, que acena amigavelmente para todos, ela se engasga com a batata que acabara de engolir.

Não a culpo.

— Dave vai se mudar para o décimo quarto andar — prossegue a diretora, ignorando a tosse de Sarah — assim que o apartamento de Jasmine estiver disponível.

— Oi — cumprimenta ele. A voz é profundamente melodiosa, seu jeito, despreocupado. — Lisa me contou um monte de coisas legais sobre vocês e sobre Jasmine também. Queria ter tido tempo de conviver com ela. É uma pena conhecer todo mundo assim, nestas circunstâncias, mas fico feliz por ter o privilégio da mesma forma.

Ele é uns bons anos mais velho que os outros garotos — mais velho que Sarah e, possivelmente, que Lisa —, o que pode explicar sua desenvoltura cheia de confiança, mas acho que tem algo mais por trás disso. Não consigo dizer exatamente o que, no entanto. Possivelmente tem a ver com o fato de estar usando botas de caubói bem-cuidadas por baixo dos jeans. Botas de caubói, em Nova York! A cueca tampouco está aparente, e a camisa está devidamente abotoada.

Ainda assim, ele consegue passar a vibe de ser um cara maneiro. Tanto que, comparado a ele, Kyle parece um colegial. Talvez seja porque as botas de caubói deem a Dave uns centímetros extras de vantagem sobre todos no cômodo.

— É ótimo tê-lo na equipe, Dave — digo. — Sou Heather Wells, diretora-assistente. Quando você souber o dia da mudança, me diga. Vou me certificar de que seu apartamento esteja limpo e pronto para você.

Dave assente para mim.

— Obrigado, Heather — diz ele, com um sorriso.

Sarah tomou uns goles da água de sua garrafa de aço inox com a logo da Faculdade de Nova York para conseguir engolir a batata frita, e agora tosse só um pouquinho. Suspeito que seja porque o sorriso de Dave é tão estonteante, e os bíceps, tão definidos, que deixam até os do Príncipe Rashid no chinelo.

Sarah quer muito se apresentar, mas não parece conseguir sequer proferir as palavras.

— Ahn... — balbucia.

— Preciso que alguém leve Dave ao escritório do Departamento de Acomodação para preparar todos os documentos — pede Lisa. — Algum voluntário?

— Ugh. — Sarah engasga, balançando a mão para se candidatar. — Argh.

— Você, não, Sarah — diz Lisa. — Preciso de você aqui.

As sobrancelhas escuras de Dave caem um pouco, com preocupação.

— Tudo bem aí, Sarah?

— Ah, hum — diz ela. Engasga mais um pouco, o rosto tomando uma delicada cor de magenta. — Tudo, obrigada, eu só, ca-ham, engoli errado.

— Odeio quando isso acontece — fala o recém-chegado, com outro de seus sorrisos incríveis.

— Howard, Kyle, algum de vocês se importaria? — pergunta a diretora.

Kyle saca o celular do bolso e olha para ele.

— Aaaah, nem vai dar, Lisa, estou atrasado para encontrar meu treinador.

— T-também não dá para mim, Lisa — gagueja Howard. — Preciso estudar.

Lisa franze a testa para o último.

— As aulas ainda nem começaram, Howard.

— E-eu estou tentando adiantar as leituras — explica. — Faço medicina, lembra?

Ela olha de um jeito estranho para o menino, mas não importa. Há vários outros voluntários.

— Eu vou — oferece-se Rajiv. — Estou indo naquela direção mesmo.

— Não, não — diz Sarah, pulando de detrás da escrivaninha. — De verdade, não me importo. Estou livre.

— Você não está livre, Sarah — retruca a chefe, com expressão irritada. — Estou esperando os pais de Jasmine chegarem daqui a pouco. Preciso de você aqui.

Sarah parece arrasada, mas, como não é de seu feitio esquivar-se ao dever, diz:

— Claro. Bem, prazer em conhecê-lo, Dave. — Recuperada do incidente vergonhoso e um tanto babão, estende a mão ao novo funcionário. — Sou Sarah Rosenberg, APG do prédio.

— Oi, Sarah Rosenberg, APG do prédio — responde Dave, estendendo sua mão morena e forte. — Prazer em conhecê-la.

É só quando os dedos dele vão parar cerca de 30 centímetros acima dos de Sarah, que olho com mais atenção para o rosto dele e me dou conta da verdade.

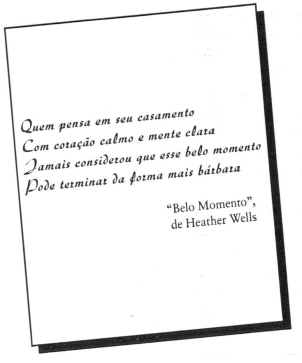

Quem pensa em seu casamento
Com coração calmo e mente clara
Jamais considerou que esse belo momento
Pode terminar da forma mais bárbara

"Belo Momento",
de Heather Wells

Sarah não consegue acreditar.

— Você contratou um assistente *cego*?

Estamos na sala de Lisa. Kyle e Howard já saíram, bem como Rajiv. Ele foi escoltar o novo funcionário ao escritório do Departamento de Acomodação para finalizar a papelada, embora em um primeiro momento Dave tenha protestado que não precisava de um guia.

— Já fiz o tour do campus — disse, entusiasmado. — O Departamento fica logo do outro lado do parque, depois dois quarteirões adiante, e aí é a primeira porta à direita, no canto.

Era um jeito estranho de explicar (para um pessoa cuja visão é perfeita), mas estava completamente correto.

— Vou à livraria — explicou Rajiv —, que é na mesma direção, só que duas portas depois. A gente pode muito bem ir junto, então.

Rajiv parecia fascinado pela bengala branca retrátil que Dave de repente retirou da mochila e, depois, com um movimento rápido de açoite, como se fosse um caubói com um chicote, abriu, deixando-a reta (todos nos afastamos para evitar sermos acertados). Tive a impressão de que Rajiv queria ver Dave girando aquela coisa no ar pelo parque. Eu também queria.

— E daí se eu tiver contratado um assistente cego? — pergunta Lisa, cruzando os braços e, em seguida, se dobrando de dor e desfazendo o movimento para deixá-los pender na lateral do corpo outra vez. Estava óbvio, para mim pelo menos, que os mamilos dela ainda estavam doloridos. — Nunca esperaria que *você*, dentre todas as pessoas, tivesse a mente tão fechada. Dave pode ter uma limitação visual. Mas ele compensa estando longe de ser limitado mentalmente.

Sarah contrai a boca.

— Eu não quis... Só quis dizer que... Como ele vai...?

— ... Fazer o trabalho para o qual foi contratado? — Lisa termina a frase por ela. — É só um palpite, mas acho que ele vai se sair melhor que Howard ou Kyle.

— E ele vai *literalmente* fazer o trabalho dele de olhos fechados — observo.

Nenhuma das duas ri da minha piadinha. Não me surpreendo. Meu lado espirituoso não é tão apreciado quanto deveria.

— Dave pode não conseguir dirigir mais, ou avaliar as expressões faciais das pessoas, ou até saber que tipo de comida está dando para o gato — continua Lisa —, mas, durante minha entrevista com ele, ficou claro que ele enxerga bem mais que um monte de gente com visão por aí. Pode interessar a vocês saber que ele serviu no Afeganistão. Os problemas de visão são resultado de um trauma na cabeça sofrido por causa de uma bomba na estrada.

Não posso deixar de inspirar fundo.

— Ai, que horrível! — A boca de Sarah fica ainda mais torta.

— Mas, de acordo com seu currículo — diz Lisa, tocando na ficha sobre sua escrivaninha —, ele já aprendeu a ler em braile. Decidiu voltar para a faculdade para fazer mestrado em ciência da computação, e nenhuma das pessoas que o recomendou para a posição de assistente de residentes acha que a falta de visão vai atrapalhar. Os pais já morreram, então Dave está aqui com bolsa de cem por cento, o que significa que também é um aluno-funcionário.

Assim que escuto as palavras "aluno-funcionário", pulo de alegria por dentro. Esses alunos são como ouro, porque 35% do que ganham trabalhando para nós sai da verba da instituição, não da renda individual do prédio. Isso faz com que me sobre mais dinheiro para comprar coisas divertidas, como lanchinhos e refrigerante para as festas de confraternização da equipe... Embora tecnicamente eu não deva usar esse dinheiro para compras do tipo.

Mas, depois de ver a orgia de sanduichinhos no escritório do presidente, vou mais é comprar toda a pizza e Coca-Cola Diet para a equipe — ou o que sobrar dela — que nosso dinheiro puder render.

— A gente podia colocá-lo na recepção — sugiro. — Tem sempre turnos de noite e de manhã cedinho disponíveis. As aulas vão começar logo, e, por mais que Gavin discorde, ele não pode trabalhar 24 horas por semana...

— Era nisso que eu estava pensando — explica Lisa, com um sorriso. — Dave disse que ele tem um aparelho, um tipo de etiquetador, que imprime as coisas em braile.

— Perfeito! — falo, pensando em minha lista de números de emergência. Ficaria ainda melhor se fosse encolhida para leitura em braile. — Trabalhar na recepção vai ser uma grande mudança depois de desviar de bombas caseiras no Afeganistão, mas é um trabalho que paga e nós definitivamente precisamos de ajuda.

— Não acho que Dave vá se importar — diz Lisa. — Ele disse que está pronto para um novo começo, ele e Itchy, seu gato.

Ouço um gemido vindo da direção de Sarah. Quando olho para ela, fico surpresa em ver que seu rosto ficou todo crispado.

— Sarah! — chamo, alarmada. — O que você tem?

Lisa franze o cenho.

— Sarah, sei que não é permitido os residentes terem animais de estimação, mas vou abrir uma exceção para Itchy, porque ele é um gato terapêutico. Em minha opinião, aquele bichinho realmente ajudou ele com a recuperação...

— Meu Deus! — brada Sarah. Lágrimas começam a rolar por seu rosto. É uma repetição da performance de ontem, só que dessa vez não há cadáver algum à vista. — Que tipo de pessoa vocês acham que sou? Não estou brava porque você está burlando as regras por causa de um gato! Acho que é incrivelmente bonitinho que ele tenha um gato. Acho que é incrivelmente bonitinho que você... Ah, Lisa!

Sarah ergue os braços e, para minha surpresa — e a de Lisa, evidentemente, a julgar pela sua expressão aturdida —, enlaça o pescoço da diretora, no que parece ser um abraço meio estrangulado.

— Isso é tão... Você é tão... Isso é tudo tão *bom*. — Sarah soluça no pescoço de Lisa. — Era *exatamente* do que a equipe estava precisando depois de tudo o que aconteceu com Jasmine. Uma pessoa que nem Dave. Obrigada. *Obrigada*.

A noiva é tamanho 42

215

— Ah! — diz a outra, os olhos se esbugalhando para mim por cima do ombro largo da assistente. — Hum. Ok. Bem, eu não sairia me agradecendo assim, Sarah. Ainda não te contei as más notícias.

— Não me importa — fala ela, ainda agarrada à diretora. — Não me importa, não me importa. Estou tão feliz agora. Tão feliz que alguém como Dave vai fazer parte de nossa equipe.

— Tenho certeza de que você está — digo. — Vi você dando uma espiada nos bíceps dele. Acho que tem uns poucos caras decentes sobrando por aí, no fim das contas, hein, Sarah?

— Cale a boca, Heather — responde Sarah, mas feliz, sem um traço do rancor usual. — Você é uma pessoa tão especial, Lisa, sério. Sei que normalmente tenho um jeito meio grosso, e os outros podem ficar com a impressão de que sou meio megera e chata às vezes — "às vezes?", penso eu —, mas quero que saiba que amo meu trabalho de verdade. E amo você de verdade. — Ela levanta a cabeça e olha para mim. — Vocês duas. Mesmo. Vocês são minhas melhores amigas. Bem, minhas únicas amigas, na real. Mas eu queria que vocês soubessem.

— Ok — diz Lisa, dando palmadinhas nas costas da menina. — Que bom, Sarah. A gente também sente o mesmo em relação a você, Sarah. Não é, Heather?

— É, sabe como é — não consigo deixar de observar —, a gente nem sabe com certeza se Dave é heterossexual. Ele pode ter namorada. Você está presumindo...

— *Não é mesmo, Heather?* — repete Lisa, entre dentes.

— É, sim, Sarah — confirmo, dando tapinhas nas costas dela da mesma forma que minha chefe fez. — Nós duas te amamos também.

— Ótimo — conclui a diretora, tirando os braços da assistente de seu pescoço. — Mas eu e você ainda vamos ter de bater um papinho sobre umas coisas que estão acontecendo, Sarah. Coisas que não acho que vão te agradar muito. Mas, primeiro, preciso falar com Heather. Você pode nos dar uns minutinhos de privacidade? Como já disse, os pais de Jasmine vão chegar logo, então bata na porta quando aparecerem por aí, ok? E, por favor, leve esse prato sujo de volta ao refeitório, está fazendo o escritório todo ficar com um cheiro ruim. Já pedi para não comer em sua mesa. Bagel no café da manhã é uma coisa, mas cheeseburguer é nojento.

— Claro — concorda a pós-graduanda, praticamente flutuando.

Lisa para no instante em que está para fechar a porta de sua sala.

— De onde vieram aquelas flores? — indaga, notando o buquê sobre minha mesa.

— Foi o Príncipe Rashid quem mandou — responde Sarah. Está de tão bom humor que sequer faz qualquer comentário depreciativo sobre o regime repressivo de Qalif, ou sobre as flores enormes serem uma maneira de os homens paranoicos compensarem o tamanho de sua genitália. — Ele também mandou para você, Lisa. Estão na recepção. Quer que eu vá até lá buscar?

— Ahn, não — recusa Lisa, fechando a porta. — O cheiro está me deixando enjoada.

Assim que a porta se fecha, a diretora se deixa afundar na cadeira, abre a gaveta e retira um objeto retangular de plástico dali de dentro.

— Dê só uma olhada — diz para mim, séria.

Examino o objeto, que Lisa deixa sobre a mesa. É claramente um teste de gravidez. Reconheço por já tê-lo visto na TV e em filmes.

— Ah — digo, tentando soar casual. — Então já fez o teste?

— É claro que já fiz o teste — repete Lisa, infeliz. — Fiz seis vezes. Comprei três embalagens com dois testes cada. — Retira mais testes da gaveta e os deixa em cima do tampo da mesa, bem perto da ficha de Dave. — Dizem que a precisão deles é de noventa e nove por cento, e todos eles dão a mesma coisa.

— Você fez xixi em todos eles? — indago, com olhos esbugalhados.

— É claro que fiz xixi neles. É assim que você descobre se está grávida. — É a vez dos olhos dela se esbugalharem. — Ai, Deus. Nunca fez um teste de gravidez?

— Bem, não — admito. — Já falei, tenho endometriose crônica. Não posso ficar grávida sem intervenção médica mesmo se nunca usar método anticoncepcional, e eu nunca deixei de usar, então como ia engravidar? — Tento me recordar de nunca voltar a tocar naquela área da mesa, a menos não sem antes ter pegado alguns produtos de limpeza com Julio e ter desinfetado completamente aquela parte. Não que acredite que Lisa tenha qualquer doença, mas, francamente, testes de gravidez usados são mais revoltantes do que Sarah comer cheesebúrgueres na mesa. — E o que deu?

— Deu que estou grávida! — exclama ela. — Está vendo o sinal de "positivo"? Significa que estou grávida. Super-hiper-grávida. Seis vezes seis grávida. — Ela desaba no assento da cadeira. — Tenho uma assistente morta, nove outros assistentes que vão ser demitidos, e um bebê em minhas costas. Uhu! Sou a diretora de alojamento mais sortuda do mundo!

Descubro de repente que preciso me sentar. Afundo em uma das cadeiras ao lado da escrivaninha de Lisa.

Depois da informação que Eva me deu, suspeitei que Lisa estivesse grávida, claro, mas não estava acreditando totalmente. Agora que a verdade está piscando, óbvia, em nossa cara, tenho dificuldades em processá-la.

Mas não tanto quanto Lisa.

— Heather, o que vou fazer? — indaga ela, inclinando-se para a frente para deitar a cabeça na mesa. — Não era assim que as coisas deviam ser, não mesmo. Acabei de começar neste trabalho. Tenho um prédio inteiro para administrar. Não posso ter um bebê!

— Bem — digo, com cuidado. — Se você decidir ir em frente com isso, tenho certeza de que vamos conseguir conciliar as coisas. Você traz seu cachorro para o trabalho sempre. Por que não pode fazer a mesma coisa com um bebê?

Lisa, com a cabeça ainda deitada na mesa, deixa escapar um bufo sarcástico.

— Bebês não são cachorros, Heather, caso você nunca tenha notado.

— De qualquer jeito, eles ainda são bem pequenininhos — continuo, cheia de dedos. — O seu provavelmente ainda caberia naquele arquivo ali. Ninguém ia nem notar.

Lisa levanta a cabeça. Seu rosto está marcado por uma lágrima.

— Cory vai notar — fala, puxando um lencinho da caixinha de lenços de papel no canto da mesa. — A gente tinha um acordo: nada de filhos.

— Bem, sinto muito — digo —, mas, se Cory era tão antifilhos assim, devia ter se esforçado um pouquinho mais para garantir que vocês dois não corressem o risco de ter um.

Ela franze a testa.

— O que quer dizer?

— Ele podia ter feito uma vasectomia.

Lisa engasga.

— Heather!

— Por que não? É um procedimento simples que só demora coisa de uma hora, e os médicos fazem cerca de meio milhão dessa cirurgia por ano só aqui nos Estados Unidos. — Acho que assisto demais ao Discovery Channel. — Então por que

Cory não fez? Você não acha que pode ser porque, secretamente, ele não tem tanta certeza sobre o assunto "filhos"?

Lisa me encara, a boca levemente aberta.

— Meu Deus, Heather. Nunca nem pensei nisso. Você realmente acha que isso pode ser verdade?

Dou de ombros.

— Como vou saber? Mas acho que, antes de decidir qualquer coisa, você e Cory precisam ter uma longa conversa. E você precisa ir ao ginecologista também. Seis sinais positivos provavelmente significam que você está grávida mesmo — digo, gesticulando para os testes brancos —, mas nunca se sabe. E, lembre-se, o corpo é *seu*. O que você quiser decidir, é escolha *sua*.

Os ombros de Lisa caem.

— Aí é que está — diz. — Não sei o que fazer. Me sinto tão mal te dizendo isso, porque sei que você queria muito um filho e não pode ter, e eu aqui, que nunca quis ter um, grávida por engano, que nem alguma dessas adolescentes idiotas da MTV.

— Ei — protesto, estendendo a mão para apertar a dela.

— Não é assim. Se eu quisesse mesmo um filho, há medidas que poderia tomar. Só que estou tão pronta quanto você para pular nessa aventura toda de bebês. Mas vou estar aqui para o que você precisar, não importa o que for. Mais importante que isso, acho que Cory também vai. Ele é completamente doido por você.

O olhar de Lisa se abranda quando os olhos recaem sobre a fotografia no porta-retrato da escrivaninha, onde estão ela e Cory no dia do casamento, com Tricky, o pajem escolhido pelos dois para levar as alianças.

— Você acha?

— Eu *sei*, com certeza. — Aperto a mão dela pela última vez e a libero. — É bem óbvio pelo jeito como ele te olha.

Toda vez que vejo vocês juntos, a expressão dele é toda boba e sorridente. Ele te ama mesmo, de verdade.

As pontas das orelhas de Lisa ficam vermelhas quando ela cora, mas dessa vez de prazer, não raiva.

— Boba? — repete, com uma risadinha. — Isso não é nem uma expressão facial.

— Mas você sabe muito bem do que estou falando. Aquela cara que o homem faz quando a mulher que ele ama está perto... Como se ele não acreditasse que uma pessoa tão incrível pudesse se apaixonar por alguém que nem ele. Cory é assim com você. É como se pensasse que ganhou na loteria ou coisa do tipo. Vocês vão dar um jeito, não importa o que acontecer.

— Você está exagerando para fazer com que me sinta melhor — diz a diretora, mas está sorrindo ao levantar a foto de casamento da escrivaninha e fitá-la. — Mas conheço essa cara aí que você descreveu. *É mesmo* meio boba. E ele é tão legal com nossos sobrinhos. Meio que sempre suspeitei que ele quisesse um filho... Ai, Heather, mas e se a gente tiver o bebê e ele acabar sendo um serial killer?

— E se você tiver o bebê e *ele* acabar sendo o gênio que descobre a cura do câncer? — Abro os braços. — Lisa, o fato é que você e Cory *não* são adolescentes da MTV. Vocês são adultos muito bem formados e casados, com trabalhos ótimos e estáveis, que moram em um apartamento de arrasar em Greenwich Village sem precisar pagar aluguel, em um prédio cuja diretora-assistente sou *eu*. Vocês dois vão ser pais *incríveis*.

O rubor de prazer no rosto de Lisa cresce.

— Eu te odeio tanto por fazer isso tudo parecer tão razoável. Como é que eu e o Cory vamos sair mochilando pelo Peru com um bebê agora?

— Deixe a criança aí no arquivo. Já te disse, cuido dela. Mas só das nove às cinco, depois é Gavin quem se encarrega.

Lisa irrompe em uma gargalhada.

Alguém bate à porta.

— Gente? — chama Sarah, hesitante. — Posso entrar?

— Claro, Sarah — responde a diretora, rapidamente levando o lencinho aos olhos para secar quaisquer traços remanescentes de lágrimas.

A assistente abre a porta, colocando a cabeça para dentro.

— Primeiro — diz em voz baixa e intensa —, os pais de Jasmine estão aqui. O Dr. Flynn já encontrou com eles na recepção e os levou para a biblioteca do segundo andar. Segundo, dava para ouvir quase tudo que vocês duas estavam dizendo aí dentro. — Aponta para a grade acima da porta. — E só queria te dizer, Lisa, que tudo que eles dizem na internet sobre a pílula do aborto não é verdade. Minha amiga Natasha disse que, quando ela tomou, quase não sentiu cólica nenhuma.

Lisa deixa a foto cair de suas mãos.

Felizmente, meus reflexos são rápidos como raio e consigo salvar o porta-retrato de se quebrar de encontro ao chão.

— Droga, Sarah — digo, recolocando a fotografia de volta ao lugar. — O que foi que eu disse sobre ficar ouvindo a conversa dos outros?

— Ah, dane-se isso — responde ela, parecendo entediada. — Mas também, Lisa, se você decidir contra a pílula, sou uma babá excelente. Os recém-nascidos me amam de verdade. É por isso que estou pensando em me especializar em psicologia infantil.

O rosto da diretora ficou cinza. Parece estar prestes a recomeçar a vomitar.

— Sarah, se você contar isso a *qualquer um*...

A assistente estufa o peito, ofendida.

— Você me insulta sendo capaz de sugerir algo assim. Entendo totalmente seus sentimentos ambivalentes em relação à maternidade, Lisa. Não quer perder a autonomia, mas também quer ser a melhor mãe que puder. Sua preocupação é completamente natural. E, além do mais, os hormônios estão fazendo um tumulto aí dentro do seu corpo, então você tem de levar isso em consideração também.

— Isso não são os... Ai, Deus. Esqueça.

Lisa vai arrastando os testes de gravidez até a gaveta com a mão e a fecha, depois se levanta.

— Heather e eu vamos até lá em cima para falar com os Albright — comunica ela, endireitando os ombros. — Sarah, às cinco horas de hoje, todos os novos assistentes de residentes vão receber notificações da presidência informando que o contrato deles com a Acomodação foi rescindido e que eles têm até domingo à tarde para achar um lugar alternativo para morar.

Sarah fica boquiaberta.

— *O quê?!* — grita. — Você não pode estar falando sério.

— É tão sério quanto um ataque cardíaco — retruca Lisa. — Sugiro que você não esteja por perto nesse horário e que, se algum dos ARs te contactar, você não se envolva. Seu próprio emprego não está muito mais seguro, graças aos vazamentos de informação contínuos sobre o Príncipe Rashid para as matérias publicadas pelo *Expresso da Faculdade de Nova York*.

Agora Sarah parece magoada.

— Você não pode achar que sou *eu* quem está vazando informação para o...

— Eu e a Heather não achamos isso, não — diz a diretora, rígida. — Mas um monte de gente acha, sim, graças a seu histórico e suas opiniões fortes e abertas a respeito de Qalif. Se você dá valor ao trabalho, sugiro que comece a ficar de bico calado e se finja de morta.

Sarah assente sem dizer palavra, os olhos brilhando com lágrimas não derramadas.

— Que bom que você entende — conclui Lisa, com tom um pouco mais compreensivo. Para mim, diz: — Vamos, Heather.

Mas mal damos dois passos quando uma voz infelizmente familiar demais se faz ouvir da porta de entrada.

— Srta. Wells! Achei você! Onde se escondeu o dia inteiro? Devo ter deixado uma dúzia de mensagens. Por que não me retornou as ligações?

A Sra. Harris, mãe de Kaileigh, entra toda espalhafatosa e deposita o traseiro na cadeira de visitantes em frente a minha escrivaninha, equilibrando a grande bolsa de grife nos joelhos e me olhando por detrás do enorme buquê mandado por Rashid.

— É claro que entendo que vocês devem estar muito ocupadas depois de toda essa tragédia. — Abaixa a voz dramaticamente ao dizer a palavra "tragédia". — Mas realmente preciso falar a respeito da situação do apartamento de Kaileigh. Ficou mil vezes pior desde que falei com você ontem. Espero que tenha recebido a mensagem que eu e meu marido estamos sendo aconselhados por um advogado lá de Ohio. As coisas pioraram nesse nível. Ele nem queria que eu viesse, mas eu disse que tinha certeza que não precisaríamos apelar para o litígio, porque você parece uma pessoa razoável.

— Ok, Sra. Harris! — grito para ela do escritório de Lisa. — Obrigada. Vou falar com você em um segundo.

Enfio-me na sala da diretora outra vez para sussurrar:

— Lisa, vá lá para cima encontrar os Albright. Sarah, vá para casa. Eu me acerto com a Sra. Harris.

Lisa olha para o relógio na parede. O ponteiro pequeno já indica o número 5, e o grande está se aproximando perigosamente do 12. A qualquer momento, as cartas da presidência serão entregues aos ARs e as portas do inferno se abrirão.

— Tem certeza? — indaga Lisa, mordendo o lábio inferior, insegura.

Faço que sim com a cabeça.

— Já levei tiro de homicidas maníacos. Acho que dou conta de uma mãe zangada.

O que a faculdade de Nova York está fazendo com o dinheiro que você está pagando?

Todos sabemos que o valor da mensalidade na Faculdade de Nova York está subindo, ao mesmo tempo em que doações generosas de certos países do Oriente Médio estão entrando com fluxo estável. O que é que a faculdade anda fazendo com todo nosso dinheiro?

Dizem por aí que a instituição entregou para aprovação da prefeitura planos para a construção de um fitness center de última geração (possivelmente pensando no amado time de jogadores de basquete do presidente, os Pansy).

A nova academia — cujo custo estimado excede os US$ 300 milhões — será equipada com, entre outros luxos, uma quadra de vôlei de praia *indoor*, dez quadras de raquetebol e squash, uma piscina olímpica, salas de vapor, saunas, quatro salas de avaliação de performance física, mais de nove mil pesos livres, três salas de yoga, duzentos equipamentos de cárdio e quatro quadras de tênis no topo.

Ainda bem que a faculdade está gastando toda essa grana em uma academia e não em novos equipamentos de laboratório ou na contratação de professores melhores, porque me matriculei na Faculdade de Nova York para ficar com o abdome sarado, não para ter uma boa formação!

Expresso da Faculdade de Nova York
Seu blog diário de notícias feito por estudantes

Eu acabara de concluir minha conversa com a Sra. Harris — que não tinha muito o que dizer de novo, exceto que realmente, realmente quer que a filha, Kaileigh, se mude do apartamento 1412 porque agora Ameera, em vez de "piranhar por aí", passa o tempo todo chorando — e estava digitando uma carta quando recebo um telefonema da recepção.

É Gavin.

— Ei — diz ele. — Um carinha acabou de largar aqui um monte de cartas com toda pinta de coisa oficial para os ARs. São da presidência.

— E...?

— Bem — começa Gavin. Parece nervoso. — Deixei tudo nas caixas de correio normais em vez de levar até o escritório para colocar no correio profissional.

— Tudo bem.

Cara Ameera, digito. *Esta carta é para informá-la de que uma reunião em que sua presença é mandatória foi marcada no escritório da diretoria do Conjunto Residencial Fischer amanhã, às 9 horas.*

— Bem — continua o garoto. — Sabe aquela mina, Megan, do nariz longo?

— Gavin, você sabe que nem todas as mulheres gostam de ser chamadas assim.

— Desculpe. Aquela mulher, Megan? Ela abriu a tal carta. E agora está lá chorando e ligando para os pais pelo celular no meio do saguão, dizendo que foi despedida do emprego de AR.

É um pesadelo. Tem de ser. Talvez eu acorde logo e esteja na Itália, em minha lua de mel com Cooper, e aí vou contar para ele toda essa história, e vamos rir enquanto bebemos nossas mimosas.

Mas provavelmente não.

— E...?

— Bem, achei que você devia ficar sabendo — esclarece Gavin.

— Obrigada — agradeço. Começara outra carta. Tem o exato mesmo texto, mas abre com "*Caro Rashid*".

Isso porque a outra coisa sobre a qual a Sra. Harris se queixou foi que o príncipe está passando muito tempo no quarto da filha.

— Toda vez que estou lá — explicou —, parece que ele já está batendo na porta, perguntando o que as meninas estão fazendo, se elas querem sair, se querem assistir a um filme ou jogar alguma coisa no Xbox com ele, ou se Ameera recebeu as flores que ele mandou. Você sabia que ele mandou flores para ela, exatamente iguais às que estão aí em sua mesa? — Bateu com a mão no buquê, pois o arranjo é de fato bem grande e estava no caminho dela enquanto tentava falar comigo. — Perguntei a Kaileigh se o príncipe tinha mandado flores para *ela*, porque você sabe que ela ficou bem chocada com a morte da AR também. Mas *não*, ele nem se deu o trabalho. Só para Ameera. Mas Ameera não dá nem bola para o garoto. Sempre que ele aparece, puxa o lençol até em cima para cobrir a cabeça e se recusa até a olhar para ele. Bem, eu e você somos mulheres adultas, Srta. Wells, *nós sabemos* o que está acontecendo ali.

Encaro-a confusa.

— Sabemos?

— Claro que sim — insiste a mãe. — Tenho certeza de que o príncipe ficou sabendo do tipo de garota que Ameera é, e ela está se fazendo de difícil. É por isso que ele manda flores para *ela*, e não para minha Kaileigh. Minha Kaileigh nunca pensaria nesse tipo de coisa, nem para fisgar um príncipe, mesmo que ele *tenha* levado ela e as amigas para almoçar naquele restaurante chique de sushi. Porque foi só isso mesmo, um almoço. Kaileigh me garantiu.

A noiva é tamanho 42 227

Não tenho certeza de que a Sra. Harris tenha razão sobre qualquer de suas teorias, mas *tenho* certeza de que, se conseguir ficar frente a frente no mesmo cômodo com Ameera e Rashid — no meu escritório —, posso arrancar deles alguma explicação sobre o que anda acontecendo, e isso pode me dar uma pista (com sorte) do que foi que Jasmine viu na noite em que morreu, e talvez até uma pista do motivo pelo qual foi assassinada e quem fez isso.

Seria um golpe de sorte, mas até agora parece que é minha única chance.

O não comparecimento à reunião resultará em uma advertência, digito. *Se tiver qualquer pergunta, favor contactar Heather Wells, diretora-assistente do Conjunto Residencial Fischer.*

— Ai, droga. — A voz de Gavin ao telefone me distrai. — Aquele tal de Christopher Mintz acabou de ver a carta. E Joshua Dungarden. Ih, merda. — Ele está rindo baixinho no fone. — Ele está chorando! Chorando! Que nem uma criancinha!

— Gavin — digo, severa. — Desligue esse telefone. Mas calma, antes. — Penso nas duas cartas esperando em minha impressora. De alguma forma preciso que cheguem à recepção para que possam ser entregues às caixas de correio de Ameera e Rashid. Além disso, preciso sair do prédio e ir para casa, e tudo isso sem passar pelo saguão onde estão todos aqueles jovens chorões. Também tenho de impedir que aqueles meninos subam e arrasem com esse escritório depois que eu sair, algo que ex-empregados descontentes são conhecidos por fazer.

— Você pode vir aqui pegar duas cartas que preciso que sejam entregues? E pedir para Pete desligar o alarme das portas laterais para eu passar por elas? E depois ligar para Carl e pedir para ele trocar as fechaduras do escritório da diretoria, mas é para se certificar de só dar as chaves novas para Lisa, Sarah e para mim, certo?

Depois de uma longa pausa, Gavin diz:

— Por você, *milady*, cortaria as asas de um dragão.

Hesito.

— Isso quer dizer que você vai ligar para Carl e fazer todo o resto das coisas que te pedi?

Ele dá um suspiro poderoso.

— Quer dizer isso, sim. Vou ligar para Carl e fazer todo o resto das coisas que você me pediu.

— Ótimo! Obrigada.

Desligo, imaginando como Sarah pode ter desconsiderado Gavin como um dos caras decentes neste mundo. Ele é definitivamente um pouco estranho, mas extremamente decente.

Depois de ele ter vindo pegar as cartas para Ameera e Rashid, me assegurar de que Pete desligou o alarme da saída de emergência (que o presidente usa ocasionalmente como entrada para seus convidados quando resolve dar festas na cobertura) e de que Carl já está a caminho para trocar a fechadura da porta do escritório principal (os ARs não têm mesmo as chaves para o escritório de Lisa, então tudo bem), desligo as luzes e saio de fininho, no instante em que soluços indignados se fazem ouvir como que flutuando pelo corredor, vindo em minha direção.

Sei que é uma atitude covarde, mas, depois de um dia longo como este, não consigo lidar com mais drama. Esgueiro-me pela saída de emergência, tendo a certeza de fechar a porta depois que estou fora, depois vejo, através do grosso vidro da segurança, Carl seguindo pelo corredor em direção ao escritório com sua caixa de ferramentas, vários dos assistentes no encalço dele com expressões furiosas nos rostos marcados por lágrimas.

Escapei por pouco.

A noiva é tamanho 42

Entregar uma carta de rescisão às cinco horas em ponto e depois sair fugido é um ato bem pusilânime, mas acontece com alguma frequência. O dia mais comum para se demitir empregados é sexta-feira, devido à crença (equivocada) de que vão ter o fim de semana para se acalmar, quando este não é, a bem da verdade, o caso. Eles sequer podem usar aqueles dois dias para procurar trabalho, porque, afinal, quem está contratando nos fins de semana?

É por isso que é melhor demitir as pessoas no meio do dia e dar a eles todo o apoio possível, e não fazer isso da maneira como o Presidente Allington escolheu.

Mas nem todos fazem as melhores escolhas, e as escolhas feitas pelos assistentes de residentes do Conjunto Fischer que levaram a sua demissão também não tinham sido tão boas assim. Então talvez eles e o Presidente Allington se mereçam.

É claro que não sou muito melhor, me mandando do jeito torpe como estou fazendo agora. Com meus ombros caídos de alívio, me viro para começar a caminhar pela calçada, aproveitando a sensação do sol de fim de tarde batendo no rosto e o som dos pássaros que vem das árvores que margeiam a rua silenciosa, feliz porque ainda tenho *meu* emprego.

Infelizmente, minha calmaria dura pouco, uma vez que, poucos passos depois, venho a ficar cara a cara com meu nêmeses de mais cedo: Hamad.

Está segurando a porta do Cadillac de um branco impecável do príncipe enquanto Rashid se prepara para entrar. Tanto o segurança quanto o nobre árabe me encaram, um com o mais puro ódio, e o outro com surpresa.

— Srta. Wells. — O príncipe tira o pé que já colocara para dentro do carro e rapidamente cruza a calçada em minha direção. — Boa tarde. Que bom encontrar você. Como vai? Bem?

Confusa pela solicitude dele — e atenta ao olhar duro como pedra de seu cão de guarda —, dou um rápido e desajeitado passo para trás.

— Estou bem, obrigada. Só indo para casa. Não quero me atrasar para o metrô, então, se você me dá licença...

Estou mentindo, claro. Moro a uma quadra de distância apenas. E como alguém pode se atrasar para o metrô? Os trens do metrô nova-iorquino passam constantemente.

Mas como o príncipe herdeiro de Qalif vai saber? Além do mais, não quero que nenhum dos ARs recém-demitidos me veja aqui na rua, e definitivamente não quero passar mais tempo do que preciso na companhia do extremamente desagradável segurança que odeia as mulheres, Hamad.

Ou talvez ele não odeie todas as mulheres. Talvez só odeie a mim.

— Por favor — diz Rashid. Hoje está vestindo apenas um blazer branco em vez do camuflado, e calça jeans skinny de cor meio alaranjada. Deve pensar que é isso que as americanas acham estiloso, porém está mais parecendo um poste de barbearia antiga. Gesticula em direção a sua carruagem tunada. — Deixe-me levá-la para casa. Você deve estar cansada, depois de todos esses eventos desagradáveis. Recebeu as flores que mandei?

Não consigo deixar de me afastar ainda mais um passo. Meu plano não está dando certo.

— Recebi, recebi as flores, sim — digo. — Obrigada, elas são lindas. Mas, não, obrigada, para a carona. Você está obviamente indo a algum lugar. Não ia querer te dar trabalho. — Também não quero que ele saiba onde moro, ou que menti a respeito de pegar o metrô.

— Por favor, não é trabalho algum — protesta Rashid. — Uma moça como você é bonita demais para andar de metrô, Srta. Wells. Os metrôs deste país são cheios de delinquentes sujos. Insistimos que você nos permita escoltá-la até sua casa em segurança.

— Não, de verdade — recuso, embora tenha gostado de ouvir que sou bonita demais para pegar o metrô. Vou me certificar de dizer isso a Cooper. — Vou ficar bem...

De repente, sinto uma pressão forte em torno do pulso, logo abaixo da pulseira de baquelita que uso. Levanto um pouco a cabeça e vejo o olhar incandescente de Hamad ardendo sobre mim.

— Você não ouviu o que o príncipe disse? — indaga. — A gente insiste em que você nos permita escoltá-la.

No segundo seguinte, o segurança está me puxando à força em direção ao carro.

— Hamad! — chama o príncipe, e depois uma torrente de palavras em árabe. Seu tom soa alarmado (pelo meu bem-estar, espero).

Mas pode estar alarmado pelo fato de Hamad estar dando tão na cara ao me sequestrar, especialmente em plena luz do dia, com tantas pessoas por perto, a maioria nos encarando curiosamente, sem dúvida se questionando por que o homem de cabelos escuros e coldre no ombro está tentando arrastar a moça loura simpática para dentro do carro.

Não quero exibir meus movimentos de autodefesa. Vai deixar as coisas estranhas com a presidência, aposto, se eu der uma cotovelada no plexo solar ou arranhar o rosto de Hamad de cima abaixo. Infelizmente estou de sapatilha, então enfiar o salto alto nos ossinhos do pé dele não está entre minhas opções, mas ainda posso acertar um bom chute em uma de suas canelas. Segundo Cooper (que tem me treinado), esse é supostamente um dos golpes mais dolorosos com que se pode atacar um agressor, fora o óbvio joelho-no-saco contra o qual os lutadores mais experientes sabem se defender.

232 Meg Cabot

Antes de eu ter a chance de fazer qualquer uma dessas coisas, porém, um som extremamente familiar — e absurdamente bem-vindo — toma meus ouvidos: a sirene de uma viatura de polícia.

Ela soa apenas uma única vez, e sou liberada, o movimento de Hamad tão rápido que quase perco o equilíbrio. O príncipe coloca a mão gentil em meu cotovelo para ajudar a me restabelecer.

— Você está bem? — pergunta, com preocupação.

Não, é claro que não estou bem, e que tipo de gente bizarra é essa que você anda contratando?, é o que quero dizer, mas não tenho a oportunidade (e provavelmente não diria de qualquer forma, mesmo que tivesse), pois um carro modelo Crown Victoria bege com um único giroflex para na frente do Cadillac, e um homem mais velho com uma volumosa cabeleira grisalha — e um bigode igualmente basto e cinza — se debruça para fora da janela do motorista, um cigarro apagado balançando em seus dedos.

— Está aí fazendo amigos e influenciando pessoas para não perder o costume, Wells?

É meu velho amigo da 6ª DP, o Detetive Canavan.

— Tipo isso — balbucio, arrancando meu cotovelo do apoio da mão de Rashid. Sigo instintivamente para o carro, massageando meu pulso.

— Policial — diz o príncipe, me seguindo em direção ao carro. *Qual é* o problema dessa gente? — Me desculpe. Estávamos oferecendo uma carona à Srta. Wells, e meu camarada se exaltou um pouco.

— É assim que você chama isso?

O detetive está de óculos estilo aviador de lentes espelhadas, tornando impossível para os outros enxergar seus olhos. Consigo ver como as sobrancelhas despenteadas estão erguidas com total incredulidade por cima da armação dourada, entretanto.

— Você sabe onde a Srta. Wells mora? — indaga ele.

— Bem, não — admite o menino. — Estava querendo poupá-la de uma viagem de metrô.

— Uma viagem de metrô — repete com secura meu amigo. — Claro.

No assento do carona, ao lado do detetive, um homem mais jovem e gordo, também sem uniforme, diz:

— Mas, sargento, pensei que o senhor tivesse dito que a Srta. Wells mora bem no...

— Turner, lembra o que a gente conversou? Quando quiser sua opinião, eu peço. — Canavan coloca o cigarro apagado na boca. — Wells — diz para mim —, hoje é seu dia de sorte. Tem vários homens — ele dá uma olhada em Rashid — ... Bem, ou quase isso, de qualquer forma, competindo pela oportunidade de te levar até em casa e te salvar de andar de metrô. Quem vai ser, eu ou esses cabulosos?

O príncipe levanta as próprias sobrancelhas, que não são nem desgrenhadas, nem grisalhas.

— Perdão? — Não está acostumado a ser chamado de "cabuloso", que é a gíria policial para uma pessoa desagradável de modo geral.

— Meu Deus, detetive! — digo, pestanejando, fazendo charme. — Você sabe que sou o tipo de garota que não consegue resistir a um convite para andar numa viatura disfarçada.

Agarro a maçaneta da porta traseira e deslizo para dentro do carro, meu coração batendo forte com a escapada por um triz.

— Olhe, garoto, não leve para o lado pessoal. Ela tem uma queda por policiais. Para falar a verdade, ela vai até se casar com um DP daqui a algumas semanas.

— Detetive particular? — Ouço Rashid repetir. Entre "cabulosos" e "DP", sua cabeça está provavelmente girando.

Pode ser minha imaginação, mas, enquanto me acomodo no banco traseiro da viatura à paisana e coloco o cinto de segurança, noto o olhar de Hamad, que parece querer queimar minha pele.

Talvez não seja imaginação, no entanto. Um segundo depois, o guarda-costas desce o meio-fio e segue em direção ao carro, apontando o indicador para Rashid impetuosamente.

— "Cabuloso"? *Cabuloso?* Você tem alguma ideia de com quem está falando? — inquire ele, em desafio ao Detetive Canavan. — Esse homem é o príncipe herdeiro Rashid Ashraf bin Zayed Sultan Faisal, o herdeiro soberano do reino de Qalif, e você vai se dirigir a ele com todo o respeito que...

— Ah, feche a matraca — rosna Canavan, e pisa no acelerador ao mesmo tempo em que pousa o dedo no controle da janela automática, fechando-a no showzinho do ataque de cólera de Hamad.

O Crown Victoria sai andando tranquilamente pelo tráfego da Washington Square West, deixando o guarda-costas para trás, sacudindo o punho para nós tomado por raiva.

— Bom saber que continua fazendo um trabalho excelente de serviço ao cliente no alojamento, Wells — observa Canavan. — Provavelmente vai ganhar o prêmio de funcionária do ano. Ou o que é aquilo que eles dão para os administradores mesmo? Um Prêmio Crocus?

— Pansy. E, caso não esteja claro, aquele lá era o príncipe herdeiro de Qalif — digo. — O pai dele, general xeique Mohammed bin Zayed Faisal, doou quinhentos milhões de dólares para a faculdade.

— Ah, bom, lá-lá-lá — diz Canavan, segurando o cigarro como se fosse uma xícara de chá, com o dedo mindinho levantado. — O que diabos foi aquela cena toda lá fora?

— Estava na cara que o árabe queria enfiar ela dentro do Escalade — diz Turner, prestativo —, e ela não queria ir. Ele provavelmente ia forçá-la a entrar em um daqueles negócios de escravidão sexual, ou um harém, que nem naquele filme do Liam Neesom, *Busca implacável*.

— De novo, quando eu precisar de um dos seus *insights* brilhantes, Turner, eu te peço — declara Canavan —, mas, antes disso, guarde-os para você. Eu estava perguntando para a moça.

— Desculpe, sargento — balbucia Turner.

— Não tenho certeza absoluta do que foi aquilo tudo — admito. — Pode ter sido zelo além da conta ou pode ter sido mais que isso. Mas quero que saiba que eu tinha a situação sob controle.

A única resposta do detetive é um grunhido que, de alguma forma, ele consegue encher de ceticismo.

— Tinha, sim — insisto.

— Claro que tinha, Wells.

— Deixe para lá — digo. — Mas como você foi parar ali? Parece um pouco coincidência demais.

— Não foi. Seu namorado, Cartwright, me ligou e disse que eu ia receber uma ligação sua, mas que, se não fosse o caso, era para eu ir te procurar, porque você provavelmente estaria encrencada. Considerando que nós da Delegacia de Polícia de Nova York não temos mesmo nada melhor para fazer o dia inteiro do que obedecer às ordens de qualquer detetivezinho particular da cidade, me despenquei até aqui para livrar sua cara, como já está começando a virar rotina. E o que eu encontro, senão que você está, de fato, encrencada? Você, Wells, tem o que nós da ordem gostamos de chamar de "síndrome da merda no ventilador". Se tem merda por perto, você está sempre ali, espalhando-a por todos os cantos.

Estou dividida entre indignação total e genuína por ele ter chamado Cooper de "detetivezinho", e a mim de jogar "merda no ventilador", e pela ideia de que eu precisaria ser salva em primeiro lugar.

Embora o sentimento sobrepujante que esteja sentindo seja de ondas de amor por Cooper, por ter feito algo tão insano, masculino e maravilhoso como ligar para a cavalaria para vir ao meu resgate quando ele próprio não podia estar aqui para fazer o trabalho pessoalmente. Busco o celular dentro da bolsa, tiro-o de lá e descubro que o deixei desligado a tarde inteira, então o ligo e mando uma mensagem de texto para meu noivo:

Então você ligou para Canavan vir me salvar? Você vai ganhar bem mais que um sanduíche quando chegar em casa. Te amo, seu safado.

Aperto o "Enviar" antes de me lembrar de que ainda não sei o que um sanduíche significa (sexualmente falando).

— Primeiro — dirijo-me a Canavan, do banco traseiro —, consigo muito bem cuidar de mim mesma sozinha. Segundo...

— Foi uma boa a gente ter vindo atrás de você — interrompe o pupilo aparentemente impressionável do detetive. — A gente quase termina com outro corpo em nossas costas.

— Turner! — diz o policial mais velho, com tom de advertência.

— Ah, calma lá — digo. — Hamad não estava realmente tentando me matar. O príncipe não ia deixar. Pelo menos acho que não. E, além do mais, eu já estava pronta para dar o superchute na canela Heather Wells, patenteado e tudo...

— Eu não estava falando de você, Srta. Wells — Turner volta a me cortar. — Estava falando do garoto do centro estudantil, qual é mesmo o nome dele, sargento? Ripley alguma coisa, não é, não?

Sinto um aperto gelado na espinha.

— *Cameron Ripley*, o editor do *Expresso da Faculdade de Nova York*? Ele está *morto*?

A noiva é tamanho 42 **237**

— Mas que droga, recruta — resmunga Canavan. — Quantas vezes vou precisar dizer para ficar com esse seu bico gordo calado?

— Desculpe, sargento. — Turner parece culpado.

— *Do que vocês dois estão falando?* — exijo saber, com o coração na boca.

— Cartwright falou da visitinha que você fez ao tal de Ripley hoje mais cedo e da dica que você deu para ele falando que a última pessoa que deixou vazar informação sobre o príncipe para o jornal acabou morta — explica o detetive.

— Então a gente fez contato com a segurança do campus e disse que talvez eles devessem ficar de olho no menino. Infelizmente, eles chegaram lá um pouco tarde demais. O garoto já tinha sido estrangulado. Foi mal, Wells. Como te disse, merda no ventilador.

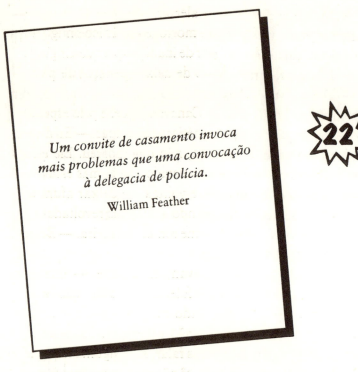

Um convite de casamento invoca mais problemas que uma convocação à delegacia de polícia.

William Feather

Sinto uma súbita ânsia de vômito, ainda que faça horas desde a última vez em que comi, e ainda por cima foram apenas tirinhas de pão com delicadas fatias de salmão entre elas.

— Pare o carro — peço, estendendo a mão meio tonta para a maçaneta. — Preciso sair agora.

Só quando a porta não abre que me lembro de que estou em um carro da polícia, ainda que não identificável. É claro que a porta não abre.

O banco traseiro das viaturas é destinado aos suspeitos.

— O que está acontecendo? — indago. — Estou sendo presa? Não fui eu quem machucou o garoto. O que aconteceu não foi minha culpa!

A noiva é tamanho 42 239

Mas foi. Cooper tentou me alertar.

Agora Cameron Ripley está morto, e seu único amigo no mundo, um ratinho, vai padecer de inanição porque ninguém mais será tão bondoso a ponto de deixar pedaços de pizza pelo chão.

— Qual é seu problema? — Canavan percebe pelo espelho retrovisor minhas tentativas frenéticas de escapar. — Eu disse que o menino foi estrangulado, não que morreu. Ele está lá no Hospital Mount Sinai. Em estado grave, mas estável.

Paro de bater na maçaneta e volto a me deixar afundar no banco, meu coração acalmando as batidas revoltadas.

— Ah! — exclamo, o alívio me tomando inteira. — Bem, por que você não disse isso?

— Eu disse — retruca Canavan, impaciente. — Estrangulado não significa morto. Eu falei morto? Não, não falei. Enrolaram um fio bem apertado no pescoço do garoto, cortando a traqueia, então ele não vai engolir muita coisa durante um tempo, muito menos falar, mas alguma hora ele vai ficar bem. Agora, por que você não me conta exatamente que merda é essa que está acontecendo naquele asilo cheio de lunáticos que você chama de trabalho? Seu futuro esposo não foi muito claro quando me ligou. Mas isso é provavelmente porque devia estar achando que você corria perigo mortal, e ele está parado no trânsito em algum lugar longe.

Isso explica apenas parcialmente por que Cooper não *me* liga há tanto tempo, penso, pegando o celular e verificando se meu SMS foi respondido.

Nada. Mas isso não é tão estranho, tranquilizo-me. Cooper jamais mandaria mensagens ou falaria ao telefone enquanto dirige.

Ainda assim, seria de se presumir que alguém certo de que estou em "perigo mortal" teria me mandado um torpedo ou deixado uma mensagem de voz mais cedo naquele dia.

Rapidamente, deixo o detetive a par sobre a integração do Príncipe Rashid à população estudantil do Conjunto Fischer, a morte subsequente de Jasmine Albright, a determinação do Departamento de Estado dos Estados Unidos de que a investigação do caso fosse entregue a eles e não à polícia.

— Eles podem fazer isso? — indaga o Detetive Turner, o "recruta" (detetive em treinamento, ainda em observação) recentemente designado como parceiro e pupilo de Canavan, muito mais jovem e menos cínico.

— Eles podem fazer o que quiserem — resmunga Canavan, enquanto dirige. — É o governo.

— Mas não dá para eles defenderem que a tentativa de assassinato de *Cameron* é um caso de competência do Departamento de Estado — argumento. — O apartamento do príncipe não fica nem perto do centro estudantil. E eles não podem saber por que alguém ia querer matar o menino, a menos que tenham descoberto, como a gente, que Jasmine era a informante. Eles descobriram?

— Te pareço o tipo que tem contatos dentro do Departamento de Estado? — indaga o Detetive Canavan. Com o cigarro semimastigado meio caído no canto da boca, parece mais um cara que tem contatos dentro da Máfia.

— O que Cameron disse quando você o interrogou? — pergunto.

— Você não ouviu o que falei, não é? — Ele soa irritado. — O garoto não vai falar nada por um mês. A traqueia foi praticamente cortada ao meio. Seja lá quem foi que fez esse trabalho, sabia o que estava fazendo. O hospital o dopou com tantos analgésicos que você pode ir lá perguntar se o céu é verde que ele vai escrever para você que "sim, é!" no quadrinho que deram para ele se comunicar. Ninguém vai arrancar nada de útil do garoto por uns dias ainda.

— Bem, e o segurança? Ele chegou a ver alguém escapando da cena do crime quando achou Cameron?

— *Escapando da cena do crime?* — repete ele, com sarcasmo. — Você andou assistindo a *Castle* de novo?

— É uma pergunta válida — rebato. — E *Castle* é um seriado muito bom.

— Quando a segurança Wynona Perez, é isso mesmo, era uma mulher, saiu do elevador do quarto andar do centro estudantil — começa o Detetive Turner, lendo as notas que evidentemente tomara em seu iPhone —, encontrou a porta do *Expresso da Faculdade de Nova York* entreaberta e a vítima, Cameron Ripley, no chão, depois de ter sido aparentemente arrastado de sua cadeira pelos fones de ouvido, cujo fio tinha sido enrolado em seu pescoço duas vezes e apertado até ele perder a consciência. Os cômodos do *Expresso* foram revistados e postos de cabeça para baixo, caixas de pizza e latas de refrigerante vazias jogadas por todas as superfícies...

— Ahn — interrompo. — O escritório não foi "revistado e posto de cabeça para baixo". Ele já era assim quando fui até lá. Cameron é aluno... E escritor. E os escritores são assim.

— Detetives particulares também, mas não acho que essa informação vá acrescentar muito à investigação.

— Ah — diz Turner, com expressão dúbia, e segue: — Então Perez soltou o fio e realizou o procedimento de reanimação cardiorrespiratória, solicitando ajuda da emergência via rádio, que chegou ao centro aproximadamente cinco minutos depois, às 15h45 de hoje...

— Turner — corta Canavan, com voz entediada. — O que eu te falei sobre usar essa coisa para tomar nota? O que você vai fazer quando tiver uma emergência de verdade na cidade e não puder acessar nenhuma das suas informações porque seu serviço de internet não funciona direito já que você excedeu o limite do seu plano?

Turner parece confuso.

— Isso acontece?

Canavan desenterra o bloco de notas do cinto.

— Sabe o que nunca vai exceder o limite de uso? Papel. E o que eu te disse sobre ficar dando detalhes dos relatórios de incidente para os suspeitos?

— Para não fazer — responde Turner, envergonhado. Engasgo.

— *Suspeitos?* Acha que *eu* tentei matar aquele aluno? Pensei que você tivesse dito que veio me buscar porque Cooper estava preocupado comigo. Pensei que você ia me *proteger*.

— Bem — diz ele, com um dar de ombros. — Isso e porque você é uma das duas pessoas que foram vistas nos vídeos de segurança indo para o escritório do garoto hoje de manhã, além dele mesmo.

Estou boquiaberta.

— Então você está *mesmo* me prendendo? Quem é a outra pessoa? Por que você não vai prender ele? Ou ela?

— Estamos com um pouco de dificuldade para identificar o outro — admite. — Devido ao fato de que os vídeos não estão em nossa posse.

— Como assim, os vídeos não estão "em sua posse"? Estão na posse de quem?

— Foram confiscados do escritório da segurança da faculdade há uma meia hora por alguém chamado Lancaster.

Ouvir o nome me fez soltar fumaça.

— Ele é do...

— ... Departamento de Estado — Canavan termina a frase comigo.

— Então eles *sabem* que Jasmine é a informante — concluo, mordendo o lábio inferior com nervosismo. Roeria as unhas, mas só falta um mês até a data do casamento, não daria tempo suficiente para crescerem outra vez, embora minha futura cunhada me garanta que eu possa colocar unhas de gel postiças cuja aparência é totalmente natural.

Com certeza, digo a mim mesma, não é minha culpa que Cameron tenha sido atacado. Cooper precisa ter se enganado a respeito de alguém ter me seguido até o *Expresso*. Não vi nenhum rosto conhecido por perto... Bem, exceto o de Hamad.

Mas não pode ter sido Hamad, uma vez que o vi entrar no conjunto pouco antes de mim... A menos que, é claro, tenha dado meia-volta e tentado matar Cameron. Se Hamad fosse o culpado, ele não seria hábil suficiente nas técnicas de assassinato para ficar por perto e garantir que seu trabalho estava terminado?

Só que quem mais poderia ter motivos não apenas para sufocar Jasmine, mas atentar contra a vida do editor do blog de notícias da faculdade, estrangulando-o?

Um dos princípios básicos da criminologia — que será meu curso na Faculdade de Nova York (se um dia conseguir todos os pré-requisitos e me permitirem começar a fazer as cadeiras do curso que eu escolher) — é que os crimes são cometidos por uns poucos motivos: lucro financeiro ou material (ganância) é um dos maiores. As paixões, como raiva, ciúme, inveja, luxúria ou amor também estão lá no topo, junto ao desejo de acobertar algum outro crime.

Sempre que se comete um delito, uma boa detetive deve se perguntar isto:

— Quem está levando vantagem? — questiono a mim mesma, um pouco mais alto que pretendia.

— Sem gritaria aí trás — estoura Canavan. — A regra se aplica a você também, Wells, como para Turner aqui. Vocês não estão vendo que estou dirigindo, não? Não consigo entender por que ainda não me aposentei. Podia estar em casa fazendo um churrasquinho e aproveitando um *steak* sangrento no quintal agora se não fosse por vocês dois, seus caipiras.

— Estou falando sério — digo. O Detetive Canavan ama seu trabalho e sabe disso, mesmo que treinar novatos e "resgatar" namoradas de detetives particulares não sejam suas atividades favoritas. — Não nos fizemos a pergunta crucial no processo da investigação criminal: quem está levando vantagem com a morte de Jasmine Albright?

— Ai, pelo amor... — fala o outro, revirando os olhos por trás das lentes dos óculos aviadores. — *Castle* de novo?

— A pessoa que matou Jasmine e que queria matar Cam levou vantagem por silenciar os dois sobre algo que apenas eles sabiam — continuo, ignorando-o.

Turner gosta do jogo.

— Precisa ter a ver com o príncipe — arrisca. — E muito provavelmente alguma coisa que aconteceu naquela noite da festona. Né?

— É — concordo. — Mas *o quê*? Quem ia levar vantagem mantendo isso em segredo?

— O príncipe! — grita Turner.

— Jesus, Maria e José — resmunga Canavan.

— Também acho — digo. — E o guarda-costas do príncipe, aquele que vocês viram agarrando meu pulso, claramente superprotege o príncipe. Se Rashid passasse por alguma vergonha, como ser expulso da faculdade por posse de drogas ou algo assim, o segurança definitivamente teria muito a perder... Não só a confortável carreira que tem, mas até a vida, quem sabe, se um dia voltasse para Qalif. Lá se executam pessoas por coisas que a gente considera bobas, tipo sexo pré-marital.

A expressão de Turner passa confusão.

— O que é isso?

— Sexo antes do casamento. Então Hamad ia levar muita vantagem abafando qualquer escândalo que envolvesse o príncipe.

A noiva é tamanho 42   **245**

— A gente precisa descobrir se é aquele tal de Hamad na fita de segurança do centro estudantil — conclui Turner.

— Com certeza — concordo. — Ou a gente precisa encontrar o celular de Jasmine, que está perdido desde a noite em que ela morreu. Porque tenho um palpite de que, seja lá o que for que aconteceu naquela festa e que o assassino queira acobertar, ela gravou ou fotografou, e estava pronta para mandar para o *Expresso,* só que não teve a oportunidade, porque o bandido impediu.

— Vai ver — diz Turner, com empolgação — é tudo porque aquele árabe e o príncipe são amantes, e a garota os filmou tendo um interlúdio sexual na festa, e o árabe quer manter a coisa por baixo dos panos para ele e o príncipe poderem continuar com o chocante caso carnal deles.

Tanto eu quanto Canavan viramos a cabeça para olhar para Turner. Ele enrubesce levemente ao redor da gola.

— O que foi? — indaga. — Vi isso em um filme uma vez.

— Aposto que viu — comenta Canavan, sombrio.

— Se sexo antes do casamento é contra a lei lá no país deles, pode ter certeza de que homossexualismo também é — continua o outro animadamente. — Sargento, é melhor a gente levar aquele tal Hamad para a delegacia para interrogatório agora mesmo. Acho que a Srta. Wells está certa, tem alguma coisa fedendo nessa história, e vem dele.

— Turner. — As mãos de Canavan seguram o volante com mais força enquanto ele luta para se manter paciente. — Preciso mesmo te lembrar de que no nosso país homossexualismo não é crime? — Seu tom de voz aumenta a cada palavra. — E não vamos causar um incidente internacional levando o guarda-costas do príncipe herdeiro do trono de Qalif a interrogatório sem um pingo de provas contra ele só porque um recruta meia-boca que nem você acha que alguma coisa nele *fede.*

246 Meg Cabot

Turner começa a gaguejar algum pedido de desculpas quando o detetive sênior grita:

— Cacete! — E pisa no freio.

Em um primeiro momento, acho que está reagindo a um *insight* brilhante que teve em relação ao crime, mas então vejo que a reação é a outra coisa.

Estivemos dando várias voltas pela Washington Square West — a rota mais sinuosa que já vi alguém tomar para chegar à 6ª DP —, passando continuamente pelos mesmos corredores, cachorros e respectivos donos, pedestres saindo do trabalho apressados. Estamos para alcançá-los outra vez quando noto o que fez com que Canavan pisasse fundo nos freios: um grupo de estudantes que ignoram o sinal que indica "Pare" e marcham direto para o meio da rua a fim de cruzá-la e chegar ao prédio principal da administração da faculdade.

Se ele não tivesse freado a tempo, os teria acertado em cheio. Vários outros veículos, inclusive o bondinho gratuito da Faculdade de Nova York, fizeram o mesmo. Muitos estão buzinando encolerizados, os taxistas gritando obscenidades.

Os alunos ignoram a todos, subindo o meio-fio e entrando no prédio, com expressões impassíveis ou marcadas por lágrimas secas.

— Esses jovens de hoje — comenta Turner, balançando a cabeça em reprovação. — Acham que têm direito de fazer tudo. Não precisam nem obedecer aos sinais de trânsito, porque a mamãe e o papai sempre disseram que são perfeitos, e os treinadores os estragaram com prêmios simplesmente por terem participado, não é nem por terem ganhado. Eu devia saltar e dar uma multa para cada um deles por andarem fora da faixa. Se ainda fosse da patrulha, é o que eu ia fazer.

— Aposto que ia mesmo.

— Eu os conheço — digo.

— O quê? Você os conhece? Eles são retardados, por acaso?

A noiva é tamanho 42 **247**

— Sim — respondo. — Quero dizer, sim, conheço, mas, não, não são retardados. São os novos ARs que acabaram de ser demitidos do trabalho no Conjunto por terem ido à festa do príncipe.

Canavan solta um assobio.

— Não me admira que eles estejam furiosos assim.

— É lá que fica o escritório do presidente — explico, abaixando-me no banco traseiro para ver se consigo ver o topo do edifício. Não sei por quê. Não há a possibilidade de que eu fosse conseguir enxergar Allington lá em cima, através das janelas. O escritório fica em um dos andares mais altos, e ele dissera que sairia às 17 horas. — Aposto que estão indo exigir o emprego de volta. Mas não vai funcionar. O escritório vai estar trancado.

— A vida é dura — diz Canavan filosoficamente. — Especialmente quando em um minuto você tem tudo, e no próximo tiram tudo de você.

— Por que a gente não espera aqui fora? — Turner parece todo animado. — Aí a gente pega eles quando saírem e os interroga aqui mesmo.

— Sobre o tal "chocante caso carnal homossexual"? — indaga Canavan. — É, Turner, por que a gente não faz isso? Aí, depois que eu tiver te matado com vários tiros, nenhum júri no mundo vai me responsabilizar porque vão todos concordar que você é tão incompetente que um homicídio é perfeitamente justificável.

— Dá para ver que vocês dois têm alguns problemas de relacionamento que precisam ser trabalhados — observo, inclinando-me para a frente. — Por que não me deixam ali na frente e a gente continua isto alguma outra hora?

Aponto para um cantinho do parque onde fica uma nova confeitaria famosa pelos cookies fresquinhos, servidos recém-saídos do forno, que eles vendem — e têm planos para entregarem em casa, gratuitamente — com uma garrafinha de leite. Cookies e leite parecem exatamente a coisa certa a comer depois de tanta conversa sobre assassinato, tentativa de assassinato e assuntos carnais.

— Fique quietinha aí com a cinta modeladora, Wells — diz Canavan. — Vou te levar para casa, como prometi a seu namorado. Só queria garantir que a guarda real não estava na nossa cola. A gente não ia gostar que eles descobrissem onde você mora, não é mesmo? Caso eles decidam que você é a próxima a ser silenciada...

Engulo em seco e olho para trás. Não estamos sendo seguidos por ninguém, porém, a menos que estejamos contando o bondinho bobo da Faculdade, pegando e deixando nos pontos os calouros animados que vão comparecer aos vários eventos da semana de orientação do fim de tarde.

— Não estou usando nenhuma cinta. — É tudo que sou capaz de pensar para dizer ao detetive. — Isso é uma loucura. Quem veste cinta modeladora por baixo de roupa de stretch? Ia ficar marcando na coxa.

Canavan se limita a grunhir em vez de responder enquanto continua a dirigir pelo restante do caminho em volta do parque em direção ao prédio de Cooper. Turner, parecendo magoado pela rejeição de sua pitoresca sugestão por parte do supervisor, joga Angry Birds em silêncio no celular. Sou a única no carro que percebe o homem cego próximo ao centro do Washington Square, já quase na fonte.

Diferentemente dos demais cegos que vi ali no passado, entretanto, este não está tocando violão por uns trocados ou sendo guiado por um pastor alemão. Está usando uma bengala branca de ponta vermelha e fazendo movimentos para a frente e para trás com ela como se fosse um facão, e ele, o próprio Crocodilo Dundee desbravando a mata para abrir uma trilha.

Inclino-me para a frente a fim de olhar melhor, não ousando acreditar no que meus olhos me mostram, mas eles não me enganaram.

É Dave Fernandez, com certeza. Parece estar caminhando de volta ao Conjunto Fischer, com um gingado alegre em seu andar que combina com o sorriso em seu rosto. Parece absurdamente satisfeito com o curso que as coisas estão seguindo (e por que não estaria? Acabou de ganhar teto e comida grátis por um ano em um dos lugares mais caros do mundo), perfeitamente inadvertido do fato de que uma revoada de pombos — e bandos de pedestres confusos — está se afastando da passarela na frente dele a fim de escapar da possibilidade de ser golpeada pela bengala.

Sei que pode ser errado, mas sou tomada por uma súbita vontade de rir. O fato de que Dave possa estar tão feliz — tão destemido e sem um pingo de autopiedade — deixa até meu coração mais alegre, amolecendo um pouco aquela "couraça" que recentemente me disseram que desenvolvi.

Tudo em que consigo pensar é que, se Dave Fernandez, que passou por tanta dor física e emocional, consegue percorrer os caminhos tumultuados de Washington Square Park sem a capacidade de ver, eu com certeza sou capaz de percorrer os caminhos de minha própria vida, por mais obscuros que tenham se tornado ultimamente.

Mas o súbito surto de otimismo me deixa quando o Crown Victoria do Detetive Canavan estaciona em frente ao prédio de pedra rosada de Cooper e eu vejo três figuras familiares sentadas nos degraus da entrada a minha espera.

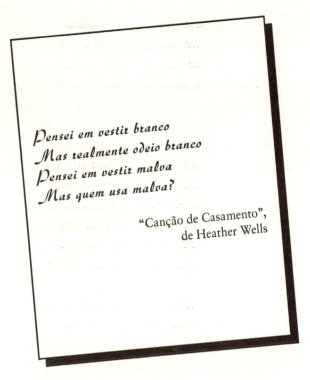

Pensei em vestir branco
Mas realmente odeio branco
Pensei em vestir malva
Mas quem usa malva?

"Canção de Casamento",
de Heather Wells

Dando crédito a quem merece, Canavan parece levar o pedido de Cooper para me proteger bem a sério. Saca o revólver — embora não o segure alto o bastante para que qualquer um fora do carro perceba — e pergunta cheio de desconfiança:

— Conhece algum desses cabulosos na sua porta, Wells?
— Conheço *todos* eles — respondo, com voz cansada. — Infelizmente.
— Como assim, "infelizmente"? — indaga meu amigo. — Atiro ou não?
— Bem, aí é com você, mas as duas garotas sentadas com o que parece ser um presente de casamento gigante entre elas são minhas futuras cunhadas — esclareço. — Embora possa

facilitar as coisas para mim a curto prazo se você atirar nelas, a longo prazo, vai provavelmente dar muita dor de cabeça, especialmente para você, porque elas não têm lá uma cara muito ameaçadora. Mas, claro, tudo depende do que tem dentro daquela caixa.

— E o grandão?

Apoiado na porta com os braços mastodônticos cruzados, está um homem alto com óculos de grau. Veste um gorro preto de tricô e uma jaqueta azul dos Yankees, apesar do fato de que faz 27 graus lá fora. A seus pés está uma mala de lona grande o bastante para caber uma criança pequena. Está evitando contato visual com as irmãs de Cooper, sentadas poucos degraus abaixo dele, com vestidos de verão leves e sandálias.

— Aquele lá é Hal Virgem — digo. — É amigo de Cooper. Não faço a menor ideia do que está fazendo aqui, mas, por favor, também não atire nele não. Ele deve estar esperando Cooper.

— Você disse Hal *Virgem*? — inquire Turner, a palavra "virgem" tirando a atenção dele do celular. — O cara que parece jogador de futebol americano é *virgem*?

— Aparentemente, sim — respondo. — Mas, por favor, esqueça que eu falei. É algum tipo de piada interna. Já pedi para Cooper não o chamar assim, mas o nome colou, de alguma forma. Pode destravar a porta agora? Seja qual for o novo tipo de inferno que me espera, preciso ir lá e encará-lo.

Canavan abaixa a Smith & Wesson das antigas (é triste ver que agora reconheço a marca e o modelo de várias armas diferentes, mas isso faz parte da vida de uma noiva de detetive particular) e aperta um botão no console, liberando a trava de minha porta.

— Usando meu aguçado poder de percepção — observa o detetive —, pelo qual, aliás, sou bastante conhecido, meu palpite é que seu namorado, Cartwright, mandou o parceiro, Hal Virgem, até aqui para ficar de olho em você até que ele consiga sair da merda do lugar em que está e chegar em casa para te impedir de sair espalhando mais merda ainda por aí.

— Essa — digo, meus dedos já na maçaneta — é uma afirmação ridícula e sexista. Cooper não é desses. Ele sabe que consigo me cuidar. Hal deve estar aqui para consertar o Wi-Fi, provavelmente. Ele fica saindo do ar o tempo inteiro ultimamente.

É uma mentira deslavada. Mas não posso contar a eles a razão real pela qual suspeito que Hal esteja na porta de casa, uma vez que só vai deixá-los alarmados e muito possivelmente fazer com que queiram entrar. Isso seria um desastre, pois não tenho como saber que nível de contrabando Cooper armou lá dentro. Se por um lado meu noivo jurou defender a Lei quando passou no exame de investigador particular do estado e ganhou sua licença, é fato que por vezes também burlou algumas leis. Ok, talvez muitas.

— Hal é um geek que adora tecnologia — explico. — Aposto que Cooper ligou para ele pedindo que viesse ver o computador.

É a maior mentira que já contei.

— Um geek de 2 metros e 136 quilos — observa Canavan, com secura —, que aparece por acaso na sua porta bem no dia que você estava sendo incomodada pelo filho de um xeique do petróleo bilionário, que considero um suspeito de um assassinato no seu local de trabalho. Claro, Wells. Acredito.

Canavan não está caindo em minha lorota, mas aparentemente também está de saco cheio demais para ficar me questionando.

— Bem, foi ótimo passar esse tempo com você, como sempre, Wells — continua. — Te vejo no casamento, ou antes, quando te levar para a delegacia para o interrogatório.

Abri a porta e já estou saindo, mas agora paro com um pé na calçada e me viro para olhá-lo.

— No casamento?

Não que não goste do Detetive John Canavan. Mas não o convidei de propósito porque, sempre que olho para seu rosto, me recordo de múltiplas cenas de crimes do meu passado nas quais ele esteve presente, memórias nas quais particularmente não gostaria de pensar no dia em que vou jurar amor eterno a Cooper Cartwright.

— É claro — responde ele, dando uma olhada no bigode pelo retrovisor. — A patroa está bem animada com o convite. Comprou vestido novo e tudo. Alugou um smoking para mim também, então é bom que a comida da festa seja boa mesmo. E estou falando de carne, estamos entendidos? Não vou desembolsar cem mangos por um smoking e dirigir até o centro em um fim de semana só para sentar lá e comer a droga de um frango, especialmente depois de tudo o que você e eu passamos junt...

— Não se preocupe — digo, entre dentes. — O bufê inclui *prime rib*, cauda de lagosta e salmão.

Furiosa, bato a porta antes que ele possa responder, e me viro para marchar até a entrada da casa que Cooper e eu faremos a promessa de compartilhar eternamente dentro de um mês. Posso quase jurar que ouço o detetive rir pelas minhas costas.

E, aparentemente, o grupinho reunido a minha porta também pode.

— Quem é ele? — Nicole, a irmã mais nova de Cooper, levanta-se para perguntar, observando o Crown Victoria seguir caminho. — Aquele era um carro da *polícia*?

— Claro que não, sua besta — repreende a irmã gêmea, Jessica, lacônica. Continua exatamente onde estava anteriormente, meio jogada pelos degraus como uma modelo — ou um jaguar —, lânguida e preguiçosa demais para se mover.

— Os carros de polícia são pintados de preto e branco. Ou azul e branco. E têm a palavra "polícia" escrita neles. Largue de ser idiota.

— *Parecia* um carro da polícia — insiste a outra, com desconfiança — pintado para *não* parecer um. E aqueles caras no banco da frente pareciam policiais à paisana. Por que você estava em um carro com policiais disfarçados, Heather? Está tudo bem?

Lanço um olhar para Hal, que parecia se encolher ainda mais para dentro de si a cada vez que uma das gêmeas de 20 e poucos anos dizia a palavra "policial". Eles não são muito queridos entre vários dos amigos de Cooper, por motivos que sempre fui esperta bastante para não querer investigar.

— Estou bem — asseguro-lhe. — Aqueles caras só me deram uma carona.

Nicole parece surpresa.

— Mas você não trabalha a uma quadra daqui? Tania apontou o prédio uma vez quando a gente estava fazendo compras para o bebê aqui pertinho. Ela disse que é aquele lá com as bandeiras azuis e douradas da Faculdade de Nova York na entrada. Disse que o refeitório era antigamente um salão de baile e que era bem bonito até a faculdade comprar o prédio e reformar, mas que agora está super-horroroso e cheio de baratas e...

— Ai, meu *Deus* — rosna Jessica, jogando a cabeça para trás, o que faz com que os longos cabelos caiam sobre o degrau atrás dela. — Cale a boca, Nicole. A gente pode, por favor, entrar em casa, onde tem ar-condicionado? Vou derreter com o calor que está fazendo aqui fora. Além disso, estou desesperada para fazer xixi. Não é brincadeira, não. Já ia fazer na rua mesmo, entre dois carros, quando você chegou.

Nicole olha nervosa para Hal Virgem, que não disse uma palavra sequer.

— Ela ia mesmo — garante a irmã, sussurrando. — Mas eu disse que não ia ser apropriado na frente *dele*.

— Tenho certeza de que ele não ia estar nem aí — replica Jessica, sacudindo os ombros magros para mostrar indiferença. — Somos todos humanos. E necessidades fisiológicas são necessidades fisiológicas.

— Hum — digo, olhando para o trio pouco usual. — Não tenho certeza de se essa é a melhor hora para vocês virem fazer uma visita, gente. Acho que o amigo de Cooper, Hal Vir... Quero dizer, Hal aqui, tem uma reunião marcada com Cooper, então talvez seja melhor vocês duas aparecerem outro dia.

— Ah, Cooper não está aí — anuncia Nicole. Diferente da irmã (embora sejam gêmeas, estão longe de ser idênticas), ela é pesadona, de cabelos pintados em um tom castanho-avermelhado pouco atraente e preso em dois coques laterais que lembram a princesa Leia, e está usando um vestido todo amarrotado e de caimento ruim. A bem da verdade, olhando de perto, parece mais um babador que um vestido, uma roupa que alguém deve ter lhe dito que ficava bem nela.

Mas que vendedora seria tão cruel assim? A menina parece um cone de sorvete invertido. Sendo eu mesma uma garota de estrutura larga, sei como é difícil encontrar roupas estilosas que tenham bom caimento, mas também sou razoável bastante para saber que não devo comprar algo só porque algum vendedor que trabalha ganhando comissão disse que fica bem em mim.

— Ligamos e mandamos mensagem para ele — reclama Nicole —, mas Cooper não atende.

Hal descruza os braços do tamanho de um pernil e acena para chamar minha atenção.

— Ei, Heather — diz, com voz surpreendentemente suave para alguém de seu tamanho, embora eu saiba por algumas histórias sussurradas que ouvi por aí que o comportamento tímido de Hal é enganador. Aqueles braços aparentemente já esmagaram crânios como se fossem melancias. — Cooper vai ficar preso fora de casa, não vai ter escapatória. Nada preocupante, mas ele me pediu para passar aqui e dar uma olhada em algumas coisas pela casa.

Assim que ele diz "nada preocupante", sei que preciso começar a me preocupar. Se ele não atende às ligações das irmãs — e não respondeu a minhas mensagens também —, mas mandou Hal até aqui para "dar uma olhada em algumas coisas pela casa", algo está seriamente errado.

Também sei que Hal não vai me contar o que é. Seria quebrar o "código de honra" absurdo, seja qual for, que ele e o resto dos amigos compartilham. Vou ter de esperar até meu noivo chegar para descobrir o que está acontecendo de verdade.

— Bem — digo, com firmeza. — Como vocês estão vendo, meninas, não é a melhor hora...

— Mas você precisa deixar a gente entrar! — grita Nicole, abaixando-se para pegar o enorme embrulho de papel prateado a seus pés. — A gente se despencou lá de casa e veio até aqui só para trazer seu presente do chá de panela!

Eu a encaro.

— Não tive nenhum chá de panela.

— Eu sei — diz Nicole. — Você não deixou a gente fazer um para você, o que é uma pena, porque mamãe bem que queria, e Tania também. Não acredito necessariamente na instituição do matrimônio porque é parte de um sistema social patriarcal ultrapassado que por centenas de anos beneficiou apenas os homens e as mulheres ricas, mas, se você vai se meter nisso mesmo, devia pelo menos deixar seus familiares

A noiva é tamanho 42 **257**

fazerem um chá de panela como uma forma de te agradar. Especialmente se eles querem dizer como se sentem mal por terem arruinado o casamento convidando um monte de gente que você não queria necessariamente que fosse à cerimônia...

— Fale só por você — interrompe Jessica, pondo-se de pé em um pulo gracioso... — Não tive nada a ver com isso. Essa história foi toda coisa de Nicole. Só quero fazer xixi, então me deixe entrar.

Olho questionadoramente para Hal, que assente e diz com sua voz suave quase sussurrada:

— Tudo bem, se você conhece as garotas.

Se conheço? O que *isso* quer dizer?

Torno a olhar para as gêmeas, depois digo séria para elas enquanto subo as escadas, tirando a chave da bolsa:

— Tudo bem, vocês podem entrar. Mas só hoje. Sei que vou casar com seu irmão, mas não significa também que podem chegar e sair entrando a hora que quiserem. Das próximas vezes, liguem antes, por favor. Cooper e eu amamos nossa privacidade e gostaríamos de manter nossa vida assim: privada.

— Ah, aposto que a vida de vocês é bem privada mesmo. — Jessica lança um olhar sabido à irmã. — Eu disse. Já sei o que vou dar de casamento para esses dois, uma espátula nova.

Franzo o cenho enquanto destranco a porta da frente.

— Do que vocês estão falando?

— Ora, vamos — continua Jessica. — *Cinquenta tons de cinza?* Não fique aí posando como se nunca tivesse lido. Todo mundo leu. — Pisca para Hal. — Não estou certa, grandão? A gente definitivamente não vai comer panqueca em *sua* cozinha.

Hal pisca diversas vezes lentamente, confuso.

— Não sei do que você está falando — diz, colocando a mala de lona no ombro. — O último livro que li foi *A informação*, de James Gleick.

Jessica assobia.

— Um cavalheiro *e* um erudito — observa. — Eu gooosto.

— Eu tentei ligar — defende-se a outra, queixosa, seguindo-me para dentro de casa assim que destravo todas as trancas e a porta abre. — Mas você não atendeu. Deixei um zilhão de mensagens. Você não retornou.

— As coisas estavam uma loucura — respondo, enquanto insiro o código quase aos murros para desligar o alarme de segurança. — É a semana de chegada dos calouros no dormitório e, também...

— Eu sei — corta Nicole. Está colada em mim, carregando o presente de casamento gigante, abraçada a ele, então tudo que consigo ver da menina acima do laço prateado brilhante são os coques *à la* princesa Leia e os olhos.

Não é a única grudada em mim que nem cola. Minha cadela, Lucy, está felicíssima por eu ter chegado em casa — e com companhia para ela poder cheirar bastante, ainda por cima! — e está pulando ao redor, latindo, com a língua para fora.

— Já fiquei sabendo de sua mãe — diz Nicole, tentando se fazer ouvir por cima dos latidos. — Cooper já me crucificou por causa disso. Heather, me desculpe, mesmo. Não sabia. Quero dizer, é óbvio, eu *sabia*... O mundo todo sabe como sua mãe roubou o dinheiro que você ganhou quando era mais nova. Mas, tipo, nunca pensei que, se eu mandasse um convite do seu casamento, ela viria de *verdade*.

— E o que diabos você pensou que ia acontecer? — Não posso deixar de perguntar.

— Pensei que ela ia te ligar! — exclama a menina. — Em meu treinamento para professora do Teach for America... Ok, admito que não passei para o programa, mas também não foi culpa minha, tenho hipoglicemia não diagnosticada... bem, lá eles disseram que para alcançar o potencial máximo é importante que os indivíduos se *comuniquem*.

A noiva é tamanho 42
259

Viro-me para encarar Jessica na sala de estar fresquinha, que o avô de Cooper decorara com papel de parede de listras pretas e brancas largas (para combinar com o toldo das janelas exteriores) e que nem eu nem Cooper jamais vimos razão para redecorar. Jessica já passou por nós na pressa de encontrar um banheiro enquanto Hal Virgem — murmurando um "com licença" tímido — se espreme com a mala para seguir na direção do porão, Lucy trotando atrás dele. Sempre foi particularmente afeiçoada a ele, que também tem uma quedinha especial por animais.

Não me dou o trabalho de perguntar por que ele está indo ao porão, porque há apenas uma explicação: é lá que Cooper mantém seu cofre de armas.

O único motivo para Hal estar aqui e se dirigindo lá para baixo para o cofre é que... Que...

Não consigo pensar com clareza porque Nicole não para de tagarelar.

— Então pensei que, se pudesse fazer você e sua mãe conversarem, vocês duas podiam ter uma reunião cheia de emoção e fazer as pazes depois de todos esses anos de separação. Não achei que você ia ficar tão... tão...

— Zangada? — pergunto. Minha cabeça martela. — Amarga? Ressentida? Ou que minha mãe seria essa vaca tão traidora e traiçoeira?

As lágrimas começam a correr dos olhos por trás do laço prateado.

— Heather, me desculpe mesmo. Não sabia que você estava tão zangada com ela. Você nunca fala sobre sua mãe. Pensei que já tivesse superado.

Digo a mim mesma para respirar fundo. Vai ficar tudo bem. Claro, não ouço notícias de Cooper há algumas horas, e ele mandou um dos camaradas dele vir me proteger — e mexer no cofre de armas dele —, mas isso não quer dizer que haja algo de errado.

Ah, sim, claro. E ainda sou a número um nas paradas musicais.

— Só porque alguém não fala a respeito de alguma coisa não quer dizer que aquilo está superado, Nicole — digo, no tom mais estável que consigo evocar. — Pode querer dizer que ela decidiu seguir em frente, mas não que não tenha sido magoada, ou que a ferida, embora esteja em parte cicatriza-da, não possa ser aberta outra vez, e com muita facilidade.

A expressão de Nicole é de devastação.

— Ai, Deus. Sou tão estúpida!

A garota solta um gritinho choroso, depois se vira para fugir de mim. Infelizmente, uma vez que mal consegue ver aonde está indo graças ao embrulho enorme que tem nos braços, ela corre mais para dentro da casa, e não em direção à porta de saída.

Ótimo. Agora consegui.

Suspirando, busco dentro da bolsa meu celular e o tiro de lá.

Coop, digito. *Oi, sem querer ser chata, mas onde você está? Suas irmãs estão aqui e Hal Virgem também. Ele disse que veio me proteger, mas parece mais que está se escon-dendo no porão. Ha ha brincadeira. Ok talvez não. Te amo.* ME LIGUE. *Heather.*

Receita fácil de limonada "Key West" da Jessica

30 ml de vodca
15 ml de Triple Sec ou Grand Marnier
30 ml de limonada
30 ml de suco de cranberry

Misturar tudo com gelo. Agitar.
Decorar com fatia de limão tahiti,
limão siciliano ou morango.

Opcional:
Xarope de limão no lugar do Triple Sec/Grand Marnier.
Adicione uma dose generosa de refrigerante de limão/lima.

Cuidado: esta bebida causa embriaguez.

Encontro Nicole sentada à grande mesa de madeira da cozinha do saguão. Está com o tronco caído por cima da superfície lisa, ao lado do presente, aos soluços, a cabeça enterrada nos braços cruzados.

— Nicole — chamo, me colocando ao lado dela. — Vamos, está tudo bem. Não queria dizer aquilo. Não é tão ruim assim.

É mentira. Eu queria dizer aquilo, e *é* ruim assim, sim.

Mas me dou conta de que faremos parte da mesma família em breve, então é melhor descobrir um jeito de me dar bem com ela, ou os jantares festivos com os Cartwright serão implacavelmente constrangedores.

Ela não responde. Simplesmente continua a chorar.

— Ande, Nicole — repito. — Estou brava, mas não tão brava assim.

— Você *está* brava. — Ela soluça nos próprios braços. — Arruinei tudo. E agora você não vai casar com C-Cooper e virar uma C-Cartwright.

— Bem, eu não ia mesmo virar uma Cartwright para começo de conversa, mas ainda vou me casar com Cooper.

A menina levanta a cabeça e me fita com olhos arregalados e cheios de lágrimas.

— Você não vai adotar o sobrenome de Cooper? — pergunta cheia de horror.

— Claro que não — respondo. — Meu nome é Heather Wells, não Heather Cartwright.

— Mas... — Ela funga ruidosamente. Não tenho caixas de lenço de papel na cozinha, então pego um rolo de papel toalha e entrego a ela, que rasga uma folha e assoa com vontade. — Mas você entende que Wells é o sobrenome do seu *pai*. Você ainda vai estar usando o nome de um homem, só que vai ser o do seu pai em vez do nome do meu.

— Sim, estou sabendo. — Meus sentimentos em relação ao pai de Cooper são similares aos que nutro em relação a minha mãe, só talvez um pouquinho menos explosíveis. Apenas um deles é meu parente, mas ambos se aproveitaram de mim. O pai de Cooper por ser dono da gravadora para a qual eu trabalhava, isso é tudo. Todas as gravadoras exploram seus artistas.

— Mas... — Nicole pisca rapidamente. — Por que você vai fazer isso? Menos de dez por cento das mulheres do país continuam com o próprio nome depois que casam. E pensei que você amasse Cooper.

— Eu amo — digo, puxando uma cadeira e me sentando ao lado dela. — Mas não vejo por que isso significa que eu deva mudar meu sobrenome quando a gente se casar. A escolha é minha, e escolho não fazer isso. Gosto do meu nome. Heather Wells é quem sou. Talvez se a gente tivesse filhos fosse diferente...

Penso, de passagem, a respeito das crianças-fantasmas perfeitamente bem comportadas que costumava imaginar que eu e Cooper teríamos um dia: Jack, Charlotte e Emily Wells-Cartwright, todos vestidos em seus uniformes escolares xadrez azul-marinho e vermelho. Ou quem sabe Cartwright-Wells. Não tenho certeza de qual soa melhor. Como são apenas crianças-fantasmas, tenho o luxo de não precisar decidir. Aí está o que é reconfortante a respeito das crianças-fantasmas: não são reais, então você nunca tem de tomar as decisões difíceis, em oposição aos filhos de carne e osso, como o que está crescendo na barriga de Lisa.

— Mas a gente não tem filho — termino, dando de ombros —, e duvido que vamos ter em algum momento próximo. Então, até a gente chegar a esse estágio e tiver de passar por ele, prefiro continuar sendo Heather Wells e deixar o fardo de carregar o nome Cartwright recair sobre Jordan, você e Jessica.

— Esse aí é meu nome, safada — diz Jessica, amável, entrando na cozinha meio que flutuando como se fosse um espectro superbronzeado de cabelos negros da cor da pelagem de um corvo. — Não o desgaste, nem o use em vão. Onde você guarda os copos?

— No armário em cima da pia — respondo, curiosa para saber por que ela quer saber.

Jessica abre o compartimento.

— Bingo. O gelo está nas bandejinhas ou no dispenser de gelo mesmo?

— O segundo está na gaveta de baixo da geladeira. Tem um pegador. E, por favor, sinta-se em casa, Jessica.

— Pode deixar comigo. — Agora que já se aliviou e retocou o delineador, que tinha borrado um pouco no calor lá de fora, nada parece aborrecer a garota. Bem, quase nada.
— Qual é a da torneirinha aberta aí, ô bebê chorona? — dirige-se à irmã gêmea.

— Já te disse para não me chamar assim. — A garota parece ainda mais chateada.

— Bem, então pare de usar babador para deixar de ficar parecendo uma bebê chorona, e aí eu paro também.

— Meu terapeuta disse que é você a responsável pela minha baixa autoestima — acusa Nicole.

— Seu terapeuta por acaso já viu a roupa que você está usando agora? Porque isso explica muita coisa.

— Garotas. — Verifico meu celular. Nada de resposta de Cooper, o que não é do feitio dele. A menos que esteja dirigindo ou em uma reunião com cliente, geralmente ele me liga em menos de meia hora. — Lembram o que falei lá fora sobre privacidade? Bem, vocês duas estão seriamente invadindo a minha agora.

— Me perdoe, Heather, mas você precisa deixar eu me desculpar pelos convites extras que mandei — explica Nicole.
— Especialmente o de sua mãe. Jessica, você sabia que Heather não vai nem adotar nosso sobrenome depois do casamento?

Jessica deixa escapar o começo de uma risada sarcástica enquanto vai pegando uma quantidade generosa de gelo e colocando em três taças altas.

— E por que ela faria isso? Eu ia preferir ser Jessica Wells a ser Jessica Cartwright. Por que alguém ia querer ser nosso parente? Você por acaso viu as propagandas para o *Jordan ama Tania*? Jordan está parecendo o maior imbecil da face da terra com aquela calça jeans branca. Está mais para aberração que para astro de TV.

Nicole agora está com uma expressão escandalizada.

— Mamãe vai ficar bem magoada quando souber que Heather não quer nosso nome — declara. — O nome dos Cartwright remonta aos tempos do *Mayflower*.

— Pena não ter afundado com ele — murmura Jessica. Depois indaga em voz alta: — Como a mamãe vai saber que Heather não vai usar nosso nome? A menos que alguma bebezinha saia por aí choramingando a respeito disso.

Nicole olha séria para ela.

— Ela pode notar na cerimônia quando o DJ disser: "Convidamos o Sr. Cooper Cartwright e a Sra. Heather Wells para sua primeira dança como marido e mulher", em vez de "Sr. e Sra. Cooper Cartwright".

— A gente contratou uma banda cover — corrijo-a —, não um DJ. Mas o combinado com o cantor é ele dizer "E aqui vêm Cooper e Heather para a primeira dança como marido e mulher". Fica mais íntimo assim.

— Ha! — exclama Jessica, os olhos de gata se estreitando com prazer. — Ela te pegou agora, Nic. Por que Heather não abriu o presente todo fino que você escolheu para ela ainda?

— Ah. — Nicole se põe de pé em um pulo, as lágrimas esquecidas, e enfia a caixa enorme e caprichosamente embrulhada em minha cara. — Aqui, ó, Heather. Sei que isso nunca vai conseguir apagar o que eu fiz, mas queria que você soubesse que não só me sinto muito mal, como também queria dar um jeito de consertar as coisas. Então comprei isto com meu próprio dinheiro, mesmo estando desempregada, dura e provavelmente em um estágio pré-diabético. Meus pais não me deram um pingo de ajuda com isso, nem Jessica.

— Também não ajudei a escolher, não, viu — observa Jessica. Está procurando algo na bolsa, que é estilo sacola de compras, enorme e de grife, branca com detalhes em dourado metalizado. — Nicole foi a *única* responsável por isso aí.

— Uau, Nicole — digo, estendendo a mão para desatar o laço prateado. — Você não precisava ter se dado todo esse trabalho. — Obviamente, não estou sendo sincera.

— Na verdade, tinha, sim — retruca Nicole. — Foi errado eu ligar para sua cerimonialista e dar a ela todos aqueles nomes e endereços extras que roubei de sua agenda e do livrinho de telefone. Se bem que, para ser franca contigo, só fiz isso porque parece que o lado do noivo tem tanto convidado a mais que o da noiva, o que achei muito estranho, mesmo depois que Cooper me explicou que era assim que você queria as coisas. E foi seriamente pouco profissional da sua cerimonialista acreditar que você havia concordado com tudo e nem te ligar para confirmar se era isso mesmo antes de sair mandando os convites. Se você pensar bem, tem alguma coisa de errado com Perry. *Eu* seria melhor nisso de organizar casamento que ela. Pelo menos é na sua felicidade que estou mais interessada.

— Difícil de negar isso — admito, especialmente porque aquela mulher idiota ainda não retornou nossas ligações. Arranquei o papel do presente e agora já posso ver o motivo pelo qual ela se deu o trabalho de se deslocar da cobertura onde mora com os pais e a irmã até aqui. — Ah. Nossa. Que atencioso, Nicole.

— É um *juicer* — explica desnecessariamente, uma vez que posso concluir perfeitamente pela imagem na lateral da caixa. — Segundo o *personal shopper* que me aconselhou a comprar, é top de linha. Agora você e Cooper podem começar a fazer sucos mirabolantes, com couve, aipo, cenoura e espinafre. É bem mais saudável que essas coisas que vocês comem normalmente.

— Ah — digo, olhando para o *juicer*. Não constava na lista de presentes de casamento que eu e Cooper fizemos. E eu já não queria lista alguma, mas Lisa, que se casara na

A noiva é tamanho 42   **267**

primavera, me avisou que, se a gente não fizesse uma, receberia presentes da mesma forma, só que coisas que a gente não queria. Como *juicers*, por exemplo. — Que amável, Nicole. Obrigada.

Nicole fica radiante.

— Que bom que gostou. Quando você processa vegetais em vez de cozinhar, mais nutrientes são absorvidos imediatamente em seu sistema. Em coisa de apenas algumas semanas, você já começa a ver a diferença. Você vai perder peso, porque vai estar cheia demais de todo esse suco vegetal saudável que vai beber em vez daquela *junk food* nojenta que vocês curtem, pizza, cookies, essas coisas, e seu cabelo e sua pele vão começar a brilhar.

— Uau. — Não consigo pensar em mais nada para dizer. Achei que minha pele já estava brilhando por conta da minha escova esfoliadora para o corpo, mas aparentemente estava enganada. — Muito atencioso de sua parte, Nicole.

Quero socar seu rosto, mas percebo que será ainda pior para as relações familiares dentro do núcleo Cartwright que parar de falar com ela, meu plano de vingança anterior.

— Ah, fico tão feliz que você amou! — Nicole vem para cima de mim e joga os braços ao redor do meu pescoço. Está chorando outra vez, mas agora são lágrimas de alegria.

Abraço-a de volta. O que mais posso fazer?

— É — diz Jessica, com voz sarcástica atrás de nós. — Era exatamente isso o que você sempre quis, hein, Heather?

Ouço o barulho de gelo sendo chacoalhado em uma taça. Depois de Nicole me soltar, viro-me e vejo que Jessica tirou várias garrafas da bolsa volumosa e despejou os líquidos nos copos que tinha arrumado ao longo da bancada da cozinha. Agora ela agita cada taça individualmente com um prato de salada em cima para impedir que o conteúdo — de uma cor muito rosa — derrame. Uma coqueleteira teria sido um presente mais apropriado para Nicole nos dar — tem uma na lista —, mas aparentemente ela não considerou esse utensílio útil bastante.

— Jessica — digo, com curiosidade. — O que você está fazendo?

— Te dando um presente que você vai aproveitar de verdade — esclarece ela. — Limonada "Key West". Vodca com triple sec, limonada e um pouco de suco de cranberry. Achei que um drinque ia ser uma boa para todo mundo. — Ela para seu agitar de copos para me olhar. — A menos que você queira que eu dê uma corrida até o mercadinho para comprar um maço de couve. A gente pode fazer um suquinho bem rápido se você preferir.

— Não, tudo bem. Essa sua limonada está ótimo.

Pode sempre confiar em Jessica para aparecer de surpresa com um bar portátil dentro da bolsa.

— Jess — chama Nicole em tom reprovador. — Sabe que não bebo destilado. Por que fez um para mim?

— Não é para você, boboca — responde a irmã. — É para o Rambo lá em baixo.

Jessica levanta dois drinques como se estivesse pegando um para si e pretendendo levar o outro para o porão, para Hal.

Sei que é uma ideia bem ruim, não só porque vai assustar o cara, que sempre parece um pouco desconfortável — para dizer o mínimo — na presença de mulheres, mas também por conta do que imagino que ela vá encontrar lá embaixo. Não que acredite que Jessica vá desaprovar. Pelo contrário, tenho quase certeza de que vai gostar... Tanto que deve até tirar fotos e postar por todas as páginas dos vários sites de relacionamento nos quais mantém um perfil. Aí Cooper vai ser arrastado para julgamento pelo diabo de junta que for à qual os investigadores particulares precisam responder, a licença dele vai ser cassada, e ele provavelmente ainda vai parar na prisão.

— Sabe de uma coisa? — digo, tomando os dois copos da mão dela. — Pode deixar que eu levo. Fique aqui e faça um para Cooper. Ele já deve estar chegando daqui a pouquinho.

O rosto de Nicole se ilumina.

— Mesmo? Ele deu notícias?

— E ele não é mais da turma do uísque, não? — indaga Jessica. Às vezes, por mais diferentes que sejam, as gêmeas pensam sinistramente parecido.

— Ah, não, ele acabou de me mandar uma mensagem — minto, seguindo rápido para o corredor em direção à porta do porão. — Está a caminho. E não, ele adora bebidas com frutas.

Se existe inferno, vou direto para ele por todas as mentiras que contei só nessa última hora que se passou.

Tenho de empurrar a porta com o pé para conseguir abri-la, pois minhas mãos estão ocupadas com copos suados, mas consigo descer incólume as escadas escuras e estreitas. O prédio de Cooper foi construído mais ou menos na mesma época em que o Conjunto Fischer, portanto tem muitas das mesmas características inusitadas do alojamento, como um porão que era originalmente usado para armazenar carvão e gelo, e possivelmente até cadáveres — ou pelo menos carcaças de boi —, então é escuro e assustador lá em baixo, e o lugar tem a tendência de inundar por conta de um rio subterrâneo que corre sob a Quinta Avenida, o Washington Square Park e a maior parte de Greenwich Village.

Embora a maioria das construções similares tenha convertido os porões em lavanderias ou garagens (por cujas vagas de estacionamento cobram um valor de aluguel chocante), o avô de Cooper nunca pensou em se dar o trabalho, tampouco Cooper depois de herdar o lugar, então continuou com a mesma aparência da caverna daquele serzinho malformado de *O Hobbit* (que nunca vi ou li, porque me parece bem chatinho, mas já fiquei ouvindo Gavin tagarelar a respeito *ad nauseam*).

Encontro Hal sentado sob um círculo de luz à mesinha de trabalhos manuais que Cooper comprou durante um surto de vontade de fazer consertos na casa induzido por assistir demais ao canal HGTV. Só que em vez de trocar uma lâmpada quebrada, ou serrar a perna instável de uma cadeira, Hal está acomodando balas de calibre 22 em um pequeno revólver de punho azul emborrachado. Diante dele estão quatro ou cinco *cases* abertos para guardar revólveres, cada um revelando armas de design e acabamento variados, com caixas de munição.

Vejo que o cofre de Cooper está fechado e trancado, portanto sei que nenhum dos revólveres saiu de lá, e, além disso, apenas meu noivo e eu sabemos a senha, que é o aniversário da Lucy. Todos os *cases* parecem ter saído da mala de Hal, que está largada no chão sob a mesinha, ao lado de Lucy, que está concentradamente lambendo e mordendo a pata esquerda.

Não tenho certeza do que fazer. Hal ainda não me viu na escada, então recuar é definitivamente uma opção. Poderia subir de fininho e dizer a Jessica e Nicole que estamos com um vazamento de gás e que elas precisam sair daqui, depois ligar para o Canavan e pedir a ele para voltar imediatamente: um homem cheio de armas invadiu meu porão.

Mas antes de ter a chance de fazê-lo, um cubo de gelo em um dos drinques muda de posição, fazendo um tilintar alto, e Hal olha para cima, as lentes dos óculos brilhando com a luz da lâmpada sobre ele. Agora ele me viu.

— Ah, oi, Hal — digo, com vivacidade. — Teve um dia ruim? Violência não é nunca a resposta, sabe? Vamos tomar uma bebidinha refrescante e falar sobre o assunto.

Hal dá um sorriso doce.

A noiva é tamanho 42

— Não são para mim — diz ele, gesticulando para as caixas. — Cooper me pediu para trazê-las.

— Ah, é? — Desço um ou dois degraus, hesitante. — Cooper está planejando armar uma pequena milícia?

O sorriso se alarga.

— Não — responde. — São para você, na verdade.

Tem a briga dos votos
Tem a bomba materna
Tem os desgostos
Essa é a canção eterna.

"Belo Momento",
de Heather Wells

Preciso continuar o resto do caminho até o fim da escada e me apressar para sentar no banquinho em frente a Hal. Do contrário, teria deixado os coquetéis caírem, de tão chocada. Uma vez sentada e segura, dou um gole longo e revigorante.

Jessica tem razão. Limonadas "Key West" são bem refrescantes mesmo.

— Me desculpe, Hal — peço, com educação. — Mas você disse que Cooper te mandou trazer todas essas armas aqui para *mim*?

— Bem, não é para usar tudo ao mesmo tempo — explica ele, com voz suave e sussurrante. — É para escolher a que você se sentir mais à vontade para atirar. Estava tentando me lembrar da última vez que você esteve lá no campo de tiro. Você não gostou dessa 22?

Quero curtir mais o drinque de Jessica, mas armas e álcool formam uma péssima combinação, então coloco as duas taças no lado mais longe de nós da mesinha, onde posso ficar olhando para elas com desejo.

— Hal — digo, com cuidado. — Por que Cooper te pediu para vir até aqui com uma seleção tão vasta e variada de armas para mim?

— Ele não te disse, não? — Parece surpreso. — Ele me falou que tem alguém tentando te matar. Ou pelo menos que tem alguém que já matou uma pessoa no lugar onde você trabalha e que pode vir atrás de você. Pelo que entendi... — Está nervoso agora. É provavelmente o diálogo mais longo que já teve com um espécime do sexo feminino desde a última visita que fez à mãe. — ... esse tipo de coisa acontece bastante contigo.

— Ok — digo, inspirando fundo. — Entendo a reação de Cooper. Mas trabalho em um alojamento de setecentos alunos, Hal. Quero dizer, em um conjunto residencial. Não posso sair pelos corredores com um revólver, atirando a torto e a direito. Posso ferir seriamente, ou até matar, alguém.

— Ahn — murmura ele. — Mas é esse o pulo do gato. O legal dessas pistolas é que elas são para caça de pequeno porte. Esquilos, coelhos, outros roedores, talvez uma raposa ou coiote... Pestes assim, enfim. Você não vai chegar a fazer muito estrago nas pestes de duas pernas com essas belezinhas, a menos que, é claro, você esteja mirando de propósito neles, e eles estejam bem perto de você.

Engulo em seco. "Peste de duas pernas" é uma boa maneira de descrever Hamad — ou quem quer que tenha matado Jasmine e tentado fazer o mesmo com Cameron.

Mas, ainda assim...

— Não pedi e nem preciso de uma arma, Hal — declaro tão educadamente quanto consigo. — Mesmo que seja uma para caça de pequeno porte. Mas *onde está* Cooper, afinal?

A expressão de Hal Virgem é de desconforto quando coloca a primeira pistola de lado para abrir o *case* da próxima.

— Ele pediu para não te dizer, porque não quer te preocupar. Mas disse que vai chegar em casa logo e, enquanto isso, me pediu para ficar por perto para ter certeza de que você está bem, caso receba alguma visita. Do sexo masculino — acrescenta rapidamente, olhando para o teto. — Não acho que ele estava falando das irmãs dele.

Apego-me a apenas uma das palavras que ele diz.

— Preocupar? Por que Cooper não queria me deixar preocupada? Está metido em alguma coisa? Pensei que ele estivesse trabalhando em um caso simples de fraude em contrato de seguros.

— E ele está — afirma o amigo, com rapidez. — Era isso o que eu queria dizer. Nada de preocupante.

Então por que só estou me preocupando mais e mais?

— Ótimo — murmuro baixinho. — Sou eu quem vai casar com o cara, mas ele não me conta nada. Mas para você, o traficante de armas, ele conta tudinho.

— Não sou nada traficante de armas. — Hal assume expressão magoada. — Nunca venderia nenhuma delas. Sou colecionador. Só empresto para amigos especiais. E você não acha que é melhor que alguém que nem eu seja o dono delas do que algum cabuloso que vá fazer alguma coisa terrível?

Encaro-o com olhos estreitos e desconfiados.

— Espere um minuto só. Você disse "cabuloso"? Hal, você é da polícia?

— Eu... era — diz, com a cabeça baixa. Não consigo ver seus olhos por conta dos óculos grossos, mas ele parece infeliz. — Não gosto de falar sobre essa época. A gente pode, por

A noiva é tamanho 42   **275**

favor, se concentrar em escolher uma arma para você em vez disso? Ia me deixar bem mais feliz. Você é boa de tiro, sabia?

Esbugalho meus olhos para ele.

— Sou?

— Te vi no treino — explica, olhando para cima envergonhado. — Você atirou com muita precisão, mesmo sem ter experiência. Mas muitas mulheres atiram bem. — Há uma pitada de amargura quando acrescenta: — Elas tendem a ter o toque mais leve que os homens, e mais estabilidade na... — Os olhos dele viajam até a minha cintura e abaixo dela, e ele limpa a garganta sem jeito — parte inferior do corpo. Um centro de gravidade mais baixo ajuda na postura e no equilíbrio.

Não tenho ideia de como responder a isso.

— É verdade?

Hal se anima ao falar no assunto.

— Ah, é — afirma, com entusiasmo. — A única razão por a gente não ver tantas mulheres atirando em competições por aí é que muitas vezes as que são as melhores na coisa são também as menos interessadas em praticar tiro como esporte ou hobby. Elas costumam ser que nem você: pensam que armas são violentas ou barulhentas demais, ou que são só para criminoso ou caçador. Esse tipo de coisa. Uma pena.

Suspira com tristeza, e fica evidente, naquele instante, por que Hal ainda é virgem (se o apelido for mesmo verdadeiro): simplesmente não encontrou a garota certa... Ou é tímido demais para ter se aberto tanto assim na frente dela.

— Mesmo? — É tudo que consigo pensar para dizer.

Penso nas poucas vezes que relutantemente permiti que Cooper me levasse para o campo de tiro onde ele e seus amigos vão treinar pontaria (algo que ele acha necessário fazer como portador de arma licenciado no estado de Nova York e também, suponho, como alguém na profissão dele).

O número de homens excede em muito o de mulheres, mas elas também definitivamente se faziam presentes, mesmo que fossem poucas.

Um exemplo era uma loura oxigenada que usava pink da cabeça aos pés: salto agulha rosa, microvestido tubinho rosa, arco rosa e até luvas para tiro esportivo cor-de-rosa (para proteger as unhas feitas) combinando com a Ruger de punho rosa. Tinha feito um desenho de coração perfeito (com as balas) no centro de seu alvo a 15 metros de distância, depois baixou os protetores de olhos de um tom rosado, assentiu com satisfação e se afastou, balançando o case pink de plástico da Hello Kitty.

Foi a única parte da minha ida ao campo de tiro de que gostei. Falei para Cooper que iria mais vezes se pudesse ter um modelito todo combinando da cor do meu revólver, como a mulher de rosa, mas estava brincando.

Então não foi totalmente sem precedentes que Cooper mandou Hal nessa missão que não era apenas para me proteger, mas também para me oferecer uma arma para autodefesa.

Para minha tristeza, nenhuma das que ele tem a me oferecer é cor-de-rosa. Suspiro. Não tenho intenção alguma de levar uma arma para o trabalho, mas me dou conta de que o melhor a fazer é cooperar e deixar Hal feliz.

— Ok. Com qual que você acha que atirei melhor?

Ele parece satisfeito e me mostra. Uma vez que estou com o punho liso e suave nas mãos, me recordo.

— É basicamente uma pistola de tiro esportivo — explica Hal. — Não é o que eu ou qualquer pessoa recomendaríamos para autodefesa. Mas você parecia se sentir confortável com ela... Acertou o alvo bem no meio, tipo, todas as vezes, pelo menos... E à queima-roupa, ela vai definitivamente aleijar alguém, então é isso o que importa.

A noiva é tamanho 42 **277**

— Que legal — digo.

— Além disso, será fácil caber na bolsa ou no bolso — continua o homem, sem notar o sarcasmo. — Ela só tem capacidade para nove tiros, mas você também não precisa mais que isso. O segredo é atirar e cair fora. Nunca deixe ninguém te desarmar. A menos que a pessoa seja um policial, claro, aí no caso você vai ter de se render, mas também vai acabar parando na cadeia porque não tem licença para ter uma arma, muito menos permissão para sair com ela pelas ruas da cidade. Mas, caso contrário, nunca, jamais, se deixe desarmar, não importa sob que circunstâncias esteja.

— Ok — digo, sem forças. O simples ato de segurar uma arma fora de um campo de treino de tiro me deixa um pouco nauseada. Como Cooper consegue sair com a dele todos os dias? Talvez Hal esteja certo, e eu seja uma dessas mulheres com boa mira, mas que simplesmente não gosta de armas. — Você tem mesmo certeza de que estou correndo tanto perigo a ponto de precisar disto?

— Bem, Cooper está achando que sim. E, se ele acha isso, deve ser verdade.

É meio engraçado que no instante em que Hal diz isso, Lucy, que estivera deitada aos pés dele em total adoração, subitamente levanta a cabeça, com as orelhas de pé. Um segundo depois, está latindo empolgadamente e batendo em retirada escada acima em direção ao primeiro piso, a cauda parecendo a de uma raposa serpenteando atrás dela.

Só pode significar uma coisa, confirmada pelos gritos estridentes de Jessica para a escada:

— Heather! Melhor você subir aqui. Cooper chegou. E você não vai nem acreditar.

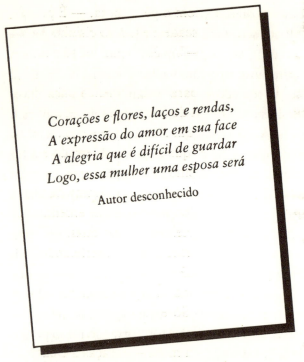

Corações e flores, laços e rendas,
A expressão do amor em sua face
A alegria que é difícil de guardar
Logo, essa mulher uma esposa será

Autor desconhecido

Jessica tem razão. Não acredito.

Cooper entra pela porta da frente, meio que carregado pela cintura por outro de seus amigos do peito: Sammy, o Nareba. Isso porque seu pé direito está imobilizado, dos dedos descalços até o joelho, por uma bota de tecido preto e metal.

Quando Cooper se vira, depois que Sammy fecha a porta, vejo que seu lábio está inchado, com três vezes seu tamanho normal e que, sob seu olho esquerdo, uma mancha preta está começando a se formar.

— Estou bem — diz, quando vê o horror estampado em meu rosto e ouve os engasgos das irmãs. Gentilmente afasta os pulos animados de Lucy com o pé na bota. — É pior do que parece. — Tenta uma piscadela e um sorrisinho jovial. Ambos parecem causar dor. — Vocês deviam ver só o estado do outro cara.

Agora sei por que ligou para todos, menos para mim. Mal consegue falar por conta do corte no lábio. A fala está embolada, como a de alguém que recebeu anestesia na boca. Eu saberia instantaneamente que algo estava errado e teria corrido até ele, exatamente como faço agora.

Envolvo-o com meus braços, aliviando Sammy da tarefa de amparálo. É só quando Cooper vacila que entendo que ele deve ter quebrado uma costela, ou talvez duas.

— Meu Deus! — exclamo, meu coração martelando contra o dele. — O que aconteceu?

Cooper beija o alto de minha cabeça e sussurra:

— É uma longa história. Só estou feliz que você está segura. Fiquei sabendo do que aconteceu com o repórter. — Os braços dele me apertam mais. — Graças a Deus que não foi você.

Mas *fui* eu. Foi minha culpa, pelo menos.

E carregar uma arma por aí não vai mudar isso, ou corrigi-lo, seja o que for que Cooper ache.

Entretanto, este não é momento para lhe dizer isso.

Nicole está ainda mais chateada com a situação do irmão mais velho que eu — ou pelo menos se comporta de forma mais dramática. Assim que nota os ferimentos, grita e se joga em Cooper com ardor equivalente ao de Lucy, com a diferença de que sua língua não está pendendo para fora da boca, nem o rabo está balançando.

Infelizmente, ele não consegue afastar a irmã com tanta facilidade quanto foi capaz de fazer com a cadela.

— Você se envolveu em um *acidente de carro*? — lamuria-se. — Alguém mais se feriu? Alguém *morreu*?

— Ninguém mais se machucou — responde Sammy, o Nareba, tentando algo parecido com tomar o controle da situação. — Algum adolescente estava mandando mensagem enquanto dirigia e bateu na traseira do carro dele, só isso. O garoto está bem Coop também. Agora deem um pouco de espaço para o homem, ok, meninas? O que vocês acham, hein?

Sammy, que é penhorista, fala com pesado sotaque nova-iorquino e consegue facilmente tomar o comando de um espaço, um requisito imprescindível quando se lida com bens provavelmente roubados e jovens de 20 e poucos anos histéricas como Nicole.

— Claro — concorda a menina, dando um passo para trás de pronto. — Tem alguma coisa que a gente possa fazer? Chá? Jessica, faça um chá, por favor.

— Chá? — A outra olha para a irmã como se ela tivesse ficado louca. — Quando foi que Cooper bebeu chá na vida? Ninguém quer chá. O que vocês acham de uma bebida de verdade? Alguém? Tem um pouco de limonada "Key West" pronta.

— Limonada — diz Cooper. — Humm.

Dá para perceber que ele está sob efeito de analgésicos e também que Sammy está mentindo. Sei reconhecer os machucados originados de uma briga física. De uma maneira geral, conflitos entre colegas do sexo feminino resultam em recadinhos desagradáveis em geladeiras, espelhos de banheiros e nas páginas de sites de relacionamento. Conflitos entre colegas do sexo masculino resultam em lábios inchados e escoriações idênticas à que começa a se espalhar sob o olho de Cooper.

Não consigo nem começar a conceber o que pode ter acontecido a seu pé, mas sei que não foi resultado de batidinha de carro nenhuma. O negócio foi feio. Bem feio.

Não sei o quanto até que Cooper olha para mim, sorri torto (graças a Deus ainda parece ter todos os dentes na boca) e diz:

— Claro, aceito a limonada, Jess. E desculpe eu não ter ligado, amor. Estava um pouco amarrado.

Ele dá uma risadinha. Cooper, que nunca ri assim.

— Mas, Heather — ouço Nicole protestar. — Você disse que Cooper *tinha* ligado...

— Cale a boca, Nicole! — Já perdi a paciência. Os olhos dela se abrem demonstrando mágoa, mas não estou no clima de pedir desculpas. Estou ocupada demais olhando os pulsos do meu noivo à procura de queimaduras de corda, achando que ele devia estar literalmente "amarrado" para rir daquela forma da própria piada. Não vejo nada de diferente, porém. Apenas o rosto de coitadinho, cansado e lindo dele.

— Já te disse nesses últimos dias como eu te amo? — indaga ele, encostando o nariz em minha orelha. — Você é tão linda! A garota mais linda do mundo. — É difícil de entender o que ele está dizendo por conta do lábio inchado, mas o essencial é apreensível.

— Ai, meu Deus! — exclama Jessica, com uma risada equina. — Danem-se as bebidas. O que deram para ele? Também quero.

Enervada, digo com firmeza:

— Nada de bebida. Na verdade, meninas, acho que já é hora de vocês irem embora para casa. Preciso colocar Cooper na cama.

Nicole ainda parece magoada.

— Mas ele é nosso irmão. Queremos ajudar.

— Não precisa. Eu ajudo — diz Hal Virgem, com voz suspirosa, saindo do corredor onde estava se escondendo. Vem até nós com tanta determinação que me dou conta de que ele já estava esperando esse momento: sabia o tempo inteiro que Cooper estava machucado, só não tinha me contado.

Estou furiosa.

— Ah, oi, Hal — cumprimenta Cooper, alegre por ver o amigo. — Como vão as coisas?

— Melhores para você do que para mim agora, amigo — responde, e se inclina para levantar meu noivo de maneira tão gentil quanto se estivesse levantando uma criança. Então começa a carregá-lo escada acima — não sem alguns gemidos da parte de Cooper, quando as costelas quebradas são pressionadas da maneira errada, e alguns grunhidos do próprio Hal. Por maior que seja Hal, Cooper também não é exatamente o que se possa chamar de pequeno.

— Que andar, Heather? — pergunta o amigo, com voz de quem está fazendo esforço.

— No segundo está bom — digo, embora Cooper esteja quase o tempo todo em meu apartamento no terceiro piso desde que ficamos noivos. Seria bem-feito para os dois se eu os fizesse subir um lance de escadas a mais. — Tem um quarto à esquerda.

— Graças a Deus — solta Hal, um pouco trôpego.

Nicole e Jessica estão paradas ao pé da escadaria na sala de estar, esticando os pescoços para assistir a Hal carregar o irmão até lá em cima. É uma cena impressionante, e, pela primeira vez, as duas ficaram admiradas a ponto de se manterem em abençoado silêncio.

Sammy, o Nareba, enquanto isso, tira um maço de formulários amassados de aparência oficial do bolso de suas calças cáqui e os entrega a mim.

— São do hospital — comunica, com um tom que lembra de desculpas. — É uma fratura simples da tíbia direita, disseram. Traduzindo, quer dizer que ele quebrou o tornozelo. Uma costela também. O rosto só está escoriado. Ele já deverá estar legal no dia do casamento, prometo.

— O que aconteceu com ele *de verdade*? — inquiro, exigindo uma resposta. — Sei que não foi acidente de carro coisa alguma, Sammy. E também não venha me dizer que ele arranjou aquele olho de panda investigando um caso de fraude em contrato de seguro!

Sammy olha de soslaio para Nicole e Jessica.

— Hum. É. Melhor deixar ele te explicar tudo isso.

Maldito código de honra de cavalheiros.

— Mas, de qualquer forma, ele tem uma consulta marcada com o médico na segunda-feira de novo — continua Sammy depressa, talvez depois de ver a expressão em meu rosto. — Até lá, ele precisa descansar e só tomar paracetamol, nada de aspirina, porque impede o processo de cura ou alguma coisa assim. Quem é que ia saber? Tem uma receita para algum remédio mais forte lá também, mas eles já o deixaram bem dopado no hospital. Ele provavelmente vai ter de tomar mais depois. Ah, e tem uma recomendação para ele usar muletas também. Isso você precisa arranjar para ele. No hospital elas estavam em falta. Disseram que tem um centro de estocagem de artigos médicos 24 horas em Chelsea.

Sammy limpa a garganta um pouco constrangido. É um homem magro de camisa de manga curta de botão e chapéu fedora de palha, e seu nariz é o mais longo que já vi.

— E, tenho de dizer — acrescenta —, me desculpe por tudo isso, Heather. Mas, no nosso trabalho, você sabe, esse tipo de coisa acontece.

— No trabalho de vocês?

Olho para baixo para a miríade de formas, algumas amarelas, outras brancas, e ainda outras cor-de-rosa. Como Cooper e eu não somos casados ainda, não pude colocá-lo no meu plano de saúde pela Faculdade de Nova York, que é excelente. Profissional liberal, Cooper também precisa arcar com as despesas médicas, por algum plano que acredito que tenha encontrado em seu guia favorito, as listas amarelas. É o pior seguro no país inteiro. Sei disso porque, como sua contadora, sou eu quem tem de lidar com a empresa.

Vocês deviam ver só o estado do outro cara, disse ele. Se o tal outro cara estiver mesmo em pior estado, podemos ser processados. A polícia pode aparecer para investigar, ou os amigos dele podem chegar primeiro para finalizar o serviço. Vai ver foi por isso que Cooper pediu a Hal para vir com todas as armas...

— Heather, Jessica e eu conversamos, e decidimos que vamos agora — diz Nicole de repente, puxando a manga da minha blusa.

Pisco para ela, sobressaltada.

— O quê? Como assim?

— A gente vai cuidar dessas receitas, dos remédios e das muletas — explica Nicole, falando lentamente, como se eu fosse uma criança. — E depois a gente volta para casa mesmo, juro, se for isso que você quiser.

— E prometo que não vou roubar nenhum dos comprimidos de Cooper — adiciona Jessica. — Mesmo que eu não tenha nada para fazer no fim de semana e que eles talvez fossem excelentes para propósitos recreativos. Mas estou realmente me esforçando para diminuir o uso de drogas e ficar só com as ervas. E também diminuir o consumo de álcool, claro.

Olho de Sammy para o bloco de formulários em minhas mãos e para as gêmeas. Tenho uma vontade súbita de chorar. Não por tristeza, mas por gratidão e, sim, até amor. Posso não ter uma família — uma da qual goste, ao menos —, mas parece que tenho amigos.

— Vocês fariam isso? — pergunto, a voz falhando um pouco.

A boca de Nicole se abre um pouco com surpresa.

— Heather, sim. É claro!

— Dã, Heather — reitera a irmã, revirando os olhos. — Somos suas madrinhas, lembra?

— Aliás, a prova final do vestido está marcada para amanhã. — Nicole morde o lábio inferior, libera-o e pergunta depressa: — Você vai querer que a gente vá também, né? As *duas*?

Tinha me esquecido da prova. A esta altura, imaginar onde vou arranjar tempo para uma prova de roupa é tão fácil quanto me recordar de um vestido que escolhi há tantos meses atrás — mas, a bem da verdade, foi escolhido há apenas um mês, pouco depois de Cooper ter me pedido em casamento, quando estávamos planejando fugir.

Mas de uma coisa sei com certeza.

Digo para as irmãs, com lágrimas nos olhos:

— Claro que quero vocês lá. As duas.

Discretamente verifico a calçada antes de deixar que as gêmeas saiam, me certificando de que não há nenhum Escalade branco à espreita nas sombras, e, assim que as meninas vão embora, dou três giros na chave da porta e me viro para perguntar a Sammy:

— Certo, quem foi que fez isso com Cooper? Agora me diga a verdade. Foi um cara chamado Hamad?

— Hamad? — Ele parece confuso.

— Sammy, não se faça de idiota para mim. Sei que essa briga em que ele se meteu teve a ver comigo, ou Hal não estaria aqui, insistindo para eu escolher uma arma para levar ao trabalho comigo amanhã. Então me conte tudo de uma vez. Foi mais de um cara? Eram estrangeiros? Estavam em um Escalade?

Sammy está com expressão ainda mais confusa.

— Tinha só um homem, e ele não estava em Escalade nenhum. O nome dele era Ricardo.

Encaro Sammy, perplexa. Agora quem está confusa sou eu.

— Ricardo? — repito. Estou certa de que não posso ter ouvido certo. — Ricardo é o namorado da minha mãe. Ou ex-namorado, eu acho. Ela disse que eles brigaram...

— Exatamente — declara o amigo de Cooper. — Mas não tem por que se preocupar. Pelo que entendi, Coop deu um jeito no safado. Quando esse Ricardo malandro sair do hospital, onde está se recuperando por causa do nariz e da pélvis que Cooper quebrou, ele vai ser colocado na prisão e depois vai direto para o presídio de Rikers Island, que é onde a escória como ele merece estar. Coop sabe fazer o trabalho dele, sabe como é?

Murmuro:

— É, sei como é, sim. — Porque não consigo pensar em mais nada para dizer.

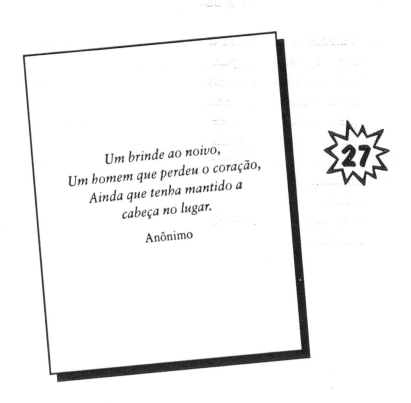

*Um brinde ao noivo,
Um homem que perdeu o coração,
Ainda que tenha mantido a
cabeça no lugar.*

Anônimo

Eu e Cooper estamos enfim a sós no antigo quarto dele — a menos que Lucy conte, desmaiada em sua caminha de cachorro, e Owen, o gato, empoleirado sobre a velha cômoda, fitando-nos com os olhos estreitos e amarelos.

Os analgésicos que deram a Cooper no hospital estão deixando de fazer efeito, mas ele reluta em tomar os novos que Nicole e Jessica se esforçaram tanto para conseguir. Os farmacêuticos já não vendem mais frascos de remédios controlados para qualquer um, ao que parece. Agora, só às pessoas a quem são receitados, e é necessário mostrar uma identidade ou algum tipo de identificação provando que pelo menos mora no endereço que está registrado na receita.

Felizmente, Jessica e Nicole têm o mesmo sobrenome que Cooper e também possuem um alto poder de persuasão — ou ao menos uma incrível persistência. É possível que tenham simplesmente exaurido o farmacêutico com toda sua chatice. Foi assim que conseguiram arrancar pôneis — um para cada uma — de seus pais quando ainda eram absurdamente novas.

— Não gosto deles — reclama Cooper, quando ofereço uma pílula. — Esse remédio deixa minha cabeça embaralhada.

Isso sai parecendo "eze rebédio dêxa a binha cabeza embaralhada" por conta do ferimento na boca.

— Não me interessa — informo. — Você precisa dormir para poder se recuperar. Isso se chama controle da dor. Se não tomar o remédio agora, vai acordar gritando sem se aguentar mais tarde.

— Uau! — exclama Cooper, aceitando obedientemente o comprimido, junto a um copo d'água (no qual coloquei um canudo para a conveniência dele). — Alguém já te disse que você é péssima nisso de cuidar dos outros? Que bom que nunca aconteceu de eu ser um soldado ferido no fronte de uma guerra mundial e de você ser minha enfermeira.

— Eu jamais teria me voluntariado para ser enfermeira numa guerra — retruco, tomando seu copo depois de ter engolido o remédio e colocando-o na mesinha de cabeceira. — Teria ido logo para os atiradores de elite e seria excelente, ao que parece, segundo Hal.

O amigo, que avisou que ia passar a noite aqui — e possivelmente algumas outras noites —, está dormindo no escritório lá embaixo. Sua mala acabou revelando múltiplas mudas de roupa, uma escova de dentes e o livro que está lendo, bem como as várias armas.

Ofereci o quarto de hóspedes em vez do sofá, que é um sofá-cama, mas ainda assim não tão confortável quanto uma cama de verdade, mas ele me agradeceu educadamente e disse preferir a primeira opção. Cooper me explicou depois que era porque o escritório tem a melhor vista para a rua, então Hal pode ver qualquer um que suba os degraus até a porta da frente.

— Não ia fazer mais sentido um invasor tentar entrar pelos fundos?

Cooper balança a cabeça em negativa.

— É para isso que o alarme está aí. Hal fica preocupado que alguém disfarçado de entregador de pizza chegue e bata. Só que nenhum de nós pediu comida, e não vai ser pizza o que vai ter na caixa.

— Agora vocês estão sendo ridículos — digo, revirando os olhos.

— Estamos, né? Você disse que aquele blogueiro pedia muita pizza, e olhe só o que aconteceu a ele. Vai ver foi assim que o pegaram.

Não vou conseguir convencer Cooper de que qualquer um poderia ter facilmente chegado de fininho por trás de Cameron Ripley e o estrangulado — o menino tem a mania de sentar de costas para a porta, digitando com os fones nos ouvidos —, então deixo para lá. Hal que fique olhando a entrada à espreita de assassinos misteriosos disfarçados de entregadores de pizza supostamente me caçando. Tenho assuntos mais sérios com que me ocupar.

— Então Hal está aqui... — resolvo perguntar a Cooper enfim quando suas pálpebras começam a se fechar involuntariamente e sei que a probabilidade de conseguir arrancar a verdade dele é maior — ... porque você estava preocupado com o que estava acontecendo em meu trabalho, ou porque estava preocupado com a história de minha mãe?

Cooper sacode a cabeça, desorientado. Não estava errado sobre o efeito do remédio de "embaralhar" sua cabeça.

— Como assim?

— Não tem mais por que fingir — digo, me aproximando para tocar a face dele de leve com o dedo. Já é áspera logo depois que faz a barba, e vai ficando ainda mais ao longo do dia. Com o tornozelo e uma costela quebrados e o lábio inchado, não vai nem se dar o trabalho de se barbear. — Sei que não teve acidente de carro algum. Sammy, o Nareba, abriu o bico.

— Ele vai ver só se faço outro favor para ele agora — resmunga Cooper depois de uma pausa, com genuína amargura. — Não dá para confiar mais nas pessoas mesmo, viu, Heather.

— Não, não dá mesmo, né? Cooper, eu me lembro de ter te pedido para esquecer a coisa toda com minha mãe.

— E eu me lembro de ter te dito que, como um detetive particular, não posso fazer isso. Heather, será que você não entende mesmo? Eu não podia *não* seguir sua mãe.

— E olhe só no que deu! — Sentei na cama ao lado dele. Indico seus tornozelo e torso enfaixados. — É esse tipo de coisa que ela faz. Ela destrói tudo o que toca.

Ele captura uma de minhas mãos esticadas e beija as costas dela muito gentilmente a fim de não machucar os lábios feridos.

— Nem tudo — discorda, com um sorriso meio de lado. — Você, não. Não dessa vez. Eu não deixei.

— Ah, sim — digo, sarcástica. — Então, agora, em vez de me machucar, ela te machuca. É muito melhor dessa maneira, Coop.

— Ora, vamos, Heather. Você acha que isso é tão ruim assim? Pode acreditar, já passei por coisa muito pior. Daqui a umas duas semanas, não vai ter nem mais um arranhãozinho em mim. E isso não teve nada a ver com sua mãe...

— Ah, com certeza! — exclamo outra vez.

— Ok, bem, talvez um pouco. Ela anda com uns sujeitos meio esquisitos, sua mãe.

Sinto um arrepio percorrer meu corpo e encosto a cabeça no ombro dele — com cuidado, para não machucar a costela quebrada —, envolvendo-o com um braço.

— Por que acha que eu te disse para esquecer o assunto? Meu Deus, Cooper, você podia ter morrido.

Ele sorri torto, depois estremece.

— Que bom saber que você tem tanta confiança assim em minhas habilidades.

— É sério. Ricardo nunca foi o cara mais legal do mundo.

— Desculpe te desapontar, Heather, mas não costumo encontrar muitos caras legais no meu campo de trabalho. Não sou exatamente um bibliotecário.

— É, mas os bibliotecários têm o hábito de andar por aí com mafiosos? Porque tenho quase certeza de que Ricardo devia dinheiro para o pessoal da Máfia.

— Bem, isso explicaria por que ele estava tão interessado em sua mãe. Ela claramente tem montes de dinheiro para gastar. Comecei a segui-la quando ela saiu do apartamento de seu pai à tarde. Ela foi direto para a Quinta Avenida, os suspeitos de sempre: Tiffany's, Bergdorf's, Van Cleef & Arpels. Mas foi só quando ela chegou na Prada que vi que não era o único na cola dela.

Ergo a cabeça do ombro dele.

— Você quer dizer que Ricardo...?

— Peguei-o bem quando ela estava para sair da loja. Reconheci no ato. Está um pouco envelhecido, mas não tanto assim. Além do mais, ele é um pangaré dos mais podres, dava na pinta. Estava usando um trench coat e um chapéu fedora quase cobrindo o rosto todo, pelo amor de Deus. Quem é que se veste assim quando está 28 graus na rua? O cara é claramente um amador.

— Então o que você fez?

— Eu disse: "Ei, Ricardo, quanto tempo", e o cara enlouqueceu, tirou uma faca do bolso e partiu para cima de mim. A única escolha que eu tinha era desarmá-lo.

Engulo ar, assustada, e me endireito.

— Cooper! Você ficou maluco? Ele podia ter te esfaqueado!

— Tinha mulheres no lugar, inclusive sua mãe — defende-se ele, indignado. — O que mais eu ia fazer? Assim que ela reconheceu o ex, começou a gritar como se tivesse visto o anticristo. E, mesmo assim, ainda demorou séculos para os seguranças da loja se tocarem do que estava acontecendo e chamarem a polícia. Quando a viatura chegou, o camarada e eu já estávamos na calçada. Ele tentou me empurrar para a frente de um táxi...

— Onde estava minha mãe? — interrompo.

— Desapareceu — responde ele. — Não a vi mais depois que os policiais me tiraram de cima de Ricardo.

Aperto meus lábios, tomada por pensamentos sombrios a respeito da mulher que não teve sequer a decência de ficar por perto para ajudar meu noivo, que quase era espancado até a morte pelo ex-amante dela — mesmo que Cooper tenha virado a mesa no fim e acabado ganhando a briga.

— De qualquer forma, isso só serve para mostrar — continua ele, brincando com uma longa mecha de meu cabelo — que as coisas nem sempre são bem do jeito que parecem ser.

— Como assim? Acho que elas são *exatamente* do jeito que parecem ser. Minha mãe é uma bela de uma safada...

— Ah, Heather. — Ele me interrompe, balançando a cabeça, depois se crispa quando a dor o para. — Tão bonita e tão fria. Quis dizer que as razões para sua mãe ter aparecido aqui naquela noite talvez não sejam inteiramente mal-intencionadas. Julgando pelo tamanho da faca que o cara chegou mostrando para mim, acho que sua mãe tinha motivos para acreditar que estava em perigo, perigo de verdade, e precisava de ajuda, mas não sabia bem como pedir, especialmente depois do jeito que ela te tratou todos esses anos.

Depois desse discurso — que foi um tanto difícil de entender devido ao lábio machucado —, Cooper pega o copo d'água e dá um longo gole pelo canudo.

A noiva é tamanho 42 293

— Por que *eu* ia ajudar? — Quero mesmo saber. — Especialmente agora! O que ela já fez por mim... Ou por você? Sem contar quase te matar hoje.

— Fui eu o culpado — protesta, quando a boca já está menos seca, um dos efeitos colaterais do remédio listados na bula. — Como você bem disse, eu devia ter esquecido o assunto. Mas... Bem, não é lá muito minha cara. E vamos concordar, né?, não é lá muito a sua, também, Heather. É por isso que a gente forma um casal tão perfeito. Foi uma sorte a gente se encontrar. Às vezes sinto pena das pessoas tipo sua mãe. Vai ver o problema não é que ela seja uma bela de uma safada e mais seja-lá-o-que você ia dizer. É só que ela nunca teve a sorte de encontrar a alma gêmea, que nem a gente teve.

Franzo a testa, ainda que saiba que talvez haja algum sentido no que ele diz. Mesmo assim, não é algo que uma garota goste de admitir... Especialmente porque não consigo deixar de pensar na desagradável assertiva do Detetive Canavan de que sou a definição de "merda no ventilador". Isso faz de Cooper outro do mesmo tipo. Então somos um apaixonado casal de "merda no ventilador"?

Que romântico.

— E o coitado do meu pai? — indago. — Se minha mãe se mandou com o dinheiro de Ricardo (e conhecendo a peça, pode apostar que foi isso aí mesmo), então ela está colocando o papai em perigo ficando com ele. — Estalo os dedos. — Isso explica totalmente por que ela não queria ficar em um hotel! Sabia que se usasse o cartão de crédito, Ricardo saberia onde encontrá-la. Não que não tenha conseguido encontrar, no fim das contas. Ai, isso é um pesadelo. — Solto um gemido e cubro os olhos.

— Não é tão ruim assim — diz Cooper. — Ricardo fica em cana pelo menos até amanhã cedo. Aí, se não tiver direito a pagar fiança, e duvido mesmo que tenha, porque ele resistiu à prisão e você sabe como os juízes adoram esse tipo de comportamento, ele vai ser mandado para a penitenciária de Rikers. Então não importa para onde sua mãe se mandou agora, está com uma boa vantagem. E seu pai está bem. Ele acabou de pedir comida chinesa.

— Espere aí. — Tiro as mãos do rosto para poder encará-lo. — Como você sabe?

Tímido, Cooper mostra o celular. Na tela, tem uma mensagem de alguém chamado Kenny.

— Você colocou alguém de tocaia no apartamento do meu pai?

— Claro que não — protesta ele, como se fosse completamente irrazoável. — Só subornei o porteiro para me manter informado dos passos de seu pai.

— Ah! — digo, com alívio irônico. — Isso é mesmo muito melhor.

— Viu? É por isso que não gosto que você fique sabendo dos detalhes do que faço no trabalho, porque é desagradável. Espiono as pessoas. Vou sempre fazer isso, mesmo que me espanquem, e mesmo quando não estiverem me pagando. Eu *gosto* de espionar as pessoas. É o que faço, Heather. E, se vai se casar comigo, vai ter de se acostumar.

Eu me encosto nos travesseiros e o encaro, observando o calombo teimoso em sua boca e o brilho desafiador no olho.

— Meu Deus. Você quer dizer que não ia parar mesmo se eu pedisse?

— Não. Você ia parar de escrever música e trabalhar no Conjunto se eu pedisse?

— Não. A menos que você tivesse algum tipo de doença fatal e quisesse que eu fosse com você para o sul da França para aproveitar seus últimos meses de vida.

— Ah! — exclama, as feições mais relaxadas. — Bem, aí já é outra história. Eu também abandonaria a espionagem

A noiva é tamanho 42

para ser seu enfermeiro na luta contra uma doença fatal, especialmente no sul da França.

Eu me aproximo para afastar uma mecha de cabelo escuro que caíra em sua testa.

— Não fazia ideia de que ser detetive particular era tão... complicado. A julgar pelas suas contas, parece algo bem entediante.

— Geralmente é — confirma Cooper. — Mas, como eu te disse... As coisas nem sempre são o que parecem.

— É, estou vendo agora. — Beijo o ponto da testa dele de onde tirei o cabelo. — Bem, chega de falar de doença. Tem alguma coisa que eu possa fazer para te deixar melhor?

Ergue uma das sobrancelhas escuras.

— Não sei. O que tinha em mente?

— Não tenho certeza — digo, com a mão procurando embaixo do lençol. — Onde dói?

— Bem — admite. — Meio que *tudo* dói.

— E aqui? — indago, levantando minha própria sobrancelha.

Ele inspira.

— Essa área pode estar precisando mesmo de um pouquinho de atenção. Você havia falado alguma coisa sobre um sanduíche mais cedo se não me engano.

— É — concordo. — Mas não sei se você vai querer isso agora. Dei uma olhada na internet há um tempinho. É quando uma garota faz sexo com dois caras ao mesmo tempo. Posso chamar Hal se você...

— Definitivamente — diz Cooper —, *não quero* sanduíche nenhum, nunca.

— Mensagem captada — declara, virando o lençol. — Vejamos o que posso fazer para você mudar de opinião em relação as minhas habilidades de enfermeira.

Fiz com que ele mudasse de opinião, completamente.

Alunos postos na rua pela administração da Faculdade

Os dirigentes da faculdade se negam a comentar o fato de que nove assistentes de residentes — mais da metade da equipe — foram demitidos de seus postos no Conjunto Residencial Fischer por "comportamento não tolerado por esta instituição" e obrigados a encontrar acomodações alternativas por conta própria até domingo.

O suposto "comportamento" pelo qual os ARs estão sendo punidos é um dos mais comuns entre os alunos vez ou outra: fazer farra.

Os nove assistentes, entretanto, estavam na farra com o príncipe de Qalif e residentes de seus andares que são menores de idade.

Segundo se reportou, havia bebida alcoólica "em abundância" na festa.

Na manhã seguinte, uma AR do Conjunto Residencial Fischer, Jasmine Albright, foi encontrada morta em seu apartamento no próprio alojamento. A causa da morte ainda não foi divulgada pelo IML, mas as fontes dizem ao *Expresso* que a estudante não foi vista bebendo na festa.

Uma petição já está sendo movida por alguns calouros dos ARs a fim de "salvar" os empregos dos últimos.

"Adoro minha AR", diz a nova aluna Lindsay Chu, "e não acho justo ela ser demitida por uma coisa que todo mundo estava fazendo. Não foi culpa dela que a menina morreu. Todo mundo bebe. Qual é o problema?"

Até agora, a petição já alcançou mais de cinquenta assinaturas. Nenhum dos assistentes foi encontrado para fazer comentários.

Expresso da Faculdade de Nova York
Seu blog diário de notícias feito por estudantes

28

Cooper ainda está adormecido quando saio para o Conjunto Fischer no dia seguinte. Os remédios — e sem dúvida a exaustão, uma vez que ficou provado que possuo habilidades surpreendentemente excelentes como enfermeira — finalmente o nocautearam. Deixo uma longa lista de instruções para Hal na porta da geladeira, que ele olha com nervosismo.

— Acho que Coop ia querer que eu fosse com você — diz.

— Sabe, te proteger do maluco que está matando gente no seu trabalho e do namorado da sua mãe também.

Rio sem vontade. Sei que as coisas devem estar bem críticas para Hal Virgem preferir ficar em minha companhia, uma mulher, que na de Cooper. Meu noivo não é exatamente a pessoa que mais curte ficar na cama... A menos que eu esteja lá com ele, é claro.

— Acho que o namorado da minha mãe está mais interessado em ir atrás dela do que de mim, Hal — digo. — Além disso, vai ficar estranho um guarda-costas me seguindo pelo Conjunto. E alguém precisa ficar para ajudar Cooper. Ele está com a costela quebrada e o tornozelo fraturado. Não consegue usar as muletas ainda. Quem vai levar o café da manhã para ele e garantir que tome os remédios?

A resposta para a pergunta acima deveria ser eu, mas de jeito nenhum vou ligar para o trabalho dizendo que estou passando mal para bancar a enfermeira de meu noivo ferido, mesmo que ele tenha de fato feito algo incrivelmente destemido e nobre. Tenho uma reunião marcada com Rashid e Ameera às 9 horas e não vou faltar, embora tenha planos de voltar para casa imediatamente após terminá-la.

Claro, terei de sair outra vez logo em seguida, uma vez que a prova final do vestido de noiva também está agendada para o meio-dia. Não posso mesmo desmarcar esse compromisso da maneira como fiz com a cerimonialista.

— Bem — diz Hal, olhando dubiamente a lista que deixei e que enumera: *levar café da manhã para Cooper* como primeiro item, com *pedir sanduíche de ovo, queijo e presunto da delicatessen (para entregar em casa)* embaixo, e o número do lugar. Junto à lista, prendi uma nota de dez dólares (incluí dinheiro para o café de Hal e um menu da delicatessen). No fim, pois não tenho certeza se Hal sabe, escrevi: *O cara da delicatessen é nosso amigo. Não vai machucar ninguém. Não atire.*

— Não sei — fala Hal, lentamente, ainda fitando a lista.

— Olhe só — continuo. São quase 9 horas. — Diga para Cooper me ligar quando acordar.

Já estou quase para fora da porta quando o outro grita para que eu volte.

— Heather! Você esqueceu uma coisa.

Apresso-me até ele só para vê-lo colocar a arma de calibre 22 em minha bolsa. O metal a torna consideravelmente mais pesada.

— Está carregada — observa, olhando furtivamente toda a extensão da rua. O céu está nublado, para variar, e por sorte não tem tanta gente perambulando por aí. — Está com a trava de segurança. Lembre-se do que eu disse. Nunca, nunca deixe te desarmarem, não importa quais forem as circunstâncias. Por motivo algum. Você já leu *Tempo para morrer*?

Por mais estranho que seja, já. É um livro baseado em fatos reais que Cooper tem aqui em casa, que folheei e li (ao contrário de *O Hobbit*). Ele perguntou porque a história gira em torno de um incidente verídico em que um policial da Califórnia entrega seu revólver ao criminoso que estava mantendo seu parceiro como refém. Em seguida, o criminoso atira no parceiro com a tal arma. O caso fez com que as delegacias de polícia do país colocassem em vigor uma nova regra extremamente rígida: nenhum policial deve jamais entregar sua arma sob quaisquer circunstâncias.

Embora o incidente deva ter ocorrido antes de Hal nascer, o fato de que continue insistindo na coisa de não me deixar desarmar, não importando a situação, me faz ter um *insight* súbito de por que ele não está mais na polícia e de por que tem tantas armas. Só pode ter passado por uma experiência semelhante à do oficial de *Tempo para morrer* e quebrado a regra, com consequências similarmente trágicas.

— Eu li, Hal — digo, gentilmente, em vez do que tenho realmente vontade de dizer, que é: *Tire essa coisa da minha bolsa.* — Vou me certificar de que ninguém mais coloque as mãos em minha arma.

— Ótimo. Se você não me deixa te proteger — continua ele, os olhos estranhamente brilhantes por trás das lentes grossas dos óculos —, pelo menos você mesma se protege. Você sabe que é o que Cooper quer.

— É — digo. — Eu sei. Muito obrigada, Hal. E obrigada por cuidar de Cooper.

Hal assente com vivacidade, depois rapidamente fecha a porta, provavelmente para não me deixar vê-lo com os olhos mareados. Agradeço, pois eu mesma fiquei com olhos um pouco enevoados... O que é absurdo. Quase tão absurdo quanto o fato de que estou levando uma pistola para o trabalho. Felizmente, dá para trancar a última gaveta em minha escrivaninha. Vou colocar minha bolsa lá dentro — depois de retirar todos os formulários — e fechar à chave. Explosivos, fogos de artifício, armas de fogo e munição são todos artigos proibidos no alojamento, e sujeitos a apreensão e descarte, se descobertos, de acordo com o *Manual de acomodações e vida no Conjunto Residencial*. Estou quase certa de que isso se aplica tanto a funcionários como a residentes.

Notei na noite anterior, ao verificar meus e-mails, que alguém no *Expresso* — não Cameron Ripley, obviamente — tinha postado a história sobre a demissão dos ARs. Havia rendido um bom número de comentários, a maioria a favor dos assistentes.

Por isso não me surpreendo quando viro a esquina e vejo alunos protestando e marchando em frente ao Conjunto Fischer, segurando sinais que dizem "Injustiça da Faculdade de Nova York" e "Eu amo o meu AR!" enquanto cantam "Contratem meu AR de volta!".

A maior parte deles é obviamente feita de calouros. E os calouros, por mais adoráveis que sejam, às vezes são facilmente manipuláveis pelos outros, especialmente durante as poucas semanas de início da faculdade, antes de se tornarem endurecidos e desgastados como eu. É por isso que muitos negociadores gravitam para o parque nos meses de outono, oferecendo fornos de micro-ondas gratuitos para adolescentes que se registrarem em programas de cartão de crédito — com taxas de juros absurdamente altas — e ingressos para "shows de rock" — que no fim não passam de encontros religiosos e um pouco de música ao vivo para dar um charme.

— Heather! — Uma dos calouras segurando placas corre até mim. Reconheço Kaileigh Harris. Duas das colegas de apartamento — mas não Ameera, noto — e a mãe de Kaileigh estão logo atrás.

Ainda é *muito* cedo para isso.

— Heather — diz ao me alcançar. — Você ficou sabendo do que aconteceu? Demitiram todos os ARs?

— Bem, não todos. Só os que foram à festa do príncipe.

— Mas não é justo — interfere Nishi, a colega. — Os ARs são alunos iguais a nós.

— É — concorda Chantelle, a outra colega. — Por que eles precisam ser punidos quando o resto de nós não foi?

Não. Isso, não. Não antes de meu café.

— Gente — começo. — Não estou dizendo que não acho que vocês deviam ser todos punidos, porque, podem acreditar, minha opinião é que deviam, sim. Mas será que vocês não acham que é possível que tenha mais coisa nessa história...

— Como a menina que morreu e os ARs acobertando o fato de que sabiam ao menos um pouquinho do motivo — ... e que nem sempre tudo é exatamente o que parece?

Estou conscientemente repetindo o discurso de Cooper da noite anterior.

— Ah, não — diz uma quarta garota, que chegou marchando até mim com os coturnos verde-limão, a placa apoiada no ombro. — Tudo é sempre *exatamente* o que parece. A gente sabe da história *toda*. Minha assistente, Megan, me contou. O fato é que vocês, os administradores, não se importam com a gente, os alunos, as pessoas que pagam seu salário! Bem, já é hora de a gente tomar o controle. Queremos nossos ARs de volta. Queremos — Nossos — ARs — De — Volta!

A toada dela é rapidamente ecoada pelo restante dos estudantes, parte dos quais, percebo, são os próprios funcionários demitidos. Megan está entre eles. Está me olhando de rabo de olho pelos óculos de armação chamativa enquanto marcha em frente à entrada.

Decido que vou garantir que o contracheque final de Megan faça um circuito bem longo antes de finalmente chegar até ela, seja para onde for que acabe se mudando.

— Srta. Wells. — A Sra. Harris emparelha comigo. Tem uma expressão preocupada no rosto. Não posso culpá-la. — Sabe o que está acontecendo?

— Sei — respondo, forçando um sorriso. — Por favor, não se preocupe, Sra. Harris. A gente já tem ótimos candidatos para substituir os ARs que saíram.

Bem, um ótimo candidato.

— Já o conhecemos — diz a mulher, com frieza. Hoje está vestida toda de tons cítricos. Como pode estar tão bem arrumada cedo assim de manhã? — Ontem à noite, enquanto a gente jantava no refeitório, sua assistente, sei lá qual é o nome dela, a dos cabelos espigados, estava apresentando o moço pelo salão. Sem querer ofender, Srta. Wells, mas você percebeu que ele é *cego*? Nossa filha está passando de uma assistente de residente morta para um assistente cego? Vai me desculpar, mas como isso vai dar certo? E se houver um incêndio?

Olho para cima, para o céu nublado, me controlando para ter paciência.

— Bem, Sra. Harris — digo, depois de contar até três. — Tenho certeza de que, se houver um princípio de incêndio, Dave vai ouvir o alarme, sentir o cheiro da fumaça e guiar os residentes até a saída em segurança, *igualzinho a uma pessoa com visão normal*. Agora, se me dá licença, preciso ir para o escritório.

Saio batida por ela, mas não sigo em direção a minha sala. Vou ao refeitório. Preciso daquele café e de um bagel.

— Dia — cumprimenta Pete mal-humorado, quando passo pela segurança. Sabe que é melhor não falar comigo cheio de empolgação logo cedo. Ele se sente da mesma forma em relação às manhãs.

— Você está vendo isso? — pergunto, apontando com o ombro os piqueteiros. — As câmeras estão gravando?

— Infelizmente — responde, tão mal-humorado quanto antes. — Eles estão nisso desde às oito. Tem um grupo protestando na frente do escritório do presidente também. E ainda tem os pais de alguns ARs que estão vindo para cá, pelo que fiquei sabendo.

Reviro os olhos.

— Pode atirar em mim. — Então me lembro do que tenho na bolsa. — Quero dizer... Esqueça.

Pete assente, solene. Tem uma xícara de café e um bagel sobre a mesa, então já está bem adiantado em relação a mim.

— Só para te deixar avisada, tem um bando deles esperando na frente de seu escritório. Não deu para entrarem porque você trocou as fechaduras ontem à noite, o que foi bem pensado, aliás, mas está parecendo que isso só serviu para acirrar os ânimos.

Xingo de uma maneira que geralmente reservo para quando dou uma topada com um dedo do pé, ou esqueço de encomendar mais papel para a xerox.

— Eu ouvi, hein! — A voz de Gavin viaja da mesa da recepção até mim. — Isso só pode significar uma coisa. Heather Wells veio dar as caras!

— Cale a boca, Gavin — digo de mau humor, e continuo a caminhar para o refeitório.

— Isso é jeito de falar com seu empregado mais devoto? — brada ele. — Ei, dê uma chegada aqui quando estiver voltando. Tem mensagem para você.

— Ok.

Xingo outra vez, agora baixinho.

Felizmente, Magda já tinha adivinhado minhas necessidades e forçou Jimmy a guardar um bagel para mim antes que a horda de protestantes vorazes pudesse fazer a limpa nos pãezinhos.

— Coitadinha — diz ela, enquanto Jimmy me entrega o sobrevivente. Desta vez está ocupado demais para colocá-lo para torrar: uma onda de calouros saindo para uma excursão de orientação ao Central Park acabou de entrar logo na minha frente. Então, sou obrigada a cortá-lo ao meio eu mesma, com a faca de serra deixada na bancada perto da cesta. — Me falaram de Cooper. Como ele está? Como *você* está?

A pergunta me pega de surpresa.

— Como você ficou sabendo?

— Linha direta das madrinhas — explica, mostrando o celular. — Nicole me contou. Todas essas pessoas que ficam mandando mensagem no trânsito. Devia ser contra a lei.

Claro. Nicole contou a versão que sabia, que não era a verdadeira...

— Cooper está bem, dentro do esperado — respondo, caminhando com Magda até a mesa da cafeteira. — E *existe* uma lei que diz que não se pode mandar mensagens de textos e dirigir ao mesmo tempo. Mas não é exatamente isso que...

— Sabe o que eu estava pensando? Se o pé dele não ficar bom até o dia do casamento, ele pode usar uma daquelas... Como é que chamam mesmo? Mr. Jazzy? Aquelas cadeiras motorizadas que os velhinhos usam nos supermercados.

— Jazzy Power scooter? — indigo, com horror.

— Isso! — Magda bate palmas, animada. — Você vai ficar tão linda com seu vestido branco e o véu, sentada no colo de Cooper enquanto ele gira com você na Mr. Jazzy dele pela pista de dança daquele hotel chiquérrimo!

Com minha mistura de café e chocolate quente em mãos, digo:

— Você está sempre vendo o lado bom das coisas, hein, Magda?

— Bem, eu tento — admite, dando de ombros com modéstia. — Sou assim.

— Saúde — digo, saudando-a com a caneca. Depois sigo para o escritório.

— Heather! — Gavin me para. — Caramba, mulher! O que é que tem de errado contigo? Você foi passando direto sem nem dizer oi, nem parar para pegar a mensagem que Lisa deixou.

Tomo um bom gole de café para me dar forças.

— Lisa deixou um bilhete? Não está lá na sala?

— Não — responde o garoto. Como de praxe, uma vez que é o turno da manhã ainda, está de pijama, cujo modelito do dia consiste de calças de moletom azuis da Faculdade de Nova York, uma camiseta dos Ramones e as usuais pantufas do Pateta. — Ela e Cory saíram há mais ou menos meia hora. Ela disse que ia ao médico. É bom, ela estava com cara de doente mesmo. Provavelmente por causa dessas pragas de ARs. — Faz uma expressão de reprovação. — Estão me deixando doente também. Mas ela deu uma parada aqui para escrever isto para você antes de sair.

Gavin desliza um envelope fechado por cima do balcão para mim. Deixo o bagel e o café de lado, abro-o e encontro um bilhete dobrado escrito em papel oficial da faculdade, na letra peculiar redondinha de Lisa.

— Faculdade de Nova York —

Heather,

Desculpe-me por deixá-la em uma encrenca dessas, especialmente com os ARs agindo que nem loucos, mas liguei para minha ginecologista ontem à noite como você me aconselhou, e ela disse que podia me encaixar em algum horário hoje de manhã. Devo estar de volta às 11 horas, meio-dia no máximo. Não esqueci da prova, não se preocupe! Obrigada, você é o máximo!

Lisa

P.S.: Contei para Cory. Você tinha razão, ele está superfeliz! E agora, tenho de admitir, eu também!

Sorrindo, dobro de volta o papelzinho, coloco-o no envelope e o guardo na bolsa.

— Qual é a graça? — pergunta ele.

— O quê? — indago, tentando arrancar o sorriso do meu rosto. — Nada. Cuide da sua vida. Já acabou de direcionar a correspondência de ontem? Porque a pilha ali não me parece estar diminuindo, não.

— Poxa, mulher! — exclama. — Por que você tem de ser assim?

— Não estou te pagando para trabalhar em seu roteiro, Gavin — digo, apontando para o laptop aberto à frente dele. — Vá fazer isso. E por que as flores do Príncipe Rashid ainda estão aí?

Gavin olha para trás.

— São as que ele deixou para a garota do 1412. Já deixei tipo quatro mensagens. Ela disse que não quer. Então será que eu posso dar o buquê para Jamie? *Por favor?*

— Não, não pode — digo. — Os itens deixados na recepção não são seus para sair os redistribuindo por aí. Comece a trabalhar na correspondência.

Mas Gavin pode perceber que ainda estou sorrindo. Acho impossível não fazê-lo.

— Sério! — grita, enquanto me afasto. — O que está escrito nesse bilhete? Obviamente é alguma notícia das boas. Mas que tipo de notícia boa Lisa ia ter logo *hoje*, entre todos os dias?

— Não é notícia boa! — grito em resposta, olhando para trás. — É a *melhor* notícia.

— Todo mundo recebeu aumento? — arrisca o garoto, com tom esperançoso.

— Bem que você queria! — grito de volta. — Vá trabalhar!

Percebo que é um pouco prematuro — ok, muito prematuro —, mas já antevejo todos os momentos de diversão

A noiva é tamanho 42 **307**

que Lisa e eu teremos com seu bebezinho no escritório (eu estava falando sério sobre fazer um berço para ele na gaveta de um dos arquivos). Vai ser divertido em especial para mim, porque não é *meu* bebê, então não preciso me preocupar em trocar fraldas ou passar noites insones, ou economizar para a faculdade, nem pensar na possibilidade de ele se provar um *serial killer* no futuro. Penso em nomes — imagino o que Lisa acharia de Charlotte ou de Emily se for menina? — no instante em que viro no corredor em direção ao escritório da diretoria do Conjunto Residencial Fischer e vejo todas aquelas pessoas fazendo fila do lado de fora.

Estranhamente, a porta está aberta — como de praxe quando estou à minha escrivaninha —, só que não estou lá e tinha mandado trocarem as fechaduras na noite anterior.

Então, quem está lá dentro?

Príncipe de Qalif recebe tratamento e medidas disciplinares diferenciados

Fontes contam ao *Expresso* que o Boêmio Rashid, o príncipe de Qalif, deu várias festas enormes em seu(s) apartamento(s), com direito a muito álcool, e não recebeu nenhuma sanção disciplinar, enquanto nove assistentes de residentes no Conjunto Residencial Fischer perderam seus empregos.

"Claro que não fizeram nada com ele", diz um estudante e residente do prédio (que deseja permanecer anônimo por receio a represálias). "O pai dele doou meio bilhão de dólares à faculdade. Ele pode fazer o que quiser."

Os administradores da instituição se negaram a comentar o fato.

*Expresso da Faculdade de Nova York
Seu blog diário de notícias feito por estudantes*

— Olhe só — Sarah está dizendo a Howard Chen, Kyle Cheeseman e ao restante dos ARs reunidos em volta da minha mesa, onde está sentada atrás das enormes (e ainda mais cheirosas) flores que Rashid me mandara. — Lisa não está, ok? Não sei aonde ela foi, nem quando ela volta, mas...

Ela para de falar ao me ver passar pela porta.

— Ah, graças a Deus — diz, e levanta-se da cadeira, parecendo aliviada. — Até que enfim. Pensei que você nunca ia chegar. Estas... *pessoas*... querem falar com você.

Sarah hesita antes de dizer "pessoas", como se preferisse usar uma palavra diferente, mas tivesse escolhido o caminho mais nobre por profissionalismo. Aparentemente, sua paciência tinha se esgotado.

Não posso dizer que a culpo. O escritório mais parece um zoológico. Não apenas está apinhado de ARs insatisfeitos, como também Carl, o engenheiro civil, está de volta ao topo da escada, perfurando o teto, desta vez em cima da mesa de Sarah — que é o motivo pelo qual ela a abandonara em favor da minha. O Príncipe Rashid também está ali, sentado no sofá, bem na hora para a reunião...

Mas trouxe consigo os dois guarda-costas, inclusive Hamad, que estão rígidos e o flanqueando, com expressões igualmente duras como rocha.

Estranho como os agentes especiais do Departamento de Estado somem quando se precisa deles.

— Qual é a dessa carta? — pergunta em tom de desafio Jasmine Tsai, sacudindo um pedaço de papel na frente do meu rosto. Tudo que consigo ver é que está escrito no papel timbrado da faculdade. Tem uma marca d'água. Não podemos bancar esse tipo de material aqui no escritório. Nossa verba não é suficiente para cobrir um custo desses.

Jasmine Tsai não é a única a sacudir a carta.

— Srta. Wells — chama Hamad em tom rude, segurando a carta que mandei a Rashid no dia anterior. — Podemos falar a respeito disso?

— Sim, podemos, com certeza — respondo, sentando-me na cadeira que Sarah rapidamente deixou vaga e pousando meu bagel e meu café na mesa. Tenho a sensação de que vai demorar um bom tempo até conseguir aproveitá-los. — Às 9 horas, quando a reunião do príncipe começar.

Hamad olha para cima... para Carl, que está puxando alguns fios pelo buraco de uma das placas do teto que ele retirou, e prestando atenção absoluta a todo o drama acontecendo abaixo enquanto finge estar trabalhando.

— Não, Srta. Wells — diz Hamad, com voz cansada. — *Agora*.

— Não me importo de esperar — diz Rashid do sofá. Está praticamente escondido pelas sombras dos protetores. — É um prazer me encontrar com a Srta. Wells.

— O príncipe de Qalif não tem nada que...

— Receber tratamento e medidas disciplinares diferentes do restante dos residentes do prédio? — Balanço a cabeça. — Acho que não tem mesmo. — Estou enrolando para ganhar tempo. Ameera ainda não apareceu. Mas ainda faltam três minutos para as nove.

— Disciplina? — O rosto de Hamad parece a ponto de derreter, de tão vermelho que está ficando o pescoço sob seu colarinho. — Você tem a coragem de dizer que um príncipe de sangue real vai ser disciplinado por...

— Preciso da acomodação e das refeições gratuitas que me prometeram! — grita Howard Chen, sem poder se conter mais um segundo. — Meus pais não podem bancar a faculdade para mim e para meu irmão ao mesmo tempo a menos que eu tenha quarto e comida de graça!

— Como você e Lisa deixaram isso acontecer?! — grita Kyle Cheeseman comigo. — Pensei que vocês gostassem da gente!

— Não fomos eu e Lisa quem deixamos isso acontecer. Foram *vocês*, quando não avaliaram direito e foram a uma festa no Conjunto onde trabalham. O que exatamente estavam pensando? Estavam servindo álcool para *menores* naquela festa. Vocês são ARs, lembram? O trabalho de vocês é acabar com esse tipo de festa. Depois ainda mentiram para Lisa sobre o motivo de estarem doentes no dia seguinte. — Faço sinais de aspas no ar com os dedos quando digo "doentes", e continuo: — Quando Lisa disse a vocês que estava passando mal, o que ela estava mesmo, vocês, bobocas, a deixaram acreditar que também estavam com a virose. Mas não estavam, não é? Vocês estavam era de ressaca. Quanto tempo acharam que ia demorar até ela descobrir? Vocês sabem que há câmeras de segurança por todo o décimo quinto andar para ajudar a proteger nosso RMI?

Não espero que nenhum deles fale. Não estou a fim de ouvir o que têm a dizer.

— Então não é *minha* culpa que vocês perderam moradia e comida de graça — prossigo. — É *de vocês*. Quebraram as regras do contrato que *vocês* mesmos assinaram, sem falar em todas as regras de decência humana, quando ninguém quis mencionar que Jasmine Albright tinha ido à festa do príncipe, mesmo quando descobriram que ela havia morrido no dia seguinte. Obviamente sabiam que o que fizeram era errado, porque tentaram salvar a própria pele. Não é, não?

Todos os assistentes se entreolham. Posso ver o pânico nu e cru em seus rostos.

— Desculpem-me — digo. — Não ouvi a reposta de vocês. Eu falei: *não é, não?*

— Isso não é justo. — Stephanie Moody é a primeira a abrir a boca. — *Eu* nem cheguei a ver Jaz na festa. E só fiquei sabendo que ela havia morrido quando Lisa contou na reunião da equipe.

— Ah, cale a boca, Steph! — diz Cristopher Mintz, surtado. — Você é tão puxa-saco!

— Acho que vocês não estão entendendo — declara Howard, com histeria crescente. — Se a faculdade não me der o quarto e comida de graça, provavelmente vou ter de pedir um financiamento estudantil.

— Howard — digo —, bem mais do que dois terços dos alunos do país se forma tendo de pagar algum tipo de empréstimo, provavelmente bem maior que o seu vai ser. Tenho certeza de que o departamento de ajuda financeira vai ficar mais que alegre em fazer algum acordo com você. Com todos vocês, aliás.

— Já são 9 horas — observa Hamad, o mais loquaz dos seguranças reais, mostrando o relógio incrustado de diamantes. Provavelmente custou mais que toda a verba designada aos estudantes-funcionários. — Podemos, por favor, dar início à reunião, Srta. Wells?

— Não — digo. — Não estou pronta ainda. E, mesmo quando estiver, vocês não estão convidados para a reunião, Hamad.

Ele me olha furioso.

— Então vamos embora. — O guarda-costas dispara algumas palavras em árabe para o príncipe.

A expressão de Rashid é de quem já viu o bastante de qualquer forma e acabou se entediando. Ele se levanta.

Isso é um desastre. Onde está Ameera? Talvez eu deva ligar para o quarto dela a fim de ter certeza de que está vindo.

— Medidas disciplinares serão tomadas contra você caso não compareça à reunião, Rashid — aviso depressa. — É melhor ficar e falar comigo.

— Não é nem você quem manda aqui — retruca Hamad, com uma bufada sarcástica. — É a moça oriental. Onde é que ela está?

— Asiática — corrijo. — Lisa é ásio-americana. Tapetes são orientais, pessoas, não. E ela não está no momento.

— Mas meus pais... — Howard diz. Noto que está vestindo o moletom de Harvard outra vez, como um lembrete do suposto fracasso. — Eles vão me matar.

A noiva é tamanho 42 **313**

— *Meus* pais vão matar Phillip Allington — declara Jasmine Tsai. — Estão vindo para a cidade agora para exigir uma reunião com ele e discutir esse tratamento injusto que estão nos dando. Não vamos embora sem lutar.

— Nota-se — diz Sarah, com secura. — Quem aí vazou a informação da carta do presidente para o *Expresso*? Porque foi superelegante. Só que não.

Os ARs levantam as vozes em protesto unânime. Rashid, com expressão enojada, vira-se para sair... e congela. Logo vejo por quê. Um rosto familiar (embora um tanto fantasmagoricamente pálido, ainda que muito belo) apareceu à porta.

É Ameera, elegantemente atrasada para a reunião das 9 horas comigo.

Parece assustada. Bem, meu texto *foi* firme. E, claro, os ARs estão sendo extremamente ruidosos. Uma peculiaridade a respeito dos assistentes é que não têm dificuldades em expressar seus sentimentos.

— Entre, Ameera! — grito. Preciso gritar para ser ouvida por cima das vozes dos ARs e da furadeira de Carl.

Rashid sai rápido do caminho. Quando se vira, percebo que seu rosto ficou quase tão pálido quanto o da menina. Parece não ser capaz de tirar os olhos dela.

Ameera entra, tímida (e magra) como um filhote de cervo. Usa um vestido fresco branco, sandálias de couro marrons e apenas o colar de ouro com o pendente de anéis entrelaçados que tinha no pescoço na última vez em que a vi. Olha ao redor um pouco insegura, mas finalmente foca a atenção em mim, uma vez que estou sentada à escrivaninha de localização mais central no escritório.

— Recebi uma carta — diz ela, com a voz educada e de sotaque britânico. Mal consigo ouvi-la com toda a algazarra, no tom tão baixinho em que está falando. — Você queria falar comigo?

Rashid não se moveu de perto da porta. Ainda a está fitando. Até o guarda-costas normalmente mudo parece pouco à vontade. Pousa a mão no ombro do príncipe e diz em particular:

— Alteza? Acho que devíamos ir embora.

Mas Rashid o ignora, olhando apenas para a menina.

— Quero falar com você, sim — confirmo. — Com você e com o príncipe, que eu acho que você conhece. Estou certa?

Ameera mal olha para ele.

— Sim, nos conhecemos — responde, com a voz tímida de sempre.

— Então você não vai ligar de conversar uns minutinhos comigo — declaro, levantando-me a fim de destrancar a porta de Lisa com a chave mestra. — Aqui dentro, em particular, os dois.

É Rashid o primeiro a responder.

— É claro — diz, ansioso. — Com prazer. — Cruza o escritório, abrindo caminho às cotoveladas entre os amontoados de ARs, praticamente derrubando a escada de Carl na pressa em chegar à sala vazia de Lisa para ficar a sós com Ameera. Bem, não exatamente, porque vou estar lá também.

Mas, aparentemente, ele está disposto a aceitar o que lhe é ofertado, como suspeitei quando ouvi da Sra. Harris como ele estava desesperado por uns poucos minutos da atenção e companhia da menina.

— Alteza! — grita Hamad, tentando segui-lo. — Não!

Estendo a mão para impedir o avanço do guarda-costas.

— Sinto muito — digo. — É uma reunião oficial do Conjunto Residencial. É particular. Somente Rashid e Ameera podem comparecer. Vocês vão ter de esperar aqui fora.

Hamad estava se aproximando tão depressa, a fim de proteger seu príncipe, que topa direto com minha mão. Não sei se tocar em uma mulher solteira é contra as leis de Qalif,

A noiva é tamanho 42 — 315

mas o segurança certamente age como se fosse. Dá um pulo de 1 metro para trás, parecendo chocado.

— Não — fala Hamad, mas na verdade é como se praticamente cuspisse. — Você não pode! Você *não pode*... — Depois parece lembrar-se de quem é e onde está e declara: — Você não pode ficar sozinha com o príncipe. Não é assim que se faz.

— Hamad — chama o menino já de dentro do escritório. A voz é firme e cheia de autoconfiança. — Tudo bem. Vai ficar tudo certo. Faça como a Srta. Wells está dizendo, espere aí fora.

Hamad parece mais enfurecido do que jamais o vi. O olhar negro praticamente crepita com fogo. Levo a mão instintivamente às alças de minha bolsa. Claro que não tenho intenção de pegar a pistola que Hal insistiu que trouxesse comigo para o trabalho... Mas, de súbito, estou extremamente grata por ele tê-lo feito.

— Está bem — concorda o leão de chácara, se jogando no sofá que Rashid acabara de liberar, com toda a pirraça de uma criança raivosa que foi posta de castigo. — Vou esperar. Mas só por cinco minutos.

— Não acho que vá demorar mais que isso mesmo — digo, relaxando a mão (mas só um pouquinho) que apertava as alças da bolsa. — Ameera? — Olho para a menina de forma interrogativa. — Você vem comigo?

Seus ombros parecem tão tensos que a impressão que dá é de que a garota está indo para a própria execução, não a uma reunião com o jovem herdeiro do trono de Qalif na diretoria do conjunto residencial onde mora.

Ainda assim, ela não desiste. Assente e diz, apagada:

— Vou. — E entra no escritório de Lisa como Joana D'Arc a caminho da pira.

Agora que consegui colocar onde quero os dois residentes a quem mais gostaria de fazer perguntas desde a morte de Jasmine, viro para os ARs na outra sala e digo:

— Como vocês podem ver, vou começar uma reunião importante. Entendo que estão todos frustrados e com raiva, mas não vão conseguir nada ficando aqui. Lisa não volta até meio-dia. Sugiro que vocês vão fazer uma visitinha ao escritório do Presidente Allington, agora que já está aberto. Mas tenho um conselho antes de vocês irem para lá.

Faço uma pausa para dar um gole no meu café — graças a Deus, eu o fortaleci com uma dose extra de creme chantilly, porque estou realmente precisando.

— Uma coisa que notei é que nenhum de vocês disse a palavra "desculpe". Quando chegarem lá, se conseguirem falar com ele ou com qualquer um dos dirigentes, talvez seja algo que vocês queiram considerar: responsabilizarem-se por suas ações. Uma menina morreu, vocês entendem? Não estou dizendo que a morte dela foi culpa de vocês, nem que ela morreu por causa da festa, mas a razão para os conjuntos residenciais existirem é ajudar os alunos a fazerem em segurança a transição para a vida adulta. E o motivo para o trabalho de AR existir é *assistir* os alunos nisso.

Inspiro fundo. Estão todos prestando atenção em mim agora — até Hamad. Parece um pouco com quando eu fazia shows, mas, em vez de tocar seus corações com uma balada romântica delicada, faço um discurso que deviam ter escutado *antes* de serem contratados. Infelizmente, Simon Hague, o diretor do Conjunto Wasser, foi o encarregado das contratações, e ele sabe tanto de responsabilidade quanto sei sobre enfermagem — enfermagem de verdade, não aquela da cama.

— Mas vocês não só falharam no trabalho, como na noite da festa também estimularam os mais novos a se comportarem de forma irresponsável. Então um bom "Desculpem-me por violar o código estudantil da Faculdade de Nova York e ser um péssimo exemplo" pode causar uma ótima impressão com as pessoas com quem forem falar hoje. Podia ter

A noiva é tamanho 42   **317**

causado comigo, ou com Sarah, ou Lisa, se vocês tivessem dito também: "Desculpe por decepcionar vocês depois de todo o trabalho que tiveram para treinar a gente e deixar os apartamentos tão bonitinhos para a mudança." Definitivamente teria feito muita diferença para mim se vocês tivessem se desculpado por fazer Lisa chorar, porque foi exatamente isso que fizeram. Só por isso, não tenho mais tempo para gastar com nenhum de vocês. Então deem o fora do meu prédio agora.

Todos os ARs piscam para mim com estupefação. Não acho que qualquer um deles tenha sido repreendido por um adulto em suas vidas. Porque estes são o tipo de garotos que, no palavreado irreprimível do recruta do Detetive Canavan, são "estragados" com prêmios recebidos simplesmente por participação.

Bem, não mais. A Faculdade de Nova York pode até não ser perfeita, mas neste lado aqui do parque, fazemos as coisas do jeito certo, não do jeito fácil.

Fico satisfeita em ver que alguns ARs — até os meninos — estão com os olhos mareados.

Nenhum deles vai embora, no entanto. Permanecem na sala em um silêncio constrangedor.

— Desculpem-me. Não fui clara? A última parte não foi uma sugestão. Foi uma ordem. Para. Fora.

Carl assente.

— Clara o bastante para mim — diz ele, e começa a guardar a furadeira e suas brocas.

— Você n-não pode dizer o que a gente tem de fazer — protesta Howard Chen, projetando o queixo para a frente. É um dos ARs que está chorando. — Você não é a diretora.

— Não sou — concordo. — Mas ela não está aqui agora, então estou no comando. E vocês não trabalham mais aqui e não vão trabalhar nunca mais. Então *sayonara*.

— Vamos, parceiro — diz Joshua Dungarden, dando um tapinha no ombro de Howard. — Não esquente. Liguei para meu pai, ele está vindo. Ele é amigo do diretor da faculdade de direito. Ele vai mandar essa vaca embora, e a gente vai conseguir as vagas de volta.

Vaca? É a mim que ele está se referindo?

A furadeira de Carl começa a girar perigosamente ao se aproximar de Joshua. Como ainda não saiu de cima da escada, a broca está na altura dos olhos do menino.

— Perdão, rapaz. Do que você chamou a moça?

— Ahn — diz Joshua, engolindo em seco. — Nada.

Depressa, os assistentes começam a se dispersar. Apenas três — as duas outras Jasmines e Joshua Dungarden — murmuram "Desculpe" ao saírem, e o último apenas por medo de Carl, então nem conta. Howard Chen me lança um olhar de ódio abrasador que quase poderia ter vindo de Hamad.

Somente a saída de Carl é afável.

— Bem, isso foi interessante — diz para mim já à porta, escada e caixa de ferramentas em mãos. — Espero que a gente possa repetir alguma hora. Boa reunião aí!

> **ARs demitidos do Conjunto Residencial Fischer são um bando de "maricas", diz Tom Snelling**
>
> "Vai me desculpar, mas são", diz o diretor do Conjunto Waverly, o prédio que abriga as fraternidades gregas. "Eles tinham tudo de mão beijada. Tudo que precisavam fazer era estar disponíveis algumas poucas noites ao mês e não beber enquanto isso, e ainda conseguiram pisar na bolsa. Espere aí, você está gravando? Seu safado, me dê isso aqui!"
>
> É o único comentário que qualquer dirigente da instituição se dispôs a fazer ao *Expresso* até o momento.
>
> Como sempre, estaremos aqui para revelar a história enquanto ela se desenrola!
>
> *Expresso da Faculdade de Nova York*
> Seu blog diário de notícias feito por estudantes.

— Sarah — chamo, colocando a bolsa no ombro e me dirigindo ao escritório de Lisa. — Se alguém chegar me procurando...

— Você está em reunião — completa ela por mim. — Saquei.

Seus olhos estão esbugalhados, alternadamente encarando a mim, a Hamad e ao outro guarda-costas de Rashid, que assumiu posição vigilante próximo à porta de entrada do escritório.

Não culpo Sarah pelo nervosismo. Conto pelo menos três armas de fogo — todas ilegais pelos regulamentos de porte e licenciamento do estado de Nova York — só neste cômodo... Os revólveres guardados nos coldres de ombro dos guarda-costas e a pistola de caça em minha bolsa.

Ela não tem conhecimento da minha arma, claro, mas tem das dos seguranças. Quem pode saber que outras surpresas não existem escondidas em coldres fora de vista, porém, ou seja lá mais onde os guarda-costas do reino de Qalif guardam armamentos? Sem mencionar os que os agentes especiais no fim do corredor devem guardar lá na sala de reuniões convertida em escritório oficial da segurança.

O Conjunto Fischer provavelmente não vê essa quantidade de armas de fogo desde que era um estabelecimento ilegal onde em tese se vendia gim contrabandeado para sócios com carteirinha do "clube", o que dizem que era feito por uma passagem secreta na biblioteca do segundo andar (há muito convertida em apartamentos para os estudantes) na década de 1920.

— Obrigada, Sarah — agradeço, desaparecendo pela porta do escritório de Lisa. — E pegue os recados se alguém ligar, ok?

— Entendido — concorda Sarah. — Foi um discurso e tanto, aliás. Obrigada. Embora ache que você provavelmente vá acabar sem trabalho se o pai de Joshua Dungarden conseguir o que quer.

Dou de ombros.

— Aí vou poder ficar uma semana extra aproveitando minha lua de mel.

Não falo sério, óbvio. Se for despedida, vou lutar com unhas e dentes por meu emprego. De que outra maneira vou conseguir meu diploma da faculdade se perder a bolsa?

Rashid e Ameera estão esperando sentados tão longe um do outro quanto é possível na salinha mínima da diretora.

Ameera parece quase abraçar o arquivo onde planejo acomodar o Bebê Wu — embora ache que Lisa provavelmente vai lhe dar o nome de Cory, Esposito... Emily Esposito. Humm, esse nome talvez não funcione bem — enquanto Rashid se encontra perto das janelas, os cabelos escuros sendo bagunçados pelo ar-condicionado.

Mas fico com a sensação, quando entro, de que as cadeiras não estiveram *sempre* tão distantes uma da outra assim. Não posso explicar, mas, quando abro a porta para criar espaço para mim e minha bolsa volumosa — bem, acho que sou um pouquinho mais volumosa que minha bolsa —, percebo algum tipo de perturbação, quase como se dois corpos estivessem se separando de súbito, e depois o som inconfundível das pernas das cadeiras arranhando o chão acarpetado.

A porta abre para *dentro* da sala, e os dois visitantes ficam *atrás* da porta. Até eu entrar, Rashid e Ameera já estão sentados conspicuamente bem longe um do outro. Não tem como negar o que ouvi, entretanto.

A julgar pela linguagem corporal deles, não podiam estar menos interessados um no outro. Rashid está folheando uma cópia do *Manual de acomodações e vida no Conjunto Residencial* como se fosse a leitura mais envolvente com que já se deparara, e as pernas de Ameera estão cruzadas e viradas para a parede contrária, os braços também cruzados, um dedo na boca para ela poder roer uma unha de um conjunto já aparentemente bem danificado.

Os rostos dos dois, porém, estão vermelhos sob o tom de pele oliva que ambos têm, e dá a impressão de que os fios de cabelo da garota acabam de ser tocados — e não pelos próprios dedos dela, obviamente, pois ela teria sido mais cuidadosa e tirado a fivela imitando casco de tartaruga que agora está caída e esquecida de um lado de sua cabeça.

Não faço comentários sobre o fato muito óbvio de que esses dois estavam se pegando no escritório de Lisa enquanto eu declamava a Lei do Tumulto dos ARs, entretanto. Esta é, no fim das contas, a garota que a Sra. Harris insistia em chamar de "piranha". A questão é que já lidei com "piranhas" de verdade antes — ou melhor, garotas (e garotos) que levaram estranhos para seus apartamentos com tanta frequência que acabaram perdendo o privilégio de receber convidados, por estarem passando por cima do direito dos colegas a um ambiente de convivência seguro — e Ameera não parece se encaixar no perfil de modo algum.

Mas, como Cooper disse ontem, as coisas nem sempre são o que parecem.

— Oi para vocês dois — cumprimento, deixando a bolsa sobre a mesa da diretora e afundando na cadeira dela. É incrivelmente desconfortável. Lisa tem o que ela própria chama de "bunda asiática", que, em sua explicação, é "bunda nenhuma". Para combater isso, me fez comprar todo tipo de acolchoamento que existia no catálogo para seu assento.

Já eu tenho acolchoamento natural mais que suficiente em meu traseiro tamanho 42, então todos os "extras" de Lisa dificultam a tarefa de sentar em sua cadeira sem ficar metros acima das outras pessoas, que nem aquela cavaleira loura de *Game of Thrones*.

— Então — começo, olhando de cima para Rashid e Ameera como se estivesse montada em um cavalo de tração. — Obrigada por virem. Desculpem por arrastar os dois até aqui tão cedo, e também por essa explosão que vocês devem ter ouvido aí fora...

— Por favor — interrompe o príncipe, com um sorriso charmoso. Fecha o manual para mostrar que tenho sua atenção total. — Não se preocupe com isso. Sinto muito pelas dificuldades que deve estar enfrentando. Fico feliz que tenha recebido as flores.

— Recebi — digo. — Obrigada, aliás. São muito bonitas. Notei que você mandou um buquê para Ameera também.

Rashid lança um olhar que reconheço para a menina. É o mesmo daquele dia na sala principal quando ouviu a colega de Ameera dizer que ela estava doente, uma expressão de preocupação que raramente se vê em um rosto masculino a menos que se esteja falando da...

Bem, da garota que ele ama.

— Mandei — confirma. — Ela passou por um choque. Mas acho que ela nem chegou a pegá-lo na recepção.

— Não, não pegou — digo. — Ameera, você não quer dizer por que não foi buscar as flores que Rashid te mandou?

— Por favor — interfere ele, com um sorriso. — Já disse. Meu nome é Shiraz aqui. Porque meu negócio é relax, como os...

— Bons vinhos — completo, cerrando os dentes. — É, eu sei, já entendi. Ameera? As flores? O que tem de errado com elas?

A menina se move com claro desconforto no assento, tirando o dedo da boca e me dando um sorriso tímido.

— Não me avisaram que havia flores lá embaixo para mim. É por isso que você me chamou aqui? Posso pegar agora se for por isso, não sabia que era contra as regras não pegar flores.

Mente bem. Eu poderia ter acreditado nela se não soubesse que Gavin já tinha lhe falado das flores.

— Nossa reunião aqui não tem nada a ver com isso, Ameera. E você sabe. É sobre sua colega, Kaileigh.

O sorriso se desfaz. Parece genuinamente chocada — e preocupada... Mais do que seria condizente com minha declaração. Onde antes suas bochechas estiveram coradas de qualquer que fosse a atividade em que ela e Rashid estavam envolvidos atrás da porta, de súbito estão pálidas outra vez.

— Kaileigh? Qual é o problema com ela? — indaga, os dedos agarrando o assento da cadeira. — Ela estava no quarto, acabei de ver agorinha mesmo, e estava tudo bem...

Ameera olha rápido para Rashid, que responde ao olhar, e faz algo que me surpreende completamente:

Cruza a distância que separa as duas cadeiras e estende a mão...

... que Ameera aceita, soltando o assento, apertando os dedos dele com tanta força e o olhando com tamanha intensidade que, naquele instante, estou certa de que ela o ama com o mesmo fervor que ele a ama, e com que eu amo Cooper.

Não é o tipo de olhar que dá para confundir.

— É claro que Kaileigh está bem — digo, aturdida. Estava pronta para começar a falar a respeito da queixa da mãe da outra menina, o fato de Ameera não ter passado uma única noite em sua cama durante a semana de orientação. Estou quase certa de que sei na cama de quem esteve dormindo.
— Por que ela não estaria?

— Não entendo — confessa Rashid, ainda segurando com força a mão da garota. Há algo de protetor, mas também de possessivo, a respeito da firmeza do aperto. — Se a colega de Ameera está bem, por que nós dois estamos aqui?

— Por que vocês não *me* dizem por que estão aqui, Rashid? E *não* me peça para te chamar de Shiraz de novo — acrescento depressa, quando ele abre a boca. — Desculpe, mas esse nome é ridículo. Não acho que seus amigos de verdade te chamem assim, e é óbvio que vocês dois são um pouco mais que amiguinhos.

Ameera me encara com olhos esbugalhados de temor. O olhar de Rashid voa imediatamente para a grade acima da porta de Lisa. Sua expressão se tornara tão preocupada quanto a dela. Só que, agora, ele solta a mão da menina e leva a dele aos lábios.

— Shhh. — Aponta para a grade.

Olho para ela, depois para ele, e assinto, como quem entende — embora, obviamente, não entenda de verdade. Agora o que está estampado no rosto de Ameera é absoluto terror.

Rashid levanta-se da cadeira e desce as persianas das duas janelas de modo a que ninguém andando pela rua possa nos ver. Vou até o computador e coloco para tocar a *playlist* de Patsy Cline, bem alto — Patsy, descobrimos, é ótima para se utilizar como som ambiente a fim de evitar que qualquer um que possa estar bisbilhotando no escritório principal consiga ouvir o que está sendo discutido nesse santuário aqui. O único problema é que às vezes esquecemos de colocá-la para tocar.

Mas agora, não.

— Ok — digo, mantendo a voz baixa. — Já entendi. Vocês estão namorando, e é ruim para o príncipe de Qalif namorar uma garota do povo, acertei? Mas por que você ficou tão preocupada quando te perguntei sobre sua colega, Ameera? Seria porque você pensou que a mesma coisa que aconteceu com sua AR, Jasmine, podia ter acontecido com ela?

Rashid se deixara afundar em sua cadeira outra vez — mas não sem antes levá-la para perto de Ameera a fim de envolver os ombros trêmulos da menina com o braço tranquilizador.

— Não, Srta. Wells — sussurra ele. — Você não entende. Ameera não é minha namorada. Ela é minha esposa.

Ideias fofas de "Guarde a data" se você está para se casar em um local exótico

Mande um coco aos seus convidados com a mensagem "Guarde a data" escrita nele! Por exemplo:

Rashid e Ameera
vão se casar em Qalif
(O convite virá em breve)

— No meu país — explica Rashid —, para um príncipe, casar-se com uma mulher que não faz parte da família real é um pecado punido com a morte. Apedrejamento para ela. Decapitação para mim.

— Ah! — digo. Deus do Céu. Nunca vi meus sogros como pessoas particularmente afetivas, mas pelo menos não querem me executar. — Bem, contanto que vocês dois morram e exista igualdade entre os sexos.

Estou sendo irreverente e engraçadinha, mas não me sinto assim. Estou horrorizada... Horrorizada por eles e comigo mesma. Minha bunda pode encher bem mais que o assento da cadeira de Lisa, mas não sei o que estou fazendo nele. Estou me sentindo completamente sem chão. Sou a diretora-assistente do Conjunto Residencial Fischer! Estou acostumada a lidar com queixas sobre ralos entupidos com fios de cabelo, colegas que ficam comendo o cereal uns dos outros, e também a garantir que os pagamentos sejam feitos.

Não tenho a menor ideia do que devo fazer a respeito de um residente que será executado caso seus compatriotas descubram que se casou com alguém de fora da família real.

Rashid sorriu debilmente em resposta a minha piada infeliz.

— A gente se conheceu nas Olimpíadas de Verão — conta, apertando o abraço em Ameera. — Nem sabia que mulheres como ela existiam... E muito menos que, se existiam, podiam se interessar por um idiota como eu.

— Não diga isso — pede Ameera, estendendo a mão para acariciar o rosto dele. Ainda parece assustada, mas não tanto agora que o marido está a seu lado. — Não fale de você assim. Você não é um idiota.

— Sou, sim — me informa ele. — Ela é a inteligente. Notas perfeitas! Ganhou bolsa de cem por cento, dá para acreditar? Mas, por alguma razão, ela gosta de mim.

— Todo mundo gosta de você — retruca Ameera, com amor.

— Meu pai, não — rebate Rashid, com expressão sombria. — Ele acha que sou um inútil porque não me interesso por seus mísseis e sistemas de defesa. Mas quando disse que queria desistir de jogar tênis e fazer faculdade nos Estados Unidos, ele ficou radiante. Moveu céu e terra para conseguir me colocar aqui. A única coisa que eu não disse a ele foi por que era tão importante eu vir justamente para a Faculdade de Nova York, com tantas escolhas por aí... E era porque eu estava seguindo minha esposa forte, linda e inteligente. Ela quer ser pediatra...

Ameera coloca a mão no peito dele e diz, corando:

— Querido, pare.

— Não, não vou parar. Eu queria poder dizer para o mundo inteiro como você é maravilhosa. Mas, por enquanto, vou ter de me contentar com a Srta. Wells.

— Mas e as festas? — pergunta. — Essa coisa toda de Shiraz? É uma encenação para encobrir a verdade?

— Claro. — Ele me olha como se realmente fosse a loura burra que ocasionalmente dizem que pareço ser. — Ameera e eu nem bebemos. Nossa religião proíbe. Mas não posso deixar ninguém descobrir a verdade, ou isso pode colocar nossa vida em perigo.

— Mas você nem vive em Qalif — digo a Ameera. — Você não é inglesa?

Ela assente.

— Ninguém pode arrastar uma cidadã inglesa para um país estrangeiro e apedrejá-la, não importa com quem esteja casada. Não sem enfrentar algumas consequências bem sérias. E você. — Olho para Rashid. — Não tem como um pai decapitar o próprio filho.

Ele me olha com pesar.

— Meu pai mandou atirar na própria irmã em praça pública quando tentou fugir de Qalif com um cidadão comum por quem ela havia se apaixonado. Ele foi decapitado. A acusação foi sexo pré-marital. Pode procurar se não está acreditando em mim, isso foi há poucos anos.

— É uma das muitas violações aos direitos humanos pelas quais o pai de Rashid é criticado — explica Ameera, tão pesarosa quanto o esposo. — É por isso que alguns dos membros da faculdade não queriam que o dinheiro dele fosse aceito.

— Ai, Deus. — Enterro a cabeça nas mãos. Preciso pensar. Tudo está acontecendo rápido demais, e só consegui beber metade do meu café.

— É por isso que tentamos manter isso em segredo, Srta. Wells — esclarece ele, gentil. — Não queremos colocar ninguém mais em perigo, trazendo-os para dentro dessa confusão. Amo o país em que nasci, mas tem partes dele que são feias... Bem feias. Se eu viver o suficiente para governar Qalif um dia, espero poder mudar essas coisas. Mas, honestamente, não sei se vai acontecer.

Worry, entoa lamuriosamente Patsy Cline das caixas de som de Lisa. *Why would I let myself worry?*

Fácil para ela não se preocupar.

— Ok — digo, levantando a cabeça. — Ok. Então, quem mais sabe que vocês dois são casados? O Departamento de Estado sabe? O agente especial Lancaster?

Rashid e Ameera se entreolham inexpressivos.

— Não — diz o primeiro. — Certamente espero que não.

— Por razões óbvias — diz Ameera —, a gente contou ao menor número de pessoas possível, e tento evitar que me vejam sozinha com ele ou me peguem aceitando presentes caros dele, como buquês enormes, para não suspeitarem que a gente se conhece. — Cutuca-o com reprovação no joelho.

— Não precisa ser tão radical — protesta. — Mandei flores para as duas moças aqui do escritório também.

— Nem minha família sabe — completa Ameera.

— Não? — Estou chocada. — Qual é o sentido de se casar, então, se os dois vão correr tanto perigo assim?

O casal troca um olhar típico de quem partilha segredos.

— Porque a gente se ama, é claro — explica o garoto, com simplicidade.

— Então sua família não sabe de nada, Ameera? — digo, frustrada. — E a de Rashid obviamente também não. Suas colegas não sabem. — Claramente, ou Kaileigh teria sabido aonde Ameera ia todas as noites. — *Quem* sabe?

— Bem, você sabe agora — diz Rashid. Olha outra vez para a grade. — E Hamad e Habib, claro.

— Seus *guarda-costas* sabem?

— Claro — responde ele, como se eu fosse uma tola por não ter deduzido. — Eles sabem tudo a meu respeito.

— Mas você não acha isso arriscado? — pergunto, pensando no olhar de fogo de Hamad e no aperto férreo com que segurara meu pulso no dia anterior. — Não existe a possibilidade de ele contar para seu pai?

É perceptível a raiva que cruza o rosto do príncipe.

— Mas é óbvio que não! — protesta. — Meus homens são completamente leais. Eles morreriam por mim! Eles podem *literalmente* ter de morrer por mim um dia se nosso segredo for descoberto e meu pai mandar os homens dele nos sequestrarem e levarem de volta a Qalif para nos castigar...

— Você acha que seus homens matariam por você? — interrompo.

— Claro que sim — responde, sem hesitar.

— Foi um deles quem matou Jasmine Albright? — indago.

— É por isso que ela morreu? Porque ia revelar seu segredo?

Rashid e Ameera se entreolham novamente, mas agora não parece tratar-se de algo que não sei. Estão aturdidos.

— Ela viu alguma coisa na sua festa, talvez vocês dois se beijando ou coisa do tipo, e tirou uma foto? — Volto a pressioná-los. — Um de seus seguranças entrou no quarto dela, pegou o celular e sufocou Jasmine até ela morrer para salvar sua vida, Rashid, e a de sua mulher?

O rosto de Ameera se desfaz em lágrimas ao mesmo tempo em que o príncipe se levanta, tão rápido que derruba a cadeira em que estivera sentado.

— Não! — grita. Nenhum esforço da Patsy Cline vai conseguir abafar a voz raivosa dele. — Como você tem coragem? Como tem coragem de dizer uma coisa dessas?

Um segundo depois, ouvimos uma batida violenta à porta e alguém tentando girar a maçaneta, mas por sorte estamos trancados aqui dentro.

A noiva é tamanho 42 331

— Sua Alteza! — grita Hamad. — Sua Alteza, abra a porta. Sua Alteza, tem alguma coisa errada? Está tudo bem?

Olho para o garoto, respirando quase tão alto e forte quanto ele.

— Alguém sufocou Jasmine até ela morrer, Rashid — sussurro. — Alguém colocou a mão sobre a boca e o nariz daquela garota até ela ficar sem oxigênio. Ela estava vazando informações para o *Expresso,* o blog estudantil. Estava em sua festa e viu alguma coisa, e alguém a matou um pouco depois para ter certeza de que ela ia ficar de bico calado. O que foi que ela viu? *O que ela viu?*

Rashid se vira para encarar a esposa, que está com o rosto repleto de lágrimas. Está balançando a cabeça, movendo os lábios, dizendo "Não. Não, não, não" sem produzir sons.

— Sua Alteza! — volta a gritar Hamad, esmurrando a porta.

— Está tudo bem aqui — grita de volta o príncipe. — Pode ficar tranquilo. — Para Ameera, sussurra: — O que ela pode ter visto?

Ela continua a balançar a cabeça, segurando com força os anéis que tem no colar ao redor do pescoço... Anéis que agora percebo, retroativamente, tratam-se das alianças de seu casamento com o garoto. Ela sempre as mantém perto do coração.

— *Nada*, Rashid — sussurra ela de volta. — Aquela noite fica voltando a minha cabeça o tempo inteiro desde que vi o corpo dela. E não tem *nada*. A gente nem se olhou na festa. Foi tudo tão bem pensado e certinho. Fiquei de um lado do apartamento, você ficou do outro. Foi só depois... depois de todo mundo ter ido embora... Que a gente... Que a gente...

A voz dela falha e dá lugar a soluços, e Rashid a envolve em seus braços, me olhando, a expressão desesperada.

— Ela está certa — confirma. — Seja lá o que for que a garota fotografou em minha festa, se é que fotografou *alguma* coisa, não fomos nós. Somos cuidadosos em público. As festas são um artifício para meu pai não suspeitar de nada. Tenho de manter minha imagem, o Boêmio Rashid. — Dá uma risada única e amarga. — Não posso deixar ele saber nunca quem sou de verdade: um homem casado.

Um homem casado — casado com a "piranha" do Conjunto Residencial Fischer.

Cooper tinha razão. As coisas nem sempre são o que aparentam.

— Mas, se Jasmine não foi morta por causa de alguma coisa a ver com vocês — pondero, estupefata —, *por que* é que ela morreu? Precisa ter sido alguma coisa que aconteceu naquela festa.

Rashid sentou-se outra vez, desta vez para aninhar uma Ameera soluçante. Não parece particularmente interessado em minhas indagações. Acho que eu também não estaria se fosse um garoto e a menina que amo e que estava me ignorando há dias agora estivesse subitamente aos prantos recostada contra meu peito.

— Como vou saber? — pergunta. — Por que você não pergunta para um de seus queridos ARs? Estavam todos lá. Quem sabe um deles não viu alguma coisa. Eu não fazia nem ideia que a garota tinha sido assassinada. Pensei que tinha morrido de asma.

— *Eu* pensei que ela havia sido assassinada — soluça Ameera. — Olhei o rosto dela e tudo que deu para pensar foi "um dia vou ser eu aí no lugar dela. Alguém vai entrar em meu quarto e fazer isso comigo enquanto eu estiver dormindo"...

— *Shhh* — faz Rashid, enterrando o rosto nos cabelos dela. — Não, não vão, não se você ficar comigo todas as noites. Você sabe que está segura comigo, sua boba. Pare de ficar dormindo em seu quarto com aquelas suas coleguinhas e venha ficar comigo, que é onde você já devia estar mesmo...

Continua a conversar com ela aos sussurros, mas parei de ouvir.

Algo que Rashid disse fez meu sangue gelar. Subitamente, percebo que as sábias palavras da noite anterior do meu noivo não são inteiramente verdadeiras, no fim das contas. Às vezes, as coisas são *exatamente* o que parecem.

Só demora um tempinho para você se dar conta.

Residentes que ficarem trancados fora de seus quartos podem pegar uma "chave extra" para essas situações especiais com o atendente da recepção, bastando apresentar sua carteirinha de identificação; a chave deve ser devolvida dentro de 15 minutos, ou será cobrada uma taxa de 35 dólares. Alunos sem a carteirinha deverão ser acompanhados pelo assistente de residentes de plantão.

Manual de Acomodações e Vida Estudantil da Faculdade de Nova York

— Vocês dois — digo, apontando vagamente na direção de meus dois convidados enquanto me levanto distraidamente da cadeira de Lisa. — Fiquem aqui. Não vão a lugar nenhum, vamos notificar o Departamento de Estado sobre sua situação.

Rashid levanta a cabeça, tirando-a dos cabelos da mulher.

— *O quê?*

— Não! — exclama Ameera, com a voz cheia de pânico. — Você não pode!

— Relaxem — digo, pegando a bolsa. — Provavelmente já sabem que vocês dois são um casal. Tem câmeras de segurança no décimo quinto andar apontando direto para sua porta, Rashid. Tenho certeza de que eles têm muitas tomadas de Ameera se esgueirando para dentro e para fora de seu apartamento ao longo dessa semana.

Encaram-se com olhares desesperados.

— Câmeras de segurança — repete o príncipe, enquanto Ameera encaixa uma unha entre os dentes e começa a roê-la outra vez. — Devia ter pensado nisso.

— Não se preocupe, ninguém vai negar asilo a vocês nos Estados Unidos — asseguro. — Vão enfrentar morte certa se retornarem a Qalif como homem e mulher. Podemos conseguir acomodação de casal aqui no conjunto. — Faço uma parada ao pousar a mão na maçaneta. — Eu acho, pelo menos. Nunca fizemos isso antes, até onde sei, mas, considerando a quantidade de dinheiro que seu pai doou à faculdade, tenho certeza de que os administradores vão abrir uma exceção.

"Além do mais — acrescento —, não é muito interessante para seu pai sair por aí executando jovens amantes na era das redes sociais. Vocês conseguem imaginar o que as pessoas diriam sobre Qalif no Twitter se te decapitassem, Rashid, e se apedrejassem Ameera? — Balanço a cabeça. — Podem acreditar, seu pai vai recuar quando blogs tipo o *Expresso* ficarem sabendo.

— Srta. Wells — pondera Rashid, quando abro a porta. — Não acho que meu pai seja o tipo de homem que se importa com o que as pessoas falam no Twitter.

— Vá dizer isso para aquele cara que governava o Egito.

Coloco a cabeça para fora para olhar o escritório principal. Os dois guarda-costas do príncipe ficam tensos ao me verem. Fico surpresa ao notar Dave Fernandez sentado ao lado da escrivaninha de Sarah, absorto em uma conversa com ela.

— Ah — digo. — Ei, Dave. Oi, sou eu, Heather Wells.

— Oi, Heather. — Ele se põe de pé, a bengala na mão, sorrindo largamente. — Espero que você não se importe por eu ter dado uma paradinha aqui. Lisa me disse que meu quarto só vai ficar pronto daqui a um tempinho, mas gosto tanto do Conjunto Fischer que não consigo ficar longe.

Ele gosta tanto do *Conjunto Fischer*. Está certo. E as visitas cada vez mais frequentes não têm nada a ver com Sarah, que eu bem noto estar furtivamente checando a aparência em um espelho de bolso que mantém na gaveta, o que é bem fofo, dado que Dave é cego. É engraçado como é difícil quebrar antigos hábitos.

Como, por exemplo, não ver o que está bem na nossa cara, mesmo que tenhamos a visão cem por cento perfeita.

— Não tem problema, Dave — digo. — Venha visitar o conjunto quando quiser.

— Ei, gente — falo para Hamad e Habib, que vieram tumultuar a porta. — O príncipe e Ameera estão prontos para falar a verdade para o Departamento de Estado sobre... — Pisco sem pudor para os dois. — *Vocês sabem*. Sarah, você pode chamar o agente Lancaster lá na sala de vigilância? Acho que ele é a melhor pessoa para tratar desse assunto.

— Claro, Heather — concorda Sarah, e pega o telefone para chamar o homem.

Os seguranças parecem chocados.

— Espere! — exclama Hamad, mostrando a mão para Sarah a fim de impedi-la. — Não ligue!

— Ahn. — Sarah o olha com expressão vazia. — Já estou com eles aqui na linha...

Hamad se precipita para a frente, arranca o fone dela e bate com ele de volta no gancho com tanta violência que tenho certeza de que ouço o plástico quebrar.

— Como você ousa? — Ele me desafia, fervendo. Depois me puxa para o lado, não com tanta força a ponto de me fazer cair, pois, como Hal mencionou, meu centro de gravidade é bastante baixo, e se apressa em direção à porta do escritório de Lisa, atrás da qual o príncipe e a esposa ainda estão aninhados.

— Sua Alteza? Tudo bem?

— É claro que está tudo bem. — Ouço-o dizer. — Obrigado, Hamad. Mas você acha que consegue um pouco d'água para Ameera? Ela está se sentindo um pouco mal.

— Eu pego — prontifica-se Dave. Caminha sem titubear na direção do filtro, encontra-o batendo com a ponta da bengala até ouvir o ruído das bolhas, que confirma que ele está certo, inclina-se para encher o copinho com água fresca e volta com ele um instante depois. — É suficiente?

Habib olha para ele com estupefação.

— É mais que suficiente — responde. — Obrigado, senhor. — Leva a água para o escritório, onde Hamad e Rashid conferenciam aos sussurros.

Sarah fita Dave com devoção.

— Tem horas de trabalho disponíveis aqui no escritório para alunos-funcionários este semestre, não tem, Heather? — questiona. — Para ajudar nos pedidos de processamento de serviço e coisa do tipo. Quem sabe a gente não podia contratar Dave para fazer isso...

— Quem sabe. — Reviro os olhos. Tudo bem, porque nenhum deles nota. Uma está ocupada demais olhando para o outro, e o outro não pode enxergar.

— Alguém daqui do escritório me ligou? Tem alguma coisa errada?

O agente especial Lancaster está parado à porta principal, um pouco ofegante. Ele claramente deu uma carreira da sala de reuniões, onde as câmeras de vigilância estão instaladas. Está com o revólver em uma das mãos, e um donut recheado de geleia meio comido na outra. Também se esqueceu de pôr o blazer do terno e a gravata, e nem se deu conta de que a camisa está para fora das calças e que um guardanapo de papel ainda está enfiado em seu colarinho, para evitar que jatos de geleia desobedientes caíssem no tecido branco imaculado da blusa.

— Chamamos — digo. — Acabamos de chamar. Mas não tem nada errado, não, então pode guardar isso aí.

Aponto para a arma, que Lancaster parece notar pela primeira vez que está segurando. Com jeito constrangido, enfia o donut na boca e embainha a arma, começando logo depois a ajeitar a camisa para dentro das calças.

— O príncipe quer falar uma coisa. — Indico a porta entreaberta do escritório interno. — São notícias bombásticas, então pode ser que precise de reforços.

Lancaster assente, pegando o celular e discando com uma única mão enquanto arranca o guardanapo do pescoço.

— Não tem a ver com a garota, tem? — pergunta, com a boca cheia.

— A garota morta? Não. Mas *tem* uma garota no meio.

Levanta a cabeça, me encarando com olhar aguçado.

— A inglesa?

É minha vez de assentir.

— Achei que vocês já deviam ter notado mesmo.

— Ela aparece bastante nas gravações. O que tem ela?

— Você nunca vai adivinhar, então nem vou fazer suspense. Eles são casados.

Ele solta um xingamento tão pesado que dói até nos meus ouvidos encouraçados.

— Uau! — exclamo. — Pode deixar que mando seus votos de felicidade ao casal.

— Desculpe — diz ele, e abaixa a cabeça com o telefone outra vez. — Tem de ter sido por isso que a outra menina, a AR, foi assassinada. E a razão para o repórter ter sido atacado também. A assistente deve ter descoberto que os dois eram casados e ia vazar a história.

— Talvez — digo, evasiva. — Ela ia vazar alguma coisa, mas não tem como a gente saber com certeza o que era, né?

Não antes de achar o celular. E o assassino, claro. Como você sabia que ela havia sido assassinada? Isso não foi liberado para o público.

O agente me olha com sarcasmo.

— Trabalho para o governo, Srta. Wells. Além do mais, estive em contato com aquela sua amiga, Eva. — Pronunciou da forma com a própria Eva faz, da maneira russa, com o "E" alongado, então sei que, apesar do tom de indiferença, é tudo puramente fingido: eles se conhecem bem... Especialmente porque a pele do pescoço dele, já não mais escondida pelo guardanapo, está se tornando rosada. — Conversamos umas duas vezes. Tudo estritamente profissional, é claro.

— É claro. — Embora não consiga imaginar a Eva que conheço deixando qualquer relacionamento com um cara por quem esteja realmente atraída continuar "estritamente profissional" por muito tempo.

— De qualquer forma — continua ele, enquanto digita uma mensagem —, quando o pai de Rashid descobrir que o garoto se casou com uma cidadã comum, vai ser a tempestade de merda para ganhar de todas as tempestades de merda. E nós é que vamos precisar ficar para limpar a bagunça. — Aponta para mim e depois para si próprio.

Lembro-me da acusação do Detetive Canavan de que sou a "merda no ventilador". Agora, aparentemente, também sou a limpadora da bagunça deixada por tempestades feitas de — o que mais? — merda.

— Ótimo — digo, com alegria zombeteira. — E vai acontecer tudo bem aqui, no Conjunto Fischer. — Dou uma olhadela para Sarah e abro um sorriso. — Ouviu só essa, Sarah?

Ela balança a cabeça. Toda sua atenção estivera concentrada em Dave.

— Desculpe, Heather, o quê?

— Deixe para lá — digo. — Vou à recepção um minuto para ver umas coisas. Segure a onda aqui para mim, ok?

Sarah me responde com um sorriso estonteante.

— É claro!

— Te vejo depois, Heather — despede-se Dave, radiante, acenando em minha direção de uma maneira um tanto generalizada.

— Não se eu te vir antes — digo, acenando de volta antes de me dar conta de que é completamente estúpido da minha parte falar algo assim, já que é *óbvio* que vou vê-lo antes, e ele nunca me verá. Felizmente, ele não parece notar minha gafe, pois já voltou a se virar para Sarah, ainda sorrindo, a fim de continuar a falar do gato, ou dos problemas com a proliferação nuclear nos países subdesenvolvidos, ou seja lá do que for que estão falando.

Carrego minha bolsa e a mim mesma até a recepção, onde não é nenhuma surpresa encontrar Gavin trabalhando em seu roteiro em vez de estar tratando da correspondência, embora ao menos tenha a decência de rapidamente fechar o laptop e tirar os pés "empantufados" da mesa ao me ver.

— Só precisava terminar essa cena, que é quando os zumbis comem o cérebro dos pais do meu protagonista — explica. — Tive uma onda súbita de inspiração. Por favor, não grite porque não mandei a correspondência para as pessoas ainda. Sou um artista, sou frágil.

— Não estou ligando a mínima para a correspondência agora. Preciso falar com você.

Abro a portinhola para a parte interna do balcão da recepção e passo para dentro, deixando minha bolsa sobre uma pilha de exemplares de *New York Times* cujos donos ainda não vieram buscá-los.

— Isso está parecendo sério — observa Gavin, girando na cadeira alta da recepção. — Por favor, moça adorável, sente-se. Conversemos. O que te preocupa?

Indica a estante próxima às caixas de correio. Sento-me, cruzo as pernas e digo:

— Lembra a noite da festa do príncipe, a que você disse que era sua vez de trabalhar?

— Eu e Jamie dividimos o turno — diz, assentindo enquanto afaga os poucos tufos da barba de bode que está aparentemente tentando deixar crescer. — Mas lembro, sim. Por quê?

— Quem era o AR de plantão naquela noite?

Gavin se inclina para pegar o diário de serviço. Exijo que os encarregados da recepção anotem todos os acontecimentos que se dão durante os turnos. Somente por meio da organização fui capaz de impedir que o Conjunto Fischer resvalasse para a loucura total.

— O AR daquela noite seria... — Gavin corre o dedo pelas anotações do dia — Howard Chen. Ah, é, claro, lembra? Ele ainda estava de plantão na manhã seguinte quando você me disse para mandá-lo subir até o quarto de Jasmine com Sarah. Ele não ficou lá muito feliz.

— Lembro de você falar isso. Você também disse que ele não gostou muito quando o chamou para abrir uns quartos.

Gavin concorda com a cabeça.

— É. Porque ele estava com uma ressaca daquelas. Ele me xingou até não poder mais. Queria que eu desse as chaves para os residentes de qualquer forma, mesmo eles estando sem carteirinha, porque ele não queria sair da cama. — Franze a testa. — Espere aí, estou encrencado aqui? Porque *não* dei chave nenhuma para os residentes. Mandei Howard tirar a bunda da cama e vir até aqui para tratar de deixar os residentes dele entrarem. Ele é um safado mentiroso se disse outra coisa...

— Não, Gavin, você não está encrencado — asseguro-o. — Só estou verificando uma coisa. Posso ver o histórico de uso das chaves-mestras, por favor?

Ele dá de ombros e diz:

— Claro. — Enquanto isso guarda o fichário das funções e atividades dos ARs e caminha até o armário de chaves.

As cópias extras das chaves dos quartos de cada residente são guardadas em um grande armário de metal atrás do balcão, bem como chaves-mestras que se encaixam em todas as fechaduras de todos os apartamentos em cada piso. Enquanto os residentes que perderam suas chaves podem (três vezes por semestre sem custo adicional, mostrando a carteirinha) pegar chaves extras, apenas aos ARs é permitido usar as mestras a fim de acompanhar um aluno que esqueceu sua chave *e* sua identificação.

Ser levado até o quarto por um assistente de plantão sonolento (que precisou rolar da cama e se despencar até a recepção meio trôpego em plena madrugada a fim de pegar a chave mestra de seu andar só porque você perdeu sua carteirinha) é uma vergonha das grandes e tende a acontecer apenas quando os alunos estão extremamente bêbados ou de alguma forma estressados, que é o motivo pelo qual não permitimos que o recepcionista simplesmente entregue a eles uma chave extra. Exigimos que um AR fale com os alunos para garantir que não precisam mesmo de cuidados médicos e para se certificarem de que são de fato residentes, ao forçarem-nos a recitar de cabeça seus números de identificação da carteirinha. Além disso, o fato fica gravado no registro do estudante. Se infrações do tipo se tornarem um hábito, a fechadura da porta do aluno em questão é trocada como medida de precaução, e ele próprio paga por isso.

Alunos presos fora do quarto e trocas de fechadura parecem somar bons 25% do meu trabalho ultimamente.

Percorro o dedo pelo registro de uso das chaves mestras na noite em que Jasmine morreu. E, como previa, há uma anotação com a letra de Jamie dizendo que a chave do décimo quarto andar foi retirada às 2h45.

Um dia vou ser eu aí no lugar dela, tinha dito Ameera, chorosa. *Alguém vai entrar em meu quarto e fazer isso comigo enquanto eu estiver dormindo.*

As iniciais da pessoa que a retirou são *HC*.

Sinto-me dominar pelo mesmo arrepio frio que senti no escritório de Lisa.

Não, digo a mim mesma. Não é possível. Jasmine e Howard eram amigos. Foram àquela festa juntos. Eu mesma vi os dois no corredor do décimo quinto andar no monitor. Estavam rindo, se divertindo.

Depois me lembro do desespero de Howard em minha sala, as lágrimas nos olhos quando pergunta como os pais vão pagar pela faculdade dele e do irmão ao mesmo tempo.

Será possível que o assassino de Jasmine não tivesse nada a ver com o Príncipe Rashid e sua noiva secreta, e, em vez disso, fosse o mero caso de um garoto perturbado por perder um arranjo lucrativo com a faculdade onde estuda e trabalha — como Howard com certeza sabia que ia acontecer se a história de que o AR de plantão da noite estava em uma festa regada a álcool com os residentes fosse divulgada?

Foi *essa* a foto que Jasmine tirou e ameaçou twittar? Howard Chen, bêbado em horário de serviço?

Mas é ridículo. Ninguém mataria outra pessoa por uma razão assim. Acontece que... as pessoas matam por bem menos.

Quem está levando vantagem?

Howard.

Eva nunca teria detectado as marcas de dente na parte interna dos lábios de Jasmine se eu não tivesse descoberto a respeito da festa e pedido para ela dar uma segunda olhada.

O Detetive Canavan disse que quem quer que tivesse sido o quase-bem-sucedido estrangulador de Cameron, a pessoa sabia o que estava fazendo, tinha algum conhecimento de anatomia humana.

Howard é aluno de medicina.

— Gavin — digo, com voz tensa. Quero muito que não seja verdade. — Quantos residentes já se mudaram para o décimo quarto andar?

Gavin pega o fichário e vai para a parte designada ao piso em questão.

— Não muitos. A maioria no andar é de veterano, então eles só devem chegar no fim de semana. Até agora, são só as meninas do 1412. E Jasmine, claro, mas ela está...

— Não precisa dizer — corto. — Verifique para mim os registros das garotas do 1412. Veja se alguma ficou fora do apartamento na noite da festa.

— *De todas?* — pergunta ele hesitante. Procurar o registro de um aluno já é uma dor de cabeça. Quatro está além dos limites humanos do tédio.

— De todas.

— Ok.

Ele suspira e começa a trabalhar. Nada na recepção é computadorizado, um resultado da convicção antiquada da Faculdade de Nova York de que, se equipassem as áreas públicas do conjunto residencial com computadores, os estudantes-funcionários iriam imediatamente roubá-los e/ ou passar seus turnos inteiros olhando pornografia, quando, na realidade, o que aprendi por experiência é que mais provavelmente o que eles fariam é escrever roteiros.

Não pode ter sido Howard, falo para mim mesma enquanto espero, folheando sem prestar atenção um exemplar da revista *Cosmo* que achei no topo da correspondência a ser entregue. Howard passou o tempo inteiro vomitando na lixeira depois da descoberta do corpo de Jasmine. Que tipo de assassino a sangue frio faz isso?

O tipo arrependido, mas que não pode voltar no tempo para mudar suas ações.

Como Howard saberia que eu estava no centro estudantil, falando com Cameron Ripley?

Ai, meu *Deus*. É verdade. Ele tinha encontrado comigo e com Lisa quando estávamos voltando da reunião com o Presidente Allington. Estava no encalço do tour no campus que Jasmine Tsai estava fazendo com os residentes dela. Howard pode ter facilmente saído dali e me seguido até o centro — nunca teria notado, estava no celular com Cooper —, entrado no escritório de Cameron depois que saí e...

Bem, a gente sabe o que aconteceu em seguida. Naquele momento, Howard ainda não tinha recebido a notícia de que todos os ARs presentes na festa seriam demitidos. Pensava que ainda tinha um emprego pelo qual zelar.

Cooper estava certo. Tive sorte em escapar do escritório de Cameron com vida.

Meu celular toca. Mexo — com muito cuidado — na bolsa para pegá-lo. É meu noivo.

— Oi, amor — digo em um tom tão normal quanto possível, considerando que acabo de me tocar de que estive bem perto de ser morta por um homicida maníaco profundamente perturbado em meu próprio local de trabalho, e nem foi o cara que *pensei* que era um homicida maníaco, mas alguém totalmente diferente. — Como você está se sentindo?

— Bem — responde. A voz dele está com uma rouquidão sexy causada pela sonolência. — Mas ia estar melhor com você aqui, na cama comigo, para a gente brincar mais um pouquinho de enfermeira e paciente. É uma ótima brincadeira.

— Eu sei, também gostei. Desculpe eu ter de sair, mas meu turno no hospital terminou. Vou voltar logo para ver como você está e te dar a próxima injeção.

Noto que Gavin está me olhando com uma cara estranha por cima das caixas de registro, então me levanto e caminho até a janela da recepção em busca de um pouco de privacidade.

— Acho que fui *eu* quem te deu a injeção — diz Cooper, com um rugido alegre.

— Com certeza.

Vejo pela janela, que dá para o Washington Square Park, que Howard Chen, Joshua Dungarden e vários outros ex-assistentes estão retornando ao prédio. Howard em particular não parece nada feliz. Deixou-se ficar um pouco para trás do grupo, encarando os próprios pés. Aparentemente, a tentativa de seus esforços apelando para o presidente ou para o amigo do pai de Joshua Dungarden, que trabalha na faculdade de direito, não deu muito certo.

— Cooper — digo, quando os ARs param para falar com os residentes protestando a seu favor em frente ao conjunto. — Preciso dar um jeito em um assunto aqui no trabalho. Falo contigo assim que terminar, ok?

— Você está estranha — observa. — Está tudo bem?

— Vai ficar — asseguro-lhe. — Eu acho. Daqui a pouco. A gente se fala depois. — Desligo.

— O que foi *aquilo*? — Gavin pergunta cheio de curiosidade.

— Nada de seu interesse — respondo. — O que você descobriu?

— Só que nenhuma das meninas ficou presa fora do apartamento.

— O quê? — Saio da janela e vou ao balcão para ver por mim mesma, mas ele tem razão. Não há nada no histórico das garotas onde se lista quando um aluno fica trancado fora do quarto.

Só há um motivo para Howard ter pegado a chave mestra do décimo quarto andar às 2h45 daquela madrugada em que Jasmine Albright morreu.

Matá-la.

Funcionária do refeitório do Conjunto Residencial Fischer chocada

A caixa do refeitório do Conjunto Residencial Fischer, Magda Diego (eleita "Funcionária Mais Popular" do campus da Faculdade de Nova York) declarou estar "chocada" que os dirigentes do departamento de acomodação da instituição (bem como a presidência) tenham determinado a rescisão dos contratos de mais da metade da equipe dos assistentes de residentes do citado conjunto, dando-lhes menos de uma semana para encontrar outro alojamento antes de as aulas começarem, e deixando residentes de nove andares de um dos mais populares alojamentos do campus sem liderança ou orientação efetivas justamente no começo do semestre.

— Coitadinhas das estrelinhas de cinema — disse a Sra. Diego a este repórter. — Estou chocada. Não vou mais ver as carinhas deles aqui no refeitório. Querido, pegue um guardanapo com isso, você está deixando cair tudo no chão.

Os ARs foram demitidos por supostamente terem comparecido a uma festa em que havia bebida alcoólica, algo que todos os universitários do mundo fazem uma vez ou outra, geralmente sem consequências graves.

O *Expresso* vai continuar a cobrir esta história até que algum tipo de comentário seja feito pela administração.

*Expresso da Faculdade de Nova York
Seu blog diário de notícias feito por estudantes*

Provas. É disso que preciso. Canavan vai rir de mim se eu chegar para ele com o que tenho até agora.

Só achar as digitais de Howard no quarto de Jasmine não vai convencê-lo, porque os dois adolescentes eram amigos e é provável que ela o tenha convidado para ir até lá várias vezes antes da noite do assassinato. Se as digitais dele estiverem na sala do *Expresso,* porém...

Espere aí, ele provavelmente vai dizer que foi voluntário lá ou coisa do tipo. Isso também não vai convencer Canavan, embora as gravações dos corredores do Centro Estudantil depois da tentativa de assassinato provavelmente pudessem fazê-lo, contanto que desse para ver o rosto do garoto nelas.

Mas quais são as chances? Ninguém o prendeu até agora. Provavelmente usou o capuz para esconder bastante a face.

Preciso de algo mais substancial.

— Gavin — chamo. — Preciso que você me faça um favor. É muito importante, mas pode ser um pouco perigoso, e tecnicamente um pouco ilegal também.

Gavin levanta-se da cadeira, plantando as duas pantufas do Pateta firme no chão.

— Estou dentro.

— Nem falei o que é ainda.

— Não importa — retruca. — Já te disse, sou seu servo até o dia que eu morrer. Ou que você morrer. O que é provável que aconteça antes, porque você é muito mais velha que eu, mas nesse dia eu vou chorar copiosamente até não me sobrarem mais lágrimas.

Quero revirar os olhos de irritação para o jeito teatral dele, mas é até bonitinho e meio que serve aos meus propósitos no momento.

— Ok — digo. — Quero que você pegue minha chave mestra e vá ao quarto de Howard Chen. Tudo bem, ele não está lá agora. Depois você espera até ouvir um celular tocar.

Se ouvir, você o procura, o pega e corre para cá para baixo para me entregar. Você acha que consegue?

Gavin boceja.

— Brincadeira de criança.

— Ótimo. — Tiro a chave do prédio do molho (são apenas quatro cópias no total: a minha, a de Lisa, uma de Carl e outra de Julio) e dou a ele. — Agora, corra. Número 1514. Se você não ouvir telefone nenhum tocar em cinco minutos, volte para cá, a menos que eu te chame antes pelo seu celular. Isso significa que Howard vai estar subindo e que você precisa cair fora. Sacou?

— Saquei. — Gavin já está dando uma carreira para o elevador. No meio-tempo, peguei do bolso a lista de números de emergência. O telefone de Jasmine Albright é o primeiro, porque está em ordem alfabética por sobrenome.

Engraçado pensar em Jasmine zombando da minha listinha; e agora é justamente isso que pode ajudar a capturar seu assassino.

Calculo que devo esperar um minuto para Gavin pegar o elevador e entrar no quarto de Howard antes de ligar. O ex-AR ainda está lá fora com os demais demitidos, falando com os calouros que protestam. Vai dar certo. Vai dar tudo certo.

É claro que provavelmente Howard já deu cabo do celular de Jasmine. Quem seria tolo suficiente para ficar com uma prova tão incriminadora?

Mas, pensando bem, Howard também não mostrou muitos sinais de inteligência até agora. Engraçado como os estudantes de medicina — e até os médicos — podem ser tão brilhantes a respeito de certas coisas e tão estúpidos a respeito de outras.

— Com licença. — Uma garota parecendo muito novinha se aproxima do balcão, falando com voz tão baixinha que é praticamente um sussurro.

— Oi? — respondo.

— Ouvi que vocês dão... — a voz dela fica ainda mais baixa, tanto que tenho que me inclinar para a frente para conseguir ouvi-la — ... papel higiênico de graça aqui. É verdade?

— Ouviu certo, sim, é verdade — confirmo, e lhe entrego dois rolos tirados da estante sob o telefone. — Aproveite.

O rosto da menina se ilumina como se eu tivesse lhe dado duas notas de 20 dólares.

— Ah, *obrigada*! — exclama ela, e sai apressada.

Considerando o valor das mensalidades que a família dela paga, não seria de se imaginar que papel higiênico gratuito a deixaria tão alegre. Mas fico satisfeita de fazer o dia de alguém mais feliz.

Tenho certeza de que Gavin não pode ter chegado ao quarto de Howard ainda, mas pego o telefone e disco o número de Jasmine mesmo assim. Toca quatro vezes antes de cair na caixa postal com uma mensagem gravada na voz da garota.

Oi, você ligou para Jazz. Soa cheia de confiança e alegria. Obviamente não podia saber na época em que gravou isso que tipo de destino a esperava. *Você sabe o que fazer.*

Bip.

Desligo e disco outra vez. Por favor, rezo enquanto o faço. Por favor, faça com que Gavin atenda. Sei que não existe o tal sentimento de "desfecho". Mas, por favor, ajude-nos a achar a pessoa que fez isso com Jasmine para que nunca mais faça isso com ninguém.

— Ei! — chama Pete do outro lado do saguão, lá do balcão da segurança. — O que você está fazendo aí, Heather?

— Ah, estou aqui cobrindo para Gavin uns minutinhos enquanto ele vai pegar alguma coisa para comer — digo, tornando a discar.

Pete olha ao redor para o lugar vazio.

— Não o vi indo para o refeitório.

A noiva é tamanho 42

351

— Não — digo, casual. — Ele subiu até o quarto. Lá tem um cereal especial que ele gosta.

O que estou fazendo? Pergunto enquanto o celular de Jasmine toca em meu ouvido. Agora até mentir para meus amigos mais próximos e colegas de trabalho eu minto. Enlouqueci mesmo.

Provavelmente isso tem algo a ver com o que aconteceu ontem, a história toda com Cooper, minha mãe e Ricardo. É o que Lisa diria, de qualquer forma, se estivesse aqui. Que eu deveria consultar um terapeuta, porque estou com problemas. Problemas relacionados a minha mãe. Tudo sempre começa com as mães. Não é, em tese, esse o discurso que os analistas sempre usam?

— Quem é no telefone? — indaga Pete.

— Ah, ninguém — respondo, colocando o fone no gancho. — Número errado.

Um segundo depois, volto a pegá-lo e disco outra vez. Vamos, Gavin, rezo. Ótimo. Agora estou rezando para Gavin. *Atenda. Atenda. Aten...*

— Caramba, mulher. — A voz do menino enche meu ouvido. — Você não me disse que era o celular de *Jasmine*! Estou falando no telefone de uma *garota morta*? É cor-de-rosa e tem adesivos de unicórnio colados nele todo. Espero que seja de zoeira. De qualquer forma, está escrito "Jazz" nele com purpurina roxa.

Fecho os olhos. Obrigada, meu Deus.

— Gavin — digo, abrindo-os outra vez. — Onde ele estava?

— Debaixo da droga do travesseiro dele — revela. A voz de Gavin está exaltada de empolgação. — O cara é *maluco*. Quem fica com o celular de uma morta debaixo da droga do travesseiro? Ah, mas eu vou total colocar isso em meu roteiro. Não, vou começar um roteiro *novo* só para poder colocar isso nele. Você devia ver só essa porra. Esse cara é o Hannibal Lecter Dois. Como ele passou no teste para ser assistente de residentes? *Eu* sou um AR melhor que ele. Quem foi que contratou o moleque?

Meu corpo se retrai todo. *Simon Hague*, quero responder, mas meu profissionalismo fala mais alto.

— Será que você pode me dar alguns sacos de lixo, por favor? — Uma voz ao meu lado pede.

Abaixo-me para pegar alguns sob o balcão.

— Gavin — sussurro, com urgência no fone —, por favor, faça o que te pedi. Saia daí do quarto de Howard e venha para cá para baixo com o celular *imediatamente*.

— Ah, nem ferrando que vou embora — diz ele. — Isto aqui é pesquisa, cara. Nunca vi ninguém fazer a cama tão esticadinha. Se jogar um centavo nessa porra, ele quica! A mãe desse moleque deve ter enlouquecido o cara para deixá-lo tão maníaco.

Problemas com a mãe.

— Gavin. — Minha garganta ficou seca. É porque ao me levantar para entregar os sacos de lixo, vejo o rosto da pessoa que fez o pedido.

É Howard Chen.

Parece tão chocado quanto eu me sinto. Os lábios estão separados um do outro em confusão, os olhos esbugalhados, os dedos segurando os sacos que acabei de entregar estão brancos nas articulações.

— Ouvi você dizer para *Gavin* sair do meu quarto? E voltar para cá com um celular?

— Não — nego depressa, dando uma risada completamente falsa. — É claro que não. Por que Gavin estaria em seu quarto, Howard? Ele está lá no quarto dele, fazendo uma pausa, e já está demorando demais, e é por isso que estou dizendo para ele sair do celular e voltar para cá.

— Uh-oh — diz Gavin na linha. — Saquei. Ele voltou. Estou dando o fora, e rápido.

Ouço um clique. Gavin desligou.

— Ok, Gavin — digo, fingindo que o menino ainda está falando comigo. — Não, não me interessa se você está falando com sua mãe, quero você aqui de volta agora. Tenho de trabalhar e preciso voltar para minha sala.

Bato com o fone no gancho e reviro os olhos para o ex-AR.

— Deus do Céu. Gavin consegue ser tão irritante às vezes, né? Então você vai começar a mudança, Howard? É para isso que precisa dos sacos de lixo? Para jogar fora as coisas velhas?

Howard não está comprando minha encenação.

— Sei o que ouvi — diz, sem um pingo de humor na voz, bem como na expressão. — Você falou "Saia daí do quarto de Howard e venha para cá para baixo com o celular".

— Vamos pensar, por que Gavin ia estar em seu quarto, Howard? — pergunto, passando pela pilha de jornais sobre a qual deixei minha bolsa. Meu coração começou a bater um pouco errático. Mais cedo, não tinha intenção alguma de pegar a arma que Hal insistira que trouxesse ao trabalho.

Agora estou ainda mais determinada a não fazê-lo. Preciso é do meu celular, para poder mandar discretamente uma mensagem a Pete e pedir para ele ligar para a polícia, para o Dr. Flynn na ala de serviços psiquiátricos e também para a segurança do campus.

Howard Chen pode realmente ser o "safado mentiroso" que Gavin recentemente o acusou de ser e sem dúvidas é um assassino.

Mas também é um aluno desta instituição, e um profundamente perturbado, ainda por cima, que precisa da nossa ajuda.

Em vez de responder, Howard simplesmente me encara, os olhos ficando menores, espremidos. Os nós dos dedos no saco de lixo já não estão mais brancos.

354 Meg Cabot

É bom sinal. Talvez eu esteja conseguindo conversar com ele e esteja surtindo efeito.

— Isso não faz nenhum sentido — digo, pegando a bolsa enquanto caminho casualmente até a área do balcão em que fica o telefone. É o lugar onde minhas chances de pegar o celular furtivamente sem que ele note são maiores.

— Por que não sobe para dar uma olhada você mesmo se está tão preocupado com gente invadindo seu espaço pessoal? — digo, confiante de que Gavin já estará longe do quarto a uma hora dessas. — Com certeza vai encontrar tudo exatamente do jeito como deixou.

— Não, não vou — rebate o menino. Deixou cair os sacos e enfiou as mãos nos bolsos do casaco.

— Howard — digo. Tirei meu celular do bolsinho em que o mantenho. — Acho que você está sendo um pouco paranoico. Vai ver essa história toda com o presidente está te deixando assim. Mas juro que vai dar tudo certo.

Pete, digito enquanto falo. *Howard Chen matou Jasmine. Ligue para polícia/psiquiatra/segurança. Mas não o assuste! Perigoso!*

Acrescento um *emoticon* triste e mando.

— Não vai dar nada certo — diz o garoto sem emoção.

— Oi — cumprimenta Gavin, ofegante ao abrir a portinhola para o balcão e entrar numa corridinha. — Desculpe ter demorado tanto. Valeu por ter me rendido, Heather. Estava morrendo de fome.

Howard fita-o com olhos vazios.

— Pensei que você estava falando com sua mãe.

Gavin me dá uma olhadela rápida.

— Ah, é. Peguei uma coisa para comer enquanto retornava a ligação dela.

— Bem, fico feliz que tenhamos resolvido esse assunto — digo em tom puramente profissional, olhando furtivamente para Pete por sobre o ombro de Howard. Ele recebeu minha mensagem, me encarou com olhos esbugalhados e alarmados e começou a apontar questionadoramente o ex-AR, que felizmente não notou nada por estar virado de costas para o robusto segurança.

— É — digo, assentindo energicamente. — Definitivamente resolvemos esse assunto.

Pete assente com a cabeça também e faz sinal de positivo com o polegar ao pegar o fone na parede atrás dele.

— Não acho que a gente resolveu nada, Heather — discorda Howard sombriamente, e tira o celular do bolso. Ele aperta uma tecla.

Meu coração dá outro pulo. Não sei bem o que estou esperando — talvez que o lugar inteiro exploda —, mas certamente não é isso o que acontece; em vez disso, das calças de pijama do Gavin chega a música "Party in the U.S.A.", de Miley Cyrus.

— Ai, merda — xinga o recepcionista, olhando para as calças. O tecido é tão fininho que consigo ver um celular rosa brilhando no bolso dianteiro enquanto continua a tocar.

Howard segura o *smartphone* na minha frente a fim de que eu possa ver na tela o nome da pessoa para quem ligou.

Jasmine Albright — Discagem rápida.

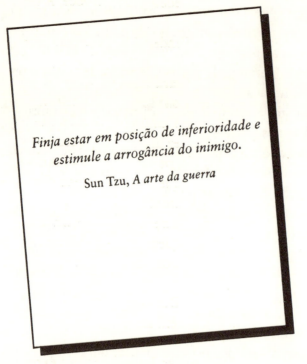

Finja estar em posição de inferioridade e estimule a arrogância do inimigo.

Sun Tzu, A arte da guerra

— O que você estava dizendo mesmo sobre Gavin não ter entrado no meu quarto?

O queixo de Howard começou a tremer, da forma como tinha acontecido no escritório da diretoria do conjunto pouco antes de começar a chorar.

Só que desta vez não parece que vai se debulhar em lágrimas. Está com uma expressão furiosa.

— Howard — digo. Não estou mais encenando. Agora estou sinceramente assustada com o que ele pode fazer em seguida. Já provamos que matou uma pessoa, e provavelmente tentou matar pelo menos uma outra. Não tem como dizer o que fará em seguida. — Howard, desculpe. Fizemos isso porque a gente estava preocupado com você. A gente se importa e quer te ajudar.

— Será que você não entende? É tarde demais para *me ajudar*.

Na palavra "ajudar", Howard joga o celular para o outro lado do saguão. O aparelho voa tão perto de um menino que está entrando no prédio com um skate na mão que quase o acerta bem no rosto. Em vez disso, vai se quebrar contra uma das paredes de mármore perto da lareira ornamentada esculpida na própria pedra, que nunca foi acesa desde que vim trabalhar no Conjunto Fischer.

— Ei, moleque! — exclama o menino do skate, lançando um olhar feio para Howard. — Tá querendo o quê? Matar alguém?

Gavin e eu nos entreolhamos, pasmos. Hum, é, isso aí, na verdade.

Kyle Cheeseman e Joshua Dungarden entram no conjunto bem a tempo de ver o projétil ser lançado. Ambos fitam Howard também.

— O que foi, cara? — indaga Joshua, vendo a expressão estampada no rosto do amigo e no nosso, sem mencionar no do Pete, que está de pé, rígido, atrás do balcão da segurança. Tem de ser uma emergência de alguma grandiosidade para fazer Pete se levantar.

Howard remove a mão amigável que Joshua colocou em seu ombro.

— Eu não vou para a cadeia! — grita.

Depois passa correndo pelos amigos estupefatos, pelo skatista e por Pete, antes que o segurança possa reagir. Em vez de seguir para fora, vai direto para o refeitório, que, posso dizer pelo burburinho emanando das portas abertas, já ficou cheio com os alunos dorminhocos de sexta-feira.

— Merda — xingo, agarrando minha bolsa e correndo para fora do balcão. — Merda, merda, merda, merda.

— Heather! — grita Gavin. — Espere. O que você quer que eu faça?

— Fique aí! — grito de volta, tentando me recordar de quais eram os procedimentos a serem seguidos em situações assim, segundo os seminários de administração de crises de que participei nas férias. A única coisa de que me lembro é um vídeo da Segurança Nacional que nos instruía a correr em caso de ataque a mão armada no local de serviço e, como último recurso, jogar uma tesoura nos atacantes.

Tom Snelling e eu rimos até chorar da ideia de jogar uma tesoura em um homem armado, particularmente o homem que estava sendo mostrado no vídeo, que estava totalmente equipado da cabeça aos pés. Simon Hague, que tinha sido o responsável pelo seminário, nos convidou a nos retirarmos até que tivéssemos nos recomposto. Saímos e tomamos um sorvete, depois compramos meu sapato para o casamento, o par perfeito para combinar com o vestido de noiva (perguntei a Tom se ele queria ser minha madrinha honorária, mas ele recusou dizendo que preferia trabalhar atrás das câmeras para "cuidar de me embelezar").

As informações do seminário não são muito úteis numa situação envolvendo um estudante desarmado e claramente tresloucado, mesmo que já tenha matado uma pessoa, tentado matar uma segunda e esteja aparentemente pronto para matar a si próprio.

Grito para trás:

— Não deixe ninguém ir ao refeitório!

Não fico para ver como Gavin processa o comando. Sigo Pete enquanto ele corre para o refeitório, gritando no rádio:

— Temos um dez-cinco-zero em progresso no Conjunto Fischer, repito, um dez-cinco-zero que é um perigo para si e provavelmente para todos em volta. Mandem unidades imediatamente.

A noiva é tamanho 42   **359**

— O que é um dez-cinco-zero? — pergunto.

— Perturbador da ordem — responde. Paramos no meio do refeitório, onde há muitas mesas vazias, mas um número ainda maior de ocupadas com calouros de pijama curtindo as omeletes saudáveis feitas apenas de claras de ovos. Reconheço Kaileigh de imediato, aparentemente fazendo uma pausa em sua apertada agenda de protestos para tomar café da manhã com a mãe e um homem calvo que só pode ser o pai.

A menina esconde o rosto quando tento fazer contato visual, porém, e finge não saber quem sou ao caminhar em direção à mesa dos bagels. Agora sou uma das Administradoras do Mal, o Inimigo.

Maravilha.

Todo o resto do refeitório, no entanto, parece encarar a gente (à exceção da Sra. Harris, que está absorta no que parece ser uma frittata). O segurança e a garota com a bolsa enorme que chegaram correndo por nenhuma razão aparente são fonte de grande interesse e de sussurros especulatórios.

— Não sei em que outra categoria podia colocar o garoto — continua Pete. — Perturbador da ordem me parece bom. Podia dizer que era um ataque, mas ele não atacou ninguém ainda... Hoje, pelo menos.

Sinto que Pete está elaborando demais.

— Você está vendo Howard?

Dou uma olhada pelas mesas, o balcão dos bagels, a ilha de frutas frescas e águas aromatizadas e a parte reservada às comidas quentes. Há pessoas em todos os cantos, mas nenhuma delas é Howard.

— Não. Você está?

— Acho que ele passou pelas portas da cozinha e se mandou pela saída dos fundos.

— Droga — reclama Pete, com um suspiro enquanto começa a se dirigir para a cozinha. — Por que eles têm sempre de correr? Odeio correr.

— *Mi amor.* — Magda se aproxima de nós, abandonando o posto no caixa. — Heather. O que vocês dois estão fazendo aqui? E por que estão tão suados?

— Um garoto veio correndo para cá? — indaga o namorado dela. — Asiático, de moletom com capuz?

Magda dá de ombros.

— Sei lá. Estava ocupada, o cara está aqui. — Aponta para "o cara", que é o entregador de bolinhos. Está enchendo a cesta de lanches com deliciosas tortinhas de frutas frescas e bolos de chocolate. Tento não me distrair com aquilo, apenas manter o fato registrado em minha memória, uma vez que ainda tenho uns dólares sobrando no cartão do refeitório.

— Não vi nada, não. Mas o que esse garoto fez? Tentou entrar no prédio sem permissão? Ele é entregador? É o tal do Charlie Mom's? Ele está tentando jogar os cardápios em baixo das portas de novo?

— Não, Magda. Ele mora aqui. Tem problemas. A gente quer ajudar.

Na verdade, ele é um assassino e queremos colocá-lo na prisão, mas provavelmente seria uma violação ao direito de privacidade dele como estudante compartilhar isso em frente a uma mesa de calouras sonolentas sentadas ali perto.

— Ah, coitadinho da estrelinha de cinema — lamenta-se a caixa, com tristeza. — Se eu vir o menino, falo para vocês.

— A gente viu ele — uma das meninas do primeiro ano se mete. Tem cabelos ruivos e sardas. — O do moletom de Harvard? Ele correu para lá! — Aponta para a cozinha.

Pete suspira.

— Sabia. Ele correu. Ok, já vou. Fique aqui, Heather, no caso de ele dar a volta. Também no caso de a polícia dar as caras. Mostre para eles aonde fui. — Ele vai embora, mais andando em marcha atlética do que correndo de fato, com o couro do cinto estalando.

— Polícia? — As meninas parecem empolgadas e assustadas ao mesmo tempo. — O que o cara fez? Ele *estuprou* alguém?

— Não — garanto, embora é claro que a verdade logo virá à tona. — A polícia só quer fazer algumas perguntas, só isso.

— Ah. — Os rostos das meninas adquirem expressão decepcionada, até que a Ruiva de Sardas aponta outra vez. — Olhe, ali! Ele não saiu nada! Estava era se escondendo!

Incrivelmente, quando olho na direção em que ela está apontando, vejo que tem razão. Howard está se esgueirando para fora de seu esconderijo embaixo de uma mesa do refeitório, o olhar fixo na porta pela qual Pete acaba de passar. Parecendo aliviado, se endireita e ajeita o moletom. Começa a voltar para o saguão, aparentemente considerando apenas o segurança como uma ameaça a sua liberdade.

Bem, ele vai ter uma surpresa.

— Você! — diz Magda, apontando para ele com uma unha longa de tom dourado-metálico. — Pare agora e fale com essa moça. — A unha se volta para mim.

Howard congela, os olhos esbugalhados de surpresa. Toda sua atenção estivera concentrada em Pete. Pelo visto, não tinha nem se dado conta de que eu estava naquele ambiente até agora.

O refeitório inteiro caiu em silêncio profundo, inclusive todo mundo que estava trabalhando atrás das mesas de comida quente. Nenhum ruído de garfo arranhando prato. Nem mesmo uma xícara de café batendo ao retornar à bandeja.

— Howard! — chamo, me dirigindo a ele. — Não estou aqui para te machucar... — acrescento, enquanto ele dá um passo para trás a cada passo que dou para a frente. — Mas também não vou deixar você ir embora. Precisa de ajuda, e vou garantir que a tenha. É por isso que estou aqui.

— Não é por isso que está aqui nada — diz ele, com voz vacilante. — Sei por que você está aqui. Para me mandar para a cadeia. Bem, não estou precisando desse tipo de ajuda!

Ele gira e bate na direção do balcão de comidas quentes, dando uma pancada na ilha de frutas frescas e águas aromatizadas no caminho, a qual ele destrói — de propósito, para me deter e a quem mais estivesse atrás dele —, derrubando uma por uma, primeiro o filtro da água com melancia, depois a com melão (os sabores do dia).

Os enormes recipientes de vidro quebram-se no chão, mandando litros e litros d'água, cacos afiados, gelo e pedaços de fruta por toda parte.

O silêncio no refeitório é quebrado. Magda grita. As calouras na mesa da Ruiva de Sardas também. Agora já estão todos cientes de que há um louco à solta. Fazem exatamente como foram instruídos no vídeo de gerenciamento de crises da Segurança Nacional: correm, passando pelas portas abertas do saguão.

Todos, exceto as poucas pessoas que têm a má sorte de estar atrás da ilha de águas aromatizadas. Isso inclui aquelas que estavam esperando na fila das comidas quentes. Dispersam-se ao verem Howard chegando, algumas se abaixando sob o balcão e se juntando a Jimmy, que as chamou para ficarem com ele na cozinha, e outras correndo de Howard para chegar ao saguão, mas escorregando e caindo na água e nas frutas esparramadas, cortando-se dolorosamente com o vidro estilhaçado.

Magda, que decidira bravamente permanecer, vai até eles para ajudá-los a se levantar, com guardanapos para fazer pressão nas feridas.

Infelizmente, Howard parece concentrado em apenas uma área do refeitório, e uma residente ali não parece ser capaz de correr e tampouco se esconder. Kaileigh Harris está paralisada na mesa de bagels, com um pãozinho recém-saído da torradeira em uma das mãos (eu tinha pegado o último bagel) e uma faca na outra, fitando Howard com olhos enormes enquanto ele se aproxima.

Meu coração fica apertado. Ai, não. Kaileigh, não. Qualquer um menos ela.

Por um segundo, o garoto fica tão perto que parece que vai roubar o pão da menina. Kaileigh, que obviamente não entende o que está acontecendo (quem é que ia entender?), deixa cair a faca e estende a comida para ele, como se dissesse: "Aqui, ó, tome. É isso o que quer? Pode ficar com ele." É mais ou menos como assistir a uma criança cair na jaula de um gorila no zoológico e depois vê-la oferecer seu balão ao animal enfurecido.

Não é pão que Howard quer. Dá um tapa na mão de Kaileigh, estende a sua própria passando por cima do ombro da menina e pega uma grande faca de serra que estava na tábua de cortar atrás dela.

Ai, Deus, não, penso, no mesmo instante em que ouço de algum canto do lugar a mãe da menina gritar com uma voz que parece ter sido arrancada das profundezas de sua alma:

— *Kaileigh!*

Mas já é tarde demais. A garota vira os olhos enormes e assustados na direção do grito. Vejo os lábios murmurarem a palavra: "Mãe?"

Um segundo depois, Howard passa um braço ao redor da cintura fina da garota e põe a faca em seu pescoço.

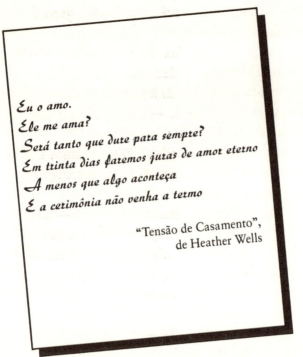

Eu o amo.
Ele me ama?
Será tanto que dure para sempre?
Em trinta dias faremos juras de amor eterno
A menos que algo aconteça
E a cerimônia não venha a termo

"Tensão de Casamento",
de Heather Wells

— Eu mato ela! — grita para todos ao redor que, na verdade, somos apenas eu e Kaileigh. O restante já correu para fora do salão ou está mantendo uma boa e respeitosa distância.

— Por favor, não — digo, com suavidade.

Há melão preso na sola do meu sapato porque corri pelos filtros quebrados. Estou a apenas 3 metros dele. Posso ver cada uma das lágrimas de Kaileigh enquanto lhe escorrem pelas bochechas.

— Vou cortar sua carótida, e ela vai sangrar até morrer antes de vocês conseguirem chegar ao hospital — diz. — A carótida é a artéria na garganta usada para checar o pulso. Se for cortada, todo sangue é bombeado para fora, e a pessoa morre. É isso que você quer? Que a garota morra aqui na sua frente?

Todos, com exceção da Sra. Harris, que só faz soluçar, estão em silêncio absoluto. Meu coração bate tão forte que estou certa de que não sou a única capaz de ouvi-lo.

— Não, Howard — digo. — Ninguém aqui quer isso. Ninguém precisa se machucar...

— E eu? — indaga ele. Kaileigh não é a única a chorar. Ele também chora. — Ninguém se importa comigo? *Eu* me machuquei.

— Quem foi que te machucou, Howard? — pergunto. Preciso mantê-lo falando para que não ouça o que já estou ouvindo, o som de sirenes à distância. Estão ficando mais altas a cada segundo. Espero que Howard não perceba.

Ou o fato de que estou lentamente desafivelando o fecho da minha bolsa.

— Vocês todos — responde. — Mas principalmente Jasmine. Ela tirou uma foto...

— De você na festa do príncipe? — pergunto.

— Ela achou engraçado — diz. — Ia twittar a foto. O AR de plantão, na balada com o príncipe. Tentei explicar para ela, tentei fazer com que apagasse, mas ela se recusou. Eu disse que podia perder meu emprego. Perder meu direito de morar aqui.

A voz dele falha.

— Mas acabou que perdi do mesmo jeito. Burro. Tão burro. Meus pais estão loucos comigo. Disseram que sou uma piada.

— Ai, Howard — digo. — Sinto muito.

Coloquei minha mão dentro da bolsa. Posso sentir as formas do metal frio e liso da pistola contra meus dedos.

— E tudo isso porque Jasmine não se importava — continua. — Ela achou que ia dar uma história engraçada para aquele blog idiota. Jasmine vem de uma família super-rica. Ela não precisava do trabalho de AR. Aquilo sim era uma piada para ela. *Eu* era uma piada para ela. Mas não sou piada coisa nenhuma.

Pressiona a faca mais forte na garganta de Kaileigh, e eu vejo a menina se crispar de dor, embora esteja paralisada de medo.

— Posso até não ter conseguido entrar para Harvard — soluça Howard —, mas não sou piadinha para ninguém.

— Não, Howard, você não é piada. Concordo que o jeito como Jasmine te tratou foi bem injusto. Queria que você tivesse vindo e falado com a gente, mas não é tarde demais. Por que você não solta Kaileigh e a gente conversa agora?

Até que sou uma atriz bem decente. Você precisa ser, para convencer estádios cheios de adolescentes e jovens de que suas músicas foram feitas especialmente para eles, ou de que seu coração foi realmente dilacerado pelo cara da letra que está cantarolando.

Ao longo dos anos, depois de ter parado de me apresentar, acho que minhas habilidades de interpretação só melhoraram, ficaram mais sutis, especialmente após aceitar o trabalho no Conjunto Fischer. Todos os dias tenho de convencer pais de que realmente sinto a dor de seu filho amado que simplesmente precisa morar em um quarto que dê para o sul, ou nunca vai conseguir tirar boas notas por causa da falta de luz do sol; ou da doce filhinha que precisa viver sozinha porque a TPM é tão forte que nunca poderia conviver bem com uma colega. Todos os dias, finjo gostar de estudantes que simplesmente não suporto, e supervisores que desejo ardentemente jamais ter conhecido.

Mas, de alguma forma, meu talento como atriz me abandonou hoje — ou isso, ou a culpa de Howard pelos crimes lhe deu poderes de percepção hiperaguçados.

— Não — diz, a voz como uma lamúria aguda. — Você só quer me enganar, igualzinho a Jasmine.

Ele se afasta, arrastando uma Kaileigh agora aos prantos.

— Não quero, não, Howard — insisto. — Deixe Kaileigh ir e você vai ver. Eu estou do seu lado. Se você liberá-la agora, podemos ir a algum lugar calmo, falar sobre o que Jasmine fez com você e chegar a algum tipo de acordo sobre sua situação de moradia. Prometo. Você me conhece, Howard. Sabe que não ia mentir para você. Largue essa faca e a deixe ir embora.

Posso realmente fazer isso? Pergunto-me enquanto meus dedos se fecham ao redor do punho da arma que Hal me dera, e firmo meu indicador ao longo do cano do revólver. Cooper me ensinou que devia mantê-lo ali, nunca deixá-lo no gatilho até estar pronta para liberar a trava e atirar.

Mas será que posso atirar nesse garoto, rápido o bastante para ele não ter a chance de cortar Kaileigh mais fundo do que já fez — posso ver as pontinhas da serra da faca se cravando na pele frágil do pescoço dela — e também sem acertá-la em nenhum ponto vital? Ele a está usando como escudo, provavelmente já ciente de que a unidade da SWAT da polícia vai aparecer logo. Foi andando para trás até ficar de costas contra as mesas do bufê de comida quente. Não tem como a equipe pegá-lo por ali, mesmo que conseguisse se aproximar sem ele notar.

Não vejo alternativa. O sangue está começando a escorrer pelo pescoço de Kaileigh, gotejando em sua estilosa blusa branca. Não ouço mais as sirenes, o que significa que a polícia está estacionada aqui nas imediações do prédio, provavelmente entrando em formação do lado de fora do refeitório já com as próprias armas sacadas. No instante em que Howard os vir, vai entrar em pânico.

Eu poderia esperar pelo Dr. Flynn, ou qualquer que fosse o especialista que a polícia sem dúvida vai trazer para negociar a libertação da refém, mas não tenho muita certeza de se ainda há tempo para isso. Um movimento daquela faca — que sei que é afiada, porque a usei mais cedo esta manhã para cortar meu próprio pão do café — e Kaileigh estará morta.

Kaileigh Harris é minha residente. Protegê-la é minha responsabilidade. Howard já tirou a vida de uma aluna do Conjunto Fischer e tentou tirar a de outro.

Não vou deixá-lo matar outra pessoa.

Coloco a bolsa no ombro e destravo a pistola que Hal me garantiu que era boa para dar cabo de pestes do mundo animal, mas nem tanto para acertar alvos da variedade bípede.

— Howard — digo. — Vou pedir uma última vez. Solte Kaileigh.

— Já te disse — responde ele, cansado. — Não acredito...

Tiro a pistola da bolsa com as duas mãos, miro e atiro em um movimento rápido e calmo.

> *Não podemos fazer coisas grandiosas,*
> *apenas pequenas coisas com*
> *amor grandioso.*
>
> Madre Teresa

A bala vai se alojar com perfeição na mão de Howard, a que estava segurando a faca.

Felizmente, em vez de rasgar a garganta de Kaileigh com a faca, a mão dele dá uma guinada para cima e depois para longe dela com a força do impacto, e a faca bate inofensiva no chão. Parece até que Hal tinha adivinhado e tido a sensibilidade de carregar a arma com projéteis de ponta côncava e pequeno calibre, de forma que, em vez de perfurar a mão do menino e entrar pelo pescoço de Kaileigh, a bala ficou na carne do primeiro, expandindo-se após ter acertado o alvo. De maneira alguma seria adequada para a caça aos esquilos, mas altamente eficaz para dar um basta a garotos mentalmente instáveis mantendo jovens alunas como reféns sob o jugo de uma faca de serra.

— Ai! — grita Howard, balançando a mão enfumaçada no ar. — Ai! Por que você fez isto? Isto dói!

Abaixo a arma, minhas mãos tremendo incontrolavelmente. Howard nem sabe quanta sorte tem. Estava mirando no centro de sua cabeça, a parte mais significativa de seu corpo não encoberta por parte do de Kaileigh. Era um alvo perfeito.

Graças a Deus errei.

No segundo seguinte, a unidade SWAT da 6ª DP de Nova York está tomando o refeitório do Conjunto Fischer como um enxame de abelhas, gritando:

— Parados! Polícia de Nova York! Todo mundo no chão!

Tanto eu quanto Howard somos pressionados contra o chão por oficiais da polícia totalmente equipados com coletes à prova de bala e revestidos de Kevlar, segurando rifles. Howard é algemado e levado com rapidez. O Sr. e a Sra. Harris se jogam na direção de Kaileigh, que está abalada, mas ilesa, descontando um corte superficial no pescoço. Eles a encharcam de beijos e promessas de que não sairão do lado dela nunca, mas nunca mais.

Só muito tempo depois, sentada à mesa no refeitório — onde o chefe da unidade me ordenou que ficasse —, tirando pedaços de fruta do cabelo, é que o Detetive Canavan surge e se senta ao meu lado.

Traz uma caneca em cada mão: uma com um café fumegante para si próprio e a outra com uma montanha de creme de chantilly, que ele desliza em minha direção.

— Então, Wells — diz. — Que história é essa que eu ouvi sobre você atirar na mão do maluco com uma pistola sem ter registro nem licença?

— Não é verdade. — Magda está ao meu lado, me ajudando a tirar os pedacinhos de melão e melancia do cabelo, uma das consequências infelizes de ter sido forçada a ficar no chão do refeitório por tanto tempo. — Não vi arma alguma. E ninguém achou arma alguma. Então não tem arma. Tem, Heather?

— Não é verdade — digo, dando um gole na caneca que Canavan trouxe para mim. Café misturado com uma porção generosa de chocolate quente. Na verdade, seria mais preciso chamá-lo de chocolate quente com um pingo de café. Como ele lembrou? — O que uma garota que nem eu ia estar fazendo com uma arma, de qualquer jeito? Ei... — Afasto a caneca dos lábios. — Tem *álcool* nisto?

Canavan dá de ombros.

— Pode ser que tenha um pinguinho de uísque. Pela minha experiência pessoal, é a única coisa que funciona para a tremedeira.

Olho para meus dedos, que ainda tremem. Rapidamente coloco as mãos embaixo da mesa.

— Achei que ninguém tinha notado — murmuro, fitando o creme boiando na superfície da minha bebida.

— Ninguém notou, acho que não — confirma Canavan.

— Precisa ser alguém que já tenha estado em sua posição para perceber. — Não menciona os detalhes: em quem atirou quando estava em minha posição, ou como as coisas acabaram. Não precisa. — O garoto vai ficar bem. Saudável o bastante para ser julgado, de qualquer forma, pelo assassinato da primeira garota e tentativa de assassinato do repórter e da segunda menina hoje. Também não vai perder a mão.

— Que bom — murmuro, lembrando-me dos gritos de Howard quando a bala entrou na pele dele. *Ai! Por que você fez isto? Isto dói!*

Canavan dá um meio-sorriso torto, achando graça de minha expressão.

— Você realmente precisa endurecer um pouco mais esse couro, Wells, se está pensando a sério em se formar em criminologia. Todos esses cabulosos aí têm uma história triste para justificar por que fizeram o que fizeram, e muitas são das boas também. Elas te pegam bem aqui. — Indica o coração. — Por outro lado, tem milhões de outras pessoas no mundo com histórias que são igualmente de quebrar o coração, e adivinha só? Elas *não* resolveram os problemas delas sufocando uma garota ou tentando estrangular um cara com os fones de ouvido. Então não se deixe enganar por eles. Agora... onde está a arma?

Levanto os olhos, arregalando-os inocentemente da forma como Howard fizera.

— Arma? Não sei do que você está falando, detetive.

— Fala sério, Wells. Alguém atirou no garoto. O atirador tinha de ser bem dos bons para conseguir acertar um tiro daqueles sem tocar em um fio de cabelo da menina.

— Ou atiradora — observo. — As mulheres atiram muito melhor que os homens, em geral, porque têm toque mais leve e centro de gravidade mais baixo, e consequentemente um equilíbrio mais firme.

Canavan me encara com algo semelhante a horror.

— Quem te disse isso?

— Ah, sei lá — respondo. — Li na internet. Por que, não é verdade?

— Não até onde eu sei. Minha mulher e minhas filhas não chegam nem perto do campo de tiro, e Deus é testemunha de que eu tenho tentado fazê-las ir comigo nos últimos vinte anos.

— Falta de interesse — esclareço — e falta de habilidade são duas coisas totalmente diferentes.

— Foi você quem atirou no maldito do garoto ou não, Wells? A refém disse que foi.

Já me desfiz da prova há muito. É incrível o que uma garota é capaz de fazer se é suficientemente engenhosa,

A noiva é tamanho 42

trabalha há bastante tempo no mesmo prédio e conhece as pessoas certas nos lugares certos. Ah, e está para se casar em um mês e de viagem de lua de mel marcada para Veneza e não quer ter de lidar com a confusão do uso não autorizado ou a acusação de posse ilegal de armas de fogo, o que pode impedi-la de sair do país.

— Não faço a menor ideia do que você está falando, detetive — digo, com doçura.

— Nem eu — reitera Magda. — Eu estava aqui o tempo todo, vi tudo. Não sei de onde o tiro veio. De algum lugar dali, quem sabe. — Aponta na direção da cesta de bolinhos para o lanche. — Ah, ele já foi. Bem, pode muito bem ter sido ele. Sabe, a menininha estava histérica. Quem sabe o que ela viu?

Ela encontra outro pedaço de melão em meu cabelo e o joga na mesa.

O detetive parece insatisfeito.

— Está bem — diz. — Por que não consigo acreditar em vocês duas?

Dou de ombros.

— Esse trabalho te deixou encouraçado e insensível — respondo. — Você realmente devia considerar a aposentadoria. Talvez devesse deixar um detetive mais jovem assumir. Quem sabe até eu, um dia.

— Que Deus ajude a cidade se isso acontecer um dia — resmunga ele. Arrasta a cadeira para trás e diz enquanto sai: — Use sabão em barra e água para lavar as mãos, nada daquelas coisas antibacterianas. É o melhor jeito de remover resíduo de pólvora. E, pelo amor de Deus, vá para casa ficar com aquele seu namorado. E acabe logo com isso. — Aponta para a caneca. — É uma ordem.

— Ela não pode ir para casa — diz Magda cheia de razão, enquanto começa a trançar meus cabelos. Tenho medo de olhar como ela o está penteando. — Ela ainda precisa ir à prova final do vestido. É daqui a meia hora.

Solto um gemido. Tinha me esquecido totalmente.

— Ai, Deus — digo. — Acho que vou ter de adiar.

— Não — nega Magda, dando um tapinha de leve no topo da minha cabeça. — Você não pode! É importante! Você precisa estar mais linda que nunca para o grande dia. Não pode decepcionar Cooper. Além do mais, todo mundo vai lá ver como o vestido ficou.

Solto outro gemido e pego a bebida que Canavan preparou para mim.

— Magda, não. É longe, e não estou nem um pouco a fim de pegar o metrô agora. Estou, hum, linda demais...

— Jesus, Maria e José! — exclama Canavan, com irritação. Ele se vira e assobia para um policial uniformizado que está passando. — Você: Sullivan. Venha cá.

O homem corre até nós.

— Senhor?

— Você está com sua viatura, não é?

— Estou, sim, senhor.

— Leve essas duas senhoritas aonde elas têm de ir.

O policial olha confuso para o superior.

— Senhor?

— Elas têm um compromisso muito importante — explica, tenso. — Use a sirene e o giroflex. Elas não podem se atrasar.

Sullivan parece ainda mais confuso.

— Desculpe, senhor, para qual delegacia eu estou levando as moças?

— Para delegacia nenhuma! — ruge Canavan. — Elas têm de fazer a prova de um vestido. Agora vá!

E é assim que, 45 minutos depois, eu e Magda estamos em frente à loja na qual comprei meu vestido de noiva, agradecendo ao policial Sullivan e seu parceiro, que parecem ter se divertido muito com a missão pouco usual.

— Da próxima vez que aparecer uma emergência só vou ligar para vocês dois! — grita Magda do outro lado da calçada, mandando beijos para eles.

— Faça isso mesmo — declara Sullivan, e sorri ao acenar. Há provavelmente jeitos piores de um policial passar a manhã do que transportando duas louras no banco traseiro da viatura.

Antes mesmo de eu tocar na maçaneta da loja, a porta se abre, e Nicole Cartwright aparece exibindo um macacão amarelo e uma expressão magoada.

— Onde vocês estavam? — exige saber de nós. — Estão atrasadas.

— Só um pouquinho — retruco. — Estava com trânsito perto do Pan Am Building.

— E não podia ter ligado? Não passou pela sua cabeça que as coisas podem ter ficado um pouco loucas por aqui também?

— Na loja de vestido de noiva? — Magda olha para mim, com as sobrancelhas desenhadas levantadas. — O que aconteceu? Alguém teve diarreia e fez tudo na pia, que nem naquele filme das madrinhas de casamento?

— Ai, meu Deus, sua bebê chorona, relaxe. — Jessica aparece de repente à porta com uma taça de champanhe em uma das mãos e o celular na outra. — Pare de bloquear o caminho e deixe elas entrarem.

— Já falei para você parar de me chamar de...

A porta é aberta com força por trás de Jessica, e, de súbito, surge Cooper com as muletas, o rosto escuro da barba não feita, sem mencionar as novas escoriações que só agora estão aparentes.

— Onde ela está? — indaga, espremendo os olhos na luz do sol. Em seguida me vê e, apesar da dor óbvia que sente, começa a andar trôpego em minha direção. — Nunca mais...

Não faço ideia de que tipo de ameaça planejava fazer, porque corro para ele e envolvo seu pescoço com os braços, beijando-o na boca, esquecendo que está machucada. Ele também parece ter esquecido dela e das costelas quebradas, me puxando com força contra seu corpo, para seu coração, e me enchendo do cheirinho fresco e limpo só dele, a marca registrada de Cooper.

— O que você está fazendo aqui? — sussurro, quando ele finalmente me libera (o que é obrigado a fazer, uma vez que precisa de pelo menos um dos braços para se equilibrar nas muletas). — Você devia estar em casa descansando.

— Acha que eu podia ficar na cama depois de saber que você *atirou* em alguém? — sussurra em resposta, os olhos azuis parecendo um pouco úmidos. — E que depois foi experimentar *vestidos de noiva*? Sua doida varrida!

— Só um vestido de noiva — corrijo. — E você não pode me ver com ele. Dá azar.

— Acho que a gente já teve a cota permitida a dois seres humanos pelo espaço de tempo de uma vida. Já é hora de nossa sorte mudar para melhor.

Beijo o nariz dele, a parte do rosto que escapou ilesa do encontro com Ricardo.

— Então não tente me ver com o vestido até nosso grande dia.

O braço que tinha deixado a meu redor me aperta mais.

— Fechado. E você não atire em mais ninguém até o grande dia. A menos que a pessoa mereça, como eu fiquei sabendo que o cara de hoje mereceu.

Aperto-o de volta.

— Fechado.

— Uau, Heather, amei seu cabelo assim — diz Jessica, quando Cooper e eu entramos na loja, estendendo a mão para tocar a trança que Magda fez em mim. — Fica bem em você. Mas, de qualquer forma, não dê bola para Nicole, nem foi tão ruim assim.

— O que nem foi tão ruim assim? — pergunto. A dona do lugar, Lizzie Nichols, me recebe com um cumprimento caloroso, serve uma taça de champanhe para mim e para Magda, e vai se certificar de que está tudo certo no provador para os ajustes finais, inclusive o vestido de noiva vintage que comprei, que ela estivera arrumando para deixar nas minhas medidas certas. Não fico muito surpresa em ver que Hal acompanhou Cooper até a loja e se estabeleceu em um sofazinho de um tom rosa esmaecido ao lado de uma mesinha cor de marfim, parecendo totalmente pouco à vontade e deslocado.

O que eu *fico* um tanto surpresa de ver é, sentado em uma poltrona de tecido de algodão não muito distante dele, Sammy, o Nareba, com expressão muito mais descontraída, vendo suas mensagens no celular (ser penhorista é um trabalho em tempo integral, afinal).

O que me surpreende ainda mais é quando ouço uma tosse delicada atrás de mim, e me viro.

É minha mãe.

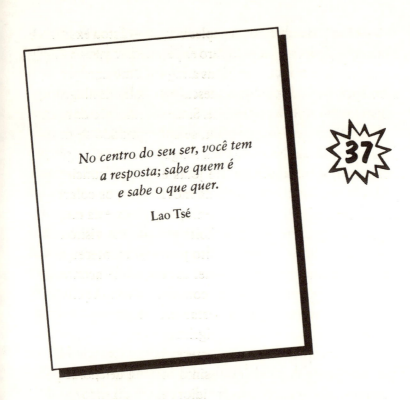

> No centro do seu ser, você tem a resposta; sabe quem é e sabe o que quer.
>
> Lao Tsé

— É isso mesmo? — pergunto, sem acreditar.

Já não tive emoção suficiente por um dia? Um residente me revelou que colocou a própria vida e a de outra aluna em perigo ao contraírem um matrimônio que é proibido pelo déspota criminoso que é o pai dele...

Eu tendo de atirar em outro residente por manter uma estudante como refém com uma faca...

E agora *isto*?

Estou pronta para dar meia-volta e sair da loja, com a taça de champanhe ainda na mão, quando meu pai, entre todas as pessoas, me impede, ao bloquear a porta.

— Só ouça o que sua mãe tem a dizer, Heather. — A voz dele tem um quê de resignação e exaustão.

— Por quê? — pergunto simplesmente. — Estou exausta. Tenho melancia no cabelo. Quero experimentar meu vestido e ir almoçar numa boa com meus amigos, como uma pessoa normal. Não quero ouvir mais desculpas idiotas de ninguém, pai, *especialmente* da minha mãe. Sinceramente, não dá mais.

— Querida, eu sei — diz ela, se aproximando de mim. Está vestindo uma túnica cinza longa sobre uma calça de alfaiataria igualmente cinza e joias em prata suficientes para sufocar um cavalo. A cada movimento, os colares e as pulseiras tilintam musicalmente, exatamente da mesma forma como tinham feito na noite em que nos visitou no prédio de Cooper. — Sinto muito pelo que aconteceu com Cooper, sem falar no que fiquei sabendo que aconteceu hoje de manhã. Mas a história com seu noivo... Aquilo foi culpa minha, e eu não podia estar mais sentida.

Meus olhos se enchem de lágrimas — e ridiculamente, mais do que quase tudo que aconteceu no dia de hoje, é isso que me enfurece mais. Por que sinto vontade de chorar por qualquer coisa que essa mulher idiota esteja dizendo?

— É por *isso* que você sente muito? — indago. — Não que não devesse sentir... Você deve, sim. Mas, de todas as coisas, é por *isso* que sente? Você não é nem responsável pelo que aconteceu. Foi Ricardo quem fez aquilo, não você.

— É, é — concorda. — Mas eu devia ter sido mais esperta e presumir que ele iria me encontrar aqui, mesmo tentando ser discreta. Você não precisa disso para somar a todo o estresse que já tem.

Por "isso" ela parece querer se referir aos ferimentos de Cooper. Gesticula na direção dele quando fala a respeito, e as pulseiras todas fazem um tinido.

Eu a fito. Não sou a única. Todas as minhas madrinhas, Cooper e os amigos dele também a encaram.

A vontade de chorar passou.

380   *Meg Cabot*

— Que estresse? — pergunto. — Do casamento, você quer dizer?

— Bem, tem isso — responde ela. — E todo o resto que seu pai me contou. Quero dizer: meu Deus, Heather, desistir da música? Trabalhar em um alojamento de estudantes? Você acha que era essa a vida que eu queria para você? É claro que não.

Sinto como se o chão sob meus pés estivesse se movendo — como se um vagão do metrô passasse por baixo de nós. Mas não tem nenhuma estação por perto. O que estou sentindo é um movimento sísmico de minhas emoções. Um terapeuta provavelmente o chamaria de uma "ruptura".

— O que tem de tão errado assim na minha vida? — desafio. — Estou aqui cercada de pessoas que me amam.

Bem, exceto por Patty. *Onde* ela está? Se bem que as dançarinas são conhecidas por estarem sempre atrasadas para tudo, e dançarinas grávidas, então, são ainda piores.

— Amo meu trabalho — continuo —, que é ajudar os outros, e isso dá sentido para minha vida. Também estou estudando para conseguir me formar em algo em que acredito, algo que espero que vá fazer diferença para o mundo um dia. Vou me casar com o homem que amo, que me ama também...

Dou um sorriso para Cooper, que me devolve da mesma forma, e tão encorajadoramente, enquanto se apoia nas muletas entre as irmãs, que sinto seu amor irradiando por todo meu corpo. É mais que bastante para compensar o afeto que essa mulher não me deu.

— A gente vai começar uma vida junto — declaro para minha mãe. — Pode não ser a vida que você teria gostado, mãe, mas é exatamente a vida que quero. Então por que você tinha de vir aqui bem agora e tentar ferrar as coisas?

Ela pisca para mim, bem como para todos os meus amigos, que a olham com o que só posso classificar como hostilidade. Magda parece pronta para agarrar a garrafa de champanhe mais próxima e quebrá-la na cabeça dela, e não posso deixar de reparar que Hal está com a mão dentro de sua mala, que obviamente trouxe consigo e está a seus pés. Até Jessica cruzou os braços finos como galhinhos e está encarando minha mãe, espremendo os olhos cheios de delineador como se esperasse o sinal para começar uma briga de garotas, e Nicole fechou as duas mãos rechonchudas, mostrando punhos indignados. Sammy, o Nareba, até parou de olhar a tela do celular, chocado o suficiente para prestar atenção a outra coisa que não a queda no preço do ouro.

No silêncio que se seguiu, Lizzie Nichols volta para a sala de espera.

— Bem! — diz jovialmente. — Está tudo pronto para você se quiser experimentar seu vestido agora, Heath...

Perde a voz quando sente a tensão no cômodo.

— Ou quem sabe — retoma, lentamente voltando atrás, como se fosse uma cascavel se enrolando e recolhendo toda — você e sua família ainda precisem de uns minutinhos a mais. Por que não volto daqui a pouquinho?

Dá um sorriso radiante e sai tão depressa quanto sua saia lápis estilosa, porém extremamente justa, lhe permite.

É meu pai quem quebra o silêncio.

— Acho que o que Heather está querendo — diz a minha mãe — é um pedido de desculpas. Não só pelo que aconteceu com Cooper, mas por... Bem, por tudo.

Ela assente. Agora é ela quem parece resignada.

— Entendo — diz, com um suspiro. — Tenho esse dom de estragar as coisas, não é? Mas, ao contrário do que a opinião geral pensa, não vim aqui para bagunçar sua vida, Heather. Não de propósito, pelo menos. — Caminha em direção à mesinha perto da qual Hal está sentado, e retira uma de suas pulseiras ruidosas, deixando-a cair sobre o vidro. — Na verdade, vim aqui com a intenção de arrumar as coisas entre nós. — Outra pulseira se junta à primeira. — Mas, como de costume, o que eu queria te dizer não saiu do jeito certo. Sempre tive dificuldade para me expressar, diferentemente de você. E, claro, tem ainda o que aconteceu com Cooper. Sei que você não quer mais nada comigo. Provavelmente vai ser melhor para todo mundo mesmo. Ricardo vai sair da prisão logo, e eu não ia querer colocar ninguém aqui em perigo deixando vocês saberem de meu paradeiro, no caso de ele vir perguntar.

Tira alguns dos colares de prata e os deixa cair perto das demais joias. Fazem um barulho surpreendentemente sólido ao baterem na chapa de vidro.

— Então pode acreditar — continua ela. — Não vou mais te incomodar, Heather. A verdade é que nunca tive jeito para ser mãe. Nem todo mundo tem instinto materno, sabe? Li em uma revista que algumas fêmeas mamíferas abandonam a cria na selva. Simplesmente não se importam. Não é culpa dos filhotes. É um gene deficiente na mãe. O gene maternal, é assim que chamam. Elas não o têm. Eu acho que eu também não. Em outras palavras, Heather... — Tira os longos e brilhantes brincos tipo "candelabro" e os deixa ao lado do restante das coisas. — O problema nunca foi você, querida. Sou eu.

Encaro-a estupefata.

— Disso eu sei, mãe — declaro. — Por que você está tirando todas as suas joias?

— Ah. — Olha para a pilha como se percebesse pela primeira vez que está ali. — Considere como um presente de casamento, se quiser.

— Mãe. — Já não estou furiosa. Como poderia, quando tenho uma vida tão rica, e ela, uma tão patética? Além do mais, disse tudo que precisava dizer. Estou me sentindo bastante bem. — Não quero suas joias velhas.

— Ah — diz, com suavidade. — Acho que vai querer, sim. Olhe para elas como o seu "algo emprestado".

A noiva é tamanho 42   **383**

Ela dá um passo à frente para me dar um abraço rápido. Agora que todos os colares e pulseiras se foram, ela não tilinta quando anda.

Não quero abraçá-la de volta, mas tem alguma coisa no ato de ser abraçado pela mãe que torna impossível não levantar os braços para envolvê-la. A fragrância do perfume Chanel dela é de algum modo tão familiar quanto o cheiro do xampu e amaciante de Cooper. E também tão reconfortante quanto, embora tenha me traído profundamente no passado.

Mas parece que não dá para se obrigar a não amar a mãe, não importa o esforço que se faça.

— Adeus, querida. — Ela se despede e dá meia-volta, caminhando rapidamente para fora da loja antes que eu possa dizer outra palavra. Meu pai também não tenta impedir sua saída.

— Que droga foi essa? — quer saber Jessica depois de engolir o que ainda havia na sua taça de champanhe.

— Não tenho a menor ideia — admito.

Sammy, o Nareba, começou a pegar as peças da mesa. Claro que já tem uma lupa em mãos, a específica para examinar com detalhe as pedras e os metais preciosos. Tirou uma do bolso e agora estuda as pulseiras e colares com a concentração de um joalheiro.

— Ela está se sentindo mal, Heather — declara meu pai. — Queria consertar as coisas.

Cooper dá uma gargalhada ao ouvi-lo.

— Queria mesmo — insiste o homem mais velho. — Ela entendeu que não é bem-vinda no casamento e que obviamente não pode mesmo ir, porque Ricardo vai continuar a caçando, mas, se você conseguir abrir um espacinho no seu coração para sua mãe, Heather...

Sempre terá um espaço em meu coração para ela, acho. Na minha vida? Já não tenho tanta certeza.

Sammy, o Nareba, solta um assobio, lenta e avaliativamente.

— O que foi? — pergunto.

Ele abaixa a lupa e me olha, solene.

— Sua mãe pode até não ter instinto maternal, mas com certeza sabia umas coisinhas sobre joias. Isto aqui é platina. Tudo. Platina pura.

Olho para Cooper, depois outra vez para Sammy, o Nareba.

— Não. Não, não são. São de prata. Ninguém anda por aí com tanta...

— Joia de platina? Ninguém anda mesmo. Os piratas, talvez. Quem mais ostenta a própria fortuna ao redor do pescoço?

— Ou a fortuna dos outros — comenta Cooper, olhando para o metal de brilho discreto sobre a mesa.

Balanço a cabeça, tendo dificuldades para compreender o que vejo.

— Não. — Volto a dizer, negando com a cabeça ainda. — Não, ela não ia fazer isso. Não ia roubar meu dinheiro todo só para voltar e me devolver.

Sammy pega o smartphone e começa a fazer cálculos.

— E não foi isso que ela fez — declara. — A platina está com preço de venda bem alto hoje, mas, se você fosse vender isso pelo peso — os dedos voam pelo teclado —, só ia ganhar coisa de duzentos e cinquenta mil dólares.

Olho para Cooper, que me olha de volta.

— *Só* duzentos e cinquenta mil dólares — repito para ele.

— Nem perto do que ela te deve — afirma. — Mas já é um começo. — Um sorriso se abre no rosto dele. Estende um braço para o lado, e eu vou de encontro a ele para abraçá-lo. — A gente podia muito bem dar uma incrementada na lua de mel.

— Ou... — sugiro — ... a gente podia reformar o porão e transformá-lo num bom apartamento, depois alugar para nosso investimento ter retorno.

— Tão prática — diz Cooper, me beijando. — Uma cabeça incrível para as questões financeiras.

— E tem uma pontaria das boas — acrescenta Hal Virgem timidamente.

— Não se esqueçam — é meu pai, o ex-presidiário, que se apressa em dizer também — de pagar os impostos quando forem vender as joias, não importa o que vocês decidirem fazer depois.

— Obrigada pela lembrança, pai — agradeço, tirando o rosto do peito de Cooper. — Você estava sabendo disso?

— Bem — diz, um pouco tímido. — Não posso dizer que estou totalmente surpreso. Sabia que sua mãe queria fazer as pazes, e sabia que ela e Ricardo tinham se separado, pelas conversas de telefone que ouvi dela. Sabia que ela havia levado alguma coisa dele e que ele queria de volta...

— Não é surpresa alguma que ela disse para considerar isso aí um item emprestado! — exclama Magda, indicando as joias. — Ela roubou!

— Do *meu* empresário, que me roubou primeiro. As joias são minhas — declaro. — É a única maneira na qual eles vão me ressarcir.

— Verdade mesmo — concorda Cooper, assentindo para Hal. — Confisque, em nome da lei. Lei da Heather — acrescenta, piscando para mim.

— Com prazer — diz Hal, e sai arrastando as peças de metal pelo vidro até caírem na mala de lona.

— Como estamos por aqui? — A cabeça de Lizzie, a dona da loja, aparece outra vez na sala de estar. — Já estamos prontos para provar aquele vestido de noiva agora?

— Sabe de uma coisa? — digo, virando-me para ela. — Estou, sim, completamente pronta.

— Ótimo, então — comemora ela, com expressão satisfeita. — Venha comigo.

E assim eu faço.

Contamos com sua presença
na cerimônia de casamento de
Heather Marie Wells
e
Cooper Arthur Cartwright,
a realizar-se sábado, vinte e oito
de setembro,
às quatorze horas e trinta
minutos,
no Grande Salão de Festas
do Hotel Plaza,
Quinta Avenida com Central
Park South
Nova York, NY

38

Estou nos fundos do quarto, torcendo nervosamente os laços na extremidade do buquê. Cooper e eu escolhemos as gérberas como as flores oficiais do casamento por serem alegres, outonais e também nada complicadas — assim como nós.

Mas o lugar em que escolhemos nos casar é certamente cheio de complicações.

— Acho que isto aqui é um pouco chique demais — digo a Patty, enquanto ela arruma o laço na faixa da lateral do meu vestido. Foi estilizada para lembrar um pouco uma gérbera, ou ao menos uma grande rosa branca de seda. — Você não acha que é um pouco chique demais? Eu e Cooper devíamos ter fugido.

— *Shh!* — Faz Patty, com suavidade. — O Hotel Plaza não é chique demais para você. Pelo contrário, ele não é chique *suficiente* para você. Você devia era estar se casando no roseiral da Casa Branca com esse vestido. — Dá um passo para trás a fim de ter a visão geral da minha aparência. — Sério, esse vestido fica perfeito em você. Está parecendo uma Marilyn Monroe modesta e virginal. Você sabe, se o Presidente Kennedy tivesse se casado com ela em vez de com Jackie.

— Modesta e virginal não era exatamente o que eu tinha em mente — digo, virando para me olhar no espelho.

— Arrasa quarteirão disfarçada — diz Patty, ajustando meu véu, que é feito de tule, flores e um par de plumas saindo do coque frouxo em que meus longos cabelos foram presos. — Esse comprimento midi foi a escolha perfeita para você. Agora vá lá e acabe com Cooper.

— Por favor — digo um tanto nauseada —, não fale assim.

— Aah. — Patty se retrai. — Desculpe. — Esqueci que quase acabaram com ele de verdade no mês passado. Quase acabaram com *vocês dois*. Ok, vamos lá sem causar nenhum mal físico a Cooper com seu rostinho bonito, mas, em vez disso, lembrar a ele por que foi que se apaixonou por você... Sua esperteza, beleza e charme.

Inspiro fundo e me olho uma última vez no espelho. Não estou nada parecida comigo mesma. Estou acordada desde a madrugada, lidando com minicrises de última hora, como a faixa perdida do smoking de Cooper e um boato de uma bomba que ameaçou cancelar todo casamento (até ficarmos sabendo que não passava de um "trote" dado pelo irmãozinho querido de Cooper, Jordan, que foi rebaixado de padrinho a responsável pelo livro de convidados

Frank, o marido de Patty, foi eleito padrinho substituto, com Sammy, o Nareba, e Hal como ajudantes e organizadores da recepção).

Depois tive de sair correndo para fazer o cabelo e a maquiagem no salão, sentindo o tempo inteiro as borboletas se digladiando no estômago. Estou secretamente convencida de que, de alguma forma, Cooper e eu jamais sairemos casados daquele salão, ainda que já estejamos com os papéis resolvidos.

Patty está certa. Ganho um certo ar virginal com este vestido branco, bem ajustado na cintura, depois cascateando e abrindo em direção aos joelhos como um sino de seda e tule. Mas uma virgem com um brilho malicioso nos olhos azuis e um toque de malandragem nos lábios vermelhos. Como o maquiador conseguiu esse efeito? E por que não consigo fazer isso no dia a dia?

— Heather? — chama meu pai do outro cômodo. — Já está pronta? Perry disse que a música já está começando e a gente precisa ir para nossas posições.

Perry. Queria tanto poder demitir essa mulher por ter sido tão esnobe. Bem, nunca mais vou vê-la depois de hoje. Só se casa uma vez!

Ai, Deus, por favor, faça com que eu só me case uma vez.

Eu me viro e vou depressa ao encontro de meu pai.

— Nossa! — exclama ele. — Como você está bonita!

Papai nunca foi muito de esbanjar com os elogios, tampouco demonstrar com as emoções.

Minhas madrinhas são mais efusivas quando me veem.

— Heather! — grita Magda. — Você está igualzinha a um anjo. Um anjo de verdade que nem aqueles no topo da árvore de Natal.

— Esse vestido arrasou! — elogia Jessica. — Sério mesmo. Você pode quebrar tudo com ele sem fazer nem um rasgui-

A noiva é tamanho 42 **389**

nho, essa saia é tão cheia! Gostei que você não escolheu um de cauda sereia. Elas são tão toscas! Impossível botar para quebrar com elas.

Só Nicole faz bico, como de praxe.

— Ainda acho que você devia ter escolhido um vestido longo — opina. — Em que outra data você vai ter a chance de usar um vestido longo se não for no dia de seu casamento?

— Deixe de ser idiota, bebê chorona. Como ela vai correr de um criminoso com um vestido longo? — indaga Jessica. — Ela ia tropeçar.

— Não vai ter bandido nenhum aqui hoje — digo, tentando acreditar. — Não com todos os policiais espalhados. — E o fato de que Ricardo ainda está no presídio, esperando pela extradição para a Argentina, uma vez que acabaram surgindo também alguns mandados de prisão para ele por lá. — E vocês estão *maravilhosas*.

Estão mesmo. Deixei que escolhessem o que quisessem vestir, contanto que fossem vestidos cujas cores combinassem com as gérberas nos arranjos que escolhi.

A opção de Magda, como era de se esperar, foi um vestido brilhante rosa shocking de um ombro só, bem Barbie mesmo. Patty está tão distinta e bem composta quanto uma mulher pesadamente grávida pode estar em vermelho amarronzado. Jessica está muito sedutora em um tubinho vermelho que se ajusta ao corpo delgado como uma segunda pele, e Nicole — claramente com alguma assistência da irmã — está resplandecente com um vestido de cintura império amarelo, de cumprimento longo, do jeito como tinha desejado ardentemente para mim, mas que nela caiu muito bem.

— Senhoritas. — Perry, a cerimonialista assustadoramente requisitada e ocupada que se recusara a retornar minhas ligações pela maior parte do tempo em que estivemos organizando o casamento, aparece bem no momento em que

menos precisamos dela. Dá um tapinha no fone, incisiva.
— Está na hora.

Empurra Nicole para fora da porta. Jessica vira-se para mim.

— Tem certeza de que não está precisando de nenhum ansiolítico? — pergunta, batendo na bolsa. — Tenho vários. Metade de um comprimidinho vai tirar essa tensão aí, pode crer.

Sorrio.

— Acho que vou ficar bem. — Mentira. Para ser sincera, acho mesmo é que vou vomitar.

— Ok — diz a menina, em dúvida. — Bem, já sabe onde encontrar se mudar de ideia. — Deixa a bolsa e caminha até a saída. — Se algum sumir, vou saber — acrescenta, fechando a cara e olhando feio para Perry. — Contei os comprimidos mais cedo.

A cerimonialista crispa os lábios em reprovação e aponta para mim e meu pai.

— Vocês dois — ordena. — É sua vez agora.

Papai olha para mim.

— Pronta?

Não são borboletas que estão atacando. São touros, dando cabeçadas pelos meus intestinos. Por que estou tão nervosa? Vou me casar com o homem que amo, ora.

Na frente de quatrocentas — não, mais que isso — pessoas, no grande salão de festas do Hotel Plaza.

Por que, ah, por que eu fui concordar com isso? Estávamos felizes do jeito como as coisas estavam. O casamento vai arruinar tudo. Vou tropeçar. Vou ferrar o esquema todo. Vou...

— Heather — fala meu pai, com seriedade. — Você costumava fazer isso antes de todas as apresentações. Mas o público sempre te amava. Então tire essa expressão de terror do rosto e dê um sorriso. Está todo mundo lá fora torcendo por você e Cooper. Só há amor para vocês dois lá.

Pisco repetidamente olhando para ele. Não estou inteiramente certa do que ele está falando — ele quase nunca estava presente quando eu fazia shows.

Mas tem razão. Ninguém veio aqui para presenciar meu fracasso. Vieram porque apoiam o amor que eu e Cooper sentimos um pelo outro.

E, se por acaso eu tropeçar, o que tem de mais?

Eu me levanto outra vez, como sempre fiz.

— Ok, pai — digo, encaixando minha mão na curva do braço dele.

O grande salão de festas é ainda mais grandioso — e maior — do que me recordo do ensaio de ontem à noite, especialmente quando está ocupado por centenas de cadeiras, e essas cadeiras estão ocupadas por centenas de pessoas, a maioria das quais nem reconheço. Quando as vejo, meu coração começa a bater tão rápido que tenho certeza de que vai explodir. A música é linda, mas não consegue abafar o som do meu pulso.

Ainda assim, as garotas estão lindas caminhando lentamente até o altar. Não suficientemente lentas, porém. Antes de me dar conta, a música muda, e já é minha vez. Todos estão de pé.

Não, não, não se levantem. Virem. Sentem. Não me olhem. Não tem nada para ver, pessoal. Todo mundo para casa agora.

Mas ninguém me ouve. Todos estão me olhando e sorrindo, sussurrando uns nos ouvidos dos outros. Sobre o quê? Sobre mim. Estão sussurrando coisas a meu respeito? Calem a boca! Podem parar de falar de mim. Espero que estejam dizendo coisas boas. Devem estar, pois estão sorrindo. Onde está Cooper? Onde está Cooper? Onde...

Ah, ele está ali. Já vi. Não passa de uma manchinha porque o caminho até o altar é longo, mas só pode ser ele o homem alto de smoking com porte altivo e cheio de orgulho lá no fim, sem muletas nem bengala, porque o médico declarou que ele se recuperava incrivelmente rápido. Para ser sincera, ainda está mancando um pouco, mas ele jurou que ia pegar leve para o...

Que flash é esse? Ah, sim. Algumas pessoas estão tirando fotos com os telefones. A luz perturba meus olhos. Meu Deus, não consigo ver. Não, espere aí. Consigo. Consigo ver, sim. Começo a reconhecer as pessoas sentadas. Ali está o Detetive Canavan. Parece incrivelmente pouco à vontade de roupa formal, mas bem distinto também. A mulher a seu lado muito empolgada de vestido novo, tirando várias fotos, só pode ser a esposa. Fico até feliz, para falar a verdade, que Nicole os tenha convidado.

Ok, talvez não tanto por ela ter chamado Carl, que está sentado à frente do casal e me saudando com um drinque que já garantiu no bar, mas vou ignorar. Julio e a esposa parecem tão satisfeitos por estarem aqui (e isso sem nem precisarem estar bêbados antes de a festa começar).

E lá está Sarah, do escritório do Conjunto Fischer. O que ela está fazendo aqui? Ah, é, eu convidei. Quem é o cara ao lado dela?

Ah, Dave Fernandez, isso aí, ela havia me perguntado se podia trazer alguém. Dave se mudou para o quarto de Jasmine Albright depois que o desocupamos, e está se provando uma valiosa aquisição ao time. Outro dia, enquanto falava com ele na recepção e ele colava etiquetas em braile nas caixas de correio, um grupo de calouros chegou com mochilas nas costas e Dave os chamou:

— Ei, vocês não vão oferecer, não?

— Oferecer o quê? — perguntaram os meninos.

— Uma dessas cervejas que estão levando nas mochilas — disse.

A noiva é tamanho 42

393

Obriguei-os a abri-las. De alguma forma, tinham conseguido três *packs* de 12 garrafas de Budweiser. Confisquei tudo e perguntei a Dave como ele podia saber. O assistente me olhou com a cabeça inclinada como se eu fosse maluca.

— Dava para ouvir as garrafas fazendo barulho — respondeu. — Você não ouviu, não?

À frente de Sarah e Dave, estão Muffy Fowler e convidado — não faço ideia de quem seja o cara. Tem pinta de rico. O que explica por que Muffy está com ar tão alegre.

Ao lado deles, Tom Snelling e o parceiro, Steven, o treinador do time de basquete da Faculdade de Nova York. Tom está lindo de smoking cor de creme. Nossos olhares se cruzam, e ele pousa a mao sobre o coração, articulando com a boca a famosa frase "você me completa".

Na fileira da frente estão Eva, do IML e... Meu Deus, o agente especial Lancaster. Ele está um gato — e dá para notar que Tom acha a mesma coisa, porque está tirando centenas de fotos do sujeito, embora tente manter algum nível de sutileza enquanto o faz. Mas tudo bem. O agente Lancaster está nos quebrando um galho, fazendo os arranjos necessários para conseguir asilo para o Príncipe Rashid e sua esposa nos Estados Unidos.

A briga com Qalif não foi pequena nem delicada, embora tenha sido abafada na imprensa. Sem mais vazamentos para o *Expresso*, embora Cameron Ripley tenha recebido alta do hospital e voltado ao cargo de redator. Tem se ocupado com as matérias sobre o voto de não confiança para o Presidente Allington (não que isso vá ter qualquer efeito sobre a maneira como as coisas são feitas na instituição). Aparentemente, também treinou o ratinho de estimação e o ensinou a fazer truques, inclusive a vir até ele quando chamado.

O que Cameron — e os demais membros da imprensa — não sabe é que o pai de Rashid, em um ataque de cólera, retirou a doação de meio bilhão de dólares que fez à Faculdade de Nova York assim que ficou sabendo do que Rashid fizera — casar-se com uma garota que ele mesmo escolheu, e uma de sangue "ordinário", para completar. O general xeique não só tirou o dinheiro da faculdade, como também deixou Rashid sem um tostão furado. O Cadillac Escalade, o home theater, os almoços no Nobu — tudo se foi, em um piscar de olhos.

Mas Rashid, até onde sei, nunca esteve tão feliz. Conseguiu ficar com o quarto e os seguranças, é claro — cortesia do governo americano —, porque o pai também jurou mandar assassinos armados para os Estados Unidos a fim de matar Ameera e enviuvar o príncipe, eliminando, assim, o problema.

A mãe de Rashid, por sua vez — a primeira e mais velha das nove esposas do general xeique —, jurou fazer o exato oposto: dar as boas-vindas ao filho e à nova esposa a Qalif quando quisessem visitar, e apoiá-los de todas as maneiras que pudesse. Até fez uma conta no Twitter — a primeira mulher da realeza a fazê-lo em Qalif — a fim de publicamente aventar sua insatisfação com o modo com que seu esposo está lidando com a situação. Rashid me contou outro dia com um sorriso: "A primavera está chegando para Qalif. Pode demorar um pouco mais ainda. Mas vai chegar."

Ameera se mudou para o quarto do marido, então Kaileigh conseguiu o que a mãe mais desejava no mundo para ela:

Um quarto só seu.

Bem, pelo menos um quarto só seu dentro de um apartamento, uma vez que ainda precisa conviver com Chantelle e Nishi.

A única pessoa que não conseguiu o que queria com a vinda de Rashid para a Faculdade de Nova York foi o Presidente Allington. O meio bilhão de dólares dele se foi, desapareceu de algum modo — *puf!* —, porque aparentemente não passava de uma *promessa*, nunca fora realmente mandado.

A noiva é tamanho 42   **395**

A pior parte é que o presidente já gastara o dinheiro em planos de construir um "fitness center" de ponta para seu amado time de basquete.

Claro que teria de colocar abaixo alguns outros prédios a fim de fazê-lo, mas aquelas construções não importavam, uma vez que serviam apenas ao propósito de abrigar alguns membros da faculdade, uns poucos professores velhos e chatos que nunca fizeram nada de suas vidas senão dedicá-las a ensinar os outros ou ganhar alguns prêmios Pulitzer e Nobel. Então quem se importava?

Agora todos esses professores estão sempre escrevendo matérias contundentes para as colunas dominicais dos jornais sobre o presidente.

Ele decidiu passar os fins de semana nos Hamptons, onde ninguém que ele conhece lê os jornais nova-iorquinos.

Dou uma olhadela em Lisa e Cory, algumas fileiras à frente de Eva e Lancaster. Lisa fica tão animada quando me vê que começa a acenar empolgadamente, e não consigo deixar de fazer o mesmo, sentindo algumas das borboletas revoltosas irem embora.

Papai está certo. Essas pessoas *são* minhas amigas. Querem o melhor para mim, exatamente da mesma maneira como quero o melhor para elas. Agora que toda a agitação com a história dos ARs arrefeceu — o restante se mudou sem mais incidentes depois que Howard foi preso, e os novos, escolhidos a dedo por Lisa, foram contratados para os substituírem —, as coisas no escritório se ajeitaram, e entramos em uma rotina bem tranquila, com uma exceção: Lisa tem trazido vídeos de nascimentos do hospital onde decidiu que vai ser seu parto para que todas vejamos juntas nos intervalos.

São verdadeiramente nojentos. Não há filme de terror que se compare àquilo. Lisa diz que não entende como qualquer hospital pode dar vídeos assim para as grávidas. Minhas retinas estão marcadas para sempre. Passamos as gravações adiante, para Gavin, que está determinado a encontrar uma maneira de colocar as cenas em seu filme de zumbis.

O garoto está sentado atrás de Lisa, não muito longe de Pete (que não consegue tirar os olhos de Magda), e notei que ele se autoproclamou o cinegrafista do casamento, para a irritação do pai de Cooper, que contratou um cinegrafista oficial e profissional, algo que tentamos impedir, uma vez que não quero que nosso filme vá aparecer na TV Cartwright (eles filmam e passam uma versão tosca de um programa chamado *Where Are They Now?*). Tania — ah, olhe ali a Tania, tão linda de rosa do lado do Jordan, ugh, aquele babaca — me avisou que a última coisa que eu ia querer era meu lindo casamento arruinado pela notícia de que estava sendo televisionado para todo mundo assistir.

Cooper me disse para não me preocupar, que ele tinha "alguém cuidando do assunto", seja lá o que isso quisesse dizer. Acho que significa que alguma hora um incêndio "acidental" acabaria acontecendo no estúdio do cinegrafista, a julgar pelo tipo de "alguéns" a quem Cooper devia estar se referindo.

Jamie, a namorada de Gavin, está com uma cara quase tão irritada quanto a do Sr. Cartwright, mas só porque o namorado está bloqueando sua visão dos acontecimentos. Patricia, a mãe de Cooper, parece estar bêbada, mas são duas da tarde de um domingo, então já era de se esperar.

É só quando papai e eu enfim chegamos ao altar e posso finalmente olhar dentro dos olhos de Cooper, que as borboletas no meu estômago desaparecem completamente. Seu rosto está cheio de orgulho, amor e admiração por mim. Mal pode conter um sorrisinho feliz quando se aproxima para oferecer o braço para substituir o do meu pai.

— Tome conta dela — diz o homem mais velho, dando tapinhas carinhosos em meus dedos.

— Vou tentar — promete Cooper. — Mas ela já é bastante boa cuidando de si mesma.

— Notei — diz meu pai, revirando os olhos e se dirigindo para seu lugar.

O juiz de paz sorri gentilmente para nós, pede aos convidados que se sentem, e, durante o burburinho, Cooper abre um sorriso para mim dizendo:

— Belo vestido.

— Que bom que você gostou.

— Podia ser mais decotado — pondera, olhando para a frente de renda comportada escondendo meu busto. — Quase não consigo ver nada.

Reviro os olhos, sabendo que ele está me provocando.

— Já viu tudo um milhão de vezes.

— Mas gosto de ver o tempo *todo* — retruca ele, mexendo as sobrancelhas lascivamente.

— Isto aqui é o Plaza, mostre alguma classe, seu cachorro safado.

— Queridos amigos — começa o juiz de paz. — Estamos hoje aqui reunidos...

A cerimônia passa como um borrão. Estou de pé com saltos altos pouco familiares, me sentindo um amontoado de nervos e empolgação, mal sabendo o que digo. Repito as palavras que o juiz me pede para repetir, incapaz de desviar o olhar do rosto de Cooper, da mesma forma como ele é incapaz de desviar o seu do meu. Nós dois sorrimos como idiotas. Foi ótimo termos vetado a ideia de trocar votos no altar. Nunca seríamos capazes de nos lembrar deles. Não consigo lembrar sequer que dia é hoje.

Quando Patty se aproxima para pegar o buquê na hora da troca de alianças, sussurra:

— Vocês estão quase lá. Só mais dois minutinhos. Aguentem firme.

Nem acredito. Parece que meros segundos depois estou colocando um anel no dedo de Cooper, e ele, outro no meu — só que o meu, diferentemente das alianças de ouro branco simples que tínhamos escolhido um para o outro, está cravejado com diamantes.

— O quê...? — Olho para o rosto dele, estupefata, mas ele já está repetindo as palavras ordenadas pelo juiz. Um sorriso furtivo cruza o rosto do meu futuro esposo, pois conseguiu ser mais esperto que eu. Era para estarmos economizando o dinheiro da venda das joias da mamãe a fim de renovar o porão.

Mas acho que tudo bem se ele gastou *um pouquinho* em uma coisa supérflua de que não precisamos. A aliança de diamantes certamente combina muito bem com meu anel de noivado de safira.

— Eu, Cooper Cartwright — está dizendo, com a voz subitamente embargada —, te recebo, Heather Marie Wells, por minha futura esposa, e te prometo ser fiel, amar-te e respeitar-te, na alegria e na tristeza, na saúde e na doença, na riqueza e na pobreza, todos os dias de nossa vida.

Ele está *chorando*? Mas Cooper nunca chora. Bem, a não ser nos filmes em que animaizinhos morrem...

E, em seguida, o juiz está nos declarando marido e mulher, e dizendo a Cooper que já pode me beijar, e ele então me puxa com alguma urgência para si e me dá um beijo arrebatador nos lábios.

Meu batom vermelho vivo vai borrar o rosto inteiro de Cooper, penso, e assim que ele me libera, constato que borrou mesmo.

Mas meu marido não está nem aí, está com uma expressão de felicidade delirante. Por que parece tão feliz?

É aí que a ficha cai. Acabou. Estão todos de pé gritando e aplaudindo. Até Nicole, chorando e rindo ao mesmo tempo, e olha que ela costuma detestar tudo.

Conseguimos. Cooper e eu conseguimos. E nenhum dos dois tropeçou, foi baleado, levou uma surra, foi sufocado ou esfaqueado.

Incrível. Mas é verdade.

Viro-me para meu marido, que envolveu minha cintura com o braço.

— Conseguimos — digo, sem ar. — Conseguimos mesmo.

— Claro que conseguimos — reitera ele, voltando a me beijar, desta vez com mais delicadeza. — O que você estava esperando?

— Não é o que você está pensando! — Me defendo, olhando ao redor para os rostos de nossos amigos e familiares. — Ou melhor, é, sim, mas o que quero dizer é... Acho que a gente realmente conseguiu mudar nossa sorte.

— Heather, você não sabia? A gente sempre teve sorte. A gente se encontrou, não foi?

Sorrio, percebendo que ele está certo. Uma vez mais, sou eu quem não estava enxergando as coisas claramente... Não eram nada do que pareciam ser. Coloco minha mão na dele e deixo que me guie enquanto todos continuam a nos aplaudir e saudar.

— O que fazemos agora? — pergunto, esquecendo os detalhes do plano cuidadosamente elaborado por Perry para esta tarde. Assinamos os papéis? Pagamos o juiz? Vamos tirar as fotos? Hora do brinde? Do jantar? Dança? Bolo?

— Agora? — Cooper me olha com um sorriso de alegria. — Agora vivemos o nosso felizes para sempre.

Este livro foi composto na tipologia Sabon
LT Std, em corpo 11/15, e impresso em
papel off-white no Sistema Cameron da
Divisão Gráfica da Distribuidora Record.